"UM ROMANCE VISCERAL QUE DESAFIA DOGMAS E PRECONCEITOS"

INTERLÚDIO
JAMES MCSILL

2ª Edição

São Paulo, 2015

INTERLÚDIO

2ª Edição revisada e ampliada

Copyright© Abajour Books 2015
Todos os direitos para a língua portuguesa reservados pela editora.
A Abajour Books é um selo da DVS Editora Ltda.

Nenhuma parte dessa publicação poderá ser reproduzida, guardada pelo sistema "retrieval" ou transmitida de qualquer modo ou por qualquer outro meio, seja este eletrônico, mecânico, de fotocópia, de gravação, ou outros, sem prévia autorização, por escrito, da editora.

Este livro é um obra de ficção, embora baseia-se em um conjunto de fatos e circunstâncias reais. Nomes, lugares e personagens são usados de modo fictício pelo autor.

Capa: Grasiela Gonzaga - Spazio Publicidade e Propaganda

```
Dados Internacionais de Catalogação na Publicação (CIP)
           (Câmara Brasileira do Livro, SP, Brasil)

        McSill, James
            Interlúdio / James McSill. -- 2. ed. --
        São Paulo : Abajour Books, 2015.

            ISBN 978-85-69250-00-5

            1. Ficção brasileira I. Título.



15-03899                                         CDD-869.93
              Índices para catálogo sistemático:
            1. Ficção : Literatura brasileira   869.93
```

INTERLÚDIO
JAMES MCSILL

Abajour BOOKS

INTRODUÇÃO

Interlúdio, embora ficção, baseia-se em um conjunto de fatos e circunstâncias reias.

As doutrinas da Igreja Mórmon – os Santos dos Último Dias, que serviram de base para a trama, até onde pude pesquisar, são absolutamente verdadeiras. Nos primórdios da sua religião, os mórmons era polígamos, não é raro que nos deparemos na literatura histórica a respeito das religiões e seitas norte-americanas que alguns homens mórmons tomavam esposas com até 12 anos de idade. Mórmon, apelido pelo qual vieram a ser conhecidos, deve-se ao fato de que acreditam em supostas histórias, entre as quais há uma cujo protagonista, um importante profeta, chama-se Mórmon. Essas histórias – que afirmam serem os índios americanos descendentes dos judeus e que Cristo pregou também diretamente a eles, creem os membros desta igreja (há quem ainda os designe como seita) – cujo "profeta" chamado Joseph Smith, que viveu no século 19, traduziu-as de caracteres egípcios modificados, incrustados em placas de ouro, por meio de duas pedras mágicas. Até 1978 os mórmons não concediam a afrodescendente o sacerdócio, em seus templos faziam a promessa de morrer pela religião e usavam roupas interiores sagradas que lhes cobriam os ombros e desciam até aos joelhos. Até meados da década de 80, eram homofóbicos ao extremo e, veladamente, sexistas. Na sociedade mórmon as mulheres têm papéis bem definidos e distintos dos homens.

Até hoje os mórmons são ultraconservadores, exemplo recente foi a doação de milhões de dólares para campanhas contra casamento de pessoas do mesmo sexo (Proposition 8, Califórnia). Creem também na mais estrita castidade antes do casamento, pagam cerca de 13% do que ganham à igreja entre dízimos e doações, acreditam que Deus tem um corpo, que vive em um outro planeta e que revelou aos profetas mórmons verdades que devem ser seguidas por toda a humanidade, pois alegam possuir a única verdade em doutrina religiosa desde que o mundo foi criado. Embora sejam uma minoria religiosa, mesmo nos EUA, possuem grande poder político e econômico. O oponente de Obama, Mitt Romney, por exemplo, é um sacerdote mórmon. Os membros desta religião concentram-se no estado de Utah, nos EUA, mas estão atualmente espalhados pelo mundo todo.

O principal cenário da história, Pelotas, RS, é também verdadeiro. O bordel descrito no livro realmente existiu, bem como os demais locais, da sorveteria ao hotel, à praça, ao rio e ao hospital. A Zona Norte, na época em que a trama teria se passado, chamava-se COABPEL, um bairro de edifícios baratos, de poucos andares e sem elevadores. Hoje a Zona Norte é uma região nobre. Na medida do possível, a geografia da cidade foi respeitada na construção da trama.

A Escola das Américas, onde os norte-americanos treinavam militares latino-americanos, bem como a intervenção americana na Nicarágua e o apoio a várias ditaduras de direita na América Latina são fatos históricos.

Os cenários americano (Salt Lake City), inglês (Manchester) e português (Lisboa) também refletem a realidade. Endereços específicos, como clínicas e residências dos personagens, foram trocados para proteger identidades ou são criação do autor.

Os relatos no livro foram baseados em histórias recolhidas pelo autor no MySpace, um precursor do Facebook no início do século 21. O autor conversou com vários ex-mórmons e mórmons não praticantes – chamados "Jack Mormons" em inglês –, e com alguns críticos ferrenhos da doutrina, na visão deles, repressora da igreja.

Interlúdio mostra, sem julgar, a vida dos proscritos da sociedade, principalmente a da brasileira, no final da década de 70. As cafetinas, as prostitutas, os travestis, os "maridos" dos gays, as garotas de programa e tantos outros são, até onde o autor pôde buscar, um retrato da realidade da época.

Em nenhum momento deste livro pretende-se criticar a Igreja Mórmon mais do que, na literatura, outras religiões ou seitas, que servem de pano de fundo a histórias, parecem ser expostas. Até porque, a Igreja Mórmon não está sozinha em opor-se à laicidade do Estado ou, pelo menos, influenciar para que, por exemplo, o direito a casamento não seja estendido a todos, mas restrinja-se a apenas um homem e uma mulher. A crença de que Jesus tem o poder de transformar através de "tratamentos" a orientação sexual de uma pessoa, hoje em dia, permanece arraigada a igrejas evangélicas muito mais do que em religiões como o mormonismo, adventismo ou testemunhas de Jeová. Sempre que há religião, seja ela qual for, parece haver a possibilidade de intolerância.

Se no livro houver quaisquer detalhes que fujam à verdade histórica ou doutrinária, o autor terá o maior prazer de corrigi-los em uma próxima edição, esclarecendo imediatamente o pormenor no blog do livro. O blog está também aberto para que possamos discutir direitos humanos, laicidade do Estado e tantos outros assuntos levantados na obra.

Para quem quiser conhecer mais detalhadamente o pano de fundo de Interlúdio, poderá assistir ao filme *Latter Days*, de J. Cox, e ao documentário *Proposition 8*, de Ben Cotner e Ryan White.

Filme
Latter Days, de J. Cox.

Filme
8: The Mormon Proposition

Página de
discussão do livro

Doutrina
Mórmon

Cartoon
Mormon

Os Mórmons
pelos Mórmons

Bill Maher
on Mormons

Acesse o conteúdo extra através da tecnologia QR Code. Para acessar, você precisa ter um dispositivo móvel, com acesso a Internet, câmera e baixar um aplicativo leitor de código QR. Basta escanear a imagem com a câmera de seu celular ou dispositivo móvel, para ter acesso aos vídeos.

Interlúdio

Tão breve um interlúdio,
No entanto, que aconchegante.
Que suave a paz que proporciona.

Eu entristeço
Face ao inevitável,
Cogitando por que deve acabar
Tão cedo.

E, no entanto,
Não poderia se tornar como
Uma volta eterna
E encontrar em seu fim,
Um começo?

(autor desconhecido)

Ao Edgar, ao Célio e ao Marcelo.

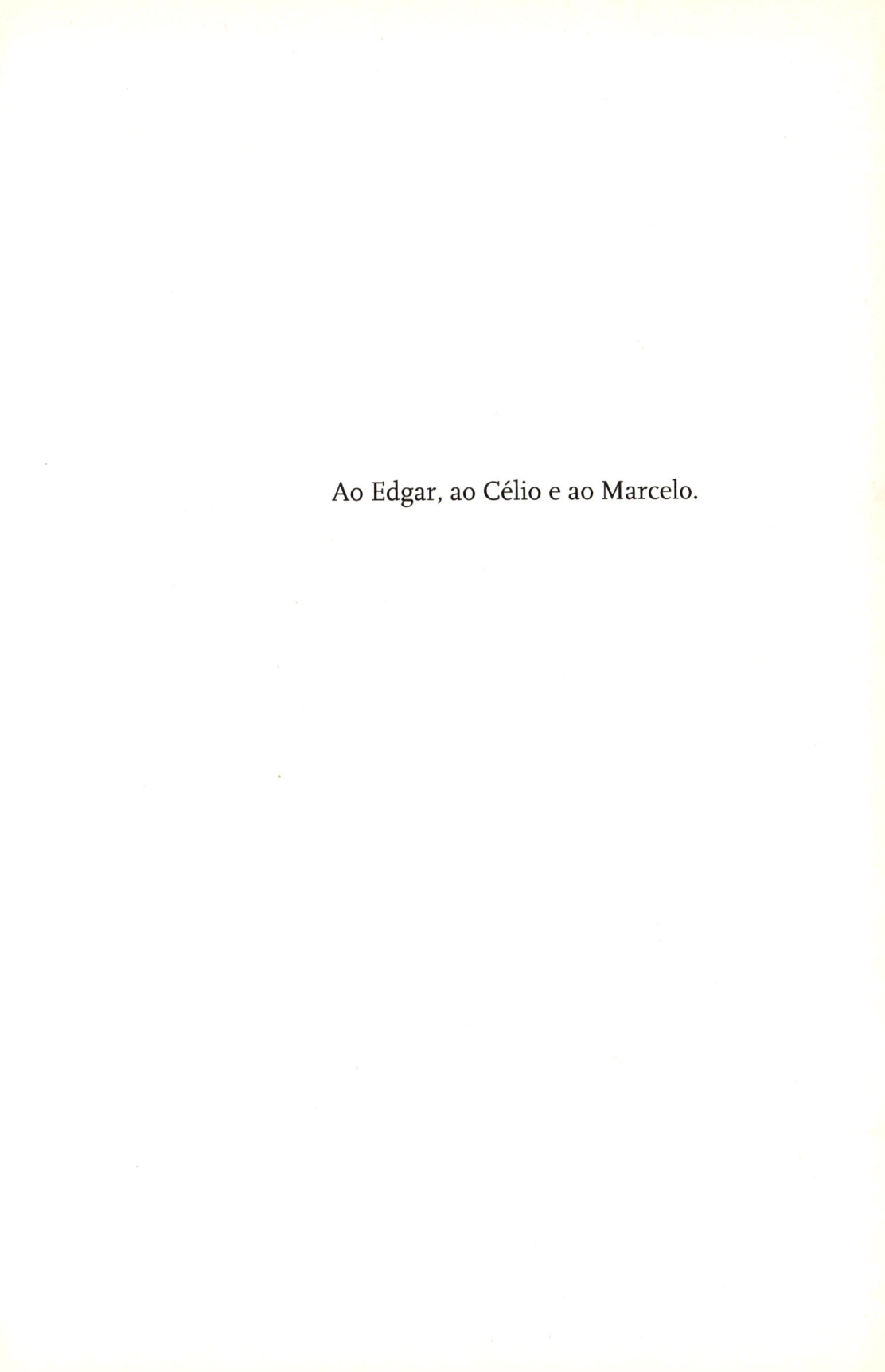

Jaguarão, sul do Rio Grande do Sul.
Dia 26 de abril de 1981 – 16h00.
Terreiro da Mãe Célia.

Girava sem parar...

A cabeça, os olhos e a sala saltavam num movimento que acompanhava o ofegar da Mãe Célia, que buscava o orixá para o trabalho que seria realizado.

Lécio tinha uma pressão no peito, um tremor nas mãos e a boca quente e seca, mesmo quando lambia o suor frio dos lábios.

– Mãe Célia – perguntava ele àquela pequena figura curvada, espremida numa cadeira, junto da mesinha de armar onde conchinhas espalhadas em meio a um círculo de contas coloridas seriam instrumento dos santos –, o que vai acontecer amanhã?

Levantando a mão com um punhado de conchas, que mal cabiam entre seus dedos, Mãe Célia jogou os búzios no ar por cima do círculo de contas.

– Olha, Lécio – Mãe Célia ajeitava uma e outra conchinha logo após caírem –, esta aqui caiu aberta e todas as outras fechadas...

– Que quer dizer isso, Mãe?

– Que quem fala é o Exu, nesta jogada.

– Isso é bom ou é ruim? – Lécio levou as pontas dos dedos à boca e com os polegares acariciou a bochecha molhada, olhos fixos nos búzios que pareciam flutuar na toalhinha branca que cobria a mesa. – Pode me dizer, Mãe?

Naquele dia, Lécio era o consulente em benefício do amigo. Tinha ido consultar Mãe Célia, vidente, prima segunda da sua avó Iracema, no dia em que a Terreira fechava para a comunidade e a Mãe Célia atendia apenas os amigos e familiares. Lázaro, o melhor amigo de Lécio, estava definhando a olhos vistos. Não saía mais com os amigos, não comia direito, se Lécio o visitava, ficavam apenas ouvindo música ou assistindo TV. Lécio tinha certeza de que aquilo era trabalho feito, a Loirosa Maldita havia voltado para a Gringolândia por causa dos inimigos invejosos e, agora, o seu melhor amigo ficava com aquela permanente cara de cu mal comido. Se Lécio conseguisse que Mãe Célia removesse as perturbações, a Loirosa Maldita talvez voltasse, Lázaro seria feliz de novo e o universo seguiria o seu curso normal. Que merda... Merda, mesmo! Lécio não aguentava mais aquela sensação de mau presságio.

Mãe Célia continuava a examinar os búzios.

– Tem saída, Mãe?

– Olha, filho, vou fazer uma consulta para ouvir a fala do orixá...

Outra vez as conchas são levantadas e jogadas.

– Hum... teu amigo – disse Mãe Célia em voz baixa – vai ter sofrimento sem fim, mas... – pausou e reexaminou a configuração das conchas, acariciando o colar de contas que formava a circunferência sobre a mesa – vejo a tendência de um grande triunfo...

Lécio arregala os olhos.

– Luz da Minha Vida, o que vai ser de você?

– "Luz da Minha Vida"? Você está falando do seu amigo Lázaro, não é verdade, filho?

Ela sabia da amizade dos dois. Lécio só não imaginava que ela desconhecia o apelido que desde sempre deu ao Lázaro.

– O Lázaro tem tido muitas perturbações e decepções – continuou Lécio. – Me preocupo tanto, Mãe...

– Pois é, falta bom senso para aquele menino – disse ela e, como num relâmpago, varreu as conchas do tablado e as jogou de novo. – Os inimigos ocultos dele – acrescentou –, do outro lado do mundo, impedem que os seus esforços sejam recompensados... – as palavras saíam fortes e finais.

– E a Loirosa? O amigo americano... o que vai ser dele?

– Hum... hum...

Mãe Célia jogava as conchas, arrumava-as no círculo e não dizia nada.

Lécio emudeceu também. Ali algo estava para se revelar, mas não ousava perguntar, talvez já nem quisesse mais saber. Olhava pela única janela que se abria para o pátio iluminado pelo sol da tarde, a poeira passeando pelos raios que invadiam a salinha do congá pareciam se dobrar e lhe tocar a pele. Lutava para entender os seus sentimentos de incapacidade, implorava em silêncio pelo amigo a quem sempre ajudou e quem sempre o ajudou nas horas amargas. Queria entender tudo, mas sem começar a chorar. Se falasse, uma palavra que fosse, o choro viria junto. Então, mantinha os lábios bem apertados.

Outra jogada.

Mãe Célia examinou as conchas diversas vezes, contando as abertas e as fechadas.

– Ó meu Deus, ó meu Deus – Mãe Célia empurrou a cadeira para trás, ajoelhando-se ao pé da mesa. – Meu Pai Oxalá – gritava –, que desgraça meu filho, que desgraça!...

Lécio desatou a chorar.

* * *

Pouco depois, Mãe Célia girava no chão, incorporada, enquanto Lécio permanecia imóvel na cadeira. Do congá, cada vez mais forte, exalava cheiro de cravo, palha, pinhão e sal grosso. Tudo misturado. Velas vermelhas e verdes ardiam, iluminando os santos.

De repente, não havia mais sol lá fora.

Mãe Célia estava finalmente incorporada.

Lécio agora receberia as respostas que veio procurar. Tanto queria saber, mas um arrepio de dúvida tomava conta do seu corpo. Não viera para si, murmurava, mas pelo amigo. Saber para ajudar, para levar esperança. Não se importava mais com os búzios, eram os santos que agora lhe iriam dizer a verdade pela boca de Mãe Célia. Lázaro, Luz da Minha Vida, que vai ser de você?

As chamas das velas pareceram arder mais intensamente.

E a Mãe Célia girava.

Girava...

Girava sem parar...

I

Meados de março, 1978.
Cidade de Pelotas, extremo sul do Brasil.

Sem dúvida, ia dizer "Instituto Cultural Norte-Americano, boa tarde!", mas não deu tempo. Quem chamava do outro lado da linha já estava falando.

– Um homem com sotaque inglês – cochichou a secretária, trazendo o aparelho para mais perto de mim – quer falar com o professor Lázaro Prata.

Apanhei o telefone das mãos de Marta, cuidando para que o fio não derrubasse os livros nem as caixas de giz empilhadas na mesa.

– Sim. Lázaro falando.

O sotaque era americano. A voz nasalada mostrava desconforto. Tomado de certa agitação, pus-me de pé para prosseguir a conversa.

Marta, enquanto isso, apressava-se em conduzir para as salas os alunos que chegavam.

O homem apresentou-se como comandante John Betts, adido militar. "Adido. Adido?" Deixei a conversa fluir, não sabia tudo em inglês. Ele havia chegado com a família ao Brasil na quinta-feira da semana anterior e, na sexta-feira, se instalado na cidade, vindo de Porto Alegre. Porém, logo ao chegar, um compromisso inesperado o obrigava a voltar à capital. O filho, lamentava, não poderia acompanhá-lo; havia sofrido um acidente, uma queda, que lhe imobilizara uma perna, ferira as mãos e os braços. Por fim, quis saber se eu, que havia sido indicado como tradutor-intérprete e acompanhante, estaria disponível. Mais que tudo, precisava saber de minha disponibilidade para dormir no serviço. Iam se ausentar por duas semanas e, à noite, o filho não queria ficar sozinho.

"Eu? Quem teria me indicado a uma coisa dessas? Nunca trabalhei de tradutor e intérprete, muito menos de acompanhante! Mas... que seja!", pensei, "tudo tem uma primeira vez". Então respondi: – Sem problema, faço isso com frequência – em seguida, calei-me a fim de pensar melhor, receoso de que o cliente fosse um garoto muito novo, que poderia passar as madrugadas acordado, querendo brincar. Afinal, eu tinha que dormir, ia dar aulas no outro dia.

Entretanto, para minha alegria, antes que lhe perguntasse a idade do filho, tranquilizou-me avisando que era um rapaz de dezesseis anos.

Dei uma sambadinha no lugar para celebrar e resolvi mostrar mais entusiasmo pelo telefonema. Iria me valer um dinheirinho extra, dar uma de babá para o gringo!

O entusiasmo funcionou.

A voz de desconforto dele foi passando, tornou-se forte, firme, quase sensual.

– Um minuto! Vou anotar. Seu filho se chama...

Soletrei o nome do rapaz no bloco da Marta: D-e-n-n-i-s-B-e-t-t-s.

– Dois enes? E dois tês?

Quando percebeu que eu anotava o nome do filho, a voz dele abafou-se. Eu o escutava, ao longe, dizer para alguém que eu estava aceitando o serviço.

Quando a voz ficou alta outra vez, quis saber dos meus honorários.

– Quinze dias? – confirmei. – Hum... Três horas durante o dia, mais as noites, isso vai dar... – sem fazer cálculo nenhum, larguei o primeiro valor que me veio à cabeça – duzentos dólares. Se ficar bem assim, aceito.

Mentalmente, cruzei os dedos. Esperei. "Fechado", declarou o americano.

Já emendei que ia ver meu horário. Depois da aula, telefonaria para avisar quando poderia começar. Ele me interrompeu, explicou que não tinha telefone em casa e precisava de mim no início daquela noite. Pensei nas aulas. Percebi o olhar aflito da Marta. Meus alunos ameaçavam ir embora. – Já termino – disse em português.

Era melhor encerrar a transação.

– Qual o endereço?

Rabisquei o endereço no bloco; marquei de chegar às sete. Ele enfatizou o horário e começou a se despedir.

— Por curiosidade — eu o interrompi —, quem me indicou mesmo?

Um vozerio em inglês e português se seguiu do outro lado da linha, até me informar que havia sido uma senhora na igreja que ele frequentava.

Eu ia pedir o nome dela, porém o americano falou primeiro. Parecia agora falar sobre o filho de quem eu ia cuidar.

Apertei o fone no ouvido.

— O seu filho é o quê? Tem o quê? — falei alto, controlando para não gritar.

O americano, repetidas vezes, gritou uma palavra.

Os sons, fora do meu vocabulário, saltavam-me ao ouvido. Ainda assim, não entendi.

— Podia repetir? — insisti. — De que doença ele sofre? Foi por isto que sofreu o acidente? A queda... Ele caminha?

Tarde demais. Fiquei parado, ouvindo o ruído do telefone desligado, com a palavra "*Moron*" na minha cabeça. "*Moron*" é uma doença, um tipo de acidente, um acidente que leva a uma doença, uma doença que deixa alguém propenso a acidentes?

Essa não. Se eu fosse inglês, ia saber tudo, porém não era. Mas, também, não era hora de ficar encucando com meus problemas pessoais.

Pensei no dinheiro. Duzentos dólares. "Nada mau", ri sozinho, "nada mau". Seriam mais ou menos 2.700 cruzeiros, além do salário do Cultural. 2.700 cruzeiros apenas para cuidar de um americaninho: "Dennis".

Olhei para o papel. "Betts." Peguei a caneta de novo e acrescentei mais um detalhe ao lado do nome do filho do americano, antes de meter a folha no bolso: (*MORON*).

Marta olhou o relógio e piscou o olho. Devolvi a piscadela.

Meus alunos, apinhados em torno da escrivaninha, nos observavam, agora, curiosos.

— Problema, professor? Vai ter aula hoje?

— Problema nenhum! — respondi. — Vamos já para a sala. Marta balançou a cabeça, rindo.

— É, minha amiga... — beijei o ar em sua direção, desculpando-me por deixar os alunos esperando. — Vão cair duzentos dólares, limpinhos, aqui no meu bolso.

– Vou me esfregar em você para pegar sua sorte, Lázaro!

– À vontade.

Ela ficou rindo. Fui separar meus manuais dos outros livros na mesa.

Por fim, com duas barrinhas de giz se esfarelando na minha mão e uma pilha de manuais debaixo do braço, apressei-me pelo corredor, imaginando o americaninho que eu iria encontrar. Que ele sofria de... – *Moron?* – nem me importava mais...

II

Para Dennis, podia ser dia, noite ou qualquer dia da semana. Havia perdido a noção de tempo e espaço, no instante em que deixara para trás sua amada cidade de Provo.

No assento traseiro do carro, a mãe e a irmã não se calavam.

– Já vai chegar, mamãe?

– Não, Candy, ainda temos de pegar um avião.

– Eu não quero pegar um avião, mamãe.

– Vai adorar, docinho.

– Vou?

– Vai.

O carro vencia a autoestrada vazia, acelerando.

Quando Dennis acordou de verdade, ajuntaram-se, eles quatro, em torno do balcão da Pan Am, no aeroporto de Salt Lake. Os carrinhos com malas, sacolas, caixas e caixotes de todo tipo, foram abandonados no meio do saguão para eles seguirem atrás do pai que, a cotoveladas, abria caminho por entre os passageiros de voos bem anteriores aos deles.

No balcão, o pai mostrou o passaporte.

A atendente folheou as listas, fingindo não ver os passageiros, calados, disputando, numa dança sem música, o lugar no balcão que, segundos antes, ainda lhes pertencia.

— Mr. John Betts? Mrs. Rebecca Betts? Candice e Dennis... A mãe anuiu com a cabeça.

Do fichário plástico, ao lado do telefone, a atendente produziu os bilhetes.

— Confira-os, por favor! — disse ela.

O pai mal examinou as folhinhas. Sem agradecer, virou-se de costas para o balcão, enfiando os bilhetes no bolso da sacola da mãe. Enquanto enxugava com os dedos o rosto empapado, anunciou que ia devolver o carro de aluguel.

— Não ainda — disse a mãe, revolvendo o fundo da sacola, trazendo para fora um frasco de comprimidos e enfiando-o na mão do marido. — Antes de entregar o carro, toma dois.

Dennis sinalizou com a mão que iria acompanhar o pai.

A mãe abraçou Dennis pela cintura.

— Vamos organizar as bagagens para o despacho — argumentou. — Deixe seu pai ir sozinho.

O pai se afastou pela porta do saguão, enquanto roçava o pequeno frasco ao lado do paletó, como se não encontrasse o vão do bolso.

* * *

Daquele momento em diante, nada mais ia dar certo na viagem. A começar pelas caixas que, à última hora, não puderam despachar. O atraso em Los Angeles e o dia sem fazer nada num aeroporto de um lugar muito pobre, em companhia de passageiros malcheirosos.

Depois, a espera.

Uma tarde toda? Uma noite toda? Já não lembrava mais.

Que refeição fizera, o que comera? O que tivesse sido, o gosto residual era horrível! Além do mais, a mãe o obrigara a tirar as folhinhas de alface, uma a uma, para não pegar uma dor de barriga.

— Onde está a garrafa desta água?

— Ele me vendeu no copo.

— Não tome, Dennis! — alertou a mãe. — Parece água da torneira.

— É isso ou Coca-Cola.

— Quer ir para o inferno, metendo cafeína nesta barriga?

— Estou com sede, mãe.

— Todos estamos. Faz de conta que é jejum. Aguenta e ora.

Candy, quando não estava desenhando, chorava. A mãe, sem abandonar o sorriso de fada que sempre ostentava na rua, consolava-a com histórias dos pioneiros mórmons que, em nome de Deus, atravessaram a América de carroça, quase exterminados pelos índios, para se estabelecerem em Utah. O pai, calado a viagem toda, lia e relia o único jornal que trouxera, trocando-o pelas Escrituras cada vez que avisavam não ser ainda a hora de embarcar.

O voo para o sul do Brasil: desse, ele preferia nem se lembrar. A mãe lhe passava o último saquinho.

— Vai vomitar de novo, Dennis?

— Não sai mais nada, mãe.

Ela abriu a bolsa, lançando um olhar ao marido.

— As pílulas, John.

Ele meteu a mão no bolso e devolveu o frasco à esposa.

— Toma uma! — disse ela ao filho, arremessando o frasco no colo dele. — E feche os olhos.

Sem exagero, Dennis achava que, ao fim da viagem, não teria mais tripas para vomitar. O calor sufocante, que o fizera passar mal — ele imaginava ser apenas um problema de refrigeração dentro da aeronave — provou ser ainda mais intenso quando as portas se abriram e os passageiros se alinharam para caminhar pela pista rumo ao pequeno terminal. Lá fora, gritos, risadas e assobios.

— Olha só! — apontou a mãe.

Dennis travou o carrinho e apertou as mãos na barra.

O mais jovem de um grupo de cinco homens encostado num carro azul claro de marca indefinida, segurava um pedaço de papelão com palavras em inglês.

A intenção, calculou, era de dar boas-vindas à família.

«BROTHERS BETTS AND THE HIS CHIDRENS WELLCOMES FOR ALL YOU»

Horas depois, ou o que pareceram horas, empacados na frente do carro, não paravam de sorrir, abraçar, apertar mãos e estropiar a língua inglesa até a última gota de sangue, mais do que já a haviam estropiado naquele cartaz.

Dennis estava prestes a desatar num pranto, juntando-se à choradeira da irmã, quando os irmãos da Igreja, ao perceberem o estado da menina, resolveram abreviar os apertos de mãos, abraços e afagos. A família nem devolveu os acenos entusiasmados. Entraram depressa no carro e, minutos depois, já atravessavam uma ponte, lançando-se numa estrada esburacada, que se perdia numa vastidão verde-escura.

A mãe aproximou a boca à nuca do marido.

– Quanto tempo até Pelotas, John? – ele não falou nada.

O motorista, sem entender palavra, sorriu.

A mãe recostou-se e ficou acariciando o cabelo de Candy.

Pelo espelhinho retrovisor, o pai observava a cena, apertando a boca em reprovação.

Em casa, o pai chegava ao fim do dia, como os pais nos comerciais de comida pronta. Porém, ao contrário do que Dennis via na TV, o seu nunca dizia "cheguei" ou beijava a esposa. Nos dias de suposto bom humor, apenas murmurava "boa noite". O normal era não dizer nada.

No Brasil, mudaria alguma coisa?

O vidro abaixou até a metade e emperrou. Devagar, Dennis pendeu a cabeça para o lado, encostou o nariz junto à fresta e perdeu-se pela planície verde. Em Utah, tudo era tão seco, a terra vermelha, as montanhas furavam as nuvens. Ao contrário dali, nunca se via o horizonte.

Um estalo, seguido de intermináveis solavancos.

Virou-se a tempo de enxergar o buraco por onde crescia um ramo de árvore.

Dentro do carro, os pacotes saltaram como pipocas na panela. Candy apertou contra o peito a caixa de lápis de cor. O pai, com o rosto lavado de suor, virou-se para o motorista. Começou vociferando e acabou grunhindo como um cão raivoso. A mãe balançou a cabeça. Retirou da bolsa um estojinho de onde sacou um comprimido que, como um grão de areia, esfarelava-se nos seus dedos. Sem vacilar, levou o comprimido colado na extremidade da mão à boca do marido. Ele lambeu-lhe o dedo até não sobrar nenhum resíduo de pó. Poucos minutos depois, num espanhol primário, o pai tentava se comunicar com o motorista.

Dennis riu aliviado, seus olhos esgueirando-se pela estrada para ver se entre os buracos que se aproximavam iria surgir outra cratera.

O motor passou a brandir e a lataria a trepidar.

Não entendia por que os traziam num carro só. O motorista e o pai na frente; no banco de trás, ele, com as pernas latejando contra o banco do motorista; a mãe e a irmã, acomodando no colo o que não coubera no porta-malas ou não dera para amarrar em cima do veículo.

– Que foi, Dennis?

Parou de rir, por fora, e respondeu:

– Nada, mãe.

Por dentro, ficou rindo. Da estrada. De si mesmo. Pensar que tinha contado os dias. Aquele pequeno segredo, aquela ponta de mistério o seguravam dentro do carro, permitindo que tivesse prazer com o vento que lhe gelava o rosto. Até há pouco, nem sabia que existia um país chamado Brasil, muito menos uma cidade chamada Pelotas.

– Fica conosco, Dennis. Aquilo lá é uma pobreza sem fim. Não basta o que vai ter de aguentar ao chamarem você para fazer missão num desses lugares?

– Não é uma má ideia! – havia dito aos tios.

Porém, numa gélida sexta-feira, antes do Natal de 1977, tudo havia mudado.

A neve há dois dias não cessava. Sozinho em casa, ele havia acordado cedo e ficara estudando as Escrituras. Foi quando viu um vulto pela porta de vidro fosco se mexendo no pórtico de entrada. Depressa, equilibrou a xícara de cevada quente no braço do sofá, empurrou o Livro de Mórmon para o chão e foi abrir a porta. Uma voz ríspida, acompanhada por um vento seco e gelado, invadiu a sala.

– A caixa de correspondência está tapada – resmungou o carteiro, fincando um postal na mão de Dennis. – Bom dia e feliz Natal! – emendou, já de costas, patinando para o portão.

O postal tinha uma foto indecifrável. No verso, numa letra mal desenhada, palavras e números, numa língua que não entendia. Todos os dias chegavam as contas ou papéis do governo, ou as revistas da igreja. Um cartão assim, de gente mesmo, era a primeira vez. Para ele?

Sorriu, reconhecendo o nome: Dennis Betts. O carimbo do correio, ao menos, era familiar, aliás, igual ao americano.

Antes de levantar os braços para espantar a preguiça, Dennis levou o cartão para perto do nariz e leu: BRASIL, ELOTAS. "Elotas?"

Onde iria achar um dicionário brasileiro para ler aquela merda de postal?

Encolheu os ombros, recolheu a xícara, bebeu a cevada fria e se sentou no tapete fofo da sala. Enquanto pensava, admirava os flocos de neve dançando na janela.

Quando o telefone começou a tocar, o relógio na parede já marcava duas e meia. "Deus do Céu, olha a hora."

– Alô? – Dennis escorou a cabeça no assento do sofá para não ficar com voz de sono. – Pai?

Ele queria saber da esposa. Dennis disse que ela e a Candy chegavam às cinco. Perguntou:

– Foi o que ela disse ontem para você, não foi? – mas não obteve resposta do pai.

– Quero te contar uma coisa – acrescentou, então, depressa, antes que o pai batesse o telefone – Recebi um cartão postal. Do Brasil, pai. Não é para lá que vamos nos mudar?

Silêncio na linha e um clanque-claque.

Dennis se arrastou para cima do sofá, puxando o livro com o postal para o colo, estudando a foto por todos os ângulos. Hmmm...

– Alô, pai. Pai?

A voz imperativa e rouca do pai ecoou-lhe no ouvido.

– Não, pai! Para mim! – retorquiu, explorando os garranchos outra vez. – Tem o meu nome no cartão. Completo. Mas não tem quem mandou.

A respiração do pai ficou mais pesada.

– Claro que tem. Diz: BRASIL – ELOTAS.

Curto silêncio.

– "P"? Um "P" apagado? Não, pai. – Sem dar explicações ou tchau, desligou.

– E então, pai! – murmurou Dennis, sabendo que ele não estava mais na linha para responder. – De quem será o postal?

Devagar, devolveu o fone ao gancho, encaixando o suposto "P" apagado no início, no meio e no fim das palavras, que continuavam sem fazer sentido. Quanto mais se fixava em seu nome no postal, mais a ideia o empolgava. Um amigo na chegada! Conhecia a turma do time de futebol, da equipe de natação, mas amigos, amigos, Dennis nunca tivera. A igreja não encorajava amizades com quem não fosse um membro fiel. Sorte ou azar, os não membros eram os que vinham conversar com ele no colégio. Até um porto-riquenho de Nova Iorque que, diziam, usava batom. Se o pai descobrisse...

No Brasil, iria ser diferente?

Um dia, antes do almoço, a mãe, em segredo, havia apontado no globo da sala onde ficava o Brasil, acariciando com a ponta do dedo uma vasta área verde. Contava-lhes, naquele dia, que o pai seria transferido para o Brasil para ocupar um posto de adido militar. Treinaria soldados brasileiros vindos de uma região maior que os Estados de Utah e Idaho juntos. Como não era uma zona de guerra aberta, poderia levar a família.

– Os comunistas, entre outras coisas, não acreditam em Deus – dizia ela. – Seu pai vai ajudar as pessoas decentes daquele país a dar um jeito nessa praga.

– Como fez na América Central?

Quando se deu conta do que havia dito era tarde demais. O semblante da mãe já se turvara, acompanhado por um murro na mesa.

– O que compromete seu pai, compromete a nós – antes de continuar, a mãe olhou para os cantos da casa, como se o impacto tivesse chamado a atenção de algum vizinho que viria à porta estranhando o barulho. – E lembrem-se vocês dois: em voz muito baixa, alertou – para todos os efeitos, seu pai é um engenheiro e instrutor da escola militar. Isto de CIA é coisa entre seu pai, o Governo dos Estados Unidos e a Igreja. Nós não sabemos de nada, não fazemos pergunta nenhuma. Isso não é brincadeira, Dennis. Você bem sabe do estado do seu pai...

– O pai é um espião, irmãozinho? – Candy sussurrava, como se estivesse brincando de telefone sem fio.

– Fale baixo, docinho. Essa coisa de espião, mamãe já nos disse, não existe. Além disso, não é coisa de que Jesus Cristo goste que a gente fale. No Brasil, o nosso pai vai ser um adido militar. Um tempo depois, vai trabalhar apenas na construção de capelas. Entende?

– Não! – disse Candy. – A ideia é muito confusa.

– É que você ainda é muito pequena.

Candy levantou os ombros e segurou as bochechas nas mãos.

– Se não tem capela – continuou –, onde as pessoas fazem a reunião sacramental?

Candy era pequena e Dennis devia ser um idiota. A ele, também custava entender. Um missionário havia contado que nos países pobres, muita gente fazia a reunião sacramental em casa, como nos tempos de Jesus. Que as casas tinham frestas por onde, no verão, entravam mosquitos e, no inverno, era como morar na rua. "Que horror!", Dennis pensava espantado, anotando mentalmente que, se não ficasse nos Estados Unidos para estudar, iria levar mais um par de luvas na sua mala, caso fosse verdade o relato do missionário. Mas, na mala amarrada em cima do carro, não trazia nenhum par de luvas. Havia ficado nas caixas ainda por despachar.

O carro deu mais um solavanco.

– Pelotas! – apontou de repente o motorista.

Todos olharam para a linha de edifícios brancos despontando no horizonte. Menos o pai. Ele permaneceu teso, empurrando tanto as costas contra o banco, que até fazia barriga atrás do assento.

De repente, seu pescoço passou a verter água e o corpo se soltou em espasmos, nada a que Dennis não estivesse acostumado. Naquele momento, porém, a preocupação era outra: quanto mais se avultavam os prédios no horizonte, entre uma contração e outra, o pai tremia e mal respirava. Uma tremura, assim, nova, sugeria o quê? O agravamento do seu estado de saúde?

III

Disparei quarto adentro.

– Não se diz mais boa-tarde nesta casa?

– Oi!

– Que milagre traz você para casa mais cedo?

Sem ar e sem tempo, joguei meus livros na cama e deixei a porta semiaberta para conversar com mamãe. Peguei o assunto pela metade. Quando me dei conta, ela já havia repassado os recados do dia, me dizendo que a mãe do Ed devolvera o livro azul que eu precisaria na faculdade.

– Bah, nem acredito! Emprestei esse livro de gramática ao Ed, se a memória não me falha, quando ele estava no quinto ano primário. Achei até que o sem-vergonha tivesse vendido para um sebo!

– Não se fala assim dos amigos, filho.

– O Ed me entende...

Ela se aquietou por um segundo, depois riu.

– Falando sério, filho! Ouviu quando dei o recado que o Ed mandou pela Marlene? Ele vai fazer o turno da noite esta semana. Como ele precisa falar com você, passa lá no hotel, tá bom?

Respirei o ar impregnado de canela e cravo.

– Não vou poder, mãe.

Enquanto lamentava a minha pressa, e também que Dona Marlene tivesse aparecido na venda da mamãe com uma cara desenxabida (todos sabiam da fama do marido inglês), eu jurava que o Lécio não via o pai do Ed saindo com vagabundas fazia meses! Prometia me dedicar mais aos meus amigos e provar o doce de mamãe outro dia. Ao mesmo tempo, ia puxando meu cabelo para trás das orelhas, para depois pentear. Em quinze minutos, contados, ia pular num ônibus para a Zona Norte.

– Não vai poder por que, Lázaro?

– Um bico, mãe! Vou cuidar de um doente por uns dias... e noites! – gritei, abrindo o guarda-roupa e metendo umas roupas na minha maleta.

– Desde quando você virou enfermeiro?

– Sou criativo, né?

– Vai valer a pena?

Joguei na cama uma camisa limpa, um par de calças e fui me secando com as roupas que tirava. Minha pele cheirava a charque salgado, mas um banho estava fora de cogitação. Respirando devagar para controlar o suor, tratei de me vestir.

– Por duzentos dólares – continuei – cato piolho em macaco.

– Quê?

– É um guri americano. Ligaram lá no Cultural. A família dele tem uma viagem urgente. Por causa da doença que ele tem, se machucou e não pode ir.

– Coisa que pega, filho?

– Apanhei o meu *Collins* de bolso e fui ver.

Morgue, moribund, morn, morning, Moroccan... Moron...

– Significa CRETINO! – bradei. – Ele é débil mental!

– Como assim?

– Um minuto que já lhe explico.

* * *

Cuecas limpas, meias sem furo, calças alaranjadas de boca bem larga, camisa roxinha com flores amarelas e meus sapatos com cadarços trançados marrons.

Cheguei à cozinha ofegando.

– Estou bem, mãe?

– Se cortasse esse cabelão de vagabundo ia ficar melhor!

Ri e beijei seu rosto.

– Não implica! Falta muito para chegar à minha cintura.

– Um palmo?

– Dois – zombei. – E a senhora – continuei a brincadeira –, se não pintasse o cabelo de acaju não pareceria uma das gurias da Potoka.

Ela levou a calda à boca na colher de pau. Disse que a ambrosia estava quase no ponto e riu.

– O seu pai sempre gostou de mim de cabelo acaju, vou pintar sempre, até morrer.

Já de maleta pronta, mais dois sacos de supermercado com os livros da faculdade na mão, forcei um sorrisinho a fim de encerrar a conversa.

– Lécio esteve aí procurando por você também – acrescentou ela.

– Avisa que volto semana que vem ou quando der.

– Quando der, filho? Deixou o telefone de onde você vai ficar?

– Lá não tem telefone – falei, já da calçada.

– Não vai ficar sem dar notícia.

Dei um beijo no ar, em direção a ela.

– Capaz! – retruquei, quando já estava longe.

– Endereço?

No dia seguinte, daria uma passadinha rápida a fim de ver como ela estava, mas fingi que não ouvi, apressando o passo para a paragem do ônibus. Mamãe não iria deixar o doce queimar e ir atrás de mim. Se eu deixasse o endereço, ela certamente passaria ao Lécio, que não era o tipo de pessoa a quem todos se afeiçoavam. Gente de igreja, menos ainda.

* * *

Sete e quinze.

Pulei do ônibus na frente do supermercado da Zona Norte, contando cada segundo de atraso, formulando desculpas que justificassem a demora.

Atravessei a rua sem olhar para os lados.

Meti a mão no bolso de trás. No outro. Desesperado, joguei no chão a maleta e os sacos, esvaziando os bolsos da frente. Gelei. O papel com o endereço do americano havia ficado no bolso da outra calça.

Pingando suor, sentei-me no meio-fio, rodeado pelos pedaços de papel, lenço, pentinho e carteira. "Puta que pariu, e agora?"

Varri minhas quinquilharias da calçada, enfiei tudo na maleta, nas sacolas, me atirando pelo primeiro portão, negociando as portas de alumínio dos prédios. Era ali, rezava, tinha de ser um daqueles dez ou vinte prédios de quatro andares. "Nunca presto atenção a nada", me repreendia, "depois, vejo-me nestas situações! Se eu quiser morar na Europa, tenho de aprender a chegar na hora. Na Europa, todo mundo chega na hora."

* * *

Depois de quatro prédios, incontáveis campainhas, muitas caras assustadas me dizendo que não sabiam de americanos recém-chegados, não me importava mais com os mosquitos, que faziam festa no meu pescoço. Minha irmã havia morado ali, há mais de ano, antes de se mudar para a Inglaterra. Mas, de memória, não me lembrava de tantos prédios iguais.

Olhei em volta.

Respirei fundo.

Do outro lado da rua, o muro do supermercado me ofereceu a pausa desejada.

Atravessei correndo e me sentei.

"Luz da Minha Vida", lá vinha a voz do Lécio na minha cabeça, como sempre, nas horas de arrocho como aquela: "se Deus quisesse que a gente chegasse sempre na hora, a gente nascia usando relógio".

Eu podia ter dito para o Lécio que naquele momento meu problema não era o atraso, era o xixi! Porém, minha exaustão se encontrava muito além dos limites! Eu não conseguia retrucar a ninguém, menos ainda ao inoportuno Lécio em nosso papo imaginário.

* * *

De olhos cravados nas janelas dos prédios, fiquei afagando meus braços naquele vento. Era muito azar para pouco Lázaro. Àquela altura, o americano teria levado o filho com ele ou conseguido outra pessoa. O dinheiro no bolso pagaria uma bandeira dois?

"Que importa", decidi, "pago lá em casa."

Ergui-me depressa.

Uma gota quente molhou minha perna fria.

Apertei os joelhos.

III

Com tantas janelas iluminadas, meus olhos esquadrinhavam os arredores. Não haveria um canto sequer onde aliviar a bexiga? Era o que me faltava, mijar no carro de praça a caminho de casa.

Puta que pariu. Mais um pingo. Pior.

Dois, e um fez fiozinho.

— Oi, moço! — chamei o taxista, que me olhou. — Não tem um banheiro por aqui?

— A gente pede emprestado o do supermercado, o dos empregados. Mas está fechado agora.

Foi a gota derradeira.

— O senhor está livre? Zona do Porto.

— Logo ali dá para mijar, não tem mais luz — anunciou ele, vendo que eu apertava a maleta no meio das pernas.

Tratei de puxar as minhas coisas para a porta aberta do táxi.

— O que você veio fazer na Zona Norte?

— Vim encontrar uma pessoa num destes prédios. Só que me esqueci do endereço em casa — falei depressa. Confessar para o taxista trouxe luz de volta à minha vida e me ajudou a segurar o xixi.

Ele encolheu os ombros e sorriu.

— Isso acontece — disse. — Conta aí o nome do vivente, a gente conhece todo mundo nos prédios.

— Dennis Betts, o filho de uma família americana que se mudou para cá faz uns dois dias.

— Família, não sei, não. Mas levei numa igreja dos mórmons um gurizão americano meio que atrapalhado. Não é assim — perguntou o taxista —, um guri alto, deste tamanho, loiro, de cabelos lisos, franjinha? Só pode ser o gringo que levou o tombo! Foi de boca num despacho, direto nos cacos do alguidar. O tempo fechou feio, ficou todo ralado. Que urucubaca! — arrematou, entusiasmado, sem pena. — Eles saíram daqueles prédios no fim da quadra agora de manhã! — apontou ele ao longe — Não desses aí. Veio acompanhado duma gasguita até o táxi. Ela me deu um papel com os endereços e largou o guri sozinho. O pobre coitado foi e voltou comigo, neste carro mesmo. Na volta, bem dizer, só chorava. E só me pagou a ida, o desgraçado. Pena que não fiquei com o papel.

Apertei a alça da minha maleta oferecendo uma prece.

— O senhor disse que ele era meio atrapalhado? Ele lhe pareceu mal da cabeça?

— Essa gente... — pausou, levantando as mãos ao céu como para agradecer a Deus a saúde que desfrutava — nunca se sabe.

Virei de costas para o taxista. Fiz xixi quase em cima das minhas sacolas.

— Melhor aqui na calçada — disse ele, rindo —, do que no táxi.

— É ele! É ele! — comemorei aos berros, enfiando um saco em cada braço e abraçando a maleta contra o peito.

— Só pode, tchê!

— O senhor disse igreja para *Morons*? Essa é a doença de que ele sofre.

— Mórmon. E mórmon não é doença, é a religião dos americanos — comentou, arrancando gargalhadas dos companheiros que haviam se afastado para a esquina.

Eu não ri.

O taxista, como uma estátua de dedo espichado em direção ao portão do fim da quadra, não precisou me dizer mais nada. Olhei no relógio; corri como se me tivessem posto fogo no traseiro. Passava das oito e quinze.

* * *

Bloco A, B, C. Cada porta ficava mais pesada que a anterior. A ideia de amontoar as coisas num canto do andar térreo e subir com as mãos livres ajudara. Uma pena a ideia me ter vindo só no bloco C, o prédio anterior ao que eu entrava — o prédio D já era o último.

Ao abaixar a maçaneta para avançar ao meu destino, senti uma superfície nodosa em contato com meus dedos úmidos de suor.

"Opa!" Andaram passando o quê nesta maçaneta?

Sem perder tempo em descobrir a natureza da substância, enfiei as extremidades das mãos debaixo do sovaco, limpando-as, enquanto empurrava, a pontapés, a maleta para junto das sacolas.

No térreo, ninguém em casa; no segundo andar, apenas uma família, que me disse ter acabado de chegar de uma viagem ao Nordeste. No terceiro, parei diante do 301, o único apartamento em que as luzes estavam acesas.

Apertei a campainha.

O volume da TV baixou. Passos se aproximaram da porta. Tirei o pente de plástico – que morava no meu bolso de trás – passando depressa pelo cabelo, ao mesmo tempo em que ensaiava um sorriso.

Num segundo, a porta se abriu, revelando uma velha espantada.

– Olá. Sou o Lázaro Prata. Sou eu quem vai fazer companhia ao Dennis Betts nessas duas semanas. Ele está?

– Dennis quem?

– Meu coração foi aos pés e voltou.

– Não mora nenhum Dennis aí? Um rapaz americano?

– Como?

– Um americano.

– Não.

– Nem aqui no prédio?

– Claro que não. E me dê licença porque *O Pulo do Gato* já vai começar.

– Pulo do quê?

Fiquei plantado, olhando para a mulher.

Não tinha outro bloco de apartamentos, só faltava aquele. O taxista havia se enganado.

Estava me despedindo quando, por detrás dela, um velho de chinelos apareceu à porta. Falava em voz alta, irritado:

– A novela, filho. A novela. São os americanos a quem você procura? Moram aí em cima – apontou para a escada. – Na chegada, foi um rebuliço neste prédio, acho que o homem passou mal. A Filomena, aqui, usa aparelho – tocou com o dedo na orelha. – Além do mais...

– Obrigado! – interrompi, descendo para recolher as minhas coisas.

– Moram aí em cima, moço, vai descer para quê?

– Obrigado – agradeci e me arremessei escada abaixo.

– Deve ser mais um deles... – ouvi o velho resmungar. – Deve ser da mesma religião... – e bateu a porta.

* * *

Segundos depois, eu saltava de três em três degraus escada acima. Os sacos de livros não pesavam mais nada. A maleta, que podia arrastar, trazia nos braços para evitar que sujasse numa tinta castanha, que alguém havia deixado pingar no corredor.

Diante da porta, examinei as minhas mãos antes de apertar a campainha e me deparei, como imaginara, com os resíduos ferrugentos daquela mesma tinta nos meus dedos suados. Enfiei-os na boca por instinto e os lambi depressa para garantir que estariam limpinhos se me cumprimentassem com um aperto de mão.

Aprumado, empurrei fundo a campainha e sob os acordes iniciais de "Eu e meu Gato" ecoando no prédio, esperei.

"Que não seja tóxica", pensei, "este gosto agridoce..."

Enquanto eu matutava, a porta se abriu.

– O senhor é?

A falta de delicadeza da baixinha me encarando à porta me surpreendeu. Não tive coragem de espiar o relógio. Eu estava ali, era melhor ver no que ia dar.

IV

Sonho?

Desilusão.

Pesadelo!

Três dias depois de chegar, tal como os casebres no espelho retrovisor, o sonho da Terra Prometida ia ficando para trás. O táxi que o levava à capela era uma diligência em disparada, chacoalhando pelas ruas estreitas, pavimentadas com pedras irregulares. No banco traseiro, Dennis, segurando um ramalhete de rosas, buscava qualquer coisa em que pudesse se segurar.

O táxi tossiu e diminuiu a marcha ao atravessar um sinal vermelho. O motorista, observando-o pelo retrovisor, tinha o mesmo olhar dos irmãos da igreja, aquela mistura de pena e admiração, como se Dennis – por ser americano – fosse feito de outra matéria, diferente da das pessoas do local.

De repente, um grito.

Surpreso, Dennis sentiu um último solavanco e constatou que haviam parado. O taxista, apontando para um portão, dizia: – Mórmons. *Money. Money* táxi.

Dennis espreitou pela janela. Não viu o Élder Linfoot, o missionário americano que a mãe disse que o estaria esperando, porém viu a palavra "Jesus" e o posicionamento do letreiro na fachada.

A IGREJA DE
JESUS CRISTO
DOS SANTOS
DOS ÚLTIMOS DIAS

O prédio não era idêntico aos dos Estados Unidos, mas o amplo gramado, a escadaria e a cor dos tijolos se assemelhavam a muitas outras capelas nas cercanias de Provo.

– *Money. Money* – insistia o taxista.

"Idiota", ralhou Dennis consigo mesmo! Ficaria ali olhando pela janela para sempre sem pagar o homem?

Do bolso do paletó, arrancou um maço de notas muito coloridas de dinheiro brasileiro, entregou uma de 100 ao motorista e tratou de pular fora do veículo, ansiando por dar fim à aventura.

– *Auch*!!!!!!

Deu-se conta tarde demais.

O pé ficou preso entre uma pedra irregular e outra.

No momento seguinte, viu-se no ar, caindo para frente, levando consigo o ramalhete que sua mãe tinha mandado para enfeitar a igreja. O mundo virou de cabeça para baixo. O maço de notas voou de sua mão, desfolhando-se pelas pedras.

Ainda tentou apanhar o buquê, mas os espinhos das rosas cravaram-lhe nas mãos. Humilhado, sem conseguir dizer uma palavra, levava os dedos em direção às notas, precisava recolher o dinheiro que havia se espalhado na queda, mas tudo o que via era sangue.

Virou-se, esforçando-se para se recompor, pôr-se de pé. As pernas não lhe obedeceram. De novo, os joelhos bateram nas pedras, desta vez rasgando-lhe o tecido do terno comprado para a viagem. Em agonia, Dennis ergueu as mãos para não bater nos cacos de um vaso cheio de pipoca, e os pulsos foram de encontro a uma garrafa quebrada junto ao meio-fio da calçada.

O taxista, aos berros, arrastou Dennis para o banco da frente do táxi. Depois, enfiou-lhe os dedos por baixo das coxas e puxou um pedaço de papel que ficara preso entre as pernas dele e o banco.

– *Rauzi. Rauzi?*

Quase furando o papel, seu interlocutor apontava para o endereço do apartamento, gesticulando que o levaria de volta para casa. Era o que o pobre diabo parecia dizer. Dennis não falava. Aliás, nem que quisesse poderia: não sabia sequer uma palavra em português.

– *House, yes*! – acedeu Dennis. O táxi tossiu, escarrou, ganhou vida, saltando rua acima, sem desviar das imensas crateras. No segundo ou terceiro sinal vermelho, tossiu outra vez.

E o motor morreu.

O taxista inclinou-se, abriu a porta e, sem mais nem menos, empurrou Dennis para fora do carro.

Foi só da calçada que Dennis viu a fumaça dentro do veículo ficar mais espessa.

Pensou em correr dali, mas permaneceu parado, apertando as mãos debaixo dos braços. Sem o papel do endereço, não tinha a menor ideia de onde morava. Nem a capela, que ficava ali por perto, saberia localizar. Abriu a boca, ia dizer alguma coisa, mas veio apenas o choro. Sabia que não eram os ferimentos da queda que doíam, eram as saudades da sua casa na América, dos cômodos grandes e confortáveis, das coisas que haviam ficado nos caixotes esquecidos, a serem despachados. Deplorava esse país horrível, onde nada se assemelhava aos subúrbios bem pavimentados de Provo. Mal havia chegado e, no entanto, já odiava tudo.

* * *

Pouco depois, parado na porta do prédio, reparou na mão ao segurar o trinco. As feridas abriram-se com a força que fez, pintando de escarlate o metal prata. Impelido pelo momentâneo tremor, empurrou a porta com o joelho, entrou de lado, afastando as mãos das paredes. O sangue, jorrando outra vez pelos dedos, foi pingando escada acima e corredor afora.

A mãe abriu a porta.

– Já soubemos do acidente! – murmurou.

Trêmulo, Dennis se arrastou até o banheiro, pondo-se junto à pia. A mãe e o pai, seguidos por dois missionários, amontoaram-se no exíguo corredor frente à porta. Apontando para o crachá preto com letras brancas preso no bolso da camisa, o missionário americano se apresentou como Élder Linfoot, de Oklahoma. Fazendo o mesmo com o crachá do companheiro, apresentou-o como Élder Ferreira, de Alagoas, do Brasil mesmo. A empregada o interrompeu; disse alguma coisa em português, que Élder Linfoot traduziu.

– Por milagre, o marido da Eudineia ia passando ali, viu o que aconteceu e nos avisou na igreja. Por isso, corremos para cá.

Candy espreitou por trás deles. Ouvindo da mãe que Dennis não ia morrer, ficou contemplando a cena, olhos arregalados, quieta, sem chorar.

– Vamos lavar essas feridas – determinou a mãe, calçando o próprio corpo contra o do filho para que ele ficasse em pé. – Nesses pulsos não são arranhões, Dennis, são cortes, e não são superficiais – anunciou, abrindo a torneira e puxando o braço de Dennis sob o jato de água. – Vamos ver se isso não vai precisar de pontos.

– Não são os cortes, mãe! O que está me matando é o joelho.

Minutos depois, enquanto a mãe fazia os curativos, Eudineia apontava para a maleta de primeiros socorros, conversando ao mesmo tempo em que o Élder missionário.

– Ela diz que nesta maleta tem tudo – traduziu Linfoot. – E que a irmã parece uma cirurgiã fazendo curativo.

– Sou mãe de família – retorquiu ela. – Aprendemos em casa, na prática. Depois de traduzir para a empregada, o Élder retornou ao inglês.

– Ela foi auxiliar de limpeza numa sala de cirurgia, por isso é que ela acha que a irmã tem a prática de um profissional. Disse que é inacreditável que nos Estados Unidos...

– Diz outra vez que sou mãe de família, Élder. Vamos logo pôr fim a esse assunto! – interrompeu ela, dando a última volta na gaze da perna de Dennis.

– A minha mãe – começou a acrescentar o Élder – não saberia nem...

– Eu sou eu, sua mãe é sua mãe, Élder. Cada uma cuida da sua respectiva família com os talentos que o Pai Celestial nos proporciona.

Élder Linfoot baixou os olhos, virou-se para a empregada, começou a falar português. Naquela voz de papagaio, parecendo repetir os mesmos sons que ele pronunciava, só que mais alto, ela explicava alguma coisa, sem dar ao Élder oportunidade de traduzir.

– Irmão Betts – disse finalmente o Élder, dirigindo-se ao pai de Dennis –, ela quer saber se ainda vão viajar com o Dennis neste estado.

– Vamos sim! – explicou a mãe. – Surgiu um imprevisto na saúde do John. Em Pelotas não há médicos numa posição de liderança na igreja. Aliás, não há médicos mórmons. Ponto final. Por isso, vamos voltar a Porto Alegre. Viajamos agora de madrugada. No Fusca não vai haver espaço para o Dennis estender as pernas. No momento, tudo o que ele precisa é de descanso. Diz para a Eudineia que ele não vai. Ela vem durante o dia; vocês dormem aqui à noite.

Élder Linfoot mordeu os lábios e começou a retirar os livros da mesa, enquanto o companheiro recolhia os dois paletós do sofá.

– Viajamos para Bagé amanhã, irmã. Não podem pegar um carro maior, talvez um carro do exército?

A mãe acompanhou com os olhos o movimento dos missionários, pediu que deixassem o exército fora disso, insistindo que queria ir de Fusca, um carro que, no Brasil, todo mundo tinha. A seguir, balançou a mão na direção de Dennis e argumentou que ele não poderia dobrar o joelho enfaixado por uns dias: ia inchar mais um pouco, poderia ter febre. Iria ficar muito pior antes de melhorar.

Dennis encolheu os ombros e começou a soluçar baixinho.

— Ele está assustado, Rebecca! — interpôs-se o pai. — Vou com ele de ônibus.

— John, John, John... De ônibus, John! — rebateu ela, ríspida — Você está louco? O Dennis não está em condições de viajar. E, de ônibus, nem nós estamos.

— Se ele se sentar no corredor... — sugeriu o Élder — dá para...

— São decisões que tomo para o bem da minha família, Élder — interrompeu ela. — Não acho seguro viajar de ônibus neste país imundo e isso não é hora de problemas. Vamos de Fusca e vamos ao que interessa: a Eudineia fica durante o dia. Quem vai ficar à noite?

— Entendo a importância do assunto, irmã. — prosseguiu Élder Linfoot, preparando-se para sair — Mas teríamos de conversar com o presidente da missão em Porto Alegre. Isso vai levar tempo.

Mais conversa do Élder com a empregada. O papagaio não estava apenas na garganta da Eudineia, tinha tomado conta do seu corpo inteiro.

— Então? — perguntou a mãe.

— Não pode ficar — traduziu ele, enquanto a empregada examinava a própria roupa. — Pede que a irmã entenda que ela também tem família e que não fala inglês.

A mãe ergueu as mãos num gesto de desespero.

Élder Linfoot retomou a conversa com a Eudineia.

Para surpresa de Dennis, ela meteu a mão no bolso do avental, remexendo os pedaços de papel que carregava, rindo, de repente, como iluminada por alguma lembrança, disse alguma coisa e os três riram muito à vontade. Dennis, o pai e a mãe se entreolharam. Candy, alheia à situação, continuava rabiscando flores na parede, pintando pétalas de cores impossíveis.

— Resolvido? — quis saber a mãe.

Élder Linfoot virou-se para eles, explicando que o Espírito de Deus, em sua sabedoria e misericórdia, havia inspirado a irmã Eudineia com a solução do impasse.

— Vamos à padaria, irmão — convidou Linfoot, abrindo a porta e conduzindo John ao corredor. — A irmã fique tranquila — afirmou o Élder sem dizer do que se tratava —, explicamos para o irmão Betts no caminho.

Dennis mancou até o meio da sala.

A empregada passou, empurrando-o com o ombro. Seguiu apressada, desta vez, tirando punhados de papéis do avental e mostrando-os para o missionário brasileiro.

A mãe encolheu os ombros. Dennis imitou-lhe o gesto.

— Padaria, mãe?

— Depois do fim de semana que passei por causa do seu pai, nada mais me surpreende ou assusta. Tome um Valium e vai para a cama agora! — pediu ela, olhando para o corredor com a cara amarrada. — Falam com o John como se eu não existisse. Quando nesta igreja vão me tratar com o respeito que mereço?

V

– Bom... – disse eu.

Ela voltou os olhos para dentro do apartamento, como se fosse a cena de um crime.

Perguntei:

– Já viajaram?

Da empregada, veio um suspiro.

– Os Betts? Ainda não, estão na igreja com a filha.

– Eu podia ter avisado, mas vocês não têm telefone! – dramatizei, olho no olho para que ela não pegasse a minha mentira. – Sem telefone é um problema! Por que não ligou lá para casa dum orelhão – emendei – quando não apareci na hora marcada?

– Telefone, aqui na Zona Norte, só na padaria – disse bem baixinho, enquanto enfiava a mão no bolso do avental, pescando um sem-número de pedacinhos de papel. Escolheu um, rasgado de algum caderno, e leu em voz alta o número do Cultural. Depois perguntou: – É o número da sua casa?

Respondi que era, ela franziu a testa, cuspiu um rápido "podia jurar que era do seu trabalho" e desviei o assunto para a baderna dentro do apartamento.

– Bom, o senhor não repare, está bagunçado mesmo – ela apontou para a sala. – Faça o favor de entrar.

Encolhi os ombros, apertei os lábios e apontei para a maleta e sacos atrás de mim no corredor.

– O senhor traga as suas coisas.

– Não me chame de senhor. Pode me chamar de Lázaro.

– Eudineia. Dos Anjos.

– Lázaro. Prata.

Entrei.

— Isto é que é fazer arrumação — comentei, desviando das malas abertas e evitando pisar num casaco verde-azulado que, como as outras peças espalhadas no recinto, tinha o forro dos bolsos virado para fora.

— Pois é — disse ela. — Como o senhor... você ... não vinha...

* * *

O cheiro de comida esquecida não me incomodou tanto quanto o bege envelhecido das paredes sem quadros ou enfeites, que se mesclava com as páginas amareladas de um calendário, abandonado num prego enferrujado. Logo abaixo do calendário, meus olhos pararam. O desenho de um ramo de flores era a única coisa bonita na sala. Cada pétala duma cor, como se fosse um arco-íris, despontava por detrás das bíblias amontoadas na mesa, no meio de quatro cadeiras que não combinavam. Quase atrás de mim, acima de um sofá, a janela escancarada, sem cortinas, deixava entrar uma brisa que desfolhava o calendário, balançava a toalha listradinha da mesa e encontrava saída por alguma abertura nos fundos.

Com minha maleta e os sacos ainda nos braços, vasculhei o chão para achar um lugar onde o assoalho não estivesse respingado. Acabei largando tudo ao lado do sofá junto à janela. Voltei a fazer assunto.

— Tinta? — apontei para as manchas.

— Sangue do rapaz.

— Ele se feriu muito?

— Sangrou bastante! — sussurrou ela, apontando para as manchas no chão.
— Ainda bem. É para não ficar nada dentro. O Élder missionário nos contou que o garoto se cortou nesses trabalhos que se faz para o diabo. Feitiço, sabe?

Balancei a cabeça.

* * *

Cinco minutos depois, Dona Eudineia já havia me mostrado o que chamava de "a casa", enquanto, pelo caminho, ia dobrando outros casacos, fechando malas, puxando zíper de jaquetas — eficiência pura e simples que resultou num vidro de geleia repleto de moedinhas, tiradas, deduzia eu de onde, e em riscos de sapatos que marcavam o assoalho de parquê, desde o quarto da filha do casal, ao fundo, até a porta encostada do quarto do americaninho de quem eu ia cuidar, dali, bifurcando-se para o banheiro em frente e para a cozinha, onde pedi:

– Posso me servir de água?

Ela passou à frente e me entregou um copo do armário.

– Da torneira? A da geladeira é filtrada, é a que os americanos bebem.

– Pode ser.

– Pode ser o quê?

– Pode ser a da torneira.

Abandonei o copo na pia. Sussurrei um obrigado, mas percebi que estava sussurrando sozinho. Quando me virei para ver onde havia se metido, ela se lançava do quarto do casal à porta da frente, já sem avental, com uma sacolinha de retalhos balançando no braço e o vidro de moedas levantado na mão.

– Moedinhas de dólar que eles jogam fora! – disse, acelerando cada vez mais a voz. – Recolhi dos bolsos e das malas. Isto, aqui no Brasil, compra pão por uma semana para a ninhada de crianças que tenho lá em casa.

– Ah! – concordei. Ia dizer o quê?

– Você se ajeita sem problemas – disse ela, segurando a maçaneta.

– Só me diga onde tem cobertas. Vou me acomodar aqui.

Ela sacudiu a cabeça.

– Aí não. Vão chegar de madrugada para pegar as malas. No quarto do Dennis é beliche, você dorme em cima.

* * *

Depois que ela saiu, aproveitei e corri o olho pelo ambiente. Desta vez, bem devagar, prestando atenção aos detalhes. Por trás do sofá, livros e papéis se projetavam de uma valise marrom semiaberta, espalhando-se pelo chão, junto à minha maleta. "Luz da Minha Vida", alertou-me Lécio, meu grilo falante de plantão, "não se mexe nas coisas dos outros sem pedir".

Namorei o sofá por um minuto, antes de me esparramar e puxar a valise para meu colo. Fora a papelada, continha três livros.

Calei a voz do Lécio; abri o primeiro.

Bíblia Sagrada.

A versão King James da Bíblia.

Fui folheando as páginas, finas como papel de seda. No princípio, Deus criou o Céu e a Terra.

Ah, esta conheço da casa dos ingleses!

Li a capa de couro do outro livro.

Livro de Mórmon.

Moron. Ri. "Que derrapada!"

Parecia uma bíblia quando folheei, mas era cheio de gravuras.

Deus instruiu o profeta Lehí, habitante do antigo Israel, que levasse sua família para uma nova terra. Blá-blá-blá. Lehí foi guiado através do oceano ao continente americano, onde seus descendentes estabeleceram uma grande civilização...

OK.

Coloquei de lado.

O outro livro era em papel mais grosso.

Manual de Instruções da Escola das Américas. Comissão de Segurança Hemisférica. Folheei mais e mais depressa. Intercâmbio de pessoal civil e militar para formação, treinamento e aperfeiçoamento. Abria em folhas saltadas, parando por um segundo nas palavras em negrito.

Meu sono passou num instante. Retornei à primeira página do manual, descendo meu dedo pelo índice. De olhos arregalados, o irrefreável queixo caído, eu lia e relia. Era aquilo o que o americano mórmon que me ligou tinha vindo fazer no Brasil?

Um rugido ecoou dentro do apartamento, fazendo meu coração saltar. Num impulso, enfiei o manual e os livros na valise, conseguindo fechá-la, devolvendo-a ao lugar sem um clique sequer.

Bem na hora. O rugido virou uma tosse forte, seguida, agora, de uma respiração trêmula e acelerada. Palavras confusas em inglês ressoavam no corredor.

"Hora de me apresentar e começar a trabalhar!"

Pulei do sofá, dei três passos e passei logo pela cozinha. Do corredor, espreitei para dentro do quarto dele. Firmei a cabeça para não mexer. Como se eu fosse tirar uma foto.

"Luz da Minha Vida", o Lécio me veio de sobressalto à cabeça, "já viu um par assim, deste tamanho?"

VI

Valium!

Nada mais doía.

Melhor ainda, o efeito da pílula o arrastara daquele lugar abominável em Pelotas e o transportara para dentro de casa – da sua casa em Provo, ao aconchego do seu velho lar americano, de onde, pensando bem, nunca deveria ter saído.

Era dezembro.

Quatro meses antes da partida.

Em algum momento, teria de decidir se acompanharia os pais ou ficaria com os tios. Se pudesse levar consigo uma metade de si e deixar a outra, mas Dennis não era dois, era um apenas. Nesse dilema, ele foi vendo os dias amanhecerem, sentado, teso, ao pé da cama, com as pernas caídas por cima do carpete, orando, rogando aos Céus. Se o Pai Celestial dissesse "Fica, Dennis", Dennis ficava. Mas o Deus do Céu parecia só falar com os profetas. Também, pudera! Por que falaria com ele? Para gente como Dennis, talvez não houvesse plano nem salvação. "Pai Celestial", mesmo assim, insistia. "Dá-me um sinal. Qualquer sinal, meu Deus..." Até que, certa noite, deu ao Pai Celestial um ultimato: "...ou a morte!"

Quando amanheceu, chegou o postal.

Naquela mesma noite, depois da visita do carteiro, o pai entrou na sala sem cumprimentar ninguém. Foi direto ao assunto.

– Sabe sobre o cartão que chegou do Brasil, Rebecca?

No sofá, ela não parou de folhear a revista.

– Vá buscar e mostre ao seu pai.

Dennis seguiu escada acima, retornando com o cartão.

John, num segundo, examinou a frente e o verso.

– Não se fala mais em Brasil até a hora da viagem – disse, irritado.

Os três sacudiram a cabeça.

– E você, Rebecca, controle as crianças! – a mãe voltou os olhos à revista.

Aproximando-se do sofá, o pai segurou-a no braço.

– Vá me buscar um copo de leite, e vamos todos dormir. Leve isso para a cozinha e queime.

Ela parou de folhear a revista. Sem olhar para ele, estendeu-lhe a mão.

O pai entregou a ela o postal em pedacinhos.

Dennis abaixou a cabeça, apertando os lábios de raiva, dizendo o que normalmente não diria:

– Pai, em Provo, você sabe que eu não tenho amigos. De repente, esse cartão...

– Nesta casa, Dennis, não temos amigos – de boca entreaberta e olhos flamejantes, o pai levantou o braço dando bofetadas no ar. – Aliás, temos! – e trocou o tom para um teatral, irritado e profundo, que sempre reservava para o púlpito da igreja. – Nosso amigo é Jesus Cristo, nosso Deus, Senhor e Salvador. Ninguém mais.

Candy recolheu os lápis de cor do chão; acomodou-os um a um na caixinha.

– Amanhã você vai ver os meus desenhos na exposição da escola, papai?

– Três dos temas natalinos dela foram premiados, John.

– Sair para ver rabisco de criança, sem necessidade? Sinceramente! – disse o pai, dirigindo-se à escada. – Arranjem entretenimento em casa.

Dennis subiu sem dizer nada, encerrando-se no quarto. Ligou o rádio baixinho, como sempre fazia, para não escutar os soluços da irmã. Dos desenhos natalinos da Candy, inéditos na história das exposições na escola, um dos três arrebatara o primeiro prêmio; dos demais, o segundo e o último, obtiveram menção honrosa. Por que o pai não via isso? Tomara que, ao menos, deixasse a Candy enfeitar a mesa de Natal com os troféus, como ela havia planejado.

No quarto, sentou-se aos pés da cama. O recinto fedia a suor seco, pesos de halterofilismo jogados num canto, armário aberto, sapatos esparramados no tapete, roupas empilhadas na escrivaninha, livros amontoados ao lado da cama e por cima da cabeceira.

De uma das caixas no chão, puxou uma bolsa preta; de seu interior, tirou sua máquina polaroide. Do estojo da máquina, com cuidado, retirou duas fotos e as dispôs em cima da cama, ao lado do travesseiro. Naquela tarde, havia tido a ideia de testar sua nova polaroide. Depois de ajustar a distância, fotografara o misterioso postal do Brasil, deitado em cima da bolsa preta da máquina. Em minutos, obtinha as fotos da frente do postal, quase tão nítidas como o original, e a do verso, que, após acertar o foco, podia distinguir o que estava escrito, só não sabia ler em brasileiro. Mas sabia quem podia traduzir. A bibliotecária da escola, que conhecia muita gente, comemorou, conheceria alguém que falasse a língua do Brasil. Por ali, circulavam estudantes que haviam servido suas missões ao redor do mundo. Então, problema resolvido! Claro, não iria levar o cartão, pensou rindo, muito menos as fotos, era esperto, não iria deixar a bibliotecária desconfiar de nada.

De lábios franzidos, enfiou as fotos no estojo da polaroide e abriu espaço na escrivaninha, arrastando as roupas para o chão.

Número a número, letra a letra, foi copiando o texto do postal para uma página da sua agenda.

Encerrada a transcrição, destacou a folha, colocou-a entre as páginas da Bíblia e fechou o zíper. Ali, o texto estaria seguro, no meio de tantos pedaços de papel, até a próxima visita à biblioteca. Num movimento rápido, enfiou as fotos debaixo do travesseiro; apagou as luzes, jogando-se na cama, exausto. Ao romper do dia, esconderia as fotos no lugar que chamava "o mais secreto da casa".

O clarão dourado da luz da rua, repentinamente, manchou as paredes e os móveis brancos do quarto de amarelo. Seguro, despiu-se já deitado, aconchegando-se nu entre as cobertas. Sua própria respiração soava como um anjo lhe contando um segredo ao ouvido. "Foi por isso que enviei o postal para você..."

Dennis abriu bem os olhos. Olhou em volta, mas viu apenas a janela. Na vidraça dupla rodopiavam os flocos de mais uma tempestade de neve. Imaginou o frio e, para além do frio, fantasiou-se contemplando a fotografia do postal através de outra janela, que flutuava no espaço – uma janela aberta a outro mundo cheio de sol e claridade, com muitos amigos, longe dali.

Quatro meses após aquele sonho, o que não podia ter previsto era se encontrar encerrado em um inferno, acordando com os barulhos deste fim de mundo e com o corpo em severa agonia.

Pelotas...

"Foi a pior coisa que já me aconteceu", concluiu.

"Ou, quase", reconsiderou.

VII

"Perfeitos!"

Pela janela aberta, a luz vinda da rua iluminava os pés alvos, para fora do colchão, golpeando o ar. O resto do corpo, cabeça e membros, estava enrolado no lençol, escondido pela sombra da parte de cima do beliche. Plantado no meio do quarto, ajeitei a língua na minha boca, puxando-a para trás – um truque ou cacoete que eu usava quando ia trocar de idiomas.

– Olá! – suspirei. – Sou o Lázaro, o rapaz que seu pai contratou para fazer companhia a você.

O lençol se mexeu, seguindo-se um gemido.

– Olá, sou o Dennis. Dennis Betts – ele se virou, ainda coberto. – Acenda a luz para nós, ali.

Obedeci, localizando o interruptor ao lado da porta. A lâmpada, pendendo nua do forro, brilhou forte demais num cômodo daquele tamanho.

Apertei os olhos, abrindo-os vagarosamente para me acostumar.

Dennis descobriu a cabeça, afastando com o antebraço os cabelos que lhe cobriam a testa.

– Vão ser 200 dólares? – perguntou, protegendo o rosto da claridade.

– Desculpe?

– ...para ficar comigo?

– Foi o que acertei com o seu pai.

– Vá embora! – ergueu a voz numa ameaça. – Ou me levanto daqui e parto a sua cara.

Se eu tivesse ficado menos chocado, teria dito alguma coisa, talvez fingido que não ouvira. Mas não. Dei um passo para trás e fui me arrastando até a porta, determinado a fugir dali.

– Estou só brincando – riu alto, um riso de bêbedo. – Nos Estados Unidos fico sempre sozinho, mas detesto!

Sorri acanhado.

– Hey! – ele emitiu um "hey" bem americano. – Vai ser ótimo ter companhia. Acha que vai gostar de mim?

Meu rosto ferveu. "Luz da Minha Vida", ecoou o Lécio na minha mente, "esse garoto tem pés bonitos, mas não deve ser bom dos miolos. Isso é pergunta que se faça, assim, de sola?"

– Vou.

– Mesmo?

– Vou gostar, sim! – afirmei, ignorando o cricrilar do meu Grilo Falante. Dennis arrastou-se, sentando-se na cama, descansando a cabeça no travesseiro contra a parede.

– Dá uma olhada – disse ele, estendendo as mãos –, que estrago.

Meio sorrindo e, graças a Deus, meio piscando, passeei os meus olhos nos dedos arranhados com unhas perfeitas, deslizando pelos punhos enrolados em gaze, aos ombros largos, descendo e subindo pelo peito amplo, descansando em cada músculo que – até então – eu não havia visto nem em fotos de revistas.

– Viu? – pareceu-me ser o que ele me perguntava quando encontrei o seu rosto.

"Sim. Sim. Sim! São de um azul que eu nem sabia existir em olhos."

– Tudo bem com você, Lázaro?

– Quê? – dei-me conta de que havia dado dois passos em direção à cama e estava com a mão estendida. Ele me observava com um sorriso que, como o do Lécio, pareciam-me muito grande para o tamanho das suas caras. Só que os dentes do Dennis, eu podia jurar, iriam se amarelar em contato com o ar, se ele não fechasse aqueles lábios de um vermelho úmido.

– O aperto de mão vai ter que ficar para outra hora – desculpou-se, inclinando-se à frente e descobrindo o peito.

"Luz da Minha Vida..." Interrompi a voz de falsete se manifestando na minha mente. Eu não precisava que o Lécio esmiuçasse porque eu dizia "vermelho úmido" para descrever os lábios do americano. Eram os meus pensa-

VII | 41

mentos que já se derramavam em poesia quando senti a minha testa franzir, relaxar e voltar a franzir em movimentos involuntários. E aquele não era o único músculo que ousava se mexer no meu corpo.

Sem graça, tratei de fazer conversa.

— Muito bem, então... Dennis, é? — as palavras borbotavam da minha boca, sem eu nem saber onde iam parar. — Prazer, então...

— Muito bem — ele veio em meu resgate —, Lázaro... Você é o Lázaro?!

— É, Lázaro Prata.

Ele pensou por um segundo.

— Já vi este nome antes?

— Seu pai deve ter mencionado o meu nome.

— Não — disse Dennis. — Antes, quando eu ainda morava nos Estados Unidos.

— Talvez — respondi. Aproveitando para mostrar que eu não era um zero total à esquerda quando se tratava de religião, acrescentei: — Na Bíblia, por exemplo, em inglês é Lazarus.

Dennis ficou em silêncio, alisando o peito com a ponta de um dedo machucado. Só me restou engolir em seco repetidas vezes, fingindo que ficar com os olhos grudados no corpaço dele era a coisa mais corriqueira do mundo. "A vida não é eterna, tem milissegundos eternos", ouvi o Lécio sussurrar.

A situação, até aquela hora apenas constrangedora, tornara-se cruel. Dennis alisou o lençol por cima das pernas de forma tal, que me espantou o contorno das coxas. Devia estar só de cuecas ou de calção. Eu tentava interpretar as sombras e reflexos de luz nas dobras e chegava a conclusões absurdas.

Tossiu.

— Boca seca? — perguntei.

O lençol, estendido no colo e mal lhe tapando a barriga, resvalou, revelando as coxas por inteiro.

— Pode me trazer água, Lázaro? Bem gelada.

* * *

Na cozinha, separados por dois minutos, eu me indagava como ele estaria se sentindo no quarto sem mim. "Saudades? Sono apenas?"

Tomado pela curiosidade, puxei a porta do refrigerador e espiei. Além de garrafas, pouco havia ali dentro. Peguei uma delas pelo gargalo e despejei a água num copo. Quando me dei conta, já havia despejado também em outro, para mim. Tinha me servido da preciosa água filtrada dos americanos, que talvez nem conseguisse beber.

De volta ao quarto, fui afagado com mais sorrisos.

– Senta aqui.

Passei-lhe o copo e me sentei ao lado dele na cama. A água que tomávamos bem podia ser quente! O gelo entre nós derreteu e a conversa rolou sem parar.

Foi uma corrida. Ele me contou sobre um Joseph Smith, que havia encontrado umas placas de ouro, num monte, no ano de mil oitocentos e pouco, em algum lugar perto de Nova Iorque. E que, com umas pedrinhas – no estilo do tradutor que o Dr. Smith usava em *Perdidos no Espaço* – traduziu um livro, que era o *Livro de Mórmon*, o livro sagrado da religião dele.

– Incrível! – entusiasmou-se Dennis.

Incrível mesmo. No livro, Jesus, depois de morto, aparecera para os índios na América do Norte. E, mais ainda, os índios eram parentes dos judeus que, anos antes, tinham atravessado o Atlântico.

– Os índios me parecem mais para o lado dos chineses – tomei coragem para contribuir –, só que mais vermelhinhos.

– De jeito nenhum – Dennis foi veemente. – Você está enganado. É a maldição.

– Maldição?

A que Deus lançou sobre os judeus quando não obedeceram aos profetas. O Pai Celestial fez a pele deles ficar vermelha e escura, os olhos ficaram puxados como os do próprio Demônio – completou Dennis –, como a maldição de Caim; só que a de Caim foi pior ainda.

– Caim?

– É, quando Deus pretejou a pele dos descendentes de Caim e eles viraram negros. O pretume é para lembrar que Caim foi o desgraçado que matou Abel. Também dizem que nos pretos nascem as almas que na Guerra do Céu não ficaram do lado de Jesus, mas se bandearam para o irmão dele.

– Irmão de Jesus?

– Lúcifer.

– Para mim, qualquer raça é a mesma coisa.

– Não é não. Eles não prestam, são bestas da terra. Satanás é que engana e nos faz pensar que prestam. Se prestassem, receberiam o sacerdócio, mas para servir a Deus tem de ser branco.

— Tem padre preto.

— Só tem porque é na Igreja do Diabo, na de Deus não tem.

A frieza dele me tomou de assalto. As doutrinas dos mórmons eram demais para mim.

Desviei o assunto para outro lado.

— Em que museu se encontram essas placas?

— Nenhum.

— Guardam na sede da igreja?

Para minha decepção, Dennis explicou que um anjo havia recolhido as placas para escondê-las de novo em algum lugar desconhecido até o retorno de Jesus. Quem as viu, viu; quem não as viu, deveria crer por outras razões. Um ardor no peito ao orar e perguntar a Deus se as placas existiam mesmo e se Joseph Smith seria um profeta era sinal de que as histórias relatadas no Livros de Mórmon eram reais, que as circunstâncias envolvendo a aparição do Livro era verdade e que toda a doutrina mórmon era verdadeira também: aliás, a única verdade que existia no universo, revelada outra vez nestes últimos dias, antes da vinda triunfante de Jesus. Os santos dos primeiros dias sabiam da Verdade, mas a Igreja Católica havia corrompido tudo.

— Por isso — afirmava Dennis, transformando a cama em um palco onde cada detalhe era representado —, eu sou um santo, um membro da única igreja verdadeira.

— Santo? Pensei que você fosse mórmon. Tudo isso me parece um pouco confuso.

— Ouça com atenção, Lázaro. Mórmon é apelido, porque acreditamos no *Livro de Mórmon*. *Santos dos Últimos Dias* é o que somos. Deus revelou a Joseph Smith que não vai mais haver outra restauração do Evangelho. Jesus vai voltar e o mundo vai acabar. Acabar mesmo, não — corrigiu-se —, vai ficar diferente: todo justo vai se converter.

— Vou virar mórmon eu também?

Dennis baixou os olhos com um ar preocupado.

— Suponho que...

— Você acredita nisso?

Ele encolheu os ombros e escondeu os dentes brancos nos lábios crispados. Para mim, sentado ao lado dele, pouco me importava qualquer verdade: a força dos argumentos dele vinha daquele corpo de homem num rapaz que tinha praticamente a minha idade. Cada vez que mudava de posição, apoiava as pernas quase por cima das minhas, roçava os braços nos meus, falava tão perto da minha boca, que eu sentia o ar perfumado de mel, menta e limão misturado ao de remédio. Mais um sopro e me viciaria em mertiolato e iodo.

— E não é só o *Livro de Mórmon* que é a Palavra de Deus — continuou ele, retomando o assunto com o entusiasmo de antes.

— Não?

— Não. Quaisquer livros, revistas e manuais da igreja vêm direto de Deus, revelados pelos líderes. Aposto que você nem imagina quem foi Mórmon, o profeta. Mórmon é o nome de um dos últimos profetas Nefitas, general militar e...

Continuei a escutar, mas entendendo cada vez menos. "A igreja de vocês acredita que um manual da *Escola das Américas* que ensina como torturar mulheres grávidas também veio de Deus?" A pergunta me veio à ponta da língua. Veio e ali permaneceu. Eu não ia estragar a noite com um detalhe desses. Não que as coisas de tortura não tivessem a ver comigo. Tinham, e muito. Minha mãe sempre dizia: "Nesta casa, nesta cidade ou neste país, a gente não fala de política". Política, para ela, tinha a ver com essas coisas de militares e torturas. O meu pai, que havia desaparecido quando eu era criança, foi morto, uns diziam, depois de severamente torturado, só porque era comunista. Minha mãe conservava na sala uma fotografia dele com o Brizola e esse, a gente ouvia dizer, era subversivo e morava no exterior.

— Sua família fala inglês? — Dennis quis saber, para o meu alívio, parando com as doidices da religião dele.

Fui econômico. Não falávamos brasileiro, disse, falávamos português, a língua que nos veio de Portugal. Expliquei também onde ficava Portugal e que, um dia, se pudesse, adoriaria conhecer Lisboa. Contei que inglês tinha aprendido com ingleses que se mudaram para Pelotas para gerenciarem um matadouro que exportava carne enlatada para a Europa. Quando eu era pequeno, começaram a falar inglês comigo, por brincadeira, sempre que iam comprar no armazém da minha mãe e acabei aprendendo.

— E o seu pai?

— Morreu quando eu era criança — deixei por isso. — Tenho apenas uma irmã — troquei um pouco o rumo do assunto —, que se casou com um inglês e foi morar na Inglaterra. Sou eu que cuido da minha mãe lá em casa.

Ele me olhou como se eu tivesse soltado uma piada.

— Eu não consigo nem tomar conta do meu quarto! — disse rindo. — Você trabalha, estuda e cuida da sua mãe!

VII | 45

— Foi o que sempre fiz.
— E você ainda sabe onde fica Lisboa...

* * *

A conversa se arrastou até que ficamos acariciando copos vazios. Naquela altura, ele já me explicava que Deus tinha um corpo físico, pois antes de ser um deus deste mundo, tinha sido homem em outro planeta.

— E tem mais, Lázaro...

— Mais água? — interrompi.

— Não, obrigado — respondeu e me passou o copo.

Empurrei o meu copo e o dele para debaixo da cama. Ele afastou o lençol para o chão. Estava mesmo só de cuecas.

— Banheiro — esclareceu, levantando-se.

— Eu ajudo você — ofereci.

Coloquei-me de pé; ele escalou meu corpo até se jogar por cima dos meus ombros, como num abraço.

Subitamente, eu não me importava mais com os cochichos do Lécio, que só eu ouvia. "Um pedaço de homem loiro deste tamanho é carne para durar a vida inteira para você." "Só que esse tem uma família", retorqui, "que segue essas coisas de religião. O pai é militar e vai ser deus ao morrer". "A merda", Lécio continuava o debate imaginário, "é que não fabricam homens desta marca aqui em Pelotas". Tive de concordar. Ao menos por uns passos, do quarto ao banheiro, aquele pedaço do divino estava agarrado em mim.

Devagar, soltei-o em cima do assento sanitário, escutando o plástico velho se amassar com o peso de Dennis.

Fechei a porta e fui para a sala sorrindo e pensando. "A vida, até o encontro com a pura beleza do Universo, nada mais é que uma noite escura." Histórias? Se fossem!

Joguei-me no sofá. Meu corpo se derreteu por cima das almofadas. Desta vez, tomei eu a iniciativa de falar com Lécio. "Lécio, Luz da Minha Vida!" — eu também o chamava de Luz da Minha Vida — "Não sei nem por onde começar. O gringuinho, tirando as crenças de americano, é de virar os miolos. Imagina que..."

— Quê!?

Num pulo, eu estava de pé.

No corredor do prédio, passos, uma voz de homem falando inglês, um ruído característico de chave na porta da frente me alertaram: "São eles! Os pais de Dennis estão chegando".

VIII

Eu, de pé, no meio da sala, buscava as palavras certas em inglês para dizer que veria onde o Dennis guardava a chave. Mas antes de juntar os pedaços da frase, o ruído na fechadura tinha se transformado em murros.

– A porta não abre – a voz de mulher, em inglês, esbanjava exasperação. A chave se torcia e se retorcia, sem dúvida, teimava em não abrir.

– Abaixo, por baixo... – "chave em inglês" eu pensava em desespero, a gente passa, escorrega, empurra?...

Nervoso, davam-me aqueles brancos às vezes. Meu inglês era de ouvido, tinha a ilusão de saber tudo, mas ocorria também não saber nada, e a cantoria do Dennis no banheiro não ajudava.

– Segura o peixe! – continuou a voz feminina, determinada. – Eu abro.

"Peixe?" A chave pareceu voltar a dar meias-voltas, e a não abrir, sem murros na porta desta vez, só o encordoado de palavras num inglês rápido.

O tom foi ficando esganiçado, como se estivessem estrangulando a mulher.

– Segura isso! – foi a vez do homem se manifestar.

Uma pancada seca sacudiu o prédio.

A cantoria do Dennis cessou.

Aproveitei a oportunidade para perguntar:

– Dennis, onde está a chave? Acho que os seus pais não conseguem entrar.

– Nas calças, no quarto. Não nas rasgadas, nas outras. No bolso da frente.

* * *

Achei as calças, mas não achei as chaves.

– Traz aqui, Lázaro.

No instante seguinte, eu segurava as calças *Lee* do Dennis pelo lado de fora da porta do banheiro.

– Entra aqui.

Entrei, deixando a porta entreaberta.

Nu, sentado no vaso, tomou as calças, curvando-se para pescar as chaves de um bolsinho que se escondia dentro do outro.

– Estão aí?

– Já achei.

Quando levantou o dorso para me entregar as calças e as chaves ao mesmo tempo, o sangue desapareceu das minhas veias.

Dennis se encolheu depressa.

– Opa.

Tarde demais. Tinha saltado até o umbigo. Duro, ele devia tê-lo empurrado para baixo e apertado entre as pernas juntas.

– Escapou – disse Dennis, olhando para o chão –, isso acontece quando somos jovens.

Tratei de devolver-lhe as calças, pegar as chaves e sair dali. Não deu tempo. Tudo aconteceu num segundo.

A barulheira era agora um pandemônio.

– Deixa comigo.

– Mete, homem.

– Vou meter outra vez...

– Estou ficando molhada, John!

Um estrondo, tão forte, que deixei cair o molho de chaves no chão.

Abaixei-me para pegá-las. Escutei passos dentro do apartamento, quase junto à porta semiaberta do banheiro. Dei-me conta, de repente, de que ainda me encontrava ajoelhado na frente do filho deles, que não se desfizera nem do par de calças nem da ereção.

Dennis pôs as calças ao lado do vaso sanitário, estendeu a mão ferida e recolheu ele mesmo as chaves.

Levantou-se.

VIII

A sombra da ereção deslizou pelas minhas mãos. De leve, ele empurrou a porta até fechá-la e ainda teve tempo de sorrir para mim.

Meus joelhos se colaram no tapetinho encardido.

– Levanta, Lázaro! – veio o comando na voz forte de Dennis. – Anda!

Os joelhos não conseguiam me obedecer. A sensação de não ter sangue nas veias transformara-se em angústia. Minha alma ia abandonar o corpo.

– Dennis... – a voz feminina. – Ainda acordado?

– Aqui no banheiro, mãe! – respondeu ele, na melodia mansa de um anjo, como se ainda cantasse.

Da posição em que me achava, acompanhei os movimentos de Dennis. Ele não se vexou. Abaixou-se, recolheu as calças de perto do vaso, as cuecas de um canto perto do boxe, manchadas como se tivesse gozado nelas, e vestiu-as com toda a calma do mundo. Depois uma perna das calças e a outra – com um pouco mais de dificuldade por causa das ataduras. A camiseta, deixou-a escorregar pelos braços, flexionando os músculos para que se ajeitasse ao corpo e ainda me ajudou a levantar, estendendo-me a mão como Romeu – imaginei – devia ter feito com Julieta.

Dedo a dedo, como se tocasse um piano, seu braço foi cobrindo os meus ombros como se não sentisse mais dor. Por um segundo, deixou-me mergulhar nos olhos azuis, piscou um deles para mim, arriscando um quase erguer de canto de boca.

– Pegue essas chaves, Lázaro. Agora abre a porta.

Obedeci por instinto.

Na porta, a mãe, o americano-pai e um minúsculo peixinho dourado dentro de um aquário me examinavam, olhos bem abertos e lábios bem cerrados – menos os do peixinho –, como se eu fosse feito de kriptonita e estivesse agarrado ao Super-Homem deles.

Permaneci sobre o tapetinho do banheiro, imobilizado, com Dennis largado, muito à vontade, por cima dos meus ombros, a cabeça apoiada contra a minha orelha. Eu, com uma mão sob a sua barriga, a poucos centímetros de um rolo maçudo que ainda não tinha amolecido de todo dentro das calças. Mentalmente, registrava a cena para contar ao Lécio que meu presente de Natal chegara adiantado em abril.

Silêncio.

Quem iria iniciar o papo quebra-gelo?

Para ajudar, estampei um sorrisinho tolo na cara.

A mulher devolveu o sorriso. O homem franziu a testa. O peixinho deu uma volta no minúsculo aquário, abanando o rabinho e expelindo uma borbulha de ar.

— Este é o Lázaro — apresentou Dennis.

Ela firmou os olhos nos meus e sorriu.

Da mãe, vieram os olhos azuis de Dennis. Nela, emoldurados pelos cabelos negros amarrados para trás, pareciam de um azul ainda mais vivo.

— Mrs. Betts?

Ela segurou o aquário por baixo do braço e me apertou a mão demoradamente.

— Prazer, Rebecca Betts — cumprimentou, passando o peixinho para o marido. — E este — continuou — é o John. Desculpe, ele está num daqueles dias.

Como eu não o conhecia de outros dias, aquele me parecia um dia como qualquer outro para que me cumprimentasse.

— E o senhor? Como vai? — insisti.

Do pai vieram os músculos. Embora o pai fosse ainda mais robusto que o filho, com cabelos da mesma cor do peixinho, indo do amarelo ao vermelho, de olhos verdes. Parecia um irmão mais velho do Dennis. Já que ele não dizia nada, evitei encarar o homem, até deduzir a diferença de idade entre ele e a esposa. Era a primeira vez na vida que eu conhecia alguém como o Dennis, cujo pai era muito mais jovem do que a mãe. Tantos anos assim, talvez, fosse comum nos Estados Unidos, no Brasil, era esquisito.

— Já nos falamos — grunhiu John Betts num rugido de animal ferido, afastando-se sem me apertar a mão. — Pensei que você fosse mais velho — gritou da sala, a voz tingida com desdém — e de cabelos mais curtos. Cabelo deste comprimento é coisa de homem aqui no Brasil? Não que eu saiba! — completou, no mesmo tom.

Para disfarçar a tremura que eu não conseguia segurar, tratei de levar o Dennis para o sofá e nos sentamos os dois, lado a lado.

* * *

O casal agora entrava e saía dos quartos e da cozinha.

— Depressa, John, engula este comprimido. A Candy está sozinha no carro.

— Pago na volta — disse o pai de Dennis, apontando para mim um comprimido branco preso em dedos três vezes mais grossos que os meus.

VIII

— Já estamos atrasados para ir a Porto Alegre — protestou a mãe, arrastando duas malas aparentemente bem pesadas. — É melhor irmos depressa! E engula isso, John.

Ele obedeceu num gesto rápido. Eu nunca havia visto ninguém engolir comprimido sem água, mas também nunca havia visto norte-americanos na intimidade, muito menos, mórmons.

* * *

De valise na mão, o pai do Dennis desapareceu no corredor.

A mãe, ainda na sala, apontou as chaves:

— Mandem a Eudineia dar um jeito nessas chaves — disse. Em seguida, apontou para o aquário na mesa da sala — E troquem a água, ok? A caixinha encostada no aquário é comida de peixe... — sem fechar a porta, ela seguiu atrás do marido. — E não vão deixar o peixinho da Candy morrer — gritou do corredor.

Em cima da mesa, o peixinho dourado nos olhava, beijando o vidro por dentro.

— Trouxeram um peixe dos Estados Unidos?

Dennis riu.

— Claro que não. Alguém deve ter dado o peixinho para a Candy agora à noite, na igreja.

Recolhi o chaveiro caído ao meu lado, enfiei a primeira chave na fechadura e a lingueta deslizou, trancando a porta sem problema algum.

— Não vai haver necessidade de fazer uma cópia — anunciei, sacudindo o chaveiro na direção do Dennis. — Tenho a impressão de que seu pai estava usando a chave do portão lá de baixo. Olha só, ele chegou a dobrar esta ao meio, que ficou com formato de "L" — mostrei para o Dennis a chave no chaveiro na minha mão. — E se tivermos de fazer uma cópia?

Dennis encolheu os ombros e foi ver o peixinho. Minutos depois, disse:

— Papai faz isso com pedaços de metal quando está tenso. É para se assegurar que não perdeu a força nos dedos.

— Bom, cada um com a sua...

— E não é um "L" — completou.

Virei a chave na mão.

— Um "V"?

— A parte de cima de um "Y", Lázaro.

— Para mim, podia estar dobrada em "L", "V" ou "Y", seria a mesma coisa.

— Mas não é — disse ele, despejando uns farelinhos de ração no aquário. — A letra "Y" é o símbolo da superioridade mórmon: B.Y.U., *Brigham Young University*, a universidade da igreja. Nunca ouviu falar? Uma vez, o nosso bispo disse que quando ele estudava lá, encontrou pessoalmente dois anjos que...

Joguei o molho de chaves na mesa. Disse que tomaria um banho antes de dormir. Àquela altura, eu já havia deixado, fazia tempo, o espanto com o que eu descobria daquela religião e rumava na direção do mais puro horror.

* * *

Ao contrário do que eu sempre fazia, a ducha foi rápida. Enrolado na toalha, deitei-me no sofá, cheirando meus braços, que exalavam o perfume de sabonete americano.

Estava quase adormecendo, quando senti a presença de Dennis.

Descerrei os olhos para vê-lo estacado na porta de acesso do corredor para a sala. Que fazia ele ali, em vez de ter ido dormir?

Cabeça descansando contra a parede, de braços cruzados, ele me olhava, num sorriso só.

— Deve ser o fuso horário — falou como que se justificando.

Fechei e abri os olhos, buscando forças para me levantar do sofá. No entanto, o pano surrado, com as almofadas quase sem enchimento, e o encosto um pouco frouxo, tudo me parecia mais confortável a cada segundo.

— Lázaro — murmurou ele, alheio aos meus olhos pesando toneladas e à minha respiração que desacelerava —, enquanto você tomava banho, aprendi minha primeira palavra em português.

Minha reação veio como do fundo de um túnel:

Que palavra aprendeu?

— Segredo.

— Segredo?

— Prefiro mostrá-la em gestos — disse ele com um sorriso.

— Teatrinho a essa hora da noite, Dennis? Nem tente, sou péssimo em adivinhações.

Ele me ignorou. Sua cabeça estava ainda recostada na parede e os braços cruzados, quando encontrou os meus olhos. Dennis tinha aquele tipo de beleza que era tão bonito nu como vestido. Quantos dos meus amigos, pensei, gostariam de passar a noite acordados com um super-herói de capa de gibi, sem tirar nem pôr. Todos, concluí, sem exceção. Uns até pagariam. Então dei graças a Deus pela minha sorte, piscando os olhos bem depressa para aliviar a sensação de areia lixando as pupilas. Achei que ele ia fazer mímicas e eu ia adivinhar. Devagar, virei o meu corpo no sofá e me espreguicei.

– Ok, Dennis, vai nessa, fiquei curioso.

* * *

A brincadeira foi bem diferente.

Atravessando o curto espaço da sala, sentou-se ao meu lado. Abraçou-se na almofada, roçando a cabeça no meu peito. O cabelo macio, por um segundo, cobriu a minha pele de loira. Com a almofada, empurrou-me para trás, para que eu me aprumasse rente ao encosto.

– A postos?

– A postos.

– Feche os olhos.

Fechei.

Ele soprou nos meus olhos fechados.

– E vê se não dorme.

"Imagina".

Ele se aconchegou de corpo inteiro ao meu lado – perna, torso, tudo me tocando. Senti outra vez seu calor.

"Acontece quando somos jovens", lembrei-me das palavras dele no banheiro; segurei para não acontecer. De olhos apertados, eu rezava para que levasse a cabo o que quer que fosse. E bem depressa. Mais um toque, mais um apalpar, e seria eu a lhe revelar segredos que, talvez, ele não estivesse preparado para escutar.

– Pronto? – falei, pedindo que pusesse fim ao suspense.

Dennis pressionou a palma da mão, uma, duas, três vezes, no lado esquerdo do meu peito. Foi uma pressão forte, firme. Vigorosa. Para quem ia deixar o aperto de mão para outro dia, em poucas horas, as nossas mãos e corpos já haviam se tocado mil vezes. Dez mil vezes, era a minha impressão. Que fossem vinte mil, eu tinha perdido a conta.

E o juízo também!

Com certeza ele também já havia percebido o suor molhando meu corpo, apesar de estarmos sentados bem debaixo da janela aberta e uma brisa fria anunciar virada de tempo.

"Lécio, Lécio, Lécio... Você me diz que nunca estou sozinho você é a minha sombra, onde está você agora?" Eu clamava ao meu Lécio interior, tentava relaxar como podia. Já não me importava com meu tesão debaixo da toalha; meu medo era ejacular e sujar o sofá dos Betts.

* * *

Senti Dennis se inclinar, postando-se quase à minha frente. A mão dele, tremulando, mal tocava os cabelos arrepiados do meu peito.

– Inicia aqui. Você tem que adivinhar as letras – emitiu um sussurro, enquanto seu dedo indicador afundou na minha carne.

Prosseguiu, a partir dali, a desenhar, letra a letra, a palavra que aprendera, no lado esquerdo do meu peito.

Uma linha subiu inclinada, parou e desceu inclinada, abrindo para o outro lado. Um corte suave no meio.

– Primeira letra – anunciou ele.

Outra linha subiu reta, desceu inclinada e, subitamente, parou no meio do caminho. Subiu inclinada, tombando outra vez, em linha reta.

– Segunda letra.

O dedo dele fez um círculo, bem devagar, contornando toda a área do meu peito.

– Terceira letra.

Riscou o dedo, subindo em linha reta. Sem interromper, desceu num semicírculo, que encontrou, bem no meio, a linha que subira. Daquele ponto, puxou outra linha, inclinando-a para minha esquerda.

"Meu Deus. Quarta letra", exclamei em pensamento. Ele permaneceu calado.

"Lécio, Luz da Minha Vida, não vai acreditar no que vou contar pra você..."

VIII

— Pode abrir os olhos! — escutei Dennis, finalmente, dizer. Quando abri os olhos, olhei direto para o assento.

Estava limpo.

Dennis havia se levantado sem se afastar muito do sofá.

— A palavra é?

Meu coração, latejando na garganta, não me deixava falar.

Busquei refúgio no rosto de Dennis, vendo nos seus olhos um misto de brincadeira e verdade.

Tentei tomar fôlego.

— É...

Por um breve instante, como num beijo roubado, tapou os meus lábios com dois dedos para não me deixar falar.

— Não diz. Não diz — soprou baixinho.

Esperei os dedos se afastarem da minha boca. Puxei minhas pernas para cima do sofá e recostei minha cabeça no seu braço.

Mancando, ele se afastou para o quarto.

— Vem para a cama?

Acenei-lhe que ia dali a pouco.

Ele estendeu a mão ao interruptor e apagou a luz.

— Cuidado com as pulgas no sofá, Lázaro.

Não senti vontade de rir.

No escuro, enrolado na toalha, a dor da ereção desaparecia do meio das minhas pernas. Devagar, fechei as vidraças, olhei para o céu. A lua tinha sumido. Nos vidros, vi uma imagem refletida. Quisera eu que fosse a minha. Não era. Dentro da minha cabeça, oca como a nave de uma catedral abandonada, eu escutava litanias de vozes imaginárias. Passo a passo, aproximando-me de um altar, o que eu via, para meu desespero, era uma imagem de Dennis, crucificado, pálido e sangrando.

"E essa agora, Lécio? Estou ficando louco. Doido varrido."

Ao aplacar meus medos, o Lécio interiorizado me respondeu: "Às vezes, Luz da Minha Vida, é certo. Às vezes, errado. Às vezes, o que a gente não pode é morrer na dúvida. O mais importante é tentar".

Virei-me para o corredor, dando apenas um passo na direção do quarto de Dennis. O meu coração sabia por onde queria ir. Eu só precisava saber como alcançar aquela estrada.

Fechei os olhos para espantar o Lécio, que já me dizia que "o segredo da felicidade é dar mais e esperar menos", e fiquei sentindo meus dentes mordendo os lábios. Merda! Um super-herói de gibi estava ali, a metros de mim.

E agora?

E agora, uma ideia ou outra, claro, me vinha à cabeça.

IX

– Bom dia! – gritei do sofá.

– Bom dia! – vi o rosto de Dennis, molhado, emergir e desaparecer no corredor. – Vem aqui no banheiro.

Obedeci.

Dennis tinha aquele jeitão da mãe quando mandou o pai tomar o comprimido, voz forte, sem ser rude.

Entrei e ele estava lavando a cabeça na pia, enxaguando a boca, esfregando o pescoço. Tudo ao mesmo tempo.

– Entrou sabonete nos olhos – disse de repente.

Fechei a torneira.

– Eu te ajudo.

Afastei os dedos dele pingando e os curativos empapados para longe da pia. O cabelo colava-lhe nos olhos e escorria-lhe espuma pela metade da cara.

Estendi-lhe a toalha, ajudando-o a enxugar os olhos.

– Melhor agora?

– Muito melhor – acedeu, sem se mexer. – Você podia ficar por aqui para me ajudar.

– Estou aqui para ajudar você.

Em vez de pegar a toalha e terminar de se enxugar, inclinou o rosto para frente, como uma criança, apontando para a boca e as orelhas molhadas.

— Eu quis dizer, ficar por aqui e me ajudar a me secar, a sarar as minhas feridas... a secar os olhos, qualquer coisa me faz doer os olhos, até água.

— Então? Não é isto que estou fazendo até os seus pais retornarem? Cuidando de você?

— Eu quis dizer, tipo, para sempre.

— Tenho outras aspirações na vida.

— Eu não tinha aspirações, até que você apareceu...

— Não entendi.

— Deixe pra lá...

Sem pressa, deslizei a toalha na linha do seu cabelo, descendo pelo pescoço, levando-a ao seu peito, ombros e costas.

"Luz da Minha Vida", lá voltava o Lécio, "Não me diga que você está se apaixonando?" "Guardo o meu coração para quem se apaixonar por mim", retruquei. "Lhe dizendo, este super-herói está caidinho por você", respondeu ele. "Se está, está. Então cai fora, Lécio. Você quer arruinar tudo?" "Eu não quero arruinar nada." "Eu também não quero arruinar nada."

Puxei outro assunto.

— A perna e as mãos doem ainda?

Ele se arrastou como os mortos-vivos dos filmes de terror e desatou a rir.

— Sério, Dennis!

— Ainda me incomodam um pouco, mas acho que não preciso me arrastar mais.

— Vá se secar sozinho, então! – brinquei.

— Termina apenas de secar os meus olhos.

— Já estão secos.

— Que outra desculpa terei que encontrar para você olhar para mim em vez de ficar olhando não sei para onde? Você fica pensando em quê?

— Deixe pra lá...

— ...ou em quem? A verdade liberta!

— Mas antes de libertar, pode ser muito incômoda.

Dennis cerrou o cenho, puxou a toalha da minha mão e a levou à cara.

— Pronto! Você não faz, faço eu.

— Quer que eu troque as ataduras?

— Já estão secando. Mas se quiser ajudar, sopra nelas um poquinho.

– Outra hora, Dennis. Outra hora...

Fechei a porta do banheiro atrás de mim. Afastei-me para a cozinha tentando entender por que ele agia assim. Os neurônios não haviam acompanhado o tamanho do corpo?

* * *

Eu havia posto a última faca na mesa quando reparei que ele entrara na sala, ainda pingando, enrolado numa toalha.

– Que é isso na sua mão, Dennis?

– Nos Estados Unidos, chamam de cueca.

– Pois leva essa cueca para a cesta de roupas sujas.

– Pensei que era eu quem mandava nesta casa.

– Como quiser, chefe.

– Pega uma *t-shirt* para mim?

Rindo, dei meia-volta em direção ao quarto.

Com o braço, ele bloqueou a passagem para o corredor.

– Olha meu bíceps.

Levantei os olhos.

– Toca aqui, Lázaro.

– Como?

– Toca aqui – insistiu ele.

– To-car? On-de? – vomitei as sílabas aos pedaços.

– Aqui – com a minha mão, alisou o seu braço. – Muito bom para dois anos de exercícios, hein?

Ensaiei um arzinho de riso encabulado, suplicando com os olhos que me deixasse passar.

Dennis me ignorou. Não liguei.

Nesta hora, já me encontrava passeando pela barriga dele, úmida e gelada. Ficar passando a mão em corpo de gringo era algo que eu não fazia todos os dias. Aliás, não tinha feito nunca.

– Está muito sequinho, Lázaro! – falou ele, numa voz de espanto fingido.

– Sequinho?

Rápido como um gato, abraçou-me por trás, esfregando seu peito molhado nas minhas costas, empapando minha camiseta.

– Dennis...

Tentei me desvencilhar dos seus braços.

– Vai me machucar.

Ele me envolveu numa gravata.

– Vou nada!

– Vai sim.

– Só deixo você livre se me prometer uma coisa.

– O quê?

– Enxugar as minhas costas com a sua camiseta.

Segurando a bainha da camiseta, fiz menção de arrancá-la do corpo.

– Sem tirar – pediu ele.

– Nem pensar! Não vou entrar na sua brincadeira. Vou ao banheiro pegar outra toalha!

– Então vai de chapeuzinho! – retrucou, enfiando a cueca suja na minha cabeça, me segurando os pulsos para eu não levantar as mãos.

– Modera. Meu cabelo vai ficar cheirando a xixi.

– Vai nada.

– Vai sim.

O riso dele me contagiou. Caímos os dois numa gargalhada, molhada como a gente.

– Vamos lavar essa cabeça, então! – falou ele, levando-me por baixo do braço como se eu fosse um saco de batatas. Com a outra mão, jogou a cueca pela porta da cozinha e me arrastou para o banheiro. Tentei me livrar fazendo cócegas. Punha o meu dedo em cada entranha sua, e ele nem parecia sentir.

– Vou apelar para mordidas.

– Apela!

– Cadê as ataduras dos seus pulsos?

– Não quero viver atado.

– Vão sangrar.

– Sangram nada...

Rindo, abriu o chuveiro, puxando-me pela camiseta para me empurrar para debaixo da água.

IX

— De roupa não! — supliquei.

— Sem roupa então — falou no meu ouvido, mas acabou arrastando-me para baixo do chuveiro junto com ele, de roupa e tudo.

Nossos corpos, cada vez mais molhados, colavam um no outro. Ríamos, eu e ele, a mais não poder.

— Hora do sabonete!

Ele me largou por um segundo para abrir o estojinho de plástico. Foi minha chance. Fugi para a sala. Embora com os olhos ardendo pela espuma do sabonete, vislumbrei Dennis saltando desajeitadamente em meu encalço, com a toalha ensopada mal presa em volta da cintura. Meu cabelo comprido, molhado, enroscava-se no meu pescoço, cobrindo meus olhos. Eu dava tapas no ar para que ele não me agarrasse outra vez. Mesmo assim, segurou-me pelos pulsos quando minhas mãos se encontravam no ar.

— Sai da minha frente, Dennis.

Senti-o afastando com o nariz os fios encharcados do meu rosto. Relaxei os braços.

Ele libertou meus pulsos. Senti, então, seus dedos molhados abrindo caminho pelos meus cabelos, depois, a respiração dele junto ao meu nariz.

— Merda! — gritou Dennis.

Arredei dos meus olhos o que faltavam de fios de cabelos grudados. "Merda mesmo." Parada, na porta aberta para o corredor, estava Dona Eudineia, a vizinha do lado, e uma menininha pronta para o colégio.

— Que é isso, meninos! — Dona Eudineia levou a mão à boca. A menininha apontou na nossa direção.

— Olha, mãe, aquele homem nu ia beijar o menino cabeludo. Na boca!

Virei-me a tempo de ver uma toalha no chão e uma bundinha branca desaparecendo no corredor e entrando no quarto de Dennis.

— Olha, mãe, eles têm um peixinho dourado!

Como se tivesse mergulhado em vaselina, os meus olhos ficaram turvos e não vi mais nada. Aliás, não aguentaria ver mais nada. Sentindo as minhas calças molhadas pesarem-me nas pernas, eu só queria apertar um botão e sumir dali. Na falta do botão, fiquei onde estava, sem me mexer, pedindo encarecidamente a Deus que, em sua infinita misericórdia, permitisse que Dona Eudineia, por hipótese, tão dedicada àquela família de mórmons, fosse do tipo de manter certa inocência na compreensão real das coisas.

X

O tempo voou.

No feriado de Tiradentes, uma semana após o incidente, Dennis ainda dormia, quando Dona Eudineia entrou no apartamento e veio direto à cozinha. Eu estava terminando meu leite com bolachas e senti-me na obrigação de entabular uma conversa com ela. Em coisas de família e religião, Dona Eudineia parecia interessada. Comecei pelo que ela já me contara antes. O marido dela era sargento do exército, mas não era um membro da Igreja Mórmon.

– Por quê?

– Complicado – disse ela. – Ele acha que homem que pega touro à unha não deve se juntar à igreja de gringos, que andam por aí de camisa branca bem passada. Veja só – continuou, sem levantar a voz –, o macho gaúcho é orgulhoso, "bala no bucho", ainda mais, militar.

– E a senhora, o que acha?

– Peço a Deus que fale ao coração dele. Enquanto isso, vou levando a vida, trabalhando para não faltar comida na barriga dos filhos que ele me deu – ela abriu a geladeira e depositou três cebolas em cima da pia, pausando para respirar fundo. – Fora limpar sangue nas salas de cirurgia na Santa Casa antes do casamento, sempre fui doméstica. Do mundo mesmo – suspirou –, tudo o que sei, aprendi na verdadeira igreja de Jesus Cristo. Mas e você, o que sabe da igreja?

Ao fim de meia hora de conversa, ainda vendo Dona Eudineia cortar cebola com tanta destreza, esforçava-me por entender o mundo em que viviam. Na religião deles não havia padre ou pastor, todo homem mórmon era sacerdote e se revezava em cargos e posições eclesiásticas e quando rapaz – entre dezoito e vinte anos – era enviado a algum lugar do mundo para pregar a doutrina. Iam pelas ruas, pelas casas, de porta em porta, angariando adeptos, vestidos de camisa branca, gravata e calças escuras. E não faziam aquilo por dinheiro, pelo contrário, pagavam.

– E mulher, Dona Eudineia?

– Pode até servir na missão, mas a obrigação nossa é casar e ter filhos. Para o Reino Celestial, só vai gente casada.

– Acho que não peguei...

– O céu em que a gente acredita – apontou para as cebolas – tem camadas. Só vai para a camada mais alta gente casada.

– Jesus não se casou.

– Com certeza se casou! – retrucou, espantada. – Deus, o Pai Celestial, se casou! E com muitas mulheres.

Segurei o riso.

– Dennis me disse que vocês acreditam que Deus é um homem, mas eu não sabia que Ele era, também, mulherengo.

– Não se trata de ser mulherengo e, sim, por uma boa causa – deu uma rabanada com a cabeça e disse olhando para a porta, como para ver se ninguém nos observava. – Como acha que ele gerou as almas deste mundo? – arrematou.

– Quer dizer que Deus?...

– Se Ele é um homem... – suspirou mais forte ainda – Ele... como um homem..., entende?

Tentei pintar um quadro mental. Desisti: Deus, ocupadíssimo, fazendo filhos sem parar, um harém de eternas grávidas aos cuidados de anjos assexuados. Cheguei à conclusão de que a vida daquele deus, com suas inúmeras esposas, cheias de demandas, devia ser um inferno.

Eu ia deixar por isso mesmo e ver o que o Dennis estava fazendo, quando ela me perguntou se eu achava que eram loucos. Fui sincero: disse que me admirava de aceitarem tudo sem pensar ou discutir.

Dona Eudineia ficou solene.

Largou a faca na tábua, levando as mãos ao peito, e numa pose que lembrava uma imagem da Virgem Maria, continuou:

– Sinto que o Espírito Santo vai ajudar você a aceitar os princípios do Evangelho. Entende o que digo, Lázaro?

Fingi pensar, menti que entendia.

Ela fechou os olhos, demorou-se num sorriso cândido.

Está funcionando, comemorei. Depois de uma conversa tão íntima, Dona Eudineia ia esquecer o incidente da terça-feira passada. Se o Dennis estava nu quando entrou na sala, ou se a toalha caíra enquanto corria para o quarto, eu nunca saberia.

— Olha, Lázaro — ela voltou a falar pausadamente, apertando a boca como se fosse assobiar. — A gente é pobre, tenho cinco filhos, dízimo da igreja... dez por cento do que se ganha.

"Que vida!", pensei.

Ela me encarou de soslaio, apertou mais os lábios, voltando a picar cebola com toda força.

— Não vai sair uma gorjetinha? — disparou, como num latido, raspando os pedaços de cebola para dentro da panela.

— Gorjetinha?

Com a faca na mão, fez o sinal da cruz na boca.

— O incidente da terça! — esclareceu ela, bem devagar, como se falasse com um idoso. — Os Betts não podem saber, não é?

Intrigado, cauteloso, tirei do bolso uma nota de cinquenta, larguei-a sobre a pia, empurrando-a na direção da Dona Eudineia.

Ela paquerou a nota demoradamente, empurrando-a de volta para mim.

— Cinquenta, não — falou baixo, cortando o ar com a ponta da faca. — Se os Betts ficam sabendo, vai ser um arranca-rabo sem fim.

O gelo do corpo se espalhou pelo meu rosto.

— O que a senhora viu foi apenas uma brincadeira.

— Não eram bem brincadeiras — ela retrucou. — Não me refiro ao — engoliu antes de continuar — beijo, refiro-me aos lençóis do Dennis, que guardei lá em casa e ainda falta lavar. Conforme — coçou o canto dos lábios com as costas da mão —, posso mostrar. O que ele anda fazendo na cama não é normal.

— O que ele faz na cama dele é problema dele. Eu não fiz nada! — percebi-me justificando-me, defendendo-me, como se aquele diálogo não fosse real, fizesse parte de uma piada, da qual ela riria a qualquer momento.

— Pode ser problema dele hoje. Vou me abrir com você, antes de viver abraçada ao peito de Jesus, vi pecado como o de vocês. Eu vivia no mundo, tenho irmãos, eles tinham amigos... E, cá entre nós — arrefeceu a voz —, posso ser tapada, mas basta olhar para você para ver que é um menino do tipo – pausou, enfatizando cada sílaba – delicado.

Segurei firme o batente da porta.

– Mas – sibilou ela, prolongando o "s" – tudo na paz. A gente fala disso na semana que vem, antes da volta dos Betts. A gente tem que acertar um... – pausou de novo – valorzinho. Algo mais... – outra pausa sinistra, ameaçadora – permanente.

Fiquei mordendo meu lábio inferior. O rosto, antes gelado, fervia.

* * *

De repente, senti um sopro no meu pescoço.

Olhei para trás. Dennis estava parado, na frente da porta, de boné azul, em cuja aba havia o desenho da bandeira americana, camiseta branca, calções vermelhos e tênis pretos sem meias.

– Se não me informaram mal, hoje é o dia em que meu amigo brasileiro vai me mostrar a cidade.

Um copo de leite depois, sem banho, longe da empregada e antes do meio-dia, tínhamos explorado o centro vazio da cidade. Estávamos no terraço do Hotel Manta, doze andares acima. Dennis observava o horizonte, escolhendo os melhores ângulos para usar sua polaroide.

– Lázaro, olha! – apontava ao longe. – Já vi aquela ponte, é a ponte do postal.

Por um segundo, pensei que ele ia pular por cima da mureta que nos separava da rua lá em baixo.

– Postal?

De boca aberta, ouvi a história toda. Dennis me contou do postal que recebera. Das fotos que havia tirado antes de o pai rasgá-lo, da cópia das palavras e dos números, que havia trazido com ele para o Brasil no pedaço de papel guardado dentro da Bíblia.

– Traduz para mim?

– Quando voltarmos, traduzo.

* * *

X

Duas horas mais tarde, Dennis admirava o chafariz da praça do centro, que esguichava véus de água das bocas de cavalos mitológicos. Um homem, sentado à sombra, espreitava nossas risadas por cima do jornal, enquanto eu fotografava o Dennis. Alheio a todos, Dennis ensopava-se na névoa úmida tocada pela brisa da tarde, molhando-se dos pés à cabeça.

– Estão olhando para você, Dennis.

– E eu ligo?

– A água está morna?

– Venha aqui que lhe mostro.

– Daqui, contra o sol, dá para ver um arco-íris.

– Daqui, dá para ver um maior ainda! – disse ele. Abriu os braços.

Fui ver.

Nada para ver, só o abraço molhado para sentir.

– Dennis, vai estragar a máquina.

Ele lambeu a água do meu pescoço.

– A foto já estragou – retorquiu, apontando para o cartão preto ensopado na minha mão.

Olhei para o banco.

O homem do jornal não estava mais lá.

Graças a Deus! Só faltava ser um aluno do Cultural.

Da praça, pingando, como se houvéssemos tomado banho de chuva num dia de sol, entramos na *Zunzum* para um sorvete. Na fila do caixa, enquanto Dennis pagava pela última rodada, afrouxei meu cinto. Dennis começou a rir.

– O Lázaro é barrigudo como um mexicano, tem uma pança boa de amassar.

Virei-me sem entender.

– Pança boa de amassar! – repetiu ele, beliscando a minha barriga.

– Dennis!

As gargalhadas dele encheram a sorveteria. Os demais fregueses e a mocinha do caixa entreolhavam-se. Apontei para a saída. Fui me retirando de cabeça baixa. Minha cota de vexame da semana já havia se esgotado.

Na calçada, Dennis me levantou num abraço que só terminou do outro lado da rua.

– O que é isso, companheiro?

Um baixinho foi quase derrubado pelas minhas pernas no ar. Pedi desculpas, colocando-me de pé.

– Veja – divertiu-se Dennis –, o homem deixou cair o jornal e eu deixei cair o boné.

– Ele entrou na sorveteria?

– Dobrou a quadra – respondeu, enquanto virava a aba do boné para trás, introduzindo para dentro os fios de cabelos ainda molhados.

Tomei o jornal de sua mão, enfiei-o por baixo do meu braço e prossegui a passos largos, tão rápido que Dennis mal conseguia me acompanhar sem correr.

Quando entramos no apartamento, eu, havia muito, perdera o fôlego. Dennis me puxava pela gola da camisa. De boca ressequida de tanto falar, ele me deixou na sala e foi dizendo que iria direto à geladeira.

De copos em punho, nos jogamos por cima do sofá.

– Como se chama a sorveteria?

– *Zunzum* – respondi, largando o jornal ao lado do sofá.

– *Zam-zam* – repetiu. – Foi o que vi na placa.

– Em português é "Zum Zum".

– Ainda vou falar essa língua tão bem quanto você – desafiou-me.

– Português é uma língua dura de aprender.

– Tenho a cabeça dura – brincou. – Vai ser uma língua dura de aprender para um cabeça dura aprender.

– Faz sentido! – ri.

– Vamos fazer uma coisa que não faz sentido, então – disse ele, desviando os olhos dos meus.

– Que coisa?

– Que tal mais um sorvete e esquecer o jantar?

Desta vez, fui eu quem puxou o Dennis pela gola para que andasse mais depressa. Não íamos exatamente à sorveteria. Considerei que estava na hora de mostrar a ele o lugar que eu mais gostava em Pelotas.

* * *

Quando o taxista se afastou, perguntando o que a gente ia fazer no rio, não menti. Vou mostrar o pôr do sol para o meu amigo americano. "É muito bonito" foi seu breve comentário, antes de nos deixar a sós às margens do São Gonçalo. A brisa fresca do fim da tarde agitava as águas. Das margens, dava uma bela foto da ponte.

Olhei em volta e não vi Dennis, apenas a polaroide deitada no capim.

– Dennis?

Ouvi um barulho.

– Você está louco?

De dentro d'água, rindo, Dennis acenava com o boné de basebol.

Corri para a beirada.

– Saia daí, Dennis. Esta água é suja, vai infeccionar suas feridas.

– Sujeira não mata.

Estendi minha mão.

– Viemos ver o pôr do sol e não tomar banho no rio.

– Já que você me pede... – acedeu, pegando nos meus dedos.

Sacudiu a água dos cabelos, mas a camiseta continuava colada no corpo. Arrepiado, tremendo, acompanhou-me ao barranco. Sentamo-nos lado a lado.

– Cadê o boné?

Ele apontou para a água e disse:

– Era do meu pai.

– Pena... – lamentei.

Sem dizer nada, ele tirou a camiseta, os tênis molhados, puxou-me para a relva, escorou a nuca na minha barriga e ficou olhando a água.

– Gostei do rio – disse.

– Vai gostar mais da praia.

– Praia?

– Surpreso? Pelotas tem uma praia sim. O Laranjal. Com o tempo você vai descobrir a geografia da cidade. Isto aí, por exemplo, que a gente chama de rio, é um canal, liga as Lagoas dos Patos e Mirim, as maiores do Brasil.

– Então – disse –, um rio que liga dois lagos...

– Não é lago, é lagoa.

Dennis voltou a apontar para a água.

– Gostei do rio – repetiu.

– Eu também gosto, o pessoal é que gosta mais da praia. Tenho um pequeno barco que remo aqui no rio – mostrei com o dedo –, que eu guardo ali nas docas.

– Um barco... Você?

– Aquele, quase debaixo do cais, pintado de amarelo, coberto com a lona azul. Era do meu pai.

Dennis não ergueu a cabeça para ver.

– Vamos para um passeio?

– Outro dia – respondi. – Olha a hora.

– Que horas são?

– Não trouxe o relógio.

– Nem eu – disse ele, estirando as pernas na relva, ajeitando o corpo arrepiado por cima das minhas pernas.

Não precisou pedir que eu lhe esfregasse a pele cheirando à água do rio. Foi um gesto automático da minha parte. A princípio, massageei bem depressa, depois, mais devagar, até virar carícia apenas. Enquanto o sol não se despediu da gente, ficamos ali, acompanhando o boné do pai do Dennis, um pontinho azul, desaparecer na correnteza. Ainda em silêncio, cumprimentamos a noite com um abraço sem fim e voltamos para o centro da cidade. Não precisávamos dizer nada. Nem tomar sorvete. Nem dissimular.

* * *

Naquela noite, depois do banho, com os ovos e legumes que a Dona Eudineia tinha deixado, preparei uma omelete enquanto Dennis cantava hinos mórmons para o peixinho, que batizáramos de Joãozinho, pois era alaranjado como os cabelos do pai do Dennis.

– Janzino não quer comer.

– Jo-ão-zi-nho – pronunciei da frente do fogão.

– Joãozinho – conseguiu repetir Dennis, da sala. Aplaudi.

– Obrigado – ouvi nas minhas costas. – Olhe isso – disse, servindo-se da omelete na frigideira, mostrando-me o jornal que o homem havia deixado cair naquela tarde –, tem um jornal dentro do outro... E os artigos estão marcados...

Desliguei o fogão e tomei o jornal das mãos dele.

Para meu espanto, era verdade: um jornal dentro do outro. Num, uma reportagem circulada de vermelho; no outro, a manchete sublinhada, com uma caneta da mesma cor.

> O menino Augusto dos Santos, de nove anos de idade, foi violentado, torturado com golpes de faca e estrangulado com a própria camisa, nas proximidades dos trilhos da via férrea que liga o porto ao Frigorífico Anglo. O corpo da criança foi encontrado às 7 horas da manhã deste domingo, completamente despido, pendurado numa figueira, no meio da Praça da Alfândega. De acordo com informações de familiares, o menino desapareceu por volta das 18 horas de sábado, depois de ter sido visto na companhia de um homem alto e corpulento, pele clara, que trajava uma camisa branca de mangas compridas e boné azul.
>
> Uma vizinha informou que a criança, que estudava no Grupo Escolar Lacantini...

– Que cara é essa? O que diz a reportagem, Lázaro?

– Fala da história de uma criança encontrada trucidada. O crime aconteceu lá perto de casa – apontei a data no jornal. – Foi bem no fim de semana que você chegou a Pelotas. Não fique andando sozinho! Este lugar está ficando muito perigoso.

– Que diz a manchete no outro jornal?

Com os olhos, fui lendo em português e traduzindo ao inglês em voz alta. A manchete dizia que o assassino fora preso com o auxílio da Polícia Federal. Uma breve nota logo abaixo salientava a reviravolta inesperada: o homicida – que diziam ser um gigante branco – revelou-se um mulato gordinho, fugitivo, acusado de mil crimes. Mostrei a foto ao Dennis. O mulato vestia camisa branca e um chapéu de praia.

– A camisa dele está limpinha – comentou Dennis, lambendo os dedos –, o idiota deve ter trocado de roupa para a foto ou usou avental na hora das facadas.

Achei a tirada sem graça, mas Dennis era assim. Joguei o jornal no lixo debaixo da pia e, durante a janta, não falei mais no assunto.

Quando terminamos de comer, sugeri encontrarmos o caminho do beliche e tirarmos proveito de uma boa noite de sono. Aquele vento prometia trazer frio e no dia seguinte visitaríamos a Igreja Mórmon. No corredor, protegidos pelas paredes, abrimos os braços. Acompanhamos, como que assombrados, o movimento das mãos vazias, uma em direção à outra. Com cautela, entrelaçamos os dedos, devagar, aproximando os nossos peitos, que se tocaram.

– Isso nunca aconteceu comigo, Dennis.

Quieto, beijou os meus dedos, baixou-me as mãos até onde as havia encontrado e dirigiu-se ao quarto. Acompanhei-o à porta, mas não entrei. Ele apagou a luz e se deitou, deixando descoberto o peito. De mãos por detrás da cabeça, fechou os olhos. Pelas bordas do lençol, na altura do umbigo, vi a glande emergir. Depois, a ereção resultante. "Lécio, Luz da Minha Vida, você não vai acreditar no que vou lhe contar..." Lécio nem me deixou terminar: "O que foi, coração selvagem? Caiu na arapuca?" "Coração selvagem", repliquei, "é a puta que..."

Atravessei correndo para a parte de cima do beliche e tirei a camiseta e os calções por baixo do lençol. E foi sem dizer nada que vi os dedos de Dennis se prendendo na borda do meu lençol e o meu lençol sendo puxado para baixo.

Resvalei a minha cabeça pelo lado da cama.

Uma onda morna invadiu o meu corpo.

Sentado na cama, ele trazia o lençol para si, enrolando-o numa trouxa como se precisasse de um segundo travesseiro. Para minha surpresa, ele aproximou a trouxa junto ao seu rosto, numa carícia suave, abraçando-a e, com uma das pontas soltas, tapando o nariz.

De olhos fechados, murmurou palavras que eu não entendi.

– Temos que conversar sobre isso, Dennis.

– Por quê?

– Por sua causa.

– Não tenho problema.

– Tem uma religião.

– E eu ligo?

– Eu ligo.

– Nunca guardou um segredo?

– Não gosto de segredos – retruquei.

– Eu não me importo.

Fiquei em silêncio, corpo ardendo como em ferida exposta, lembrando-me dos passarinhos na arapuca quando eu era guri. Chegava uma hora em que não se mexiam mais, como eu não me mexia.

XI

Café passado?

Nunca mais.

Aliás, café de qualquer tipo, Coca-Cola, chá, cachaça, vinho, cerveja, chimarrão... Tudo proibido pela igreja. Transformação completa. Transmutação. Tudo tão rápido. Tão violento. Em cinco meses. Não dei a volta ao mundo de barco ou balão, mas dera uma volta na minha vida. Uma reviravolta completa.

Depois da primeira vez, tanto eu quanto Dennis nunca mais fomos os mesmos. E a jornada de descobertas, como tudo na nossa história, iniciou-se de forma complicada. Já na manhã seguinte à nossa primeira vez, ele teve de se desculpar por me acusar de mexer na Bíblia que deixara em cima da mesa. Disse-me que eu extraviara a folha rasgada da agenda, o papel amarelo para o qual ele havia copiado as palavras e números do cartão postal que recebera antes de mudar-se para o Brasil e eu iria traduzir.

— Dennis, usa a sua cabeça. Eu não ia me levantar no meio da noite para mexer nas suas coisas.

Insinuou, também, que três notas surradas de cinco dólares marcavam as páginas e não estavam mais lá. Enfureci.

— Nunca roubei nada na minha vida. E nunca toquei em Bíblia neste apartamento – "só na da valise, Luz da Minha Vida." "Mas naquela não havia nada dentro", retruquei, a voz do Lécio me atazanando a paciência.

Não são os quinze dólares! – dizia Dennis, os olhos em chamas. – É o pedaço de papel. Cadê o pedaço de papel?

— Que quer que eu diga? Pergunta à sua mãe, pergunta à sua irmã, ao seu pai, à sua empregada. "A sua empregada", pensei em aproveitar e dizer, "não só levou para casa um pote cheio de moedas de dólares, como também me pediu dinheiro porque o viu nu na sala. Quer me cobrar para lavar os lençóis que suja de porra, é uma baita chantagista. Por que você não desconfia dela? Por que ela acredita nos mesmos absurdos que você e a sua família?" Podia ter dito, mas não disse. Em vez disso, eu disse que ia embora.

– Como assim?

– Essa conversa toda, para mim, não faz sentido. Se não acredita em mim, Dennis, deixo para você o equivalente a 15 dólares e vou embora. Também dispenso o pagamento de seu pai. Como pode desconfiar de mim depois do que houve ontem à noite? Ou não se lembra mais do que a gente fez na cama? Temos um segredo, você me disse. Ou também não temos mais?

Não respondeu.

Fui ao quarto e voltei arrastando minha maleta e sacos para a sala.

– É melhor eu ir, Dennis.

A respiração dele encurtou. Encarou-me com o punho fechado e esmurrou a mesa tão forte que o Joãozinho quase pulou fora do aquário.

– Tudo com você é muito estranho! – desabafei, postado junto à porta para a rua, já aberta. – Talvez seja sua família ou essa religião. Vocês têm atitudes que não me deixam muito à vontade, mistérios que não sei se estou a fim de tentar entender – o resto do que eu queria dizer, engoli, "como um manual de tortura que o seu pai carrega. Cambada de tarados, isso é o que vocês são". – Sinto muito, Dennis – completei já em voz mais baixa. – É melhor que eu vá.

Ele desatou num choro. Onde eu estava, fiquei.

Só fechei a porta quando me dei conta de que o vento morno do corredor degelava a minha alma. Naquele dia, descobri que Dennis chorava fácil. Pior, que falava sem pensar, acusava sem ter provas. Não era santo, anjo, semideus, perfeito. Era apenas quem eu amava e cujos beijos salgados de lágrimas, se nos separássemos, ficariam para sempre me envenenando de saudades.

– Sinto muito, Lázaro... Perdão... Fica...

Terminei de me derreter e fiquei. Afinal de contas, a nossa jornada estava apenas começando.

* * *

Durante o nosso primeiro inverno, dois missionários americanos, corpos viçosos, rostos rosadinhos e mau hálito, ensinaram-me a Doutrina Mórmon.

Eu deixava que falassem. A cada "aceita?", "entende?", "quer mudar a sua vida?", a resposta era sempre "sim". O único "não", eu reservava para o "tem alguma dúvida?" Que eu não tinha. Nunca tive. A conversão era necessária.

– Pronto para marcar a data do batismo? – por fim, perguntaram.

– Pronto.

Vestidos de branco, descemos, eu e Dennis, a um tanque transbordando de água e, nos braços dele, emergi como Irmão Lázaro, membro ativo, praticante e contribuinte da *Igreja de Jesus Cristo dos Santos dos Últimos Dias*, confirmado pela imposição das mãos. O abraço molhado no banheiro, depois do batismo, seguido por beijos ensaboados quando ninguém estava vendo, selaram a cerimônia.

Nos meses que se seguiram, se pudesse, teria feito uma festa e anunciado para todo mundo que a minha vida era perfeita. Mas achei melhor ficar fora de circulação até que, certo início de tarde, dizendo-se inconformado com o meu sumiço, Lécio foi me procurar no Cultural, quando mamãe lhe disse que eu havia passado a almoçar no trabalho.

Entre gritinhos de espanto, risinhos e olhos arregalados, a conversa se prolongara além do esperado e não tardaria que a manada de alunos se amontoasse na frente do prédio, prontos para o estampido que se seguiria atrás da Marta, logo que ela abrisse a porta. Lécio, como se pouco lhe interessasse o que ocorria à sua volta, ainda tamborilava as unhas na escrivaninha da recepção.

– E foi isso, meu amigo – concluí, levantando-me para acompanhá-lo à porta.

– Bom... – disse ele.

– Bom... – acresci e me apressei no sentido da porta da frente da escola.

Desde o meu batizado, o comportamento dos *Santos dos Últimos Dias* ia se clareando para mim. E mórmons – eu vinha aprendendo depressa –, vistos de fora, eram como quaisquer pessoas. Vistos de fora, claro. Por isso, eu evitava a todo custo ser pego na companhia de qualquer pessoa que eles pudessem interpretar como imperfeitas, impuras, indutoras do pecado. Que Lécio tinha unhas longas e esmaltadas, sobrancelhas fininhas realçadas com lápis preto, sentava de pés juntos, empurrava os joelhos coladinhos para o mesmo lado, deixava cair o beicinho de baixo enquanto me ouvia e morava com uma tia cafetina, que abrigava travestis e vagabundas, num clube chamado Fruto Proibido – isso tudo seria fácil explicar. O problema era ter um mórmon por perto e o Lécio me chamar de Luz da Minha Vida, ou pior, insistir em me chamar de guria.

Abri uma fresta na porta que mal daria para ele passar.

– Bom, Lécio, tenho ainda que preparar umas aulas...

Ele não se despediu de imediato, pôs a unha do indicador no meu peito e ficou me olhando, erguendo e baixando as sobrancelhas, respirando como se lhe faltasse o ar.

– Então, Luz da Minha Vida! – acabou por murmurar. – Você se tornou um mórmon sem me dizer nada!

Baixei a cabeça e abri a porta um pouco mais. Não ia ficar voltando ao mesmo assunto pela enésima vez.

– Opinião é como bunda – continuou ele –, cada um tem a sua. Só que neste caso, guria, acho que entrar para a religião deles foi um pouco além da conta.

– É super arriscado, eu sei, e pode virar um beco sem saída, mas é o jeito de ficar perto dele.

Lécio pôs a mão na boca e começou a rir.

– Olha, guria, não são com os riscos que a gente tem de se preocupar. São os arrependimentos que nos matam.

– Tomara que você esteja certo, Lécio.

– Não terminei – continuou ele. – Se cuida! – desceu o dedo do meu peito e segurou-me firme a mão. – Acidentes acontecem. Cuidado! Opinião é como...

– Não precisa repetir, Lécio. Mas repito eu o que lhe disse antes: conto com o seu silêncio nisso tudo. Nem um pio a ninguém, nem para a sua tia.

– Capaz...

Pronto. O Lécio sabia de tudo. Mamãe não desconfiava, nem precisava desconfiar. Ed, meu dileto amigo de infância, ia saber da verdade pelo meio, e os meus planos para não virar o centro das atenções de fuxicos e conversas acabariam ali.

* * *

– Então é esse o bichinho? – perguntava o Ed, poucas horas depois, na recepção do Hotel Manta, onde, naquela semana, fazia o turno do dia.

– O próprio – respondi, sem afastar os olhos da foto polaroide do Dennis na mão do Ed.

XI | 77

– Cabelinho meio de São Francisco de Assis?
– Está mais crescido agora.
– Lindão.
– De não acreditar.
– De não acreditar mesmo – repetiu Ed, dando a volta no balcão para me acompanhar até a porta. – Você desaparece desde abril e reaparece com um homem destes: primeiro namorado?
– Primeiríssimo!
– Tem nome?
– Tem.
– Vai dizer?
– Dennis. Dennis Betts.
– Pelo que vejo – baixou a voz, devolvendo-me a foto –, isso é um deus.
– Ou um diabo! – brinquei, guardando a foto no bolso.
– Bom... – gracejou Ed – é do tipo que a gente come frio ou quente e, ainda usa o que sobra para fazer sanduíche no dia seguinte.
– Se estamos sozinhos, nunca deixamos para amanhã o sanduíche que podemos comer hoje.

Só contivemos as gargalhadas quando nos demos conta dos hóspedes esperando por ele no balcão.

Desci os degraus que davam para a rua.

– No Fruto Proibido, mais tarde? – indagou Ed. – Quero ver a peça em carne e osso! Leva lá no bar.

– Esta semana o meu gringo está viajando – foi a minha desculpa esfarrapada.

Esfarrapadíssima.

Ed baixou o rosto.

– Se a gente não sair hoje, não sei quando vai ser.

Parei nas escadas, interrogando o Ed com os olhos.

Ele suspirou.

– Tenho que contar a você, Lázaro – falou rápido, acenando para os hóspedes, que o encaravam do balcão. – Meu pai quer voltar para a Inglaterra.

– Sem mais nem menos?

– O Anglo vai mal.

– Minha mãe não me falou nada.

– Segredo de Estado. Pode até fechar. Não renovaram o contrato do meu pai. Por isso, a gente vai se mudar. Antes do fim do mês que vem. Papai já aceitou uma proposta em Coventry. Por mim, não ia – confessou, a sinceridade embotando-lhe as palavras em tristeza. – Sou daqui.

Fingi olhar para os carros na rua.

– Vamos pensar positivo! O Seu Edward da Silva Fulford vai virar Mr. Fulford.

– Você vai me visitar? Traga o americano consigo.

– Se um dia tiver dinheiro.

– Onde é que está o Lázaro, que diz que tudo é possível? – fingi ver as horas e sorri.

– Tenho de voltar para o Cultural ou a Marta me mata.

Ed acenou que já estava voltando para os hóspedes no balcão.

Despedi-me com um abraço efusivo e desci a rua, doído e aliviado, imaginando o jeito de um dia explicar ao Ed, militante das esquerdas, que eu fuçara nas coisas do pai do meu namorado e descobrira que ele treinava militares na Escola das Américas, no Panamá, de onde saíram milicos que torturaram e mataram em todos os países da América Latina com a finalidade de eliminar, se não o próprio Ed, talvez outros, como o meu pai. E que, para piorar o que já era muito ruim, o pai do Dennis sofria de alguma doença que só a mulher dele, aparentemente, sabia tratar. Estas coisas de política, religião e gente louca, que até então nunca haviam me interessado, estavam, de um dia para o outro, azedando o carinho que eu tinha pelos meus amigos, a ponto de eu achar melhor que o Ed fosse embora.

* * *

Olhei para trás e o Ed estava ainda nas escadas.

– A gente se vê! – gritei.

Ele acenou e entrou.

Meu peito afundou de saudades antecipadas. E culpa.

Não adiantou acelerar o passo. Os pensamentos não me abandonavam. Concluí que se eu contasse tudo para ele, seria pior ainda. Como explicaria ao meu amigo de infância a verdade sobre a mudança de John Betts a Pelotas, para um apartamento daqueles? Adido militar? O Ed desconfiaria, de cara. Adidos militares moram no Rio ou em Brasília, diria, não em Pelotas. "Ah, Ed, tem mais uma coisinha", acrescentaria, "agora eu sou mórmon também, viu? Vou à igreja todo domingo, fico ouvindo uma louca que toca o piano com tanta raiva que parece que vai quebrar as teclas, acredito que Deus é um homem de carne e osso, que diz que bichice é doença, e dou dez por cento do que ganho à igreja". Pobre dele, nem reviraria os olhos antes de cair duro. Sem dúvida, não era hora de explicar nada. "A gente se vê, Ed", calei o pensamento e sequei os olhos na camisa.

O que se passava? Nunca mentira tanto na minha vida, reconhecia desconcertado. Sabia onde as partes se encaixavam? Admitiria estar vendo o mundo através de lentes coloridas? Talvez, mas nunca aceitaria. Achava que tinha controle, podendo manipular o mundo inteiro. Eu era dono da situação. De qualquer situação.

* * *

Após meu batismo, pouco fazia além de passar noites sem dormir, planejando. E dias em alerta, pronto a aproveitar cada oportunidade de me aproximar dos Betts, ganhar a confiança deles. Dar o próximo passo.

E quando deu jeito, poucas semanas depois...

Dei.

* * *

— Dennis?

— Oi, mãe.

Naquela tarde, a Kombi nova dos Betts veio me apanhar no Cultural. Em seguida, passariam no colégio para apanhar o Dennis, pegariam a Candy em casa e partiriam para Jaguarão. Desde que chegara da tal viagem a Porto Alegre, John só falava na capela de Jaguarão sob sua responsabilidade, que a queria pronta para o Natal e restavam menos de sessenta dias.

— Olhe quem já está aqui, Rebecca. Entrem aí meninos.

— Obrigado, pai.

Dentro do veículo, o olhar de Rebecca, encolerizado, nos queimava pelo espelho retrovisor. Finalmente, virou-se para trás e questionou ao Dennis o que ele fazia no Cultural àquela hora, quando deveria estar jogando futebol no colégio.

— Porque vim trazer um sorvete ao Lázaro, mãe! — explicou.

Não era a primeira vez, sempre tinha uma explicação singela, longe de ser incontestável.

Ela arqueou a sobrancelha.

— Fiquei de papo, mãe.

Ela lançou-lhe um olhar de reprovação.

— Não me venha com tanto "mãe" — resmungou. Dennis riu.

— O futebol é importante — acrescentou ela e recostou-se ereta no banco.

Para mim, era uma surpresa aguardada. Nas tardes quentes, Dennis corria da Zunzum ao Cultural e sempre me trazia sorvete. Se fosse dia de futebol, e dia quente, escapava do futebol.

— Só um pouquinho — disse Dennis.

Rebecca espiou pelo retrovisor, achando que era com ela.

Era comigo.

Talvez achasse normal ver o filho levar sorvete ao amigo numa tarde quente. Na Kombi, o que tive certeza de ela não ter achado natural foi o fato do Dennis limpar com o dedo o canto dos lábios de um amigo, levar o dedo à boca e lamber.

* * *

Em menos de dez minutos, entramos no apartamento.

Quando nos ouviu conversando na sala, Candy gritou do quarto:

— Olha quem está na sala!

— Quem? — quis saber Dennis.

— O Joãozinho — disse Candy entre risinhos. — No meu quarto só vê a mim. Ele sente saudades de vocês.

O Joãozinho, mais para Joãozão, passeava rente ao vidro de um aquário muito pequeno para ele.

— Querem ver os meus desenhos? Venha ver, Lázaro, desenhei o seu retrato só usando azul, verde e cor-de-rosa.

— Um minutinho, Candy, seu pai vai me mostrar uma coisa.

John me passou os *Livros de Mórmon* e arquivos da escola dominical que esperavam por mim, dividindo espaço com o aquário sobre a mesa.

XI

Dennis desapareceu apartamento adentro.

Da porta, Rebecca jogou a bolsa numa cadeira, atravessou a sala e se virou para a parede, onde ficou observando as montanhas da foto do calendário que nunca se importara em atualizar.

Levei a pilha de livros para o sofá, abri a nota de entrega e fiquei conferindo. John convidou Rebecca a acompanhá-lo à cozinha, onde começaram a falar baixinho – quase cochichos, seguidos de longos intervalos.

– Vai me ajudar a conferir os manuais, Dennis? – gritei.

– Daqui a pouco – respondeu-me do quarto, trancando a porta e ligando o rádio.

Para mim, os murmúrios da Rebecca assemelhavam-se a vogais raspadas, como se sua voz emitisse apenas consoantes. Eu não entendia nada, mas, sem dúvida, Dennis entendia.

E bem.

Nos meses de convívio com Dennis, eu também aprendera que a reação dele, ao pressentir desentendimentos entre o pai e a mãe, era a de sair de perto, encerrar-se em algum lugar. Eram as únicas vezes em que me deixava só. Momentos de medo, não compartilhávamos.

Glub...

"Quieto, Joãozinho", supliquei, e continuei conferindo os manuais ao som do radinho do Dennis.

Por absoluta falta de alternativa, fui ouvinte involuntário.

Credo! A papelada quase escapou da minha mão. Um golpe na porta da geladeira me tomou de assalto.

Ecoaram palavras permeadas de soluços, baixos como suspiros. O que ela está dizendo?

Outra pancada.

Era o John.

Eu sabia ser ele, e que não dizia nada.

Só respirava, aliás, bufava.

Sem a chave do apartamento, fiquei trancado na jaula, sentado no sofá, quieto. "Os Betts estão ignorando a minha presença porque perderam o controle? Ou", imaginei, "talvez, porque querem que eu escute?"

Ouvi o meu nome. E entendi.

Bem.

"Lécio...", clamei, pasmo, "o que ela está dizendo?!" Na cozinha, Rebecca dizia para John o que não tinha coragem de dizer na minha cara. De repente, a voz de John encheu o apartamento, reverberando nas paredes como um trovão.

– Você o quê?

Mais murmúrios.

– Não sou idiota, John. Por que vou ficar enganando a mim mesma? O Dennis...

XII

No momento, o que me preocupava era a chave da porta da rua. A cópia mais próxima estava no bolso do John – e ele se encontrava na cozinha – e Rebecca dissera, com todas as letras, que eu e o filhinho dela andávamos enamorados, como um homem e uma mulher – só que neste caso, éramos dois homens.

Enamorados. De onde tirara isso? Ela lançava mão de uma linguagem difícil, mas, no frigir dos ovos, queria pôr um ponto final no enamoramento, embarcando o Dennis de volta aos Estados Unidos.

O meu desconforto transmutou-se num grito de socorro, entalado nos meus intestinos. Ouvia a respiração arfante de John, e já o conhecendo um pouco, sabia que tentava manter a voz sob controle, num rosto possivelmente suado e vermelho.

Pratos bateram na pia como se fossem quebrar.

– Acho que Dennis tem um comportamento que não condiz com a idade que tem.

– O que o nosso filho é, Rebecca? Um retardado?

Ela falava com uma voz que me lembrava um porco – se porco falasse.

– Vou colocar isso de outro jeito, John. Nas festas da igreja, quando o nosso filho decide ir, não se esforça ao mínimo em fazer amizade com ninguém – pausou, dando mais espaço entre as palavras. – É como se no mundo do Dennis só existisse o Lázaro. Percebe, John? Nosso filho nem olha para as garotas. Rapazes, na idade dele, vivem atrás de garotas. Esse desinteresse dele não é normal.

"Se o Dennis fosse só um pouquinho mais como eu", pensei. Mas não era. Por ele, contaria que era meu namorado à congregação inteira. "Essa gente é mórmon, Dennis, pelo amor de Deus!" – eu já o alertara; dizia e tornava a dizer. Quando Dennis entenderia aquilo? Para aquela gente, ele só não assumia o que sentia por mim em palavras. Fora isso, não escondia os sentimentos. Eu percebia a inquietação das pessoas – mesmo no rosto das crianças – quando, em plena escadaria da capela, ele conversava alegremente com todos, por cima do meu ombro, abraçando-me por trás. Eu fingia que não era comigo e me desvencilhava dos seus braços, parando em uns degraus mais acima. Poucos minutos depois, lá vinha ele, e me abraçava de novo. Eram mórmons, mas não eram burros por inteiro.

– O nosso filho – concluiu Rebecca, completando sem rodeios o que queria dizer – não gosta de mulher.

Os rabiscos fortes de Candy pararam. A porta do quarto dela rangeu e se fechou. A música abafada vinda do quarto de Dennis, no instante seguinte emudeceu também.

– Ora – a voz de John, mais calma, ressoou pelo corredor –, você não entende de meninos, Rebecca – a geladeira abriu e fechou. – De garotos, entendo eu.

– O nosso filho – os soluços repentinos da Rebecca cresciam de volume, misturando-se às palavras –, justo o nosso filho, John. Ele está se tornando um maricas debaixo do nosso nariz e você não faz nada! E o Lázaro... tem uma coisa nele que não me agrada.

– O que tem o Lázaro com isso? Não vê que é uma criança especial?

– Ora, John... Não é preciso usar o soro da verdade para saber qual o seu interesse nele, qual o seu interesse em garotos...

– Saia desta cozinha, mulher, e me deixe comer em paz.

– Se eu tivesse sódio pentatol na minha maleta, eu bem poderia descobrir as intenções deste rapazote. Ele sabe demais a respeito da nossa família e planeja se aproveitar: está usando o Dennis, só não diz. Só não diz! – repetiu, num grunhido.

– Pare de dizer besteiras, mulher. Pare de grunhir e saia daqui!

Os soluços cessaram. Mas as palavras de Rebecca passaram a cortar como uma navalha afiada.

– Esta cozinha, esta pocilga onde nos socamos, enquanto estivermos aqui, é a minha casa também!

XII

Ouvi um murro no balcão da pia.

– Vai me bater – provocou, cínica –, meu marido? Agrida, John, vá! Violência para você não é problema. Ou agora que mudamos para o Brasil não é a mesma pessoa?

Um ruído metálico, como uma faca deslizando na pedra, arrepiou-me.

Num pulo, deslizei a vidraça da janela uns dois centímetros até que ela emperrou na ferrugem. Pela fresta, aprontei-me para gritar por socorro.

Rebecca deu um grito.

– Experimente me tocar com um dedo, John. Um dedo! Sua família não sabe, as crianças não sabem, a igreja não sabe, mas eu, eu sei. E posso...

– Não me ameace!

– Por quê? Por que não, John? Estou cansada disto tudo. De ter de vir me esconder nesta terra de selvagens e ainda de ter um filho bicha.

O som seco de uma bofetada gelou meu sangue. Na minha mente infantil, tentei imaginar que ruído uma faca faria ao cortar carne de gente. Se fosse na garganta, daria ainda tempo de um grito?

A voz de Rebecca não guinchava mais. Falava sem rodeios, sem medo.

– É um problema sem volta para você, John, mas não tenho de suportar isso, não deste jeito.

Outra bofetada. Soou pesada, abafada. Talvez tenha sido um soco.

– Monstro assassino! Esta é a última vez que você faz isso comigo – as palavras ressoavam molhadas, como se ditas com a boca cheia d'água. – Amanhã mesmo busco um advogado brasileiro para pedir divórcio!

– Não há divórcio nesta terra de ninguém.

– Contato a embaixada...

– Que embaixada, mulher! – John largou-se numa gargalhada que não tinha mais fim. – A Canadense? Com que passaportes estamos neste país? Já se esqueceu da nossa verdadeira história? É a minha cabeça que não funciona bem ou é a sua? Você está aqui comigo – continuava ele, num tom inflexível. – Por mim, para me servir, servir a única igreja verdadeira e servir aos Estados Unidos da América.

– Eu sei a verdade, John! – ela gritou com raiva. – Lembre-se de que sei a verdade. Lembre-se de que sei toda a verdade a seu respeito. E não se esqueça, posso escrever um relatório para a CIA hoje mesmo! Melhor, posso escrever ao *New York Times* e dar um basta nisso tudo.

Estalou na cozinha uma vigorosa e última bofetada.

Segundos depois, John apareceu na porta da sala, limpando a mão nas calças, ofegante, rosto franzido, escarlate, testa suada – bem como eu imaginava. Eu tinha um segundo para me libertar daquela paralisia e dizer alguma coisa.

Tarde demais.

Ele tinha se aproximado do sofá.

Ergui os olhos para vê-lo retirar o cabelo da minha testa, afastando-me a franja para um lado. Só então percebi que eu transpirava. As minhas mãos deixavam marcas nas páginas dos manuais da escola dominical. A minha camiseta estava empapada.

– Desculpe! – disse John, meigo e com a voz tão controlada que nem parecia a sua. – Mulheres são assim mesmo, elas é que trouxeram a tentação, o pecado e a violência ao mundo. São coniventes com Lúcifer. Um dia, você vai entender isso, quando tiver a sua.

Abriu a porta e saiu.

Eu queria entender, mas não entendia. A briga por causa do Dennis tinha tomado rumos inesperados e me vinha à cabeça que eu tinha ouvido o que não deveria ouvir.

– Pegue a outra chave com o Dennis – gritou do corredor – e tranque a porta. Estou indo sozinho. Hoje a Rebecca não vai.

– Espere! – gritou ela da cozinha – Os remédios, John. Leve os remédios! Você precisa dos remédios, John...

Quando, por fim, tive forças para me levantar e ir à cozinha, Rebecca entrou na sala. Sem dizer nada, sentou-se à mesa, segurando o rosto, que mostrava sinais de inchaço.

– Irmã... – sussurrei, como se eu falasse com um bebê prestes a dormir.

Ela me encarou com um olhar de serpente. Mesmo assim, caminhei até a mesa, puxei uma cadeira, sentei-me, de propósito, bem à frente dela. Vi o resultado da bofetada: o lado do rosto estava vermelho como um tomate. O lóbulo da orelha sangrava, cortado, onde antes havia o brinco. Os dentes, sempre tão brancos, estavam corados, o sangue coagulava nas gengivas. Entre o pescoço e os seios, vi manchas roxas, como um carimbo. Pude imaginar as juntas dos dedos de John. Tinha sido um soco mesmo. Podia ter-lhe atingido o seio.

XII

Rebecca tentou proteger o peito com a mão aberta. Quando fiquei olhando para o seu rosto, levantou a mão para tapar o rosto. Ou cobria a vergonha do soco ou a vergonha de ter apanhado na cara – as duas, não dava. Vacilou e desceu o braço.

Eu tinha lido em algum manual de psicologia sobre esta coisa de buscar a simpatia daqueles com quem falamos. Para ter efeito, fiz cara de triste, mas puxei os cantos dos lábios para cima num sorriso calculado.

Ela ergueu os olhos, pareciam mais calmos.

Aproveitei:

– Fui eu, irmã. Sou culpado de tudo – Rebecca sacudiu a cabeça indicando que não.

Mordeu a isca, festejei, sentindo, mais que tudo, certo alívio na minha barriga e surpreso com a minha súbita presença de espírito. Aproveitei as palavras que, meses antes, ouvira da empregada.

– Quem ama o Senhor Jesus e aceita a Igreja Verdadeira tem alegria no coração.

Rebecca soltou soluços tênues, quase um choro, como um lamento, mas foi direta:

– Que quer da nossa família? Que quer com o meu filho?

Ignorei a pergunta. Primeiro, porque eu não tinha uma resposta ensaiada. Depois, porque o meu propósito era fazê-la desistir de mandar o filho de volta aos Estados Unidos – e não explicar meu relacionamento com o Dennis.

– Vocês não têm que ser meus amigos, irmã, se não gostarem de mim – teatralizei –, tudo bem. Mas, em vocês, encontrei uma família de verdade! – americano falava em família o tempo todo. – Pelo Senhor Jesus, abandonei pai e mãe. No meu caso, mãe, que hoje me rejeita por causa da igreja – levantei-me da cadeira, ajoelhando-me no chão para maior efeito dramático. Abaixei os olhos e larguei a frase entre lágrimas, nem muito depressa, nem muito devagar, tinha de ir direto na mosca: – Se quiser que eu saia por aquela porta e nunca mais apareça, é só me pedir, irmã.

Rebecca escorou-se no lado da mesa, olhando-me no fundo dos olhos, mas sem dizer nada que me fizesse prever o que pensava. Não falei mais nada. Ousadia nas minhas palavras não ia me levar a lugar algum. "A água silenciosa é a mais perigosa..." avisava-me Lécio, preparando-se para preencher com mais adágios os segundos de espera que já pareciam séculos.

Fechei meus olhos até silenciá-lo entre meus ouvidos. Quando Lécio se calou, pus minhas mãos espalmadas no colo da Rebecca.

Ela começou a se pronunciar, em voz baixa, em tom de confissão:

– A minha vida seria tão mais fácil se eu não o amasse tanto, se eu não morresse de amores pelo John desde a primeira vez em que o vi – e, de súbito, a voz alterou-se, ganhando volume a cada sílaba. – A que ponto cheguei? Achar que uma criança como você quer prejudicar a nossa família, quando tudo o que você quer é o Dennis. Pelo menos vocês são felizes. Pela primeira vez na vida vejo o meu filho feliz e a felicidade dele me incomoda. É a minha vida que é uma merda. Eu é que não me livro desta paranoia de estar sendo atacada por todo o lado. Perseguida. FODA! – gritou.

– Já passou, irmã. Já passou.

– Isto que você viu, Lázaro, nunca vai passar. Vamos ser sinceros, como você, não acredito nos dogmas desta religião, nem de religião alguma, nunca tive um testemunho. Mas admiro o seu empenho. Por enquanto, você ficar na igreja é a coisa certa. Só me escute bem! Tome muito cuidado com o John! Deixem-no fora disso, sejam discretos.

Por aquela eu não esperava.

Nem esperava que ela acrescentasse que o marido era imprevisível, que era mais perigoso do que eu podia imaginar. Menos ainda, que viesse para o chão, ajoelhando-se ao meu lado e me protegendo num abraço.

Estaria mesmo sendo sincera ou queria me levar a confessar alguma coisa? "Luz da Minha Vida", cricrilou a vozinha do Lécio, "confessar o quê? Está tudo às claras". "Não sei, Lécio, com essa gente nada é o que parece ser, nada é certo."

XIII

Maldita!

O meu único percalço, agora, era a Eudineia.

Depois do meu batismo, tinha ficado ainda pior. Ela havia se transformado em uma chantagista cruel, profissional. Parecia ter adivinhado minha conversa com a Rebecca e pedia cada vez mais. " Boquinha de siri tem preço", falava, "um cruzeiro a menos e abro o jogo para o irmão. Ponho fim na festa de vocês". Aqueles quase dezessete meses de inferno tinham de acabar. Ela sabia quantos alunos eu tinha, quanto eu ganhava e em que dia vinha o meu dinheiro. Meu dilema: eu não pagava mais nada e, em contrapartida, arriscava que ela abrisse o jogo, caso tivesse coragem de cumprir as ameaças? Quem teria mais a perder?

Eu.

Meu consolo era que John, depois de se acomodar na rotina de instrutor militar e supervisor das obras da igreja, não tinha mais crises. Pelo contrário, sempre o via feliz, nas viagens, na igreja, com os filhos e a esposa. O próprio Dennis me dizia que o pai, em Provo, era diferente. A mãe, na opinião dele, era quem se tornara mais calada.

Lécio começava a notar a minha apreensão.

– Essa cara de chão pisado – perguntou-me ele, enquanto me acompanhava do Cultural à esquina do apartamento dos Betts – é só por falta de dinheiro?

– Sabe que não – disse e baixei a cabeça, sabendo que não conseguiria mais guardar o segredo. Não do Lécio.

– Chifre, Luz da Minha Vida, isso é grave.

– Capaz. Vai achar que sou um frouxo por não ter tomado uma atitude antes, mas não é chifre, é pior.

– A loirosa americana passou uma doença para você?

– Se fosse. Mas é a empregada do Dennis. Virou uma sombra no nosso relacionamento. Desde que a gente se conheceu, vem fazendo chantagem.

– Chantagem? Chantagem como a gente lê nas fotonovelas?

Contei tudo ao Lécio. Às vezes, continha as lágrimas. Outras, segurava um grito; ou ainda, ria dos seus apartes. No fim, já me sentia melhor.

– Meu Deus! Nem é pelo John – continuei. – Vai ser um escândalo para toda a família deles nos Estados Unidos. Imagine se eu e Dennis tivermos que enfrentar um tribunal da igreja e acabarmos excomungados?

– Você vai acabar excomungado por causa desta empregada, coisa nenhuma! – lançou-se Lécio indignado, voz afinando a cada som. – Atrevida! Ela está pensando o quê? Que eu vim ao mundo para chupar nariz?

– É, mas fica na sua, Capitão Gay! Essa, resolvo eu.

– Ela precisa de um trabalhinho.

– Macumba não vai resolver.

– Olha, Luz da Minha Vida, estou dizendo: resolve. Se ela pensa que praga de urubu não pega em boi, está redondamente enganada.

– Não acredito nestas coisas, Lécio.

– Lhe dizendo... – soprou com uma raiva incomum pelos dentes cerrados, olhos fixos não em mim, mas no infinito.

* * *

Na tarde seguinte, quando ele foi outra vez me esperar no Cultural, eu tinha boas notícias. Naquela mesma manhã, eu estava entrando no apartamento, quando Eudineia me chamou para longe do Dennis e me avisou que não ia mais sujar as mãos. "Homem que se deita com homem tem parte com o Diabo. Prefiro a pobreza do que aceitar doação de dinheiro amaldiçoado." Coincidência? Trabalhinho? Milagre? Daquele dia em diante, para meu alívio, nunca mais me importunou, passando a me tratar como se nada tivesse acontecido.

— Lécio, o que foi que você fez?

— Parou?

— Parou.

— Falou com ela?

— Ela falou comigo.

— Não há mal que não se cure! — redarguiu, rindo.

— O que fez? — repeti.

— Ela pode... deve... ter pensado melhor. Um escândalo até pode prejudicar a família dela. Não é ela que tem um marido que trabalha com o John no quartel?

— Vai me dizer que você anda com o marido da mulher?

— Capaz! Agora, *guria* — continuou ele, esganiçando a voz —, você pare de se expor, ouviu bem? O que você tem que fazer é não ficar passando dias e noites naquele apartamento.

— Lá na mãe o Dennis não pode dormir.

— A troco?

— A troco de que na venda se vende cachaça, na cozinha tem café e os vizinhos fumam.

— Bom, Luz da Minha Vida — disse ele, sem contra-argumentar as regras da Igreja Mórmon — deixe fazer as contas: dez por cento do seu salário, mais o que vai economizar sem uma chantagista na sua cola, é igual ao aluguel de um apartamento, onde, se não treparem de noite, trepam de dia. Está na hora de ir morar sozinho! — anunciou.

— Um apartamento? Sem renda declarada? Sem fiador?

— Fácil.

— Fácil?

— A tia Potoka tem a solução.

E teve.

Demos meia-volta e corremos para o Fruto Proibido.

Em dez minutos de conversa, eu já havia dado uma cópia das chaves para o Lécio e estava com a outra apertada na mão, sem fiador e sem contrato, apenas um beijo da Potoka e os desejos de que fosse feliz com o meu americano.

— Tem mais, filhote — arrematou ela, para minha surpresa —, o apartamento da Rua Benjamim vem até mobiliado. O inquilino deixou quase tudo lá dentro, pelos meses em atraso. Principalmente, tem uma cama de casal e um sofá-cama... nas circunstâncias de vocês isso deve ser essencial.

* * *

Pouco depois, já na portaria do colégio, apertando na mão as cópias das minhas chaves feitas no caminho, pedi que chamassem o Dennis no treino. Dei a costumeira desculpa esfarrapada: a família receberia um telefonema dos Estados Unidos e gostariam que o Dennis fosse com eles à telefônica.

Veio sorrindo, lambendo-me com os olhos e ensaiando poses, como se intuísse que o que eu tinha para dar era boa notícia.

– Vá se trocar que espero – falei. Ele examinou as chuteiras, os calções sujos e a camiseta. Cheirou debaixo do braço. – Fedendo? – me perguntou e eu aproximei o meu nariz da camiseta dele.

– Só o suor, Dennis.

– Esplêndido, nem vou me trocar se não se importa.

"Eu me importar? Com o quê?" Caminhei quieto, ele ao meu lado, até a praça do centro. O que era perfeito, só ia ficar melhor.

Sentamos.

Ele me olhou sério, corando.

Contei.

– Não?

– Sim!

Dennis bateu as palmas das mãos, espantando os pombos que se aglomeravam em volta do nosso banco, no passeio que levava ao chafariz da praça do centro. Eu entendia o entusiasmo. Nos fins de tarde, na Zunzum, muitos sorvetes eram acompanhados por planos de um dia a gente morar junto. Eram planos para um futuro. Distante.

No fim daquela tarde, o futuro havia chegado.

– Que cor de chaveirinho lhe agrada? Azul? Ou alaranjado?

– Azul – escolheu Dennis. – Não, alaranjado – trocou.

– Prefiro azul – disse eu e sorri, tirando as chaves do bolso, sacudindo o molho frente ao seu rosto.

– Mudei de ideia – murmurou, olhando para a copa das árvores. Senti um vacilo no meu coração, por baixo da camiseta.

XIII

Dennis se derretia a rir.

– Dá o azul para mim – decidiu ele.

– Bobo! – anuí, aliviado, entregando o chaveiro para ele com um beijo no ar.

– Bobo é você!

– Bom, agora é dobrar o seu pai.

– O ninho de amor não vai ser secreto?

– Capaz! – soltei a minha língua em português. – Me aguarda.

Levantamo-nos, andando em direção ao sol até deixarmos a praça. Dennis, pendurado no meu pescoço. O céu vermelho da tarde enfeitava a cidade mais romântica, bonita e aprazível do mundo. E quem definira Pelotas deste jeito, havia sido o Dennis, não eu.

* * *

Sete da noite.

Não era uma doutrina, mas uma recomendação do profeta: pais e filhos deveriam se reunir às segundas à noite para orar, estudar e se divertirem juntos. A Reunião Familiar, com manual e tudo.

Entrei sorrindo. Dennis, suando. Aproveitei a conversa à toa, enquanto Rebecca arrumava a mesa com os refrescos, para dizer que, em breve, faria reuniões familiares na minha casa – joguei a isca.

John levantou a cabeça do *Livro de Mórmon*.

– Sua mãe pensa em aceitar o Evangelho?

– Ainda não é o caso, irmão.

Dennis se levantou e se encostou na porta da cozinha. John me olhava intrigado.

– Aluguei um apartamento – continuei. – Fica próximo da faculdade e também mais perto da capela. Vou me cansar menos, fazer todas as refeições e trabalhar mais. O cansaço, como diz o profeta, não leva a um bom desenvolvimento espiritual.

John fechou o livro, depositando-o devagar sobre a mesa repleta de copos. Moveu-se para a beira da cadeira.

– Acha que está na hora de ter a sua casa?

– Acho, irmão. Um ambiente mais limpo, dentro dos padrões da igreja.

– O que Jesus disse a você?

— Aprovou na hora! — respondi, também ato contínuo.

— Você é um membro inspirado da Igreja Verdadeira! — concluiu, olhos brilhando, como se fosse ele a escapar daquele apartamento para ir morar noutro lugar.

Não agradeci o elogio. Fiquei contemplando uma lua imaginária, pois se ele olhasse para mim, eu estaria com cara de santo.

Funcionou. O verde dos olhos de John ficou mais úmido. De propósito, diminuí o ritmo da voz para ser entendido e para acrescentar certo floreio, como faziam nos filmes os aristocratas ingleses.

— Se eu trabalhar duro, vai me valer uns 1.400 cruzeiros a mais. Pago 300 de aluguel. Tiro 140 do dízimo, restando-me 960 por mês, que posso economizar para a missão.

Ele se abriu em sorrisos. Meu conhecimento doutrinário era quase tão vasto quanto o que Dennis havia adquirido da língua portuguesa.

Ainda sorrindo, John fez sinal para que Dennis se sentasse conosco à mesa. Depois, fez o mesmo sinal para Rebecca, que nos observava boquiaberta da porta do corredor.

— Então, irmão — arrisquei, mergulhando os meus olhos nos dele. — Entendo que aprova a ideia de eu ter o meu próprio espaço?

— Como patriarca desta família, Lázaro, eu abençoo você. E abençoo sua morada. Na sua idade, eu também consegui meu primeiro apartamento.

Fechei os olhos por um breve instante. Feito oração.

— Essa é nova para mim — disse Rebecca.

— Dividi com o Miller — esclareceu John.

— Miller? — inquiriu ela, com o rosto esculpido pela surpresa.

Eu não sabia quem seria esse Miller, mas era o que eu precisava para o meu golpe de misericórdia.

— Pensei, irmão, em convidar o Dennis a dividir o apartamento comigo. Se o irmão não se importar, claro.

— Não me parece...

John levantou o braço, interrompendo a esposa. Com os olhos, pediu que eu continuasse.

— Está todo mobiliado, irmão. Tem um sofá-cama bem fofo na sala, cama com colchão de mola no quarto. Se Dennis quiser, nem precisa pagar nada e pode usar a cama, prefiro dormir na sala mesmo. Fica na Benjamin, na Zona do Porto, mais perto da escola dele do que aqui. Com o português que tem —

apressei-me a concluir –, me ajudaria a fazer traduções e trabalharíamos os dois em prol das nossas missões.

Rebecca emitiu um som qualquer numa boca ovalada, mas John ainda estava de braço levantado.

Dennis corou de vez.

Seu pai baixou o braço.

Rebecca conseguiu, por fim, dirigir-se a mim.

– Você sempre me surpreende.

Voltei a olhar para John.

Alisando a capa do *Livro de Mórmon* com a ponta dos dedos, ele lambeu os lábios. Dennis levantou-se depressa e se pôs à porta da cozinha outra vez.

– Mais que excelente! – ao pronunciar as próximas palavras, a voz rouca do John, assim como os seus olhos, ganharam um brilho que eu não conseguia determinar. – O Dennis vai aprender a ser homem com você.

– Vou, pai?

– Vai sim – declarou John, passando a todos em revista –, vai sim! – anunciou, em tom final.

Não olhei para ninguém. Puxei o canto dos meus lábios para cima, num sorriso – tinha certeza – mais americano do que brasileiro.

John me apertou o ombro.

– Faça a oração hoje, meu filho.

– Um minuto! – interrompeu Candy, limpando os dedos sujos de têmpera no aventalzinho. – Vou buscar o aquário.

Afastamos as cadeiras e nos ajoelhamos. Candy voltou com o peixe dourado, e enfiou o dedo sujo de tinta no aquário. Juntamos as mãos e orei:

– Pai Celestial... – a mão de John segurou a minha. Estava úmida e latejava. Rebecca me olhava como se fosse desmaiar. Fechei os olhos e continuei orando. Orava com certa sinceridade. Deus, ou o que fosse, se existisse, gostava de mim.

* * *

No dia seguinte, moído pela última aula da noite, outra surpresa. Não era Lécio nem Dennis me aguardando na porta do Cultural. Era John. Sozinho, com a porta da Kombi aberta, esperando-me. Acenei tchau para o vigia que trancava o prédio e entrei no veículo.

Concentrando-se nas ruas, John dirigiu umas quadras, umedecendo sempre os lábios com a língua. Finalmente, estacionou junto à praça do centro e permaneceu pensativo.

– Depois de ontem – ele hesitou nas palavras –, precisamos conversar, Lázaro.

Abaixei o vidro para tomar ar. Por sua vez, ele também desceu o vidro do seu lado, inalou o ar da noite e desatou a falar como se desse continuidade a uma conversa em andamento.

– Os comunistas não acreditam em Deus, fazem o trabalho de Satanás. Comunismo é a religião do Diabo. O seu pai, Lázaro, foi levado pelo Diabo.

Encolhi os ombros.

– Mas, para a minha alegria e deleite, o Pai Celestial resgatou você, salvando-o, porque a minha família veio para o Brasil. O seu testemunho do Evangelho justifica a minha luta.

Cerrei os lábios e não disse nada.

– Pai, mãe – John diminuiu o tom da voz antes de continuar. – Jesus já fazia essa pergunta: "quem é o seu pai, a sua mãe, os seus filhos? Quem são os seus verdadeiros irmãos?" Não sou eu, agora, o seu verdadeiro pai?

Eu gentilmente balançava a cabeça, concordando, quando ele, primeiro, pôs sua mão sobre a minha, puxando-me para um abraço, apertando minha cabeça contra o seu peito.

Fiquei preso. Quis perguntar por que ele fazia aquilo, mas não deu tempo. Sem me desprender do abraço, me beijava os cabelos. O peito quente me queimava o rosto, seus dedos carnudos viajavam pelas minhas orelhas.

– Matei comunistas – confidenciou em palavras rápidas. – Antes, porém, participei de um projeto do Departamento de Defesa. Usaram ondas de rádio, remédios, drogas, hipnose e cirurgias para criar o soldado perfeito. Eu ia ser o soldado perfeito. Mas, vou dizer a verdade para você, deu errado. Minha cabeça se dividiu, por dentro. Vou ficar assim para o resto da vida.

– Agradeço a confiança – respondi, o coração latejando na língua.

John começou a arfar, à medida que inalava, inalava mais fundo. Grunhiu com a minha tentativa de fugir dos braços dele, quis saber se estava tudo bem e me apertou mais ainda.

– Todos temos as nossas vontades, os nossos segredos. Se eu pudesse, enterrava os meus – riu-se entre os soluços e a fala. – Mas não posso. Jesus

XIII

disse: "Vinde a mim as criancinhas". Lembra-se das escrituras, Lázaro? Jesus gostava de meninos, como eu.

O meu corpo afrouxou e ele me conduziu de volta ao assento, deixando-me respirar.

* * *

– Outra coisa – pediu ele com um sorriso –, podemos ver o seu apartamento? Em breve, naqueles quartos, vamos ter a essência do testosterona mesclada ao aroma do chulé. Não é assim um apartamento em que vivem só rapazes?

A Kombi tremeu.

– Onde está a chave, meu menino?

Tirei o chaveirinho alaranjado do bolso e mostrei a ele.

– Ótimo, Lázaro, bem como eu gosto.

Logo que John estacionou, pulei do carro direto à escada. Os degraus me atropelaram até a porta. No escuro, torci a chave de todo jeito, sem conseguir girá-la na fechadura.

– É uma cópia – mostrei-lhe de novo as chaves contra a penumbra da luz da rua. – O Dennis ficou com a original. Amanhã, resolvo.

Ele não me ouviu.

– Uma chave de fenda resolve isso agora – John desceu rumo ao carro.

Desci atrás e, do meio da calçada, acompanhei os movimentos dele. Da Kombi, olhou-me como se eu tivesse feito alguma coisa errada. Criminosa. Abaixou-se e, de repente, voltou-se, não com uma chave de fenda, mas com um pé de cabra balançando na mão.

Eu ia subir com ele.

Hesitei.

Luz no fim do túnel.

Isto é, no topo da escada.

A luz do apartamento ao lado do meu se acendeu, despejando-se por uma fresta na porta e iluminando os degraus. Uma voz de mulher, gritando, encheu a rua. John desceu depressa, como se tivesse visto o Diabo em pessoa e deu o comando: – Entre na Kombi, vou levar você para casa – como sempre, o comando era final. – Perdi a cabeça – continuou ele –, que o meu descontrole fique entre nós! – disse, empurrando o pé de cabra para debaixo do banco.

– Acontece, irmão.

Ele sorriu.

– Já comprou uma TV para o apartamento?

– Não, irmão.

– Vamos ter que dar um jeito nisso, não é?

– Sim, irmão.

* * *

Solto num vácuo, entrei no meu quarto. Como leões furiosos, presos numa pequena jaula, mil perguntas rugiam na minha cabeça. "São nessas horas" –, dizia para mim mesmo –, "que percebo não saber ver o mundo de um jeito norte-americano". Eu não ia, porém, estragar a realização do sonho do apartamento próprio –, em outras palavras, ter Dennis morando comigo – por causa de detalhes e perguntas que, eu sabia, teriam uma explicação lógica.

Se pensasse de forma lógica, claro. Mas eu mal pensava. "Os leões podem estar rugindo", tentava me consolar, "mas o circo não está pegando fogo". "Ou está?", sussurrou dentro de mim o meu Lécio.

XIV

Na manhã seguinte, acordei com um peso na alma. Para reagir, mais café. Mais pecado.

Bati a porta com raiva. Os vidros das janelas tremeram com o estrondo. Se a minha mãe acordou, não sei. Eu já me encontrava na rua, a meio caminho da paragem, e não olhei para trás.

Sol na cara, pensando nas tarefas do dia, saltei do ônibus pouco depois, de chaveiro alaranjado na mão. O homem estava abrindo as janelas da banca.

— Esta cópia não abriu a porta.

Ele abanou na mão outro chaveirinho alaranjado.

— Esta é a sua chave, freguês.

— E esta?

— Esta você tomou do balcão, sem perguntar se era a sua, e saiu em disparada.

Outro ônibus e desci na Rua Benjamin, quase em frente ao prédio. Quando a porta se abriu, um cheiro de casa fechada, onde o inquilino anterior fumava, envolveu-me. Mesmo assim, sorri. O apartamento consistia de sala, quarto, cozinha e banheiro, sem área de serviço. Tudo caiado de branco, por dentro e por fora. Era pequeno, mas era meu. Aliás, nosso. Meu e do amor da minha vida, e o Lécio havia deixado lá dentro o mais lindo buquê de rosas amarelas que eu já vira na vida. Imaginei os beijos de bom dia e os sorrisos de mamãe que, em breve, trocaria pelos do Dennis.

Abri uma folha da janela, inclinei-me para a rua para tomar um arzinho e fiquei espiando um joão-de-barro, cabecinha para fora do ninho entre a parede e o beiral, por cima da janela ao lado da minha. "Vou ter dois vizinhos novos", pensei, "o passarinho e a mulher da luz".

* * *

Antes do fim da primavera, a maior parte dos meus medos e preocupações havia adormecido. Era igreja, casa, Cultural, casa, faculdade, casa, esperar o Dennis no colégio e corrermos outra vez para a nossa casa. Nas férias, viajamos com o John – eu, ajudando na contabilidade dos canteiros de obras da igreja; o Dennis, na correspondência com os Estados Unidos. Nossa vida era cheia. Tão cheia, que a gente não percebeu quando o casal de joão-de-barro abandonou o ninho, nem quando a mulher da luz passou a usar perucas e óculos que lhe cobriam metade da cara.

– Bato na porta e levo-lhe, de presente, uma torta de maçã – sugeriu Dennis.

– Isso é coisa de filme americano. Se não nos cumprimenta é porque é mal educada mesmo.

– Acha?

– Acho.

Nas sextas à noite, se estávamos em Pelotas, Dennis cantava para os clientes do bar da faculdade enquanto eu, na mesa, me derretia de paixão. Adorava quando respondia alto e claro no microfone para quem questionasse o que ele via em mim: "Este é o homem da minha vida". E, pela cara dos meus colegas, eles pareciam entender que Dennis queria apenas dizer "Lázaro é o meu melhor amigo", nada mais. Por minha vez, eu jogava os meus cabelos para trás como as princesas de contos de fadas e sorria para os meus colegas. Nunca havia sido tão feliz. Nunca, também, iria fazer tanto dinheiro como no ano que se seguiu àquela primavera. Graças à Potoka e às ideias do Lécio.

– São os sonhos que você tem que quero ver realizados nesta nova década, Luz da Minha Vida.

– E os seus, Lécio?

– Os seus, primeiro.

– Capaz.

– Lhe dizendo.

Olhava-me, ria, e não dizia mais nada.

XIV

Pouco depois do Ano-Novo, naquele calor insuportável que foi o mês de Janeiro de 1980, ele nos trouxe um recado. O recado que transformaria a minha vida financeira.

Chegando de Jaguarão, encontramos o Lécio nos esperando, sentado nas escadas que levavam à porta do apartamento. Ele abaixou a fotonovela, ergueu os olhos, não disse "oi". Disse que precisava fazer xixi.

– São as putas da tia – continuou, puxando a descarga. – Quer dar aulas de inglês para as putas?

– Aulas para quê? – eu quis saber.

– Programa em inglês! – afirmou com entusiasmo.

– Essa é nova.

– Essa é uma ideia minha. Navios inteiros acabam na tia – O Dennis começou a rir.

– Ô, ô, ô! – Lécio mudou o timbre da voz. – Os gringos acabam frequentando o Fruto Proibido, ó americana loirosa! O que sobra de músculo lhe falta de tutano – reclamou. – Aprendeu português às avessas? – voltou a falar comigo. – Elas precisam de um "*oh yes, oh yes*" elementar.

* * *

Naquela mesma noite os três fomos ver a Potoka antes de a clientela chegar. Dennis caminhava dois passos à frente. Eu e Lécio, atrás, nos entreolhávamos, tentando descobrir alguém mais empolgado. A inesperada visita ao Fruto Proibido, até então evitada, instigava nele idêntico fervor ao dos mórmons que, pela primeira vez, recebiam uma carta de recomendação do bispo para que os admitissem aos poucos templos mórmons, proibidos aos descrentes. Como seus irmãos de igreja, Dennis queria saber mais, queria saber tudo.

De certa distância, o prédio do Fruto Proibido tinha um ar de distinção. Eram dois andares cor-de-rosa, janelas altas com o topo arredondado e pintadas de verde-escuro. A lateral, que se estendia pela Rua Benjamin, terminava num muro com um portão, que dava acesso ao pátio onde ficava o quarto do Lécio e o depósito de mantimentos.

– O portão gabava-se Lécio –, me dá uma privacidade invejável. Ninguém me incomoda, saio e entro quando quero, com quem quero.

– Aquele quartinho não é muito quente?

– Que nada.

– Verão passado estava um forno.

– Engano seu.

– Bom.

– Lhe dizendo.

Cortei o assunto. Não ia discutir com o Lécio o quartinho abafado dele.

Aliás, no clube inteiro faltava ventilação.

O acesso principal, de frente para a Praça da Alfândega, dava-se por uma porta externa imponente, que dominava a fachada, ladeada por duas pequenas janelas. Quando eu via o néon colorido, tremeluzente, acima da porta, anunciando Fruto Proibido e, logo abaixo, uma discreta placa, avisando que era "clube familiar", eu entendia por que a Potoka afirmava que a fachada tornava-o o protótipo do clube que nascera e crescera durante a ditadura.

– Hoje, os homens do mar vão de *alemoa* ou de bela? – queria saber dos marinheiros já na entrada.

– Quem *tivérr* o *fiofô* mais *aperrtadinho, Potoká.*

– Cassilda!!!! – chamava ela escada acima.

Descia um travesti, do tamanho do Dennis, uma bela quarentona, e Potoka piscava para os marinheiros.

– Tem hemorroidas – segredava. – Além de apertadinho, quente. Vão acertar em dólares?

– Pode ser... – disse um – mas, por você, gostosura, pago em ouro.

A Potoka, como sempre, afastava-se cabisbaixa.

Quantas vezes havia visto a mesma cena se desenrolar diante dos meus olhos. Variavam os marinheiros; a estrela era sempre a Cassilda. A Potoka, a cafetina virgem inacessível.

Quando Dennis ouviu a história, riu.

Os frequentadores, expliquei para ele, não eram apenas os marinheiros. Marinheiros, aliás, eram poucos. Muitos eram os militares e os senhores da alta sociedade, com todo o tipo de gosto sexual. O Fruto Proibido era, mais que tudo, acrescentava Lécio, uma festa. Garantida.

* * *

Passamos pela porta interna que dava acesso à bilheteria, a entrada principal –, pintada de vermelho e fedendo a cigarro, álcool e enjoo.

XIV

– Disfarçou, hein? – murmurou Lécio ao Dennis. – Não eram os seus irmãos de igreja pregando ali na praça?

Dennis virou-se num salto e Lécio começou a rir.

– Tem medo que peguem você entrando no Fruto Proibido, loirosa?

– Se não gostarem, que se afomentem – retrucou Dennis, acompanhando Lécio nas gargalhadas.

Lécio empurrou a portinhola que dava para o bar do clube.

– Tia! Trouxe uma corajosa para conhecer você.

Potoka apareceu por detrás do bar, acomodando os seios nos sutiãs.

– Virgem Maria! – brincou ela. – Tomou chá de sumiço? Já nem me lembro quem é o Lázaro: o moreno ou o bonito?

– O Lázaro tem que ser eu – sacudi a cabeça. – A senhora tem razão, o bonito é ele.

Dennis deu dois beijinhos na Potoka.

– Então... – disse ela – Senta aí e vamos conversar.

* * *

Uma hora depois, quando nos explicava que a sua "borboletinha" – e apontou com o queixo para o Lécio, nesse momento estranhamente discreto – havia tido a ideia de recomendar aulas de inglês para as meninas, a Potoka e o Dennis já eram os melhores amigos. Na mesinha do canto da pista, apertada junto ao balcão do bar, antes que eu terminasse de elaborar alguma proposta para o serviço, eles acertavam outro negócio.

– ...não, desde que cheguei, só fiquei no Brasil – explicava Dennis em tom de lamento. – Mas já fui a Jaguarão. Vamos lá com o meu pai quase toda semana.

– Ah! Pode então me fazer o favor.

– Amigo é para essas coisas! – respondeu ele.

– Um minuto – disse Potoka, saindo em direção a um armário ao lado do bar e voltando com um embrulho.

Antes que eu pudesse reagir, um pacote já estava na nossa frente em cima da mesa.

– Tenho um clube na fronteira, onde mora a vó do Lécio – explicava ela ao Dennis. – São pacotes como esse, meninos – ela me olhou, incluindo-me de vez na conversa. – Dá para vocês atravessarem a fronteira a pé, vestidinhos de mórmon e entregá-los à Vó Iracema? Ela manda outros por vocês. Claro que pago. Bem.

E pagou. Muito mais do que pagaria por aulas de inglês.

Sete meses depois, o negócio havia crescido tão vertiginosamente, que mal dava tempo de respirar. Viajávamos até a fronteira do Uruguai, a princípio, só com pacotes. Logo depois, passamos a carregar uma mala cheia – ou duas – nas nossas pernas e nas dos missionários. Ninguém questionava nada e as malas iam encontrando um jeitinho de entrar no Brasil via Pelotas. Era uma mina de ouro. Não, de diamantes.

Dispensado do Exército, aproveitei para ir e vir todas as vezes que membros da igreja viajavam para aquela região. O Dennis ia na Kombi do John. Eu, no carro do presidente do ramo mórmon em Jaguarão – um gordinho que passava parte da semana em Pelotas. O carro tinha espaço para carregar duas ou três caixas de cada vez e a gente tirava proveito disso. Foi aí que, uns domingos depois, o gordinho veio com a pergunta.

– Por que vocês carregam tantos pacotes nas viagens, irmãos?

– É para a venda da minha mãe – expliquei.

Dennis chegou bem perto do ouvido de um missionário da Califórnia e piscou o olho.

– Mentira, Élder. São pacotes de lança-perfumes, entorpecentes de todo o tipo e diamantes, direto de Angola, na África.

Para nossa felicidade, ninguém o levava a sério. Nem os guardas na fronteira, a quem ele sempre implorava que examinassem os pacotes.

A cada viagem, o que já era bom, ficava melhor. Dentro do nosso guarda--roupa, as caixas de dólares superavam as de sapatos. As pedras, porém, quem as comercializava era a Potoka, ocultando-as no cofre do Fruto Proibido até serem vendidas aos contatos em Porto Alegre. Para os gastos de todo o dia, e também a fim de não dar na vista, abri uma conta com o intuito de fingir que estava economizando o dinheiro proveniente das aulas particulares e das minhas turmas no Cultural, além das traduções que o Dennis, supostamente, fazia.

– Economizando para a missão toda semana? – queria saber o John, quando me deixava na frente da Caixa Estadual para eu rechear a conta.

"Economizando?" Ria-me. Podíamos mandar à missão todos os mórmons da cidade, que sobrariam dólares. Mesmo depois de eu haver mobiliado regiamente o nosso apartamento, com telefone chique na sala, tapetes e almofadas para o sofá, e cortinas, claro. Tinha, também, reformado a cozinha da minha mãe; redecorado a casa, comprado uma sala de jantar com castiçal e baixela

XIV

de prata, copos de cristal e um lustre de bronze. Ah! E telefone. Dois, um para a casa e outro para a venda. Só não fomos à Inglaterra porque não conseguimos inventar uma desculpa para o Dennis nos acompanhar, mas os planos estavam adiantados.

— Vamos acabar no inferno – resmungava Dennis, sério, cara amarrada –, não pagamos dízimo – após dizer isso, explodíamos os dois numa gargalhada de nos estourar os pulmões. Não que os mórmons não lucrassem com o tráfico e o contrabando. Lucravam. Para que Deus tivesse piedade de nós, comprávamos lanches gigantescos para os missionários e levávamos a turma da igreja de uma só vez ao *Zunzum*. Boca livre.

Foi quando veio a queda.

E que queda!

* * *

— Acho este branco muito morto – falou de boca cheia, quase se afogando nas bolachas Maria.

— Branco, Lécio? Que branco?

— Fiquem frios. Eu me encarrego de tudo – disse e jogou o pacote de bolachas na mesinha da sala e foi para a porta. – Muito secas – arrematou com um olhar de desprezo para o que restava das bolachas. – Não é o tipo de coisa que eu esteja acostumado a pôr na minha boca.

Somente quando chegou com galões de tinta, dizendo:

— O fim de ano está aí, garotas. É melhor pintar em outubro, já que o mês que vem não se consegue bons pintores! – entendemos que o "branco morto" a que se referia era o da fachada do prédio. Com a sua habitual espontaneidade, conseguira convencer a tia e os vizinhos, que ainda nem conhecíamos, a permitirem uma corzinha mais alegre nas paredes externas. Segundo a sua definição, "umas cores mais natalinas: rosa-flamingo para as paredes e verde-salsa para as folhas das janelas".

No dia seguinte, bem cedo, dois pintores sararás, mais troncudos do que o Dennis, puseram-se a lixar, tapar rachaduras e raspar reboco velho.

Até o meio dia.

— A gente retorna pelas três – espreitaram pela porta aberta para, educadamente, justificar a deserção. – Neste abafamento não dá para pintar.

Lécio, mal terminara de engolir o almoço, desceu para inspecionar o trabalho.

– Luz da Minha Vida, que horror – gritava da rua. – Vem cá ver, este rosa-flamingo está quase para um vermelho-sangue.

Descemos também para a calçada.

– É a umidade, Lécio, a tinta não seca.

Num minuto, Lécio estava parado no meio da rua, com a mão na cabeça e cara de zangado.

– Deus do Céu! Eles pintaram de rosa-flamingo até o ninho de joão-de-barro no beiral da janela da vizinha. Lázaro, pede à loirosa dar uma de super-homem, botar os pezinhos na escada e pegar o ninho para mim – comandava, desdobrando os dedos e apontando entusiasmado a janela. – Tive uma ideia, esse ninho vai virar luz de cabeceira.

– Depois eu subo – disse Dennis, olhando para cima sem localizar o ninho.

– Está mijando para trás, super-moça?

– Já arranquei muitos ninhos de joão-de-barro de postes na minha vida – intervim, pedindo a Dennis que segurasse a escada. Eu subiria.

De pé, no último degrau, notei que alcançara pouco acima da altura das vidraças. Com a cabeça por baixo do beiral, estendi o braço para chegar ao ninho pela portinhola. Apalpei a fim de achar a abertura, mas parecia que eu buscava um vaso de barro liso, sem uma entranha por onde segurar. Frustrado, virei-me aos passantes nos olhando, e sacudi a cabeça indicando que não ia dar.

– Quer uma faquinha?

– Não, Lécio. Vai com a mão.

Ele, segurando um colar de pérolas invisível no peito, retorcia os olhos em súplicas aos céus, sem arredar do meio da rua para deixar fluir o trânsito.

– Quanta onda só para pegar um ninho! – fez de conta que não ouvia as reclamações, em meio a buzinas, inicialmente discretas, depois estridentes.

– Dá para parar? – gritou com os automóveis, como se lhe tivessem jogado água quente na cara.

Desdobrei os dedos para mudar de posição.

– Lázaro, desce, eu vou subir! – decidiu-se Dennis.

Larguei o beiral da janela e uma leve brisa, que volteava pela esquina, soprou poeira no meu rosto.

Fechei os olhos, sentindo a escada, ou a minha cabeça, balançar.

XIV

Com cuidado, apoiei meu pé no parapeito da janela e fui tateando até apalpar o objeto outra vez.

Tarde demais.

Tudo aconteceu num segundo.

Senti o ninho ceder.

A escada tremeu.

Agarrei-me às folhas da janela da vizinha, meladas de tinta, pés escorregando. Pela vidraça, vi o pênis intumescido de um velho nu. Os olhos dele, arregalados, quase pularam fora das órbitas. Os meus também. Não por sua causa, mas pelo que vi atrás dele. A mulher da luz, sem os óculos e sem a peruca. "Putaquepariu, ela é a... não pode ser..."

– Ele vai cair, super-herói! Aperta essa merda contra a parede e não sacode! – ouvi o grito ensandecido do Lécio, em meio às buzinas que, agora, pareciam as de uma Copa do Mundo.

Baixei os olhos e vi Dennis subindo, braço estendido para me pegar.

No limite de minhas forças, as mãos se desprenderam das folhas molhadas; meus pés alisaram o topo da escada, mas não achei mais os degraus.

Nem os braços de Dennis.

XV

Braços vigorosos, sim. Mãos fortes, também. Mas... por um triz, não lhe bastaram... Tentou apanhá-lo na queda, Deus sabe que tentou. Só que falhou. Dennis sempre falhava.

Grito agudo:

– Luz da Minha Vida! – morte das buzinas.

Lázaro, a centímetros dos seus pés, estendido no chão, vozes se misturando no círculo que, no instante seguinte, se formava em volta deles.

– Foi empurrado.

– Foi? Aquele fresquinho histérico foi chamar a polícia...

– Quem fez uma coisa destas?

– Vi cair. Ninguém empurrou.

Um grito agudo e aflitivo: a ambulância.

Dennis olhou para cima.

Na vidraça da vizinha, um velho o espreitava. Escondendo-se por trás dele, a mulher da luz abaixou os óculos escuros. Os olhos dela momentaneamente se engancharam nos dele.

– Deixem passar a maca! – gritou alguém, enquanto Dennis foi empurrado para um lado. Quando se pôs de pé, na vidraça sobravam apenas os reflexos da rua.

Minutos depois, sem se lembrar como viera parar ali, achava-se sentado dentro da ambulância, ao lado da maca, as mãos molhadas pelo vômito de Lázaro. Por um triz...

Por um triz...

Pronto-socorro.

Sala de concreto, quente, cheia.

Dennis, totalmente confuso, calculando quanto tempo desde que chegara.

– Está com ele?

– Estou! – respondeu.

– Família?

– Eu...

– Vem conosco.

Para Dennis, no banco do corredor, vazio, o tempo passou a se mover em câmera lenta. O tempo não, o mundo. Se pudesse dominar o tempo, retroceder o relógio... meras horas, no sentido inverso, para ouvir Lázaro sussurrar outra vez, como o fizera naquela manhã: "Feliz, assim, aprendi a ser somente depois que conheci você... Que vamos fazer hoje?", emendara em seguida, sempre com planos na cabeça, "Vamos à praia, enquanto pintam o prédio?" "Não quero ir à praia hoje, quero ficar aqui na cama com você!" Dennis havia respondido.

Mas o tempo não andava para trás e Dennis sentia-se frágil.

Recostou-se no banco, fitou a parede escura até a dor subir, pairar por cima dele, sem cair.

Tontura, apenas?

Medo.

Outro grito agudo. Como o de uma ambulância, só que era de gente. Com uma enfermeira gorda segurando-lhe o braço, Lécio jogou-se pela porta.

– Fui eu! – soluçava. – Me larga, sou eu o culpado da morte do meu único amigo! Da Luz da Minha Vida!

Lécio trocou o apoio da enfermeira pelo abraço de Dennis.

– O Lázaro está desacordado! – murmurou este. – Calma, Lécio, ele não está morto.

– Venham comigo! – disse ela.

Outro corredor. Outros cheiros. Outra espera sem fim nas profundezas do hospital.

XV

No início da madrugada, quando Lécio já havia perdido as forças para gritar, um médico, acompanhado de um enfermeiro, declarou a uma audiência aflita, formada por Dennis, a mãe de Lázaro, os Betts e ele próprio, Lécio, com as unhas todas roídas que, embora Lázaro não houvesse fraturado nenhum osso, naquele momento encontrava-se em coma. Nervosa, a mãe de Dennis discutia com o médico cada detalhe do acidente. Insistia em saber se o que o raio-X havia revelado era uma fratura linear do osso temporal direito.

– A senhora, por acaso, é da área? – inquiriu o doutor.

– Sou mãe de família – esclareceu ela, depressa. – Na minha igreja, discute-se muito medicina.

– De qualquer jeito, entrar na UTI é proibido – explicou o médico a todos, voltando-se para o enfermeiro, encerrando a discussão técnica.

Dennis afastou-se da porta.

Lécio, abraçado à mãe de Lázaro, chorava. O choro misturou-se com as vozes de um grupo de mulheres, que se tornava visível na luz fraca do fundo do corredor. Era Potoka, que se aproximava com três mocinhas.

– Desculpem, a gente tinha de vir, os vizinhos disseram que ele saiu como morto. Não teve tes... clima para trabalhar – falou Potoka, apertando o ombro de Dennis.

Ele afastou o ombro. Depois, afastou o corpo. De soslaio, olhou as jovens. Essas puxavam os vestidos curtos e tapavam os joelhos.

Mais vozes, mais passos. A organista da capela apressava-se pelo corredor em direção a eles. "A organista? Aqui? Deus..." Antes que pudesse completar o pensamento, ouviu-a se apresentar à mãe de Lázaro como Vanda Libermann, vizinha de porta dos meninos.

Dennis não ousou se mexer. "A mulher das perucas?" A mulher que Lázaro chamava de mulher da luz? Como não a reconhecera antes? A vizinha que entrava e saía de peruca era a irmã Vanda, paulista, estudante de jornalismo? A que tocava hinos na capela, falava pouco, sorria muito e saía antes de todos?

Potoka, num gesto automático, cumprimentou irmã Vanda com dois beijos no rosto. Lécio, a seguir, trocou o abraço da mãe de Lázaro pelo de Vanda Libermann. As três mocinhas tiraram os lenços das suas respectivas bolsas e assoaram o nariz ao mesmo tempo. Uma coçou o seio por cima da blusa.

Dennis já não disfarçava mais o assombro. As mocinhas sorriram para a recém-chegada.

– Oi! – disse uma.

— E aí?

— Bem, Vanda — respondeu a outra.

— Irmão Betts, irmã — prosseguiu Vanda numa voz branda. — E vocês?

A mãe de Dennis cumprimentou-a com um leve gesto de cabeça. O pai, com o rosto empapado, franziu a boca e não disse nada. Mas não tremia, o que —, considerava Dennis —, era um bom sinal. Ele apenas afastou-se um passo para trás. Seu olhar, estúpido ou perplexo, vagava de Dennis para a esposa, voltava-se à porta escura no fim do corredor, talvez imaginando quem mais se reuniria àquele grupo.

Potoka esfregou os dedos pelos cabelos, como a se pentear.

— Sobreviveu à queda, gente. Que alívio!

— Sobreviveu — disse a mãe de Lázaro. — Teve sorte.

— Saravá! — completou Potoka, segurando o cabelo com uma mão e com a outra fazendo um sinal da cruz. — Foi Exu, protegeu ele do perigo. Meu filhote tem o corpo fechado.

Dennis olhou em volta. Sentiu saudades de Lázaro. Mil coisas lhe passavam pela cabeça: pedir que fossem embora? Confessar tudo ao pai e rogar misericórdia? Se Lázaro estivesse acordado e, naquele exato instante, passasse por aquela porta, ou se estivesse morto — espantou o pensamento —, tudo se resolveria. Porém, estava a poucos metros dali, sem consciência do que acontecia.

— O quadro não vai mudar, não precisam todos passar a noite aqui — sugeriu o médico, buscando detalhes com o dedo nas folhas presas à prancheta na sua mão.

O enfermeiro sacudiu a cabeça enfaticamente.

O círculo começou a se desfazer. Lécio e Potoka consolavam a mãe de Lázaro. Vanda e a mãe de Dennis trocavam palavras baixinho junto à janela. As três jovens conversavam entre si, enquanto John as observava. Uma delas abriu a bolsa, tirou um maço de cigarros, sacou um e passou o maço às outras.

— O senhor tem fogo?

À mercê das três jovens, ele apenas fungou e virou o rosto com estudado desdém.

— O senhor é? — insistiu uma delas.

— É o meu pai — respondeu Dennis, em seu lugar. — E aqui — emendou, como querendo justificar a grosseria dele — não se fuma.

XV

Afastando-se de Vanda, a mãe de Dennis atravessou o corredor. Tomou o filho pelo ombro, empurrando-o para longe do grupo.

– Esta gente, Dennis, são os amigos de vocês? A Vanda também? – Dennis balançou a cabeça. Não era nem sim, nem não.

Daquele azul profundo, veio um brilho peculiar. Como vinha fazendo ultimamente, a mãe não falava com condenação na voz, mas com carinho.

–Eu resolvo – disse ela, conduzindo Dennis pela mão. – Mas amizade com essa gente, sinceramente...

O médico entregou a prancheta ao enfermeiro e deixaram-se engolir pela porta da UTI.

– Ei! Vocês! – chamou a mãe para dentro do recinto.

Só o doutor emergiu.

– Meu marido e filho são pastores religiosos. Querem dar uma bênção de saúde ao Lázaro antes de ir para casa. Isso pode? Tenho certeza de que não vai atrapalhar o quadro clínico.

O doutor prestou atenção ao sotaque carregado que não escondia um tom mais profissional que o dele. Empurrando a porta da UTI, em permissão, recomendou:

– Só não podem falar alto.

– Obrigada – completou ela, virando-se a seguir para Dennis e o marido. – Espero por vocês aqui. Depois, se você concordar, John, levamos conosco a mãe do Lázaro, o Dennis e a Vanda. O primo do Lázaro – ela agora olhou demoradamente para Lécio – e a tia dele com as empregadas pegam um táxi na frente do hospital. Que tal?

John permaneceu quieto.

– Claro, irmã! – aquiesceu Vanda. – Obrigada pela oferta da carona, mas acompanho o primo de Lázaro e as senhoras no táxi.

A mãe de Lázaro, encostada na parede, tinha um olhar perdido. Limpava as mãos num pedaço de trapo, retirado de uma pequena sacola.

– É o meu único filho aqui. A irmã dele ainda nem sabe...

Dennis não esperou para ouvir o resto. Empurrou a porta, segurando-a para o pai passar, e seguiu atrás.

Na sala fria, ouvia-se o rosnar dos respiradores e os gemidos intercalados com soluços de algum paciente. Na cama, jazia Lázaro, cabeça enfaixada, pálido, estático, soro pingando no braço direito.

Dennis e seu pai posicionaram suas mãos por cima dos equipamentos, com os dedos levemente tocando a pele do rosto de Lázaro.

– Pai Celestial! – invocaram ao mesmo tempo. Logo em seguida, Dennis se calou, deixando que o pai prosseguisse com a bênção. – Pelo poder do sacerdócio a nós conferido, lhe pedimos saúde para esse filho – parou de repente, com a voz embargada. Respirou, recomeçando em voz alta, dando comandos a Deus. – Pai Celestial, salve este filho meu! – a voz rouca soou mais alta do que as máquinas.

Dennis interveio, se não pela fé, pelo desespero:

– E eu, Dennis, em nome de Cristo, lhe ordeno: Lázaro, levante e ande!

–Silêncio.

– Levante e ande! – suplicou Dennis.

O ar frio soprava dos condicionadores de ar. Contudo, o rosto vermelho do pai lavava-se em gotas de suor, contraindo-se como que para segurar o pânico. Lázaro, ao contrário, permanecia pálido, rijo, negando as promessas da Bíblia.

Dennis começou a chorar. Chorou por todo o caminho.

– Você vai ficar bem?

Em silêncio, Dennis sacudiu a cabeça na direção da mãe, desceu depressa da Kombi, subiu correndo as escadas do seu apartamento.

Iria passar uma noite sem o Lázaro. Uma não, muitas.

Aquela seria apenas a primeira.

XVI

Intermináveis.

Depois daquela primeira noite sem Lázaro, mais vinte se seguiriam.

Ao despertar, Dennis contemplou o forro do teto. Ouviu o apito manso dos navios deixando o porto. Havia adormecido de bermudas, sem tirar os tênis. Bastou, então, enfiar uma camiseta limpa e em três ou quatro pulos, descer as escadas, deixando a porta bater atrás de si. Ainda tonto, num resíduo de sono, correu. Subia a Rua Benjamin, com o coração batendo cada vez mais forte, à medida que suas pernas aceleravam o passo. As malditas paredes das casas, nas ruas apertadas, não entendiam sua pressa. Ameaçavam-no com suas fachadas de reboco rachado, prestes a ruir, deslizando os seus telhados sujos de limo por cima dele, antes que pudesse chegar à Santa Casa. "Odeio a Santa Casa", sentiu o rosto se fechar enquanto pensava: ia pegar uma faca e entrar rasgando a garganta de todos, das recepcionistas aos médicos que cuidavam dele. Quem estivesse lá. Esfaqueá-los todos, se matar em seguida, se não fizessem o Lázaro despertar em cinco segundos. Uma coisa dramática. Horrível. Jamais vista em Pelotas. Porém, Dennis sabia que morrer no massacre imaginário do hospital não seria problema. O problema era como morria de verdade, envenenado, pouco a pouco, pelos dias de espera, pelas esperanças que se desvaneciam.

Ar...

Ar!

Precisava de ar.

Já na frente da Santa Casa, diminuiu o passo, subindo a rampa da entrada, perseguido por um táxi. De dentro do táxi, viu sua mãe sinalizar com a mão para que ele a esperasse.

Pouco depois, abraçados, entraram no quarto de Lázaro. Ele estava lá, tal como o deixara na noite anterior. Ao lado da mãe. Faltou-lhe voz, aliás, faltou-lhe vida ao dizer bom-dia à mãe de Lázaro e pedir que ela fosse para casa descansar.

Não foi preciso.

Tal como nos outros dias, ela olhou para Dennis como se o quarto estivesse vazio, recolheu a bolsa, preparou-se para sair.

– A senhora espere! – a voz era mansa, mas era de comando. A fim de não deixar dúvidas, Dennis colocou-se entre a cama e a porta. – A gente precisa se falar antes da senhora ir embora.

– Precisa? Pensei que igrejas como a de vocês proibissem de falar com comunistas ateus! – os olhos dela, vermelhos e caídos, refletiam o fogo da ira. – Por que o Lázaro nunca me contou que havia se envolvido com um absurdo destes? Soube pelas conversas no corredor. Que desgraça esta igreja trouxe ao meu filho?

– O acidente não teve a ver com a igreja. Contudo, a senhora tem razão. A igreja proíbe certas coisas: chá, café, álcool, cigarro.

– O que mais proíbe? Não proíbe homem deitar com homem?

– A senhora não entende...

– Claro que entendo. Entendo, aceito e não discrimino. Porém deploro a mentira! O que fizeram com o meu Lázaro para ele mentir para mim?

– Tudo começou de repente. Era uma situação nova demais, faltou coragem! – Dennis segurou o braço de sua mãe. – Não só ao Lázaro, mas a nós dois – uma lágrima desaguou nos lábios. – Depois... bem, depois, o tempo foi passando.

– Quando isso começou?

– Na semana em que a gente se conheceu.

– E dura até hoje?

– Muito mais forte... – respondeu ele.

– E isso, a igreja não proíbe?

– Mais que proíbe, condena. Condena o que a gente sente um pelo outro. Não é culpa minha, nem do Lázaro.

– É culpa de quem? Minha e da sua mãe?

Na frente de sua própria mãe, Dennis ainda não havia falado tão abertamente. Ela devia ter se dado conta, pois afastou o braço da mão dele, desviou os olhos e ajeitou-se à cabeceira de Lázaro, deixando-o – Dennis compreendeu – à vontade para prosseguir.

– Desde quando amar alguém é culpa de outra pessoa? – a mãe de Lázaro perguntou e tapou a boca com a própria mão.

Dennis viu o rosto dela se lavar em lágrimas. Entretanto, se era choro, era um choro mudo, sem um som qualquer.

– A senhora é a mãe do Lázaro, é justo esclarecer – Dennis viu seus sentimentos aflorarem de uma só vez, traduzindo em palavras o turbilhão de pensamentos para que elas pudessem entender. Sem controle, deixou a história dele e de Lázaro encher o quarto da Santa Casa de Misericórdia de Pelotas. Sem pudor, ela foi transbordando a cada segundo e derramou-se pela porta. Com fúria, enveredou pelos jardins, arrancando o perfume das flores. Dali, desceu a Rua Gomes Carneiro, rodopiando pelo porto entre os risos das putas, despejando-se, como colchas de renda, pelas janelas do Fruto Proibido. Por fim, a história subiu a Rua Benjamin, escondendo-se dentro do apartamento onde moraram no último ano. E, ali, ao som de trombetas de anjos, transmutou-se num sentimento vívido que subiu ao céu.

As mulheres se entreolharam.

A mãe de Lázaro tirou o trapo da bolsa, limpou os olhos.

– Para mim não foi fácil – Dennis ouviu sua mãe balbuciar num desabafo. – Por que caminhos andei – disse agoniada – até aceitar, até entender? O que sei é que já vi desgraças demais, não quero ver tudo se repetir. Basta. Meu filho vai ser feliz!

Dennis segurou a mão desfalecida de Lázaro. Sua voz ficou mais suave, mais compassada.

– Queria que entendessem que, apesar dos riscos que corremos, nosso relacionamento tem sido como uma frase que o Lázaro me escreveu num cartão: "A nossa é uma história cujas gotas são mais de orvalho ou de lágrimas do que de chuva". Foi o cartão que ele me deu no nosso segundo aniversário.

– Isso – disse a mãe do Lázaro – ele copiou de um cartão que o pai dele deixou para mim. O último que me escreveu antes de ser assassinado. E de vocês – emendou ela –, muita gente sabe?

– A Potoka – respondeu Dennis.

– Ela nunca me disse nada.

– O Lécio.

– Esse, não me admira – retrucou, acalmando a voz. – E na igreja de vocês?

— Quase ninguém — a sua mãe respondeu por ele. — Eu e a empregada.

— Não é a igreja que nos aflige — continuou Dennis —, é o pai... Se o pai souber...

— Meu marido tem muitos problemas... — a voz de Rebecca se uniu à de Dennis.

A mãe de Lázaro soltou a bolsa no canto do quarto, abriu uma fresta na janela. Voltou para a cadeira, fixando os olhos em Dennis.

— Se não for a hora do seu pai saber — disse ela —, sejam discretos. Se ele souber, embora isso me angustie, vou sempre ficar do lado de vocês. Meu marido viveu e morreu pelas escolhas que fez. O Lázaro é igual a ele. Concordo que no mundo de hoje, não é fácil — acrescentou, suavizando o olhar. — Eu mesma tenho de me acostumar.

Dennis sentiu um agradável vazio no peito. Depois de todos aqueles dias, sentia fome de verdade.

Minutos depois, no bar do hospital, havia pedido um pastel e um guaraná. Comia sozinho, desfrutando de certa paz, só interrompida pelo vozerio e pelas campainhas que não davam trégua.

Um choro ecoou nos corredores.

Virou-se para ouvir melhor.

A cada soluço, ia ficando mais nítido. Em meio aos gritos da mãe de Lázaro, reconheceu o choro. Era o de sua mãe.

— Deus! — clamou Dennis — Me ajude!

— Filho! — sentiu uma mão segurar-lhe o ombro.

O pai pôs-se ao seu lado, junto ao balcão, e o ajudou a voltar ao corredor.

Apressadas, pouco à frente deles, uma enfermeira entregou à outra, sem diminuir o passo, os panos dobrados que carregava.

— Eu não sabia que acontecia assim, tão de repente! — disse uma.

— Acontece — veio a resposta brusca da outra.

Com o coração despedaçado, Dennis buscou o rosto do pai. Os lábios tinham perdido a cor. No rosto paralisado, só constatava que o pai estava vivo porque duas enormes lágrimas corriam pelo canto dos olhos, indo parar no colarinho da camisa. Dennis apertou-lhe o braço e não viu razões por que não dizer:

— Amo o Lázaro, pai.

— Também amo o Lázaro, filho.

Dor e surpresa. Que ele se lembrasse, seu pai nunca o chamara de filho antes. Filho era o que só reservava para o Lázaro.

Na porta do quarto, o médico impediu-lhes a entrada.

– Mando chamar assim que der – falou baixinho, trancando a porta atrás de si.

Dennis permaneceu imóvel.

O pai ancorou-se na parede do outro lado do corredor; puxou do bolso o frasquinho de plástico, despejou o pó no dedo e esfregou o montinho nas gengivas. Para completar, destacou dois comprimidos de uma cartela e os engoliu depressa. Quando seu rosto ganhou cor, inclinou a cabeça de olhos fechados.

Orava em voz alta:

– Pai Celestial, Deus dos meus antepassados, feita a Sua vontade, humildemente, imploro-lhe, dê-me forças para além de mim. Em Seu nome, preciso consolar a família de Lázaro, consolar Dennis, consolar Rebecca e, sobretudo, consolar meu coração, em nome de Jesus Cristo lhe peço. Amém.

Dennis não disse amém.

A porta do quarto se abriu.

– Podem entrar – disse um enfermeiro, metendo o nariz pela fresta. – Ele está limpo e preparado.

Sem pedir licença, Dennis escorou a mão na porta para empurrá-la. No quarto, a visão do corpo do Lázaro estendido na cama por trás de um biombo o fez tremer e, em seguida, amolecer nos braços do pai.

O enfermeiro arregalou os olhos.

– Que tem o rapaz?

– Ora, meu filho acaba de perder o irmão em Cristo – sussurrou o pai de Dennis, com uma solenidade contida. – O jovem morto nesta cama...

XVII

Quando tiraram o biombo, eu estava recomposto.

Dennis, limpando as lágrimas no ombro da camiseta, olhava para mim sorrindo. Senti o perigo iminente de ele pular na cama comigo e me dar uns beijos na frente de todo mundo.

Não foi de imediato que recobrei a memória. Fazia uma semana que eu estava em casa convalescendo quando me lembrei, primeiro, da queda em si, para depois me lembrar dos momentos anteriores àquela cena, como num filme em *flashback*. Lécio indagava – com a curiosidade típica de quem compartilha momentos ao lado de um pós-comado – se eu tinha visto um túnel de luz do outro lado, me sentido flutuar perto do forro ou ouvido o que diziam de mim.

– Necas – respondi, lacônico.

– Jura?

– Quero morrer seco.

– Vira essa boca – disse Lécio.

Não vi nem ouvi nada. Não senti nada. Para meu desconsolo, não retornei dos mortos, retornei dos vivos, mesmo! E as histórias, quem as tinha para me contar eram eles.

Na minha ausência, enquanto eu jazia inerte na Santa Casa, outras cenas que afetariam a minha história se desenrolavam sem parar. Quem diria, até novas personagens pisavam no palco.

Potoka alugava apartamentos para moças que vinham morar em Pelotas. Algumas, estudantes apenas, com propósito de conseguir um diploma no fim do curso e noivo para casamento depois da formatura. Outras, num Brasil que só piorava, apelavam para a única vida ainda fácil. Para Vanda, não se tratava nem de uma coisa, nem de outra: era algo muito mais difícil.

Naquela tarde, quando ouvimos os passos na escada, tínhamos esquecido do almoço havia muito. Nossa nova amiga e aliada estava na metade de sua história pessoal e queríamos ouvir mais. Já sabíamos que a vizinha misteriosa – a "mulher da luz", escondida nas perucas – era ela. No apartamento ao lado, recebia clientes indicados pela Potoka durante a semana e, às sextas de madrugada, trabalhava no *Fruto*, garantindo que todo participante tivesse a sua vez no grupo de suruba. Agora, o que a gente queria saber mesmo eram os detalhes.

– Dominatrix mascarada! Eu não desconfiava! – disse Dennis. – E vocês?

– Se não dormisse lá na tia às sextas, nem eu sabia! – emendou Lécio, explicando-se. – Eu não sabia que ela era mórmon, só que Vanda não queria que vocês soubessem quem ela era ou o que fazia.

Vanda se levantou do sofá-cama onde se aninhavam e caminhou até a porta.

– Claro que você sabia, Lécio! – retaliou Dennis. – E não disse nada.

– Nesta boquinha, loirosa, só entra p...

– Explica para mim, Vanda – chamou Dennis. – O que é mesmo uma dominatrix? É a mesma palavra em inglês?

Vanda não respondeu. Levantou a mão para que ficássemos em silêncio por um instante e encostou o ouvido na porta.

–É o vento – disse Lécio, esticando o pescoço, levando a mão em concha à orelha.

Dei-lhe um leve sopapo na nuca.

– E vento, agora, usa sapatos para subir escadas, Luz da Minha Vida?

Vanda voltou a se sentar conosco, rindo. Em voz baixa, apressou-se a concluir as confidências.

Por volta de 1975, apaixonou-se por um carioca. Negro. A família se opôs tenazmente. Lei de Deus. Em protesto, foi estudar inglês em Nova Iorque. De lá, já saiu missionária. Aí, veio 1978 e tudo mudou. Os mórmons estenderam o sacerdócio aos negros e mestiços. Tarde demais. O carioca já estava casado com uma paranaense. À Vanda, que acabara de retornar da missão para a casa dos pais em São Paulo, ainda de coração estraçalhado, restou-lhe entrar no templo toda semana para o ritual de batismo dos mortos. Batizava por procuração nomes que lhe gritavam de uma lista de falecidos.

Lécio revirou os olhos.

— E você é padre para batizar morto, Vanda?

— Um oficiante me batizava, enfiava e tirava a minha cabeça da água à medida que um nome era chamado.

— Eu, heim... lhe dizendo...

— São ordens de Deus — interveio Dennis — para quem morreu sem conhecer a única igreja verdadeira.

— Me traga o penico, loirosa — disse Lécio —, asneira me dá dor de cabeça e me revolta o estômago!

— Isto, de dia — continuou Vanda como se surda às picuinhas do Lécio e do Dennis. À noite a história era outra. Quando ainda quase se afogando na fonte batismal, enroscava o corpo molhado nos braços entesados do oficiante, pensava nos doze touros de bronze em que a fonte se apoiava e entregava a alma não para a salvação dos mortos, mas para o prazer dos vivos. Quando abria as pernas e o oficiante mergulhava na fonte e, por baixo da água, a lambia até arrancar-lhe os pentelhos, Vanda já se sentia puta profissional, cobrava pelo serviço como as meretrizes fizeram desde que o mundo era mundo.

Por um bom tempo, duraram as fodas no templo, pagas à vista antes de deixarem o prédio. Depois, como o oficiante-freguês era irmão de fé, ele achou que ela poderia atendê-lo sem cobrar nada, se insistisse em só foder por dinheiro ele poderia se irritar, dar com a língua nos dentes e mandar fotografá-la numa das calçadas em frente ao Jóquei Club. Ou ela pensava que ele não sabia onde ela já fazia quadra?

A situação ficou ainda mais tensa quando ele anunciou que não iria mais dar com a língua nos dentes, iria deixá-la sem dentes e de rosto cortado no asfalto da avenida. Aquela ameaça foi a gota d'água que a levou a decidir, por assim dizer, passar no vestibular no Sul e morar longe de casa. Em março de 1979, estabelecera-se em Pelotas.

— Não vou dizer que comecei a fazer programa porque me revoltei contra a igreja — completou. — Para ser sincera, não me recordo do primeiro homem que me comeu. Meu pai não se opôs a eu vir estudar. Prometi me casar logo que terminasse a faculdade. Claro que meus planos são outros. Tenho amigos em Nova Iorque. E visto. Assim que juntar uns dólares para voltar para lá, desapareço.

— A campainha tocou. Lécio pulou do sofá.

— Deixa ver quem é...

— Janela! — disse eu. — Primeiro espie pela janela.

Quando veio o segundo toque, como num passe de mágica, não vimos mais o Lécio. Ele não se achava mais na sala. Aliás, achava-se. Atrás do sofá, sussurrando que a Kombi do pai do Dennis estava estacionada na frente do prédio.

Para o John, a Potoka passara a ser a minha tia rica e o Lécio, um primo com problema, com quem, deliberadamente, a gente evitava contato. Como John nunca mais perguntou por eles depois daquela explicação, não tocamos mais no assunto. Em breve, o negócio com Jaguarão, agora parado, retomaria fôlego e um dinheiro ainda mais farto voltaria a fluir. Eu e Dennis teríamos de encontrar outro rumo antes que, um dia, o pai dele visse a Potoka na porta do Fruto Proibido.

Vanda abriu a porta. John passou sem dar boa tarde.

— Recuperado? — perguntou ele em inglês. — Precisando de alguma coisa?

— Recuperando-me, irmão. Muito obrigado.

Ele aproximou-se de mim, correu um dedo pelo lado do meu rosto e disse:

— Sabe de uma coisa? Para quem acordou todo cagado faz uma semana, nem parece que você esteve em coma por quase um mês.

Eu e Dennis caímos na risada. Era verdade, eu havia saído do coma todo borrado.

— Desculpe-me, irmã... — John referiu-se à Vanda também em inglês. Vanda abaixou o rosto como que encabulada e ficou alisando as manguinhas do vestido solto que usava para ir à igreja. Demorou a levantar os olhos.

Demorou a falar.

— Que é isso, irmão. Cag... isso nem é palavrão. Estamos todos tão felizes. O Pai Celestial há de entender.

— Estamos felizes, e muito. Fico ainda mais feliz porque vejo que a irmã fez amigos. Os meninos gostam de uma praia. Pegar uma corzinha não vai fazer mal! — os olhos dele sorriram. — Nem vai descolorir esses cachinhos aloirados.

— Não pinto o cabelo, irmão, são desta cor mesmo.

John estendeu-lhe a mão em sinal de perdão pelas brincadeiras. Vanda lhe devolveu o gesto, sorrindo amarelo.

— E o bispo Libermann, Vanda?

XVII

— Bispo? — quis confirmar se eu havia escutado direito.

— O seu pai? — Dennis repetiu e levou o dedo aos lábios.

Ela sacudiu a cabeça.

— Dos primeiros em São Paulo, não é mesmo, irmã? — acrescentou John.

— Olhe — Vanda trocou para português —, a conversa está boa, mas vão me dar licença. Tem ensaio na capela às quatro e ainda nem almocei.

— Eu levo você em casa — ofereceu John.

Dennis abraçou-se à almofada. Eu ouvi espantado um bufar acelerado vindo de trás do sofá. Vanda pestanejou como se tivesse entrado poeira nas vistas, porém acrescentou com brandura:

— Obrigada, irmão. Faz duas semanas que me mudei para o apartamento aí do lado. O senhor não sabia?

— Eu... — os olhos dele se aquietaram por um instante — eu... que bela coincidência! — e voltaram a sorrir. — Os meninos, então, estão em boa companhia — concluiu. — O exemplo de uma jovem como Vanda, se torna imprescindível na nossa luta diária com as tentações e provações.

— Aleluia, irmão — disse ela e riu.

As outras surpresas, embora interessantes, não tiveram o mesmo impacto. Que Dennis se abrira com a mãe dele e a minha descobrira a respeito do mormonismo no corredor do hospital, isso foi assunto para apenas alguns minutos após John ter ido embora. Nem o debate acirrado, que se seguiu, sobre as razões por que minha mãe tinha ficado tão abatida a ponto de deixar o acaju ser substituído por um grisalho no cabelo não gerou o mesmo entusiasmo.

— Coitada, Luz da Minha Vida, esta coisa de mentir para mãe não é certo, doutra vez, conta para ela — irrompeu Lécio.

— Doutra vez, Luz da Minha Vida? — retruquei, rindo. — Quando? Na próxima encarnação? Depois que o John matar a todos nós porque você não consegue se aquietar atrás do sofá?

Lécio ergueu a perna da calça e apontou.

— Eu estava deitado por cima dum prego enferrujado, Luz da Minha Vida.

Aproximei o rosto.

O arranhão ainda sangrava.

* * *

– Ele vai precisar de um médico?

– Foi só drama – disse Dennis, quando retornou do Fruto Proibido, carregado de embrulhos cheirando a banha. – A Potoka passou um álcool e um *band-aid* tapou o furo. Agora – diminuiu a cadência da voz, largou os embrulhos na mesa e me estendeu a mão –, vamos ali no quarto que eu quero mostrar uma coisinha. Elaborei um jeito super especial para a gente celebrar o fim da sua convalescença.

– Com as frituras nesses pacotes?

Dennis riu.

– Depois lhe explico. São pastéis, empadinhas e uns queques. A Cassilda está experimentando umas receitas para uma super festa de Natal.

– Já?

– Já, claro. Mas agora vem para o quarto comigo.

Segurei-lhe a mão.

– Dennis, ainda estou chateado. Fui grosseiro com o Lécio. No lugar dele, eu teria gritado, feito um escândalo naquela sala, com ou sem o John presente...

– Venha – insistiu ele. – Não é o que você está pensando.

E não era.

Numa alegria que não se importava em conter, Dennis anunciou que comprara passagens para São Paulo numa excursão da igreja, com direito a visita à frente do templo, assistir a uma reunião de testemunhos e muito mais.

– E não é só isso! – disse, dirigindo-se ao guarda-roupa e voltando com dois envelopes multicoloridos.

– Natal? Em 1º de dezembro? Isto é coisa da Cassilda?

– Claro que não, Lázaro! – corrigiu-me ele, alcançando-me um dos envelopes.

Abri depressa.

– Varig 12h10. Vamos de avião?

– De ônibus é que não vai ser.

Abracei Dennis como fazia sempre que estava ao alcance de meus braços. Ele me levantou no ar, enchendo-me do que eu chamava de "beijo metralhadora", que consistia numa sucessão de beijos que começavam na testa, avançavam pelas orelhas, desciam pelo pescoço e continuavam sua escalada descendente. Dessa vez, porém, interrompeu o beijo antes de descer. Dirigiu-se outra vez ao guarda-roupa – que tinha virado uma cornucópia de surpresas

XVII | 127

– de onde tirou uma caixinha, embrulhada num papel multicolorido e amarrada com uma fita.

Estendi a mão e não disse nada; fiquei imaginando como iríamos disfarçar as alianças iguais quando estivéssemos na capela ou na presença do John. Mesmo assim, achei a ideia super romântica – a cereja que ia dar o toque final no bolo recheado de sonhos, que era a minha vida com aquele americaninho, que me sorria balançando o objeto na minha frente sem me deixar apanhá-lo.

– Posso ver?

– Amanhã – disse ele.

Não me fiz de difícil. Aliás, fiz-me de desentendido e concordei.

Dennis devolveu a pequena caixa ao guarda-roupa. Despiu a camiseta, rindo para mim.

Fiz um olhar de quem queria mais.

– Hmmm... acho que vou ter de dar um presente, tira o resto e...

– Meu maior presente – interrompeu-me ele – não está naquela caixinha, nem no que você vai me dar agora. Está aqui... – e seus lábios caíram contra a minha boca, num beijo de fúria apaixonada.

Fechei os olhos. Nunca havia sido de chorar em momentos felizes. Não tinha a menor intenção de começar àquela hora.

* * *

Ao clarear do dia, enquanto o ônibus estacionava na praia do Laranjal, eu fazia cócegas na barriga do Dennis por detrás da sacola de comida para que ele soltasse a caixinha. Os passageiros, gente com cara de sono, viravam-se para nos olhar. Não entendiam a língua, o comportamento, menos ainda nossa alegria àquela hora da manhã.

O motorista espreitou mais uma vez e sorriu.

– Fim da linha, pessoal – Dennis levantou o polegar.

– Brigadão, meu chapa.

– Isso aí, tchê!

"Português tão perfeito como o sorriso", concluí.

Do abrigo de ônibus, corremos para a mata, que se estendia até onde os galhos tocavam as ondas. Deixamos em uma clareira as roupas, as toalhas, a sacola com Coca-Cola e comida e a caixinha que Dennis trazia com tanto cuidado. De mãos dadas, nus por entre as folhagens, passeamos até a água.

Procuramos um recanto sem barcos, sem bares, sem gente.

Nossa praia particular.

Dennis correu à minha frente e entrou na água antes de mim. Já com as ondas alcançando-lhe os joelhos, virou-se e bateu com as mãos nas coxas.

– Amarelou?

– Capaz.

– Achei que havia desistido de mim, que não queria vir atrás de mim. Tenho um presente para você.

– Pensei que o presente estava na caixinha com as nossas roupas. E para a sua ciência, nunca vou desistir de você.

Dennis levou as mãos das coxas à barriga, fazia uma dança desengonçada.

Não consegui conter o riso.

– Que deu em você, Dennis?

– Não sei. Você é que sabe...

* * *

O pênis ereto era proporcional ao torso largo, aos braços imensos que eu não me cansava de admirar por terem três ou quatro vezes a circunferência dos meus. Apenas o cabelo desgrenhado e as feições quase infantis faziam me lembrar de que era um menino, embora parecesse muito mais jovem do que eu. O jeito de sorrir e os olhos profundamente azuis, ou seriam as brincadeiras, que escondiam a sua idade real? O que nele era tão inocentemente provocante que ajudava na ilusão de eterna juventude?

Dennis afastou-se de costas, parecia olhar direto para mim. A água agora lhe batia na cintura.

– Vem – acenou.

Arrastei as minhas pernas contra as ondulações até segurar-lhe a mão.

"Lécio, Luz da minha vida" comecei a pensar, mas logo os pensamentos não eram mais compartilhados com o Lécio. Quem pensava era eu. Tantas vezes eu já havia tomado banho naquela praia, havia visto os rapazes saindo de calções molhados, mas eles, todos mortais, quando desapareciam na mata, desapareciam da minha mente, mesmo com as tiradas do Lécio sobre comprimentos, espessuras, e outros detalhes anatômicos que pouco me interessavam.

– Você está pensando em quê? – perguntou Dennis. – Está com medo?

– Não tenho medo.

XVII

– Não tem medo porque está comigo.

– Não tenho medo porque a minha mãe sempre me disse que ter medo não vale a pena.

Conversar sério com o Dennis era um negócio difícil. Depois de tanto tempo juntos eu sabia daquilo por experiência própria. Só que ele era diferente das multidões de meros mortais que vinham à praia do Laranjal. Dennis era imortal, era o meu imortal, único, agora encontrava-se acima de todos os outros possíveis imortais. Quem não gostaria de transar com ele, experimentar um homem como aquele pelo menos uma vez? Mas a sorte era minha, ele só queria transar comigo. Ele não precisava dizer, nunca iria ter outro. Nunca. E aquilo apenas me trazia imensa satisfação.

Soltei-lhe a mão.

Dennis voltou-se de repente para o mar.

Agora eu precisava de coragem. Por um segundo, quando parou de dar pé comtemplei a escolha de voltar.

– Hei... – gritou e me agarrou pela cintura. – Olha para mim, Lázaro. Está com medo? – disse e contraiu o nariz.

Dei-lhe uma cotovelada no lado e ele respondeu com um beijo na minha orelha, mais um no meu rosto e, virando-me de frente, ganhou os meus lábios, enchendo a minha boca com um sabor quente dos beijos que eram dele, que enchiam os meus sentidos, que queimavam o meu corpo, que me obrigavam a não querer me libertar, a não me importar se dava pé ou não dava pé.

Dennis afastou seus lábios dos meus.

– Puta merda, Lázaro. Aqui não dá pé mesmo. Você sabe nadar?

– Não. Mas quem entrou até aqui com você não foi para desistir agora.

– Quem entrou comigo até aqui é um louco, um inocente.

– Então, me solte.

Dennis, agora, segurou-me a mão direita, soltou a cintura, segurou-me a esquerda e afastou-se olhando para mim.

Por um momento se contorceu como que para ajustar-se na água, ficar me encarando, vendo a mim e não mais a praia ao fundo.

Relaxei os meus dedos, ele os apertou como se os quisesse esmagar.

– Então, me solte – repeti.

Dennis franziu os lábios, sem largar as minhas mãos, mergulhou a cabeça na água e a jogou para trás, sacudindo os cabelos.

— Agora não. Só vou lhe soltar se não me responder uma pergunta. Feche os olhos.

Por um instante, obedeci. Tudo o que ouvia era o barulho das ondas e tudo o que sentia era a mão de Dennis esmagando as minhas.

De repente, senti que ele abria os nossos braços.

Abri os olhos e encontrei aquele par de olhos azuis sorrindo para mim.

Na tentativa de me mover, a água veio até ao meu nariz.

— Estou gostando muito — Dennis disse e estreitou os olhos, soltando-me e no segundo seguinte abraçando-me, esfregando o seu corpo contra o meu, erguendo nossos corpos nas ondas como se fôssemos alçar voo. — Lembra? Tenho um presentinho para você...

Antes que eu pudesse dizer alguma coisa senti que ele agora só me segurava contra o seu corpo com um braço. O outro, levava a mão à minha perna e levantá-la por cima do seu quadril.

Pude sentir o inchaço revelador me roçar as nádegas.

E um dedo me penetrar.

Dois...

Três!

— Dennis...

* * *

Dennis realizou a promessa de me dar o presente e cavalguei encima dele, por vezes acima das ondas, com ele dentro de mim, sem que eu precisasse me segurar em mais nada.

Quando cansei, com um braço só ele voltou a me segurar pela cintura.

Abri os meus braços e me deixei flutuar, mergulhado na expressão suave e divertida, nos olhos dançando de amor que apareciam e desapareciam nas ondas.

Dennis crescia dentro de mim pedindo que eu o abraçasse, que o levasse ao céu.

De repente, começou a sorrir.

Obviamente me conhecia.

— Boa — disse ele. — Uma coisa a menos em que treiná-lo daqui para adiante.

— Foi ao mesmo tempo?

— Você não sentiu?

— Foi um presente ousado, não foi? — afastei-me e segurei-lhe outra vez pelas mãos.

Ele riu.

— Não tão ousado quanto você pensa — seu sorriso revelava algo que eu não conseguia entender.

Ele pareceu ponderar por um momento.

— Vem!

— Para lá, Dennis? Vai ser mais fundo ainda.

— Vem.

— De onde você tira tudo isto? — perguntei.

Dennis levantou as sobrancelhas e parou de rir, como se se esforçasse para mascarar a sua verdadeira natureza, como se algo o incomodasse.

— Vem — insistiu ele, já agora sorrindo. — Que cara é essa? — completou. — Você está com medinho?

Larguei-lhe uma das mãos e segurei-lhe pela ereção, empurrando-a contra a barriga.

— Uma vez já não bastou? — empurrei o pênis dele ainda com mais força e esfreguei nos pentelhos. — Se isto não me assusta, não vai ser ir com você que vai me meter medo. O que quero saber é o que foi aquela cara de poucos amigos agora a pouco. Quem me pareceu com medo foi você.

Num ato contínuo, Dennis desatou a nadar. Puxava-me pela mão, submergia e emergia o corpo em rápidas ondulações, como se fosse um peixe, um bicho do mar. Não olhava mais para trás, não via que eu engolia água, tentava tossir, tentava recuperar o fôlego.

— Dennis! — enfim, gritei. — Estamos longe demais da praia.

Ele apertou os meus dedos, parou e virou-se para mim.

— E qual é o problema?

— Em Utah não tem praia.

— Tem piscina.

— Que não é deste tamanho.

— E eu me importo?

— Eu me importo.

— Você tem medo de morrer comigo, senhor Lázaro Prata?

– Tenho medo de não viver com você, Dennis.

Ele olhou para mim com uma luz feroz em seus olhos.

– Você nunca vai viver sem mim, Lázaro – disse e soltou os meus dedos.

A seguir, Dennis segurou-me como quem segura uma criança ao colo, a seguir, senti a sua mão espalmada me erguendo. Deixei, então, o meu corpo flutuar, por um instante, fechando os olhos, permitindo, sem medo, que as ondas lavassem o meu corpo.

Senti Dennis beijar a minha orelha.

– Quero que você me escute – disse ele.

Não abri os olhos. Talvez Dennis, enfim, fizesse a pergunta a qual, se eu não respondesse, me largaria ao mar.

– Lázaro – ele prosseguiu –, não tenha medo de não viver sem mim. Eu não tenho medo de viver sem você. Vou amar você para sempre, você vai me amar para sempre. O que separaria a gente? O fim do mundo? Vamos ser felizes para sempre. Sempre...

Continuei de olhos fechados. Naquele instante nem do Lécio eu precisava, eu não tinha medo de mais nada. Talvez, só de não viver para sempre. Mas a mão de Dennis permanecia espalmada contra as minhas costas e eu flutuava. Flutuava de olhos fechados, para onde quer que Dennis me levasse. Para sempre.

*　*　*

Teria sido a brisa da praia? O sol de início de tarde? A areia molhada? O meu corpo ainda fraco, depois de ser intensamente amado ao sabor das ondas pelo homem dos meus sonhos?

Não tinha explicação.

No meio daquela tarde, de volta às árvores, eu podia jurar que a minha vida estava prestes a se transformar numa daquelas fotonovelas com final feliz, que o Lécio lia.

Dennis soltou minha mão.

– Senta, Lázaro.

Permaneci de pé, até ele me segurar pelos braços e me fazer sentar na fina camada de areia que cobria o espesso tapete de folhas.

XVII

Dennis ajoelhou-se, de frente para mim. Como um cálice sagrado, levantou a caixinha no ar.

Desconcertado, puxei dos galhos dos arbustos as minhas bermudas, a camiseta e alcancei as dele. Eu não ia ficar noivo nu.

— Depois... — Dennis se interpôs, fazendo-me largar as roupas no chão. — Primeiro, o nosso presente — confidenciou, aproximando-se com a pequena caixa embrulhada.

Dennis deitou a caixinha na areia.

Devagar, como num ritual, ele alisou minhas pernas. A seguir, desatou o cordão, arrancou o papel multicolorido e retirou o conteúdo de dentro da embalagem.

Meus olhos saltaram para o seu rosto.

— Que é isto, Dennis? Que presente é este? Eu pensei que eram... Pensei que íamos...

— Se em algum momento achar que estou louco — deitou a pequena caixa na areia —, vamos embora e nos esquecemos de tudo.

Senti as folhas secas se amassarem por debaixo das palmas das minhas mãos.

— Para que servem essas coisas?

— Ou a gente ama para sempre, ou nunca amará de verdade. O que vem agora, se você disser sim — a voz, o rosto, eu nunca havia visto tão serenos —, não tem mais volta, vai nos selar para sempre, como nos templos da Igreja.

— Vai? — foi a última coisa que me recordo de ter dito até chegarmos ao apartamento.

* * *

Naquela noite, quando voltamos da praia do Laranjal, havia faltado luz em Pelotas. Cuidadosamente, Dennis me ajudou a descer do táxi como se eu fosse uma mulher grávida de nove meses. Entregou o dinheiro ao motorista e mandou que ficasse com o troco.

O homem deu palmadas rápidas no assento.

— Está esquecendo a sacola, companheiro.

— Tem uns quitutes que uma amiga preparou — ofereceu Dennis. — A gente não vai comer.

– Pode deixar isto aí então, gaúcho. Agradeço.

Dennis bateu a porta do táxi.

– Não sou gaúcho – completou –, sou americano.

O riso do taxista misturou-se com o rosnar do motor do carro velho.

– Hoje em dia todo jovem faz intercâmbio e volta meio americano, meu guri. E de americano, você não tem nada. Para início de conversa, americano fala enrolado...

– Eu...

– Obrigado pelas sobras do piquenique, companheiro.

O táxi arrancou.

Dennis voltou a me segurar pelo braço. Aproveitando o breu da noite, deu-me um beijo na bochecha.

– Vem, Lázaro.

Tropecei pela calçada rumo à escada do prédio. Estava tão escuro que o homem, segurando uma vela dentro do apartamento da Vanda, mesmo que estivesse olhando pela janela, não teria visto o beijo. Muito menos me veria chorando de dor.

XVIII

No dia seguinte, quando a família embarcou em Porto Alegre, Dennis achou Lázaro descorado e, ao aterrissarem em São Paulo, viu-o tremendo e febril. Como planejado, logo após emergirem do terminal, o pai, a mãe e Candy seguiram com o bispo Aguiar para o estacionamento. Ele e Vanda, com Lázaro pelo braço, tomaram um táxi.

– Nossa! – disse Vanda, a caminho do apartamento da prima que os hospedaria. – Você está branco e suado, Lázaro querido! Não precisa de um médico, meu bem?

Lázaro afundou o nariz no ombro de Dennis, mas não disse nada.

* * *

No domingo cedo, Dennis e um Lázaro ainda quieto, sendo guiado pelo braço, se espremiam no meio da multidão, esperando uma reunião sacramental para uns mil fiéis. Entretanto, havia pelo menos o dobro. Lázaro parecia disfarçar bem a noite que passara gemendo, moderava o passo, estampava um sorriso no rosto e apertava as mãos até que se acomodou no auditório.

Candy havia guardado os lugares marcados com os hinários.

– Sente aqui, Lázaro. Você está bem?

– Claro...

– Aqui, irmãzinho. Este é o seu lugar, ali é para a mãe e a Vanda. Pegue o hinário. Viu quem já está lá na frente?

Dennis, ao sentar-se, pôs o hinário no colo e acenou ao pai na fileira de bancos logo atrás do púlpito, junto às autoridades da Igreja. O hino introdutório já terminara, mal dando tempo de sua mãe e Vanda se acomodarem também, antes que o fervor da consagração do sacramento invadisse o recinto. Enquanto os diáconos desfilavam com bandejas repletas de migalhas de pão e copinhos de água consagrada, Lázaro mudava o corpo de posição todo o tempo. No hino que se seguiu, levantou-se, mas não cantou uma nota.

Hora dos testemunhos.

Em português. Em inglês, em inglês com intérprete. Membros se empolgando, prolixos. Outros se repetindo, forçando o presidente a pedir que encerrassem.

Dennis ajeitou a gravata.

– O que você está fazendo? – perguntou Vanda.

– Vou lá prestar meu testemunho! – respondeu Dennis. – Por quê?

– Você está louco?

Dennis pôs-se de pé.

– Estou feliz – disse. – Felicidade não é uma loucura? Que vida horrível devem levar os certinhos.

* * *

Dennis subiu ao púlpito. Todos iam carregados de livros sagrados. Ele, não. Foi sem nada. Tirou o microfone do pedestal, medindo o fio com os olhos, assegurando-se de que podia chegar à frente da plataforma.

– Vou ser rápido, irmãos! – nem respirou antes de continuar. – Sou o irmão Dennis Betts, de Provo, Utah. Moro no Rio Grande do Sul. Quero prestar meu testemunho para vocês, pois sei que Deus vive...

A congregação devolveu o sorriso, num murmúrio de alívio.

– Meu Deus! – clamou e pausou, até ter certeza de que os seus olhos estavam fixos nos de Lázaro. – Aqui e agora, quando a Igreja nos convida a declarar nossas bênçãos diante de todos, quero lhe agradecer por comandar cada pulsar do meu coração. Conheço o Seu toque, conheço o Seu cheiro, conheço cada linha no Seu rosto divino.

Lázaro mexeu-se no banco. Pôs as duas mãos sobre o peito, escorregou o corpo para o lado e descansou sua cabeça no ombro da Vanda.

XVIII | 137

Outra pausa.

Lázaro se ergueu e olhou para frente.

Com o destinatário da mensagem atento às palavras, Dennis continuou tal como planejara.

– Deus, meu amado... – a primeira lágrima desceu-lhe o rosto quando enfatizou a palavra DEUS. – É com você mesmo que estou falando! – disse na direção de Lázaro. A seguir, virou-se para as autoridades.

O pai estufou o peito, o brilho no seu rosto enchia o auditório.

Dennis voltou-se outra vez para a congregação e devolveu o microfone ao pedestal, ficando com as mãos livres...

– Meu amado! – murmurou, como numa prece, usando palavras idênticas às dos que vieram antes dele. – Você é o único Deus verdadeiro – limpou as lágrimas com a palma da mão. – Quero apenas dizer que amo você sobre todas as coisas. Outras igrejas acreditam num Deus que é só espírito, eu não! – gritou de ficar surdo com seu próprio grito reverberando nas caixas de som. – Acredito num Deus de carne e osso, que fala comigo como falo com vocês, que me ama incondicionalmente, como só um Deus sabe amar. Não é essa, irmãos e irmãs, a grande verdade mórmon?

Até Candy chorava, acompanhando as centenas de outros rostos encharcados.

– Queria ser breve – concluiu – e vou ser. Aqui fica meu humilde testemunho, em nome de Cristo.

Dos soluços, despejaram-se os améns.

Levantou a cabeça, varrendo o auditório caído em silêncio, como sem coragem de prestar qualquer testemunho depois do dele.

Menos Lázaro...

Que caminhava, curvado, como se lhe doesse a barriga, abrindo caminho em direção ao púlpito. Dois diáconos interromperam bruscamente seu avanço.

– Avança, Lázaro!

Dennis virou-se e viu o pai se levantando, fazendo sinal para que deixassem Lázaro passar.

As autoridades gerais espreitavam, seguindo com o olhar a marcha batida do jovem pelo corredor de bancos. Lázaro, com olheiras arroxeadas numa pele sem cor, alcançou o destino. Vagueando pela plataforma, achou o microfone, pediu que Dennis permanecesse onde estava e depositou, embaixo do púlpito, a Bíblia e o Livro de Mórmon que carregava.

— Sim, irmãos! O Dennis está certo, quero também...

Lázaro deu uma brusca meia-volta e se virou para a bancada às suas costas.

Dennis sentiu a garganta fechar.

Teve a impressão de ouvi-lo balbuciar "eu amo o seu filho", mas Lázaro devia ter dito outra coisa. No rosto, o pai ainda estampava um sorriso.

Lázaro levantou a cabeça e cerrou o pulso em volta do microfone. As palavras cortaram o ar como chicotadas. Soavam brutais, quase impiedosas.

— Meu Senhor! — prosseguiu, como se também fosse uma prece. — Meu anjo de asas douradas, de olhos doces, o mais perfeito que jamais existiu, nunca abandone o meu coração. Na hora da minha morte, que seja você a levar a minha alma para o Paraíso. A sua marca está em mim, o limite de meus sonhos é você, o meu grande amor é você.

As palavras soluçadas evoluíram para um choro alto e dolorido, histérico.

Vanda se levantou, indo em direção a Dennis. A congregação rompeu em sussurros, cochichos, murmúrios de todo tipo.

— Deus tem asas douradas? — murmuravam os membros.

— Olhos doces?

— É como Joseph Smith, esses garotos viram o Pai Celestial cara a cara.

— Inspirados.

— Glória!

Prostrado diante do microfone, Lázaro chorava histericamente.

— Irmãos — dizia e embargava a voz —, irmãos, quero dizer a verdade... por que manter segredo a respeito de...

Em uma espécie de pânico frenético, os diáconos espalhavam-se pelos corredores, sem atinar puxar uma tomada, um fio que desligasse o som.

A bancada de autoridades levantou-se de uma só vez. O pai de Dennis pulou ao microfone, abrigando Lázaro num abraço.

— Escutem! — vociferou ele, o rosto de Lázaro mergulhado no seu peito. — Este é o meu filho amado. Este menino será um líder poderoso no Evangelho — advertia. — Em nome de Jesus Cristo e, pelo poder do sacerdócio, eu profetizo... — o frisson tomou conta de todos. Ninguém ousava mais profetizar algo em público naqueles dias. — Numa visão — continuou ele, tomado pelo espírito que Dennis reconhecia como o mesmo que, antes de postularem, tomava as autoridades da igreja de Utah ao Rio Grande do sul —, o Pai Celestial me revelou que este menino vai viver e morrer no amor e graça do Senhor.

XVIII

O corpo de Lázaro balançava, buscava o equilíbrio como se o chão não existisse mais. John o trouxe a si e cerrou os braços, fazendo Lázaro desaparecer no seu peito.

– Lázaro, meu filho! – ouviu-se – saiba que eu amo você.

Vanda alcançou Dennis.

– Que teatro mais brega é esse? Vocês querem ser linchados? Comidos vivos?

Dennis não respondeu. Abaixou a cabeça e levantou os olhos ao púlpito num risinho, examinando o pai e Lázaro, juntos, abraçados. Em público, o pai havia dito o que nunca disse em privado, para os filhos, para a mãe, para ninguém. Naquele momento, porém, Vanda tinha razão, a coisa certa seria alcançar Lázaro e fugir dali. Ou arriscava ser comido vivo.

* * *

No fim da tarde, quando Vanda retornou ao apartamento da prima, Lázaro havia tomado seis aspirinas e só respirava se Dennis lhe esfregasse as costas.

Vanda tocou-lhe a testa.

– Não estava queimando assim na conferência.

– Piorou no táxi. Ele precisa de um médico, Vanda.

Lázaro ergueu os dedos.

– Á-gu-a.

– Vou trazer, Lázaro – disse Dennis e se lançou à cozinha.

Lutou para abrir a geladeira. Depois, o copo tremeu na sua mão, que tremia mais que as de Lázaro. Vinha sonhando com aquelas tardes, os dois a sós em São Paulo. Imaginara-se beijando Lázaro, acariciando seu peito e, depois da declaração pública disfarçada de testemunho, o sexo seria eletrizante... Mas agora aquilo.

– Dennis! – Vanda chamou do quarto. – Traz essa água, depressa.

* * *

Poucas horas mais tarde, Dennis e Vanda se encontravam no Hospital São Paulo aguardando notícias sobre Lázaro. No corredor do pronto-socorro, o plantonista não os deixou esperando muito.

— Não tem nada a ver com o coma. Recolhemos as amostras de líquido da ferida. Temos que esperar. Vamos contatar a Unidade de Tratamento Intensivo se o diagnóstico se confirmar.

— Nossa, que ferida? – quis saber Vanda. – Ninguém me falou em feridas...

Dennis tapou o rosto com as mãos.

— O corte na virilha – continuou o médico, como se ela já soubesse da ferida de Lázaro. – Os sintomas são de tétano, há indícios, temos de ver.

Vanda levou os dedos à testa.

— Tétano? Não estou entendendo, doutor.

— Normalmente, estes sintomas aparecem de cinco a dez dias, um pouco antes ou depois. Talvez pelo estado debilitado do amigo de vocês, tenha se manifestado agora com tanta severidade. Quanto mais cedo se manifesta, pior. O ferimento é recente.

Em silêncio, por entre os dedos molhados de lágrimas, Dennis viu Vanda alçar os olhos em sua direção.

O médico pediu que eles o acompanhassem ao gabinete no fundo do corredor.

— Então ninguém percebeu que o rapaz estava com a perna inchada, uma ferida inflamada? Apenas notaram a febre alta? Na melhor das hipóteses, vai precisar de dois ou três pontos. Se o diagnóstico se confirmar, aí temos que ver.

— Não me disse nada. Disse alguma coisa a você, Dennis?

Dennis apertou os olhos para espremer as lágrimas. Sentiu os cantos dos lábios caírem.

O doutor interveio.

— Foi um ferimento propositado – acrescentou. – Não há indícios de acidente, embora o talho me pareça ter sido feito por instrumento cego. Para aplacar a dor, talvez, primeiro pensei que ele havia colocado algum tipo de remédio na ferida, mas me parece tinta. Tinta de caneta.

— Cego? – quis saber Dennis, com um momentâneo interesse.

— Sem fio – explicou o doutor. – A carne foi arrancada num pedaço.

— Tinta? – interrompeu Vanda.

— Que pode ser tóxica – o profissional concluiu a explicação. – Temos que avaliar. Por que ele faria isto a si mesmo?

— Dennis, meu amor! – inquiriu Vanda, visivelmente irritada. – Você sabe ou não sabe como ele se feriu? Que história é essa de passar tinta de caneta num ferimento? Tétano é coisa grave.

XVIII | 141

– Eu sei.

Para surpresa do médico e da Vanda, Dennis desapertou o cinto e deixou cair as calças até os tornozelos, mostrando um ferimento na sua perna direita, mas quase cicatrizado. De cima, a letra "L" parecia fazer uma curvinha.

– Nós nos tatuamos, um ao outro.

Vanda apertou os olhos.

– Vocês, o quê?

– Na praia do Laranjal... a tinta é de caneta, o corte é... é de uma agulha... – completou Dennis.

– Vamos explicar isso melhor... – proferiu ela, franzindo a boca.

O doutor sacudiu a cabeça.

– Temos de averiguar isto muito melhor...

O intercomunicador interrompeu o médico.

– Doutor Gustavo – saiu a voz metálica –, tenho aqui um casal de americanos que dizem ser os responsáveis pelo rapaz. Posso mandá-los passar?

Vanda levantou a palma da mão e murmurou que Doutor Gustavo espesse.

– Como bem colocou, temos que averiguar, doutor – disse ela.

– Então, os responsáveis têm que...

– Posso mandá-los passar – repetiu a voz metálica.

Num relâmpago, Vanda afastou da mesa a mão do médico, apertando, ela mesma, o botão de resposta.

– Ainda não, meu amor – impostou a voz, num sotaque ítalo-paulista que não era o seu. – O menino está sendo tratado e passando bem. Assim que puder, chamamos.

– O Doutor Gustavo é que está aí com a senhora? Quem é a senhora?

– A Doutora Matilde.

– Doutora quem?

* * *

O avião aterrissou na hora exata.

Lázaro chegou a Porto Alegre dois dias antes do planejado, acompanhado por um par de nádegas duras de tanta injeção, muitas caixas de antibióticos, um Dennis mais aliviado e um John que insistiu em acompanhar os rapazes de volta ao Rio Grande do Sul, para trazê-los a Pelotas naquela mesma tarde.

Na Kombi, quando Lázaro pedia que Dennis parasse com o *"Oh, jingle bells, jingle bells, Jingle all the way, Oh, what fun it is to ride..."*, ele trocava para *"Bate o sino pequenino, sino de Belém, já nasceu o Deus menino, Para o nosso..."*

– A minha cabeça está estourando, Dennis.

Dennis, sentado entre o pai e Lázaro, passava a assobiar baixinho, dedo no ar, regendo um coral invisível.

O pai, segurando-se firme na direção, balançava os ombros feito menino travesso, às vezes, acompanhando também o filho no assobio.

Era quase Natal.

Pouco antes da meia-noite, sob a batida monótona de tambores, a Kombi estacionou na única vaga que sobrava, quase na esquina do Fruto Proibido.

– Ninguém arrisca estacionar tão próximo – comentou Lázaro.

O pai espiou de relance pelo para-brisas.

– Não é para menos... – resmungou.

– Não veremos nem ouviremos nada disso lá do apartamento – disse Dennis, passando a respirar pela boca.

– Que deu em você, Dennis?

– Nada, pai.

O ar carregava um doce odor da erva queimando. Aquilo não seria um perigo? Cheirar maconha não viciava? Cheirar maconha não afetaria o seu pai, bem quando a mãe estava a centenas de quilômetros?

Um tamborim interrompeu o seu pensamento. E a batida monótona virou selvagem.

Fingindo não perceber o alvoroço nas imediações do clube, Dennis apressou-se em tirar as bagagens do veículo.

Ajudado pelo pai, que dividia uma alça de sacola com ele, acompanhavam os passos lentos de Lázaro para o apartamento a quadra e meia dali.

À entrada do prédio, o pai levantou a mão indicando que Dennis parasse de procurar as chaves no bolso e subiu uns degraus.

Deteve-se por um instante apontando para a porta.

– Não se mexam, meninos – disse baixinho e empurrou as malas, Dennis e Lázaro de volta à calçada. Num movimento rápido, curvou-se e ordenou que

XVIII | 143

protegessem as cabeças entre o seu corpo e a parede. O treinamento militar do pai era evidente.

— Quietos. Tem gente aí dentro. Vocês deixaram a porta destrancada?

Dennis levantou os ombros.

— Não ouvi nada, pai.

— Nem eu, irmão – completou Lázaro.

— Deixem as malas na calçada – disse o pai –, subam atrás de mim.

Dennis e Lázaro obedeceram. Subiram de novo, pé ante pé.

O pai virou a maçaneta devagar, como se estivesse desativando uma bomba.

Entraram um a um na sala escura.

Dennis acendeu a luz da sala.

Lázaro, a do corredor. E dirigiu-se à cozinha.

— Tudo na mais perfeita ordem, irmão – gritou.

O pai virou-se avisando que era melhor Dennis e Lázaro, então, ajudarem-no a buscar as malas.

— Lázaro ainda não está bem, pai.

— Melhor que eu, morto de dirigir uma lata velha até Pelotas.

* * *

O pai foi à frente, desceu a escada murmurando que o Brasil tinha que comprar mais carro americano e acabar com o crime. Pegaram as malas, mas o pai não se calava, agora numa voz acelerada, como quando precisava dos remédios, precipitou-se escada acima dizendo que chegaria o dia em que, se deixassem uma porta aberta, levariam até a tinta das paredes. Um ladrão poderia ter entrado no apartamento e feito uma limpa.

Dennis e Lázaro o seguiram.

Quando voltaram a entrar na sala e acomodar as malas ao lado da porta, a luz do quarto se acendeu.

Lázaro arregalou os olhos e abriu a boca.

Com Dennis, foi igual. Só que o queixo se soltou, tremendo.

Ou pior.

O sobressalto virou tontura.

Dennis sentiu um buraco na boca do estômago e uma dor na nuca.

Lázaro mirava o quarto com ar de súplica.

Dennis sabia, e Lázaro devia estar pensando a mesma coisa: O Lécio havia ficado vigiando as caixas de dólares. Como puderam esquecer! Uma desculpa para o primo do Lázaro estar ali, àquela hora, ia ser cabeluda. Era melhor deixar que Lázaro falasse. O que ele dissesse, Dennis confirmaria.

— São vocês, meninos? — do quarto veio a voz gemida. — Luz da minha vida, eu estava dormindo...

Tudo que Dennis desejava era que Lécio pudesse ler pensamentos ou que entendesse-lhe, pelo menos, a sutileza na voz:

— Sim, somos nós, eu, o Lázaro e o pa...

— Que surpresa, gurias! — interrompeu Lécio. — Terminaram a lua de mel mais cedo? Pensei que o casalzinho voltasse no sábado.

— Lécio, estamos aqui com o... — tentou Lázaro.

— Só um pouquinho... — acrescentou Lécio entre mais gemidos brejeiros — estou acordando com a bunda recheada.

— Capaz! — grunhiu Lázaro.

— Não entendi — disse Dennis.

— Esqueceu o que é pau no cu? Lázaro nunca comeu o seu fiofó na lua de mel? Estou com um bofe, dormindo com o pau dele no meu cu — disse e modulou a voz. — Pode? Só um minutinho, loirosa, vou enfiar uma roupa e já lhe explico.

Lécio não precisava explicar mais nada. Junto à porta do quarto, Dennis quase arrancava a maçaneta, mas a porta permanecia aberta, presa nas toalhas espalhadas pelo chão.

Como um inseto, o pai foi na direção da luz.

E espiou.

Deitado, em cima da cama de casal em que, supostamente, Dennis dormia, estava Lécio, nu ainda, ao lado de outro homem, que se espriguiçava.

— Comandante?... — disse o homem, esfregando os olhos.

O pai não se mexeu.

De costas, Dennis e Lázaro se afastaram até a sala.

— Dennis, olha isto...

Na frente deles, no sofá junto à parede, estendia-se um uniforme militar por cima do encosto.

X

A esquina, agora, estava quase erma, não fossem três travestis fumando, empoleirados no parapeito de uma janela aberta do Fruto Proibido, acenando Feliz Natal para os clientes embriagados, que se arrastavam para os carros no fim da quadra.

Dennis olhou o relógio.

Ficar trancado na Kombi por uma hora, mesmo em circunstâncias normais, já seria uma merda. Ficar esperando que o pai conversasse a sós com o Lázaro depois do ocorrido era de querer morrer. "Uma hora! Que conversa é essa que se arrasta tanto?" A exasperação falou mais alto. Saltou do carro e avançou pela Rua Benjamin.

Para seu alívio, viu o pai despontar no último degrau da escada, sorrindo.

Ele nem pareceu surpreso ao ver Dennis se aproximando.

– Desculpe a demora, Dennis.

Dennis diminuiu o passo.

– A chave da Kombi, pai.

O pai estendeu a mão e tomou a chave. Com um quase sorriso no canto da boca, acenou a cabeça na direção do apartamento. – Já conversei com ele – disse. – O Lázaro agora está descansando.

Depois do que acontecera, aquelas eram as últimas palavras que Dennis esperava ouvir. No entanto, a voz do pai era tão branda, tão clara, não havia como ter se enganado. Nem a cena com que o pai se deparara na janela do clube o fez franzir os lábios e sacudir a cabeça em costumeira desaprovação.

— Vamos procurar um lugar mais calmo para nós dois conversarmos — acrescentou o pai, ao abrir a porta do veículo.

Minutos depois, a Kombi ziguezagueava pelas ruas próximas à Praça da Alfândega, indo estacionar num ângulo atravessado, numa rua sem luz, em frente às docas. Nada se ouvia, a não ser um gemido chorado vindo dos bueiros.

Dennis sentiu os cabelos se eriçarem na nuca. Sapos! Sapos, repetiu em pensamento, tentando se acalmar. Em seguida, abrindo bem os olhos, virou-se para observar o pai no reflexo da lua. Quando acostumou a visão à pouca luz, começou a ouvir uma voz dentro da cabeça, um ruído, algo que não era apenas o coração batendo. Por um instante, antes de falar, abaixou os olhos e esfregou as mãos.

— O que o Lázaro disse para você, pai?

A resposta dele foi como se estivesse numa reunião com os pedreiros nos canteiros de obra, mostrando-lhes aonde ia cada tijolo e quanto cimento usar.

— Nada. Precisava? — apenas modulou o tom. — Ouvi tudo de você.

— Eu...

A calma do pai não tardou a desabar.

— Você o quê? Vai me dizer de novo que ama um homem como se ele fosse uma mulher? — o pai falava com raiva, com cinismo. — Você está doente, Dennis, do corpo, da cabeça, da alma. O caminho do perdão e da cura vai ser difícil e complicado.

— Escute, pai...

— Em vez de perder tempo e energia tentando justificar — continuou, surdo a apelos —, escute os profetas. O que exige Deus? Por que Ele colocou limites ao nosso comportamento?

— Escute... — suplicou Dennis outra vez.

— O relacionamento entre você e o Lázaro — disparou o pai, como que espantado, sem ouvir a sua súplica — não é de irmãos. Ou vai dizer que é?

— Não.

— Então.

— Então?

— Estamos conversados — sintetizou o pai, descendo o vidro da Kombi e respirando o ar da noite. — Com o fim do Governo Jimmy Carter — continuou —, não vejo mais razões para ficar no Brasil. Hora de fazer as malas e dar o fora deste lugar maldito. Amanhã... — pausou e apertou o botãozinho para iluminar o mostrador do relógio — hoje — retificou —, no fim da tarde.

Dennis sentiu a força dos braços lhe escorrer pelos dedos e as pernas envolverem-se num ar gelado.

– Para Utah?

– Para onde mais?

O que ele pretendia ser uma simples reação, saiu-lhe dos lábios como um grito de espanto.

– Estados Unidos?

E pavor.

– Não vou!

– Vai – profetizou o pai, sem alterar a voz. – Em uma semana vamos estar em casa. Você – continuou ele – já devia estar numa missão.

– Missão, pai? Prefiro a excomunhão.

– Excomunhão coisa nenhuma. Não criei filho para ser excomungado.

No melhor dos mundos, a missão é um chamado; no pior, uma obrigação. Jamais uma escolha.

– Ora, bem sei que você... – Dennis voltou-se para o pai, aprontando-se para falar o resto.

O pai esmurrou o forro da Kombi e permaneceu com o braço levantado.

– Saúde, Dennis. O Pai Celestial achou por bem me dispensar do serviço missionário porque tinha outros planos para mim.

– No meu caso, não precisa me dispensar. Não vou...

– Você está surdo para as palavras do Pai Celestial? O que nos diz o Senhor em Provérbios 6:20? – silêncio dentro do veículo. O pai ajeitou-se no banco. – Provérbios 6:20 diz: "Filho meu, guarda os mandamentos do Teu Pai. Porque o mandamento é lâmpada e a instrução é luz, e as repreensões da disciplina são o caminho para a vida".

– Partimos amanhã – arrematou abruptamente, como se estivesse mudando de assunto. Mas era tudo parte de um recado só: – O que se espera de quem parte é que parta logo. Não confunda um mandamento com um pedido. Deus manda que partamos imediatamente, e amaldiçoado aquele que desobedecer.

– Mamãe...

– Sua mãe e a Candy, o bispo Aguiar as levará ao aeroporto que eu mandar. Quando amanhecer, ligo. Considere tudo arranjado. Esta decisão é final – concluiu. – Planos feitos.

— E o Lázaro? — Dennis tomou coragem; a pergunta em tom de súplica foi jogada, olho no olho.

Calor dentro do recinto metálico. Calor e silêncio. O reflexo da lua, rasgado pelo olhar de John. O silêncio, por fim, rasgado pela voz dele.

O pai pôs a mão no joelho de Dennis.

— Você e o Lázaro estão sob a influência do Demônio, emanando daquele pervertido. Principalmente você.

— O Lécio não tem maldade.

— Aos seus olhos, Dennis, talvez não. Não tem experiência de vida para entender certas coisas. Porém — o hálito pungente do pai não mentia, cheirava a ódio —, custa-me acreditar que o Lázaro não se aperceba do conluio do primo dele com o Diabo — a voz do pai, de repente, deu uma curta pausa, tornando-se mais agitada ainda. — Sua amizade com o Lázaro encerra-se com a nossa partida.

Dennis abriu a porta e desceu da Kombi.

— Vou para casa, pai. Para a minha casa.

— Duas coisas, Dennis — John continuou falando pela janela aberta, a voz voltando a ficar compassada e monótona. — Primeiro, o que você acha que eu fazia na Escola das Américas? Ensinava soldados a fazer tortas de maçã? Segundo, o que você acha que fui fazer na Nicarágua? Que foram bombons de chocolate que deixei nos travesseiros daqueles sem-Deus todas as noites?

— O que a sua vida tem a ver com a minha?

— Agora? Muito. Muitíssimo.

— Ora... — retrucou Dennis.

— Ora... — disse o pai, inspirando fundo e trocando para uma voz muito mais compassada. — Eu ensinava técnicas de tortura para essas bestas latino-americanas. Na Nicarágua, eu, pessoalmente, apertava pescoços de comunistas até ouvir-lhes os ossos se esfacelando em minhas mãos. Eu, pessoalmente, ateava fogo e deixava os malditos povoados em cinzas. Fui um instrumento nas mãos de Deus, Dennis. Salvei aquela gente do comunismo. Na Carta aos Romanos, Paulo acusa os pagãos — gente que não acreditava no nosso Deus — de iniquidade, fornicação, cobiça, malícia, e de serem responsáveis pela depravação moral do mundo. Entende isso? O mesmo Deus que estava comigo na Nicarágua está comigo no meu coração, aqui neste veículo. Resumindo, Dennis, para salvar você das garras do mal, que é sangue do meu sangue, por que eu, outra vez, não seria um instrumento nas mãos do Criador? Se para isso eu tiver de incendiar essa cidade, não hesito. Se houver algum justo, Deus se encarregará de enviar um anjo para salvá-lo.

Dennis alçou os olhos ao rio, à ponte, ao reflexo da lua dançando na água. Aonde seu pai queria chegar, não compreendia bem, entretanto, compreendia que o que ele estava dizendo era verdade.

Perplexo, voltou os olhos da paisagem para aqueles olhos verdes, verdes mesmo na penumbra, cravados num rosto que se contraía em miniespasmos. Sem saber por que, de repente, Dennis sentiu uma urgência em estar com Lázaro.

O pai quebrou o silêncio, respirando fundo.

— Depois que chegarmos em casa, tudo isso se acaba. Aí, não vamos ter nada mais a ver com essa gente.

— Nada acaba, pai. Eu sempre vou ter tudo a ver com o Lázaro.

O pai desceu da Kombi sem responder, fez a volta no veículo. Encostou-se ao lado do filho.

— Não se iluda, Dennis...

Dennis afastou-se para poder respirar.

O pai prosseguiu com uma estranha doçura na voz:

— Quem tem mãe, quem tem amigos — e isso vale para vocês dois —, tem medo. Medo de vê-los sofrer, ou desaparecer, um por um. Quem tem mãe e amigos — repetiu —, tem medo. Fui claro? Volte comigo para os Estados Unidos, pelo Lázaro, ou melhor, pela mãe do Lázaro e os amigos dele. E, claro, pela sua própria mãe. No meu caso, se eu ficar viúvo, não vai ser um mau negócio. A justiça verdadeira — completou, num lamento — é rigorosa e não branda! Há pessoas que não são capazes de entender a linguagem da delicadeza. O Pai Celestial tantas vezes teve de recorrer à violência.

— O Lázaro sabe se defender, pai.

— O Lázaro... — riu-se — este, não tenho dúvidas; ao menos, ele tenta. Mas como ele vai defender o resto do mundo? Me diga, Dennis. Aí é que vem a dúvida — o pai ficou balançando a cabeça antes de continuar: — A dor de verdade — disse, batendo os dedos na testa — está aqui, dentro da cabeça. É a dor que dilacera, subjuga. Perto desta — não parava de bater os dedos na testa — as outras dores são festa. Se ele não nos deixar em paz, faço com que ele nos deixe à força.

— Não há mal que perdure, eu... eu... — Dennis tentou um arremedo de ameaça. Antes de terminar, porém, a voz se transformara num fiapo — eu conto tudo... — murmurou.

O peito do pai se inflou ainda mais numa gargalhada zombeteira.

– Se em Pelotas havia duas bichas, e elas sempre andavam juntas, agora, vão se separar. Pelo menos, a alma de uma vai ser salva pelo poder de Cristo.

Dennis cruzou os braços e ficou quieto.

O pai se curvou e não riu mais. Seus ombros começaram a tremer. Depois, os braços, as mãos também. No instante seguinte, Dennis sentiu que as unhas do pai prendiam o seu cabelo, puxando Dennis para baixo.

– Para o chão, menino.

Dennis enrijeceu as pernas; se as afrouxasse, iria cair de joelhos.

– Obedeça! – veio o grito furioso, como quem dá ordens a um cão treinado. – Se é um homem que você quer, seu pai não é homem o bastante para você?

– Nunca mais! Nunca mais! – repetia Dennis, de pé, encarando o pai.

A mão afrouxou e, num gesto rápido, ele largou o cabelo do filho, como se tivesse levado um choque.

– Nunca mais! – ecoou Dennis.

Com a ponta dos dedos, o pai acariciou a própria boca. A seguir, pescou do bolso a chave da Kombi.

– Então – perguntou –, volta comigo para a Zona Norte ou vai para o seu apartamento onde aquele pirralho, possuído pelo Diabo, vai encher sua cabeça de mentiras?

Dennis não respondeu. Apenas virou-se de costas, apalpando com o pé a rua de paralelepípedos irregulares, pontiagudos, e voltou os olhos para a noite escura. Escura como a vontade de arrancar uma pedra do calçamento e de esfacelar a cabeça do pai em mil pedaços, de vê-lo morrer agonizando. Todas as pedras estavam soltas e num suplício mudo, cutucavam, num frenesi, a sola do seu sapato. Seus músculos tremeram, como tremiam os do pai. A vontade tomou conta de Dennis.

Tomou conta, por um mero instante. Depois, se desvaneceu.

Suspirando indignado, girou outra vez para o pai, encarando aquele homem que, embora mais alto, não era muito diferente dele.

– Eu só queria viver em paz, meu pai...

– Paz, Dennis?

– Paz! – gritou ele. – Desde os meus sete anos que não tenho paz. Desde que você...

– Eu o quê?

O vendaval de palavras dissipou-se na mente de Dennis; muito antes de chegar à boca tinha virado uma mera brisa.

O pai suspirou, como que enternecido.

– Paz? – prosseguiu, prolongando a sílaba, degustando a palavra antes de deixá-la sair por inteiro. – Paz... Paz, conseguimos somente na presença de Jesus Cristo, nosso Senhor. Neste mundo, é luta e mais luta. Sei que dentro de você o Espírito Santos lhe diz que estou certo. Então – alertou –, você vem?!

O ventou assobiou por entre os galpões. Os sapos acompanharam, em coro, das valetas que levavam o esgoto da cidade ao rio.

– Não – respondeu Dennis, copiando o tom final que, desde criança, tanto ouvira. – Podem ir sem mim. Se acontecer alguma coisa ao Lázaro, à mãe dele ou aos nossos amigos, ponho as autoridades atrás de você, juro.

O pai retornou à Kombi, deu partida no motor e, metendo o nariz pela janela, deu o recado final.

– Partimos amanhã às cinco da tarde. Ah, outra coisa. Seu passaporte – avisou – está comigo, no meu guarda-roupa. Sem documentos, não vai ficar muito tempo no Brasil.

Dennis cerrou os punhos e baixou-os com toda força na traseira da Kombi.

– Não quero ofender os seus ouvidos santos, pai, mas quero que enrole o meu passaporte e enfie no seu cu! – gritou.

Mesmo fechando os olhos, Dennis continuou ouvindo o som do carburador arranhar os prédios, enquanto desaparecia em ecos que lhe lembravam risos de crianças. O peito de Dennis doía. Dennis doía. Muita gente, sem ter escolha, poderia se lançar para dentro do rio, ir até onde não desse mais pé e parar de nadar.

Poderia.

Dennis resolveu não fazê-lo. Também resolveu não chorar. Em vez disso, seguiu caminhando pela rua que margeava o rio, passou pelo portão das docas sem ver os guardas, andando em direção ao trapiche. Lembrou-se que não muito longe dali Lázaro guardava o "Rosas Amarelas". Era o único enrolado numa lona azul para não entrar água da chuva. Ia tomá-lo emprestado, uma hora ou duas, enquanto Lázaro dormia. Mais tarde, voltaria ao apartamento. Agora não. Precisava, antes, de um passeio no rio como o do postal que o aguardava em Provo, para onde não pretendia voltar nunca mais.

– Nunca mais! – murmurou para si mesmo. – Nunca mais, nunca mais, pai!

XX

Antes fosse tétano.

Os ratinhos do laboratório não morreram com o meu veneno.

Nem eu.

Mas queria ter morrido. Não veria o armagedom. O fim? Como se fosse possível... De qualquer jeito, morrer. Pegar o "Rosas Amarelas" nas docas, remar até o meio do São Gonçalo e pular no rio.

Bobagem?

Quando desci as escadas e os carros da clientela da Potoka quase me atropelaram, eu corria para o rio sem me importar com as pernas lavadas em sangue, o rosto ardendo, o cabelo cheirando ao suor do John e à sua porra. Minutos antes, naquele apartamento, o mundo desabara sobre mim. "Vai meter uma roupa neste corpo, bofe, ou vai só ficar com essa cara..." – e, para piorar as coisas, a lembrança da voz aguda do Lécio não me deixava em paz.

De repente, os caminhos de paralelepípedos que levavam às docas pareciam iluminados. Brilhantes. Eu podia ver cada buraco, cada erva daninha, cada arbusto.

E lá estava ele.

Esperava com paciência.

Meu velho barco, ainda coberto pela lona azul, banhava-se na lua.

Possuído por uma força além das minhas, arrebentei as cordas e puxei a lona. Ou, talvez, elas tivessem desistido de me esperar fazia tempo e, de fracas, estavam mortas, esperando mergulhar no rio comigo para o descanso eterno.

Joguei o remo para o cais. Mesmo remando com as mãos, não demorou muito alcançar as correntezas.

Deitei-me no barco e me deixei levar.

Como uma fileira de estrelas no horizonte, as pequenas luzes da ponte refletiam-se no rio. A lua não. Apenas emprestava o brilho à cena.

Olhei para o cais e, para além dele, a cidade. Além da cidade, o céu, São Paulo, a Europa, os Estados Unidos e todos os lugares que, em carne, eu não iria mais conhecer. Pensei em minha mãe. Eu já pouco pensava nela. Não pensava mais na minha irmã. Nem em mim.

Um suspiro ao longe, seguido de um leve movimento, como se a aragem da madrugada me abraçasse, chamou minha atenção.

Fiquei em pé.

A névoa envolvia uma figura solitária, como eu, também em pé no cais, do outro lado do rio. "Um fantasma? Ou um guerreiro?" Em suas mãos, levantava um enorme escudo e uma lança. Firmei os olhos para enxergar melhor. Uma forma humana se delineou contra as luzes da cidade.

A lua rodopiou.

Foi quando senti que o barco não estava mais sob meus pés. Respirar, mesmo que eu quisesse, não adiantava mais.

Pele limpa e gelada.

Escuridão.

Alívio.

Fim.

E um estrondo dentro de mim, feito o eco de um grito. Meu corpo, às vezes, agia separado da vontade. Era o que acontecia comigo àquela hora. A cabeça teimava em flutuar. Minhas mãos, por conta própria, tentavam agarrar o barco. Não havia mais nada lá. Nem o vulto no cais. Até meu guerreiro fantasma havia deixado o teatro.

Meu corpo se arqueou. O peito doeu.

O gosto do rio me veio do estômago e escorreu pela boca. As pernas flutuaram na água. Meu corpo foi empurrado para cima.

Ganhei fôlego. Só assim ele parou de me beijar.

Só então, vi Dennis desabotoar a camisa molhada e jogá-la para trás.

Quando ele me deitou na relva, meus olhos se abriram outra vez. Bem no meio do beijo na minha boca suja de rio. No horizonte, cintilava o primeiro clarão do dia, tornando azulado o branco da boia de isopor ao meu lado.

XX

— Já passou, Lázaro... — disse, arrastando a minha cabeça para o seu colo. Escondi meu rosto nas pernas dele e desatei a chorar.

— Ei, ainda não está na hora de meu deusinho ir morar no céu.

Virei a cabeça devagar e encontrei os olhos de Dennis, que se iluminaram contra o pálido azul do céu.

— Eu sei lutar contra a correnteza e contra os pedaços partidos do seu barco, sei arrastá-lo para as margens numa boia... Sei fazer isso no rio, mas não sei fazer isso na vida – Dennis limpou minhas lágrimas e eu as dele. – Escolha ficar comigo, Lázaro, mesmo que... – não disse mais nada. Permaneceu olhando para mim e chorando alto. Dennis sempre chorava.

* * *

Acordei com nossos pés mexendo-se entrelaçados por cima do capim. Estávamos secos. Ele desceu os dedos pelo meu rosto, examinou meus braços marcados, contudo não me perguntou nada.

—Vamos? – puxou-me pela mão.

— Vamos voltar para casa? – hesitei.

— Vamos voltar para a nossa casa, Lázaro.

Ao entrar, a porta ainda estava aberta. Não fosse pelo chão sujo de sangue e fezes, pelas manchas do esperma do John já secas no sofá e pelo meu rosto, inchado das bofetadas, seria como se nada tivesse acontecido.

Mas acontecera.

E as imagens da véspera corriam por minha mente como se ainda fosse naquele instante. Só que o ar que agora soprava da rua era fresco e agradável.

Horas antes, porém, naquela mesma sala, respirava-se como que dentro de uma garrafa fechada.

A asfixia era iminente.

Lécio permanecia no quarto com o militar. Eu olhava a bagagem abandonada no meio da sala. Dentro das malas, as coisas que a Vanda havia nos presentado para o apartamento, tintas à Candy, os sapatos que o Dennis adorava. Na sacola, as consequências do voo de retorno ter atrasado duas horas: um aparelho de som que ia ser o presente de Natal do Lécio, vidros de perfume, bijuterias para mamãe e Potoka. No corredor, John nem respirava. Permanecia colado ao chão, corpo rijo como um robusto manequim de loja, olhos vidrados, sem expressão nenhuma, fixos em algum ponto dentro do quarto em que o Lécio se encontrava com um homem.

— Vai meter uma roupa neste corpo, bofe? Deixa essa cueca para outra hora! — era o grito estridente do Lécio lá de dentro.

Seguido pela voz grave do militar:

— Não acho a farda, tchê.

Na sala, olhos concentrados no corredor, Dennis era o oposto do pai. Num frenesi, seus braços se contraíam e relaxavam, um terremoto lhe abalando o corpo por dentro. Tentei pensar nas palavras, nas frases, nas desculpas que ia dar. Mil me vinham de uma vez só, sem nenhuma permanecer tempo o bastante para eu me lembrar do que pensara, um segundo antes.

— Desastre... — Lécio rasgava a voz no quarto. — Luz da Minha Vida, você não faz a mínima ideia do "bode" que isso vai dar.

Um medo sem tamanho passou a se instalar dentro da minha barriga, logo abaixo do umbigo. Eu sentia os tentáculos subindo pelo estômago, ameaçando chegar à garganta, depois de me comer as tripas. Por um instante, por um curtíssimo segundo, imaginei que iria passar o resto da vida preso àquela sala.

— E agora? — Devo ter pensado em voz alta, porque o Dennis virou o rosto para mim.

Empurrei as costas contra a parede, entre a porta da rua e a janela. Mirando a nossa bagagem, inferi que as imagens da festa de Natal que planejamos se dissipavam diante de mim como bolhas de sabão.

— Sai, sai, sai! — ordenava o Lécio.

— Não põe pressão, tchê! — retrucou o parceiro.

John saltou do lugar, atingido por toalhas que voaram pela porta do quarto para o corredor.

Lécio. Em fúria.

— Vai ficar com essa cara de Maria que chupou o pirulito e não gostou? A porta é ali, bofe, ou esqueceu?

— Não vou sair nu pela rua. Cadê a minha farda, ô puto?

— Não me atice, bofe. Estou mal. Estou confuso. Não estou pensando coisa com coisa.

Silêncio.

— Aguenta aí que eu já volto — arrematou Lécio.

Nu, Lécio saiu do quarto de quadris levantados, meneando a bunda, passou por John e recolheu a farda do sofá.

XX

— Fedeu! – disse para as paredes, voltando para o quarto, chutando as toalhas no chão e fechando a porta.

Poucos segundos depois, a porta se abriu. Num jato, Lécio atravessou o curto espaço entre o quarto e a porta da rua, desviando-se de John, de Dennis e das malas. Logo atrás, tapando o rosto até a altura do nariz com o casaco da farda, o militar o acompanhava.

Lécio tinha o rosto suado..

— Sai! – gritou ao homem, a voz em fúria duplicada, virando-se em seguida para mim e Dennis. – Da próxima vez, se não vierem no dia marcado, passem um telegrama, telefonem. Que barbaridade, gurias. Tem telefone só para enfeitar a mesa? Não pagaram a conta com essas caixas no guarda-roupa cheias de... – exibiu um olhar de desdém e franziu os lábios, acrescentando: – Estipulam uma coisa, fazem outra, e depois, a borboletinha aqui fica nesta merda. Tô uma pilha... – a porta se fechou atrás deles num baque. – Hoje, afinal, não é sábado, não é! – repetia, descendo as escadas para a rua. – Ainda é meio da maldita semana.

Na Rua Benjamin, retumbava um *Noite Feliz* em ritmo de samba-canção vindo do Fruto Proibido e, logo, os gritos do Lécio se mesclaram aos tambores. Onde estávamos, ficamos. Sem um olhar para o outro. John, Dennis e eu no ar viciado da sala.

O samba-canção lá fora, por fim, estrondeou e explodiu no acorde final, dançou pelos prédios da rua, misturando-se aos próprios ecos, até que o interlúdio doce da madrugada o engoliu de vez.

Para falar, John mal moveu os lábios.

— Só me falta vocês dois me dizerem que vocês também...

Preparei-me para intervir. O que John vira não significava coisa alguma, "Dennis e eu não sabíamos, o primo sem-vergonha... sem-vergonha, não, doente, se aproveitou da nossa ausência, encontrou o apartamento aberto..."

Não deu tempo de eu dizer nada.

Dennis tomava a palavra.

— Pai...

— Quem sabe das abominações que vocês praticam, Dennis?

— A mãe sabe. Todo mundo sabe. Menos você.

"Putaquepariu!" Apontei a Dennis o meu dedo em riste.

— Não diz isso assim, Dennis, porque não é verdade.

Transtornado, não me ouviu.

Não me ouvia.

— Não me importo mais que você saiba, pai — continuou Dennis —, porque não se trata de abominação. Eu e o Lázaro nos amamos.

"Putaquepariu! Putaquepariu!"

— Dennis! — gritei.

— E vamos nos amar para sempre — completou ele.

— Não fale uma coisa destas! — John passou a dar bofetadas no ar como nas suas pregações. — Aos olhos de Deus, assumir que se pratica esses atos ignóbeis é um pecado imperdoável, uma afronta à Igreja, aos nossos líderes. Desejar outro homem, Deus entende, é apenas conspirar com o Diabo. Amar, jamais! É pecado mortal! Para Adão, Deus criou Eva. Para cada homem, suas mulheres.

Não ousei interromper. A coisa já tinha resvalado para o lado da religião e a doutrina mórmon nem era aquela.

Por fim, John se moveu.

Levou a mão direto à maçaneta.

Pensei que fosse sair, nos deixar em paz em nosso inferno particular, com nossas abominações e pecados.

Não.

Decidido, enfiou os dedos no bolso, pôs a chave do veículo na mão do filho e o empurrou porta afora pelo braço.

— Você espere na Kombi. Vou conversar com o Lázaro.

Dennis tentou argumentar, em vão.

— Você espere na Kombi. Fui claro?

Dennis deu dois passos e parou na escada.

— Dennis, o que se espera de quem obedece é que obedeça logo. Fui claro?

Dennis desceu correndo.

O ar que vinha da rua era tão abafado quanto o ar dentro do apartamento, mas aquele tinha mais vida. Entrava acompanhado pelo barulho de vozes, o cheiro do combustível dos escapamentos dos automóveis. Mais que tudo, pelo gosto suave da liberdade. Imaginei gritar. Imaginei os passantes parando para ver o que estava acontecendo.

— Irmão — falei entre dentes, como se fosse resmungar uma oração —, posso explicar tudo.

XX

John empurrou a porta. O cabelo suado, alaranjado; afastou-o da testa com a manga da camisa.

– ... e logo contigo, Lázaro?

– Eu...

– Logo contigo?

– Eu...

John girou a chave na fechadura, empurrou, sacudiu e puxou a maçaneta várias vezes. Espiou pela fresta, onde a lingueta encontrava o batente. Num gesto inesperado, entortou a chave por sobre o buraco da fechadura.

– Irmão...

John limpou a boca espumada na manga da camisa.

Levei as mãos aos lábios. Meu sopro morno nos dedos me alertava que eu ainda estava vivo. Mas por quanto tempo?

John arrancou a própria camisa de um só puxão, com camiseta sagrada e tudo...

Onde havia o verde-esmeralda, um oco negro nos olhos.

– ...E vão se amar para sempre? – chegou perto. – Que lindo! – Empurrou-me contra a parede e pousou a mão no meu peito. – Sabe como é para um pai ter de olhar para o filho o resto da vida, sabendo que ele é uma bicha, um maricas, um pervertido? O filho, que você criou para si, sendo fodido pelos outros? – foi encolhendo o braço, aproximando de mim o fedor amargo do seu hálito. Num movimento brusco, a mão que me apertava o peito desceu para minha barriga; a outra, ele usou para segurar meu pescoço, empurrando meu queixo para cima. John respirava quase dentro da minha boca. O olhar feroz não me dizia nada. Porém, o corpo dele, sim, começava a dizer.

XXI

Segundo "D".

Subiu aos pulos as escadas e correu para o 401.

Seria a última vez que Dennis adentraria aquele prédio. E iria dizer para o pai bem assim: "como lhe falei ontem, não vou para os Estados Unidos. Não complique minha vida que não complico a sua – vá quieto, que esqueço o passado. Se vou arder no inferno, porque não acredito mais nesta religião hipócrita, é problema meu. Cansei, pai..."

Levou a mão à campainha.

Antes de apertar, a porta se abriu como num filme de terror. Quatro malas aguardavam na sala, perfeitamente alinhadas, prontas para partir. Na mesa, a valise do pai, as Escrituras, a agenda, os quatro passaportes por cima de papéis e o aquário.

Não houve bons dias. O pai segurou a porta para Dennis entrar. Olhava para ele como se Dennis tivesse dormido ali aquela noite e ajudado a arrumar a bagagem.

– Até Santa Catarina vamos na Kombi. De lá – avisou, esfregando-se na porta como se tivesse cócegas nas costas –, tomamos um avião. O bispo Aguiar irá acompanhar a sua mãe e Candy ao aeroporto, de onde embarcamos para os Estados Unidos.

– Vim conversar com você, pai.

– Está tudo decidido – replicou, retirando-se da sala. Dentro do quarto, passou a falar em português, para surpresa de Dennis, com uma Eudineia que não respondia.

Dennis aproveitou o momento, abriu um passaporte, o outro e o outro. O seu! Deslizou-o barriga abaixo, ajeitando-o nas cuecas e virou-se para a porta; escaparia enquanto era tempo.

Torceu a maçaneta.

A porta da frente estava chaveada.

– Dennis! – gritou o pai, emergindo, meio corpo, pelo corredor, sacudindo a chave na mão. – Entre aqui.

Dennis deu três passos até a porta e recuou de repente. Para não dar um grito, deu um pulo, quase batendo a cabeça no forro.

No quarto, não era a empregada. Ocupado, desmontando o fundo falso do guarda-roupa, estava o mesmo homem que, na noite anterior, haviam surpreendido na cama com Lécio.

– Valdemar! – disse o pai. – Sargento Valdemar.

Dennis correu para a sala e sentou-se no sofá.

O pai veio em seu encalço. Puxou uma cadeira da mesa, arrastou-a para frente do filho, sentando-se também. Explicou que, até a noite anterior, não sabia que seu auxiliar de ordens deitava-se com homens.

– Tem mulher, cinco filhos para alimentar e uma promissora carreira militar pela frente. Mas muito difícil de manter, especialmente se vier à tona que é um pervertido. Por isso, hoje de manhã fui procurá-lo em casa para fazer um acerto e aí está.

Naquele instante, Valdemar pisou na sala. Trazia duas pistolas deitadas sobre uma caixa de metal. O sargento largou a caixa na mesa, tomou uma das pistolas, metendo-a depressa no bolso do casaco. A outra, o pai guardou no bolso traseiro de sua calça.

– Ele vai se encarregar de fazer o meu serviço de campo quando eu não estiver mais no Brasil. A alma dele já está perdida. O que lhe resta é dar de comer à esposa e aos filhos, salvar a carreira e evitar a vergonha – explicou, irônico, sorrindo para Valdemar, que, mesmo sem entender o que se dizia, retribuiu com um sorriso bobo. – Ele pode agir sozinho – continuou o pai, abrindo a caixa de metal –, mas também tem parceiros – nestes lugares, eles sempre têm parceiros. – Gente que faz qualquer coisa por um prato de comida. É assim na Nicarágua, é assim no Brasil. Podem denunciar um, mas não vão saber quem são os outros.

A conversa passou para português.

– Seus amigos querem trabalhar para mim, Valdemar?

XXI

Valdemar levou os dedos curtos ao nariz como se fosse arrancar os cabelos espetados para fora.

Claro, Seu John! – falou, fanhoso. – Com *nós*, não tem erro, a gente aí tudo é gaúcho.

O pai tirou da caixa um maço de dólares.

– Assim é que fala um gaúcho macho, Valdemar. Isto é seu – disse e alcançou os dólares a Valdemar. – Deste dinheiro, tire mil e coloque num envelope para a empregada. Deixe um bilhete a ela avisando-a que foi dispensada, que vamos de Kombi até São Paulo encontrar a Rebecca e a Candy e partir.

– Não era Santa Catarina? – balbuciou Valdemar.

– Vai querer alguém atrás de nós em Santa Catarina? Partimos, para todos os efeitos, de São Paulo. Fui claro, Valdemar?

Valdemar guardou o maço no bolso.

– Mil? – disse com cara de espantado, expondo as marcas das obturações num sorriso que atravessava a cara bolachuda de orelha de abano a orelha de abano. – Pode deixar, seu John. O senhor é bom – completou. – Se eu não tivesse tanto pecado, ia me ajuntar na sua igreja.

O pai voltou a falar inglês.

– Pronto, Dennis?

Dennis desviou os olhos a fim de que não percebessem o choro.

– Em Santa Catarina – continuou o pai –, ele vende a Kombi e compra um carro para voltar.

Trocou ao português, falando alto.

– Vai comprar um carro para sua família, não é, Valdemar?

Valdemar voltou a mostrar os dentes, feito gato assustado. Mais inglês.

– A Kombi sempre esteve no nome dele – explicou o pai, fechando os olhos num riso arrastado.

Dennis se virou em direção à janela.

Ajoelhando-se no sofá, apertou o nariz na vidraça até embaçar.

O pai irrompeu num riso irônico, baixinho.

– Despediram-se os meninos? Espero que ele não o tenha enchido de minhocas.

Dennis afastou-se da janela e desceu do sofá.

– Não nos despedimos, pai. E não vou voltar para os Estados Unidos.

Agora me deixe sair.

– Estou vendo que vamos ter de conversar sobre esse assunto de um jeito que nos consigamos entender. Depois pode sair. Podemos todos sair.

Os músculos de Dennis se contraíram.

– Vamos, Dennis. Ponha suas coisas numa mala, se é que quer levar alguma coisa com você. Ah, e o seu passaporte? Devolva-o na mesa. Agora!

Sem sair do lugar, Dennis levantou os dedos cerrados e o punho ganhou velocidade.

O braço ainda cortava o ar quando o pai o alcançou pelo pulso, atingiu-lhe a barriga com o joelho, derrubando-o por cima do sofá com uma bofetada. Duas. Outra.

– Nem tente – sussurrou, sentando-se ao lado do filho para, à força, arrancar-lhe o passaporte da cueca. – Nem tente – repetia.

Dennis fechou os olhos, desejando, rezando para que o pai se afastasse. Desejou e rezou em vão.

O calor e o cheiro do pai aproximaram-se ainda mais dele.

Dennis apertou os olhos para que neles nem entrasse luz. "Agora, ele vai me dar uma lição", pensou, tentando conter um tremor que já se apossara de seu corpo, como em outras épocas.

O pai puxou o pé de Dennis, prendendo-o por trás do seu joelho e firmando-o por cima da outra perna. Arrancou-lhe o tênis num puxão só, advertindo que não ia mais deixar a conversa para depois.

Dennis buscou forças para reagir. Não reagiu.

Não tinha como.

Quando as mãos do pai lhe apertaram o calcanhar e os dedos do pé, Dennis, em pavor, abriu os olhos.

– Você ama o seu pai, vagabundo?

Dennis ouviu a pergunta e virou o rosto para não responder. Se não amasse, o pai ia fazê-lo aprender.

– Você ama o seu pai, vagabundo?

O estalo que se seguiu fez Valdemar pular da cadeira.

– Esse é *dos bom*, tchê – disse convicto e sacudiu o corpo em uma gargalhada picada, que demorou a passar.

Uma cortina preta cobriu os olhos de Dennis, que parou de respirar. "Esse é dos bom, tchê", a voz do Valdemar reverberava em sua mente. Devia ser dos bons mesmo, Dennis cerrou os dentes de dor, mas não tinha com o que comparar.

A visão lhe turvou de vez.

Quando enxergou de novo, o pai estava com um vidro na mão, prostrado no meio da sala.

– Da próxima vez – ameaçou –, não desloco apenas sua canela, mas quebro seu pé. Os dois, se for preciso. Estamos conversados? Fui claro? Engula... – acrescentou, alcançando-lhe três comprimidos – engula, que o pior da dor passa.

– O que é isso? Não tem gosto de aspirina – gritou.

– Aspirina? Isto é Valium, Dennis. Já ouviu falar em Valium?

Nos minutos que se seguiram, o pai ia e vinha, vasculhando o apartamento em silêncio, trazendo para a sala os últimos itens para a bagagem. Quando tudo estava pronto, encostou-se na mesa.

– Não tenho um tridente nesta bagagem para enfiar nos pecadores – disse. – Isso é trabalho do Diabo. Eu sou um homem de Deus. Agora que você está mais calmo, meu filho, podemos conversar. Vou provar meu ponto de vista, antes de destrancar a porta e partirmos. Orei, ponderei, e Deus falou no meu coração – a fala do pai lembrava um disco de baixa rotação. – Quando chegarmos a Salt Lake City, ponho na sua mão uma passagem de volta. Não vou lhe negar o livre-arbítrio.

* * *

Dennis ergueu a cabeça pesada e olhou o pai.

– Pegue uma caneta e papel e escreva antes que você durma. Deixe isso claro para o seu amigo, o que vou lhe dizer: "Deus, Nosso Senhor, defende o direito dos Seus filhos de viverem a vida do jeito que quiserem, mesmo que ela os conduza às garras de Satanás". Mas, e é bom que o Lázaro saiba, Deus também defende o direito de um pai mostrar ao filho os caminhos da Salvação.

Ao apoiar o pé no chão, Dennis gemeu de dor.

– Se, em 20 dias da data da chegada a Utah, ainda sofrer deste ímpeto para a perversão, poderá voltar. Se os métodos aceitos pelos líderes inspirados da Igreja não apontarem o caminho que Deus escolheu para a sua provação, eu deixo você partir. Se nada restar a fazer, oro pela cura do seu corpo e a redenção de sua alma quando nos encontrarmos de novo na presença do Salvador no dia do Juízo Final.

Viu o pai aproximando-se do sofá, inclinando-se para chegar perto do seu ouvido.

– Vinte dias, Dennis, meu filho! – segredou. – Nem você nem ele jamais dirá que sou injusto, que o Deus Verdadeiro é um déspota, um ditador.

Pouco depois, quando o pai o chamou e disse que iam partir, a carta já estava num envelope, que Dennis entregou a ele.

– Lamba essa cola e me entregue o envelope fechado. Pensava o quê? Que queria ler sua correspondência?

Quieto, lerdo e cabisbaixo, Dennis lambeu as bordas do envelope, selando-o com o sabor pungente de cola americana.

John tomou o envelope, virou-o de um lado e do outro, estudando os endereços do destinatário e do remetente em letra de forma.

– Não vai pelo correio – por fim, jogando a carta na mesa, sentenciou em português: – Vai em mãos. Põe isso com o dinheiro da empregada, Valdemar, mande entregar para o Lázaro depois de amanhã.

Dennis fechou os olhos até a cabeça parar de girar. Quando abriu os olhos outra vez, o pai estava em pé na porta de saída. Valdemar já havia descido com duas das malas para a Kombi, voltado ao apartamento e brincava com o Joãozinho, que nadava no aquário, alheio a tudo aquilo.

– E esse peixe, seu John?

– Peixe?

– Vou continuar de babá de peixe-dourado? – perguntou e riu da própria piada. – Este aquário é de trocar a água.

– Diz para Eudineia que pode levá-lo para casa.

Valdemar bufou numa gargalhada.

– Ela tem mais nojo disso do que de merda! Pois ela não guarda esse peixe no quarto da menina?

O pai franziu a boca ao ouvir o palavrão e olhou ao aquário. Depois, arrancou o prego enferrujado que segurava o calendário na parede e soprou o pó de reboco dos dedos.

Intrigado, Dennis acompanhou a mão hábil do pai quando ele a mergulhou no aquário e prendeu o corpo do Joãozinho entre o polegar e o indicador. Dennis quis gritar, mas a garganta estava fechando e não deu tempo de fechar os olhos e não ver o peixinho se debatendo. À sua frente, o pai atravessou a cabeça do Joãozinho com o prego do calendário, de retina a retina.

XXI

Dennis tossiu um grito frouxo e morno:

– Pai...

– Assim ele morre sem ter consciência da morte – sentenciou o pai. – Pior é morrer na descarga do vaso – disse e riu. Devolveu o peixinho à água, limpou a mão no casaco, recolheu os objetos da mesa e, em português, pediu que Valdemar descesse com Dennis.

Antes de Valdemar bater a porta, Dennis espreitou Joãozinho uma última vez. "Se não posso fazer nada por mim...", segurou as lágrimas, "...muito menos por você. Sinto tanto, Joãozinho." Quando a porta se fechou, o peixinho ainda nadava, indiferente, numa nuvem de sangue, tingindo o aquário de tons avermelhados

Interlúdio

XXII

No horizonte, Chicago. Flutuando...

Sem pedir licença, levantou-se, deixando cair do colo, por cima do pai, as revistas e o cobertor e se arrastou para o toalete. A mãe e Candy, coitadinha da Candy, cansada de tanto chorar, dormiam no assento de trás. Os passageiros olharam-no e voltaram os narizes aos livros e jornais. O pai levantou os olhos e baixou o queixo. O avião deu um leve solavanco, mas os sinais luminosos indicativos de apertar os cintos não se acenderam. Ao encontrar o primeiro toalete desocupado, Dennis encerrou-se no pequeno cubículo e sentou-se na tampa da privada.

Se fechasse os olhos, ver-se-ia ainda disparando e ouviria o teco-teco roncando, enquanto os mecânicos de dentro do hangar, como estátuas, eram testemunhas involuntárias da cena que se desenrolava na pista.

Dennis ouvia as ameaças do pai, mas não obedecia. O Valium lhe afrouxava as carnes. Mesmo assim, conseguia ganhar velocidade. – Não vou – devolvia as ameaças, sem olhar para trás. – Não complique a minha vida que não complico a sua...

Os mecânicos, sem dúvida, vieram para observar o desenrolar da cena, agora do lado de fora do hangar.

Dennis gritou:

– Ajudem. Por favor, ajudem-me.

Eles se entreolharam e um correu na direção de Dennis.

Tarde demais.

– Auch!!!!!!

A ponta do pé ficou presa numa fenda do asfalto e, no momento seguinte, Dennis viu-se no ar, caindo, rolando na pista. Viu o asfalto se aproximar do rosto, esfregando-lhe as faces, queimando. Os grãos de areia, como lixa, cortaram-lhe os dedos e arranharam-lhe os lábios. Dennis rolou no chão, aspirando o cheiro de graxa da pista. Virou-se, esforçando-se para se recompor, colocar-se de pé. Mas as suas pernas não resistiam. Os joelhos afrouxaram de vez, indo de encontro ao chão duro.

O mecânico, atônito, correu pela pista, alcançando Dennis antes que tombasse de novo e o arrastou consigo. Os demais, que observavam a cena, haviam sumido para dentro do hangar.

– Que tombo mais exagerado – disse o mecânico –, não quebrou nada?

– Preciso de ajuda – implorou Dennis outra vez.

– Aqui! – gritou o pai para o mecânico, apontando para o banco de trás da Kombi. – Droga! – explicou. – Meu filho não anda bem. Sente-o com cuidado para que não se machuque mais.

– Juventude transviada... – devolveu o mecânico, meneando a cabeça em desaprovação e, como solicitado, ajeitando o corpo gigante de Dennis no banco de trás.

– Mentira... mentira... alguém me ajude... – o mecânico arregalou o olho esquerdo.

O pai baixou os olhos e, numa voz humilde, explicou ao homem que, através do poder infinito do Nosso Senhor Jesus Cristo e com a intervenção do Espírito Santo, o Pai Celestial ia curar-lhe o filho.

Valdemar, com um sorriso bobo estampado na cara, aproximou-se por trás do mecânico. O pai fez sinal que se afastassem.

– Deixem-me conversar um minuto com meu filho.

– Meu pai está louco, acreditem!

O mecânico virou-se de costas e seguiu em direção ao teco-teco, na companhia de Valdemar. O pai se ajeitou ao lado de Dennis, deslizou a porta da Kombi num estrondo, subiu o vidro da janela e pôs a mão por detrás do banco, mexendo na caixa de ferramentas e trazendo consigo uma marreta.

– Movimento errado, Dennis – grunhiu ele, cuspindo por entre os dentes como uma cobra. – De mim ninguém foge.

– Não estou fugindo, pai. Quero apenas ficar.

– Está na hora de eu lhe ensinar boas maneiras, menino. Esqueceu o

XXII

quarto mandamento? Honrar pai e mãe – levantou a voz – e obedecê-los? O que é que tem em você que não ouve a Voz do Criador?

Era o Valium? Era o medo? Era a marreta balançando na mão do pai? O corpo de Dennis gelou, arrefecendo dos pés à cabeça. O pai colocou a marreta de lado, meteu os dedos pelo rasgão nas calças e expôs-lhe o joelho direito. Na ferida, os restos de asfalto misturavam-se ao sangue. Dennis lembrou-se da visão do Joãozinho no aquário e sacudia a cabeça de um lado ao outro, indefeso como o peixinho. E gemeu. Gemeu por uma dor que ainda não sentira.

– Por favor... pai...

O pai enrolou os dedos no cabo da marreta e balançou o queixo.

– Não precisa, pai...

"Era melhor", desejou, "que me apertasse a garganta", mas o que seu pai apertava com as duas mãos era o cabo da marreta levantada, que balançava, ameaçadora, raspando o forro da Kombi. Dennis perseguiu o olhar do pai quando esse o desviou do instrumento e mirou no joelho sangrando.

– Não é de borracha – balbuciou Dennis, numa tentativa infrutífera. – Pai, não precisa...

– Precisa sim! – disse ele, e a marreta despencou sobre o joelho direito de Dennis. – Nunca é tarde para aprender boas maneiras e a observar os mandamentos. Aceitar a vontade de Deus em sua vida fez do profeta Joseph Smith ser o homem que foi.

Dennis calou-se de dor.

O pai jogou a marreta na parte de trás do veículo, desceu o vidro e avisou:

– Vamos voar agora! Minha esposa e filha nos esperam.

Mesmo de olhos abertos no toalete do avião, ainda se via decolando no outro, ainda ouvia o teco-teco roncando por cima das nuvens. Afastando-se. Era segunda-feira. Raios de sol estraçalhavam as nuvens matinais. A uns mil quilômetros de Pelotas. Ou mais. Nos céus de alguma cidadezinha do Paraguai. Dali, daquela merda de base militar, para Assunção, repetia o pai, onde iriam tomar um avião para os Estados Unidos.

*   *   *

Uma ferroada no peito. Pior que a do joelho. Dennis foi jogado para um lado. O Valium tirado do bolso quase não lhe alcançava a boca. O avião manobrava para pousar em Chicago. Aquele ventinho gelado, soprando acima da pia no toalete, entrou-lhe pelos dedos e subiu-lhe pela espinha, misturando-se aos calafrios grotescos, estranhos, dentro de seu estômago.

Estranhos não.

Sabia bem explicá-los.

Era a preocupação que o assolava. Naquele momento, Lázaro já teria lido a carta. "Merda, e agora? Agora!" O agora era sempre inútil. Dennis era sempre um inútil. Se tivesse ideia que o pai não leria a carta, ou coragem para não ter se traído, medindo as palavras, que se pegavam na caneta, teria contado tudo. "Covardia!" Escrevera por medo. Agora, não podia interromper aquelas turbinas. Não podia interromper mais nada. "Volto..." – Volto... – a promessa pulou-lhe da boca, vazia e fria.

O zunido ficou mais forte.

Dennis secou os olhos com as palmas das mãos e preparou-se para sair. Não tinha como ficar ali para sempre, já havia usado até o último *Kleenex*. Um barulho no trinco também o alertava de que alguém aguardava para usar o toalete antes de o avião aterrissar.

* * *

Quando apertou o cinto, não se recordava mais como retornara ao assento.

– Já vai chegar, mãe?

A mãe e Candy cochichavam.

– Não, docinho – respondeu a mãe. – Ainda temos de pegar outro avião.

– Eu não quero andar mais de avião, mãe.

– Não temos escolha, docinho.

– Não?

– Não.

– Por isso o Joãozinho não veio?

– Por isso, Candy, e por outras razões.

– OK – disse a menina.

– OK – confirmou a mãe. – Agora pare de desenhar, coloque esse bloco na bolsa do assento da frente e aperte bem o cinto.

– Vou ficar segurando, mãe. Eu me esqueço das coisas se estou cansada – a voz no microfone anunciou:

– Senhoras e senhores, sua atenção, por favor. Estamos nos aproximando...

XXII | 173

O avião pousou no Aeroporto Internacional O'Hare, com uma voz sem rosto pedindo aplausos para um dos passageiros, um tal de Mr. Corman, cujo filme havia ganhado o Oscar, e desejando a ele e a todos os demais passageiros um Feliz Natal e um 1981 tão emocionante quanto 1980 estava sendo para Mr. Corman.

O avião encheu-se de aplausos e assobios.

Para Mr. Corman.

Dennis preferia não pensar em mais nada, nem na dor que lhe dilacerava os ossos.

* * *

Oito horas mais tarde, a família arrastava os pés pelo aeroporto de Salt Lake City. Dennis arrastava os pés e a perna. Depois de tantos telefonemas que o pai dera em Chicago, antes de embarcarem, Dennis imaginava o profeta em pessoa esperando por eles. Entretanto, no saguão do aeroporto, a recepção consistia apenas dos tios, com quem Dennis cogitara ficar para terminar o colégio nos Estados Unidos. As mulheres se abraçaram sem dizer nada. Dizendo menos ainda, os homens apertaram as mãos. Candy folheava o pequeno bloco de desenhos, ignorando todos à sua volta. No estacionamento gelado, distribuíram as malas entre os carros da tia e do tio. O tio passou ao pai a chave do veículo, junto com um envelope retangular. O pai agradeceu ao tio com um sussurro e voltou-se ao Dennis.

– Você entra neste carro comigo, Dennis – disse, virou-se para a esposa e fez um gesto indistinto.

A mãe e a Candy afastaram-se com as malas e os casacos no carro dos tios.

– Vai sentir frio, irmãozinho! – lembrou Candy, olhando para trás.

– Não vai não – interveio a mãe. – Agora ande.

Dennis entrou de costas no carro com o pai. O joelho da perna machucada não dobrava mais.

O pai esperou que os tios arrancassem, seguindo-lhes a uma certa distância.

Dennis ficou observando o relógio piscando no painel.

Duas e cinco da tarde.

Estrada Interestadual número 80.

Salt Lake City, Utah.

De repente, os tios avançaram pela pista da I-15 rumo sul, enquanto John dirigiu-se para a pista da I-15 rumo norte.

Dennis fechou os olhos, abrindo-os apenas quando o carro já deixava para trás os últimos pontos de luz, vindos das janelas de casas esquecidas no meio do nada. Desceram por uma estrada deserta e escura, supostamente, em algum lugar ao norte de Salt Lake City. Não perguntou aonde iam nem onde se encontravam.

Os olhos cerram-se.

Por menos tempo desta vez.

Abrindo-se com o veículo parado.

E um prédio envolto na bruma.

Iluminado pelos faróis do carro.

– Desça – ordenou o pai.

Como um autômato, protegido pelo braço forte do pai, Dennis passou pela porta giratória. "Clínica..." Tonto, não conseguiu ler o resto da pequena placa. Clínica era uma boa ideia. O joelho inchado se espremia para fora do rasgo das calças. Mesmo sob o efeito das muitas pílulas, preferia nem pensar na dor.

O pai o deixou sentado numa cadeira de plástico contra a parede e se dirigiu à recepção.

Dennis deixou as pálpebras caírem.

Por um breve segundo, lembrou-se das fotos do postal e da mensagem. Se quisesse se agarrar a algum aspecto positivo de seu retorno, seria o fato de que, até que enfim, resolveria aquele mistério. Passaria aqueles vinte dias encerrado em seu quarto preparando-se para voltar ao Brasil, com muito tempo para ler o que havia copiado no verso do cartão. Dennis ainda era um destinatário em busca de um remetente anônimo. Mas não era com o remetente do cartão que se preocupava. Era com Lázaro. Teria entendido a carta?

Ao abrir os olhos, o pai, sólido à sua frente, segurava um envelope.

– Para você, Dennis. As passagens de volta que lhe prometi: de Salt Lake City a Porto Alegre. Para o dia três de janeiro. Aí dentro está o seu passaporte e mais mil dólares. Agora, assine uns papéis e fique na clínica. Vamos dar a Jesus a oportunidade de lhe curar.

Dennis ia argumentar, mas um enfermeiro, mais corpulento do que o pai, aproximou-se empurrando uma cadeira de rodas que estacionou ao seu lado.

XXII

Atrás do enfermeiro, um homem de cabelo alaranjado, olhar de um verde pálido assustadoramente penetrante, alisava um estetoscópio.

– Doutor Charles Karadzic – apresentou-se o homem, estendendo a mão.

Havia algo estranho naquele homem. "O que é?" Dennis sentiu-se congelar. O doutor recolheu a mão, arqueou as sobrancelhas e virou-se para o enfermeiro. O enfermeiro sorriu.

– A minha perna já não dói tanto, pai – Dennis conseguiu dizer, firmando as mãos no assento para se erguer da cadeira de plástico. – Não é melhor tratar em casa?

O pai inclinou-se e o empurrou de volta à cadeira de plástico.

– Não seja infantil, Dennis! – retrucou em tom de espanto, completando com uma pergunta: – O que a sua perna tem a ver com o tratamento que você vai receber nesta clínica?

XXIII

Desperto.

Numa cama dura. Sem cobertas.

Com fome.

Só depois da sessão de terapia conduziam-no ao refeitório. Antes, vinha o banho frio, logo após, as orações matinais na companhia do terapeuta, e o primeiro choque. Em um ritual diário: sentava-se na cadeira similar à de um dentista, situada bem no centro de uma sala sem janelas. Com os braços e tornozelos presos com correias, via o terapeuta girar-lhe a cadeira para a parede branca onde seriam projetados os slides, a partir de um furo acima do balcão em que posicionavam os apetrechos. Uma semana depois, Dennis conhecia de cor o procedimento e até estendia os dedos, sem que lhe pedissem, para que lhe grudassem os eletrodos. Naquela manhã, no entanto, o profissional ignorou seus dedos estendidos. Em vez disso, afastou os joelhos de Dennis e colou-lhe os eletrodos no meio das pernas. No escroto.

– Relaxe, *Craig*!

O slide iluminou a parede. Tarde demais.

A dor virou-lhe do avesso.

Ainda não habituado com o novo nome pelo qual o terapeuta o chamava, Dennis demorou a fechar os olhos.

Na foto, deu para ver dois jovens se beijando.

Um moreno e outro loiro.

No instante do choque, arfou.

No instante seguinte, retraiu o estômago, em pura agonia.

Quando se encolheu de dor e terror, o terapeuta, como que tentando tranquilizá-lo, acariciou-lhe os pelos do braço imobilizado, estudando-lhe o corpo. Com um olhar de ternura, apertou, um a um, os esparadrapos que prendiam os eletrodos. Demorou-se, massageando a pele de Dennis até os testículos saltarem-lhe em arrepios.

– Pronto para outro slide, *Craig*? Mantenha os olhos abertos para que a descarga seja mais baixa.

Um homem em pose erótica apareceu na parede.

Primeira descarga: Zzzt.

Segunda: ZZZT!

O corpo de Dennis se retorceu com a dose dupla. Estavam ficando gradativamente piores? A cabeça desprendia-se dos ombros, ou era essa apenas uma sensação? Na boca, o gosto de amônia; no nariz, o cheiro podre; no estômago, as convulsões se avolumando. Antes que explodissem, Dennis fechou os olhos.

Pavor?

Não, depois de tantos dias internado, não era mais de pavor que apertava as pálpebras – era de raiva. Já devia ter passado o Natal e, se não era véspera do novo ano, era quase. Para Dennis, faltavam-lhe apenas alguns dias para a liberdade. No bolso das calças, o bilhete de retorno, os mil dólares e o passaporte o aguardavam. Só que Dennis não estava usando calças. A não ser pela bata azul-desbotado aberta nos lados e as pantufas de pelúcia, não usava mais nada. As calças, bem como toda a sua roupa, encontravam-se trancafiadas nos armários da clínica. Se tentasse fugir dos braços de Cristo, o Salvador e Redentor, exortavam-no – mais vezes do que se lembrava – que escaparia nu. A hipotermia se encarregaria de trazê-lo de volta antes que atingisse a casa mais próxima.

Dennis queria uma resposta.

– O que meu pai mandou que fizessem comigo?

Como sempre, a resposta não vinha.

Confortava-o a ideia de que, muito em breve, voltaria ao Brasil. Estaria em Pelotas, logo no início de janeiro. "Feliz ano-novo, Lázaro. Vamos queimar juntos esse passaporte? Vim para ficar com você." "Para sempre?" "Para sempre." "Jura?" "Juro."

No dia em que completou os vinte dias do prazo de internação, ninguém foi buscá-lo, nem lhe devolveram as roupas. Ainda se encontrava à mercê de

XXIII | 179

Cristo, Salvador e Redentor. Mas antes fosse nas garras do Capeta em pessoa. "Só mais uma semana, *Craig*. Deus tarda, mas não..."

"Vão me matar aqui dentro?" Não. Iria ser pior, iriam estrangular o seu cérebro até trazer para fora e matar com descargas elétricas os sentimentos que nutria pelo Lázaro. Queria ir embora dali, perdiam tempo com ele. Ia se esquecer do Lázaro só porque, em nome de Deus, passaram a lhe meter tubos nas veias por onde injetavam drogas que o forçavam a vomitar –, se projetassem fotos de surfistas californianos –, ou a rir, se a foto fosse de uma garota tetuda do meio-oeste?

A voz do terapeuta ficou mais alta.

– Slide, *Craig*. Olhe o slide.

Dennis acompanhou o líquido no caninho ir trocando de cor e entrar na veia.

A garganta fechou.

Um zumbido pareceu extirpar-lhe os tímpanos. Dormência.

Desta vez, não ouvia o *zzzt* do eletrodo chamuscando a sua pele. Estava preocupado com outra coisa: o ar havia sumido da sala e ele se via sufocando. Se pudesse, imploraria por choques elétricos em vez de drogas. Mas como? O vômito prendia sua voz, como as correias prendiam seus braços. O único consolo: aquele seria o fim de semana em que o tratamento chegaria ao fim, na...

CLÍNICA DE TERAPIAS REPARATIVAS – SERVIÇOS DE REABILITAÇÃO E REINTEGRAÇÃO SOCIAL DO ESTADO DE UTAH. ESTADOS UNIDOS DA AMÉRICA.

Pacientes: homens condenados por crimes sexuais, pervertidos, tarados e...

Craig.

Encarcerado.

Sem respostas.

Sozinho.

Imaginando que se na ficha pendurada na parede lesse DENNIS em vez de CRAIG, seria pior.

A cabeça pendeu para um lado.

– Doutor...

– Não se preocupe, *Craig* – tranquilizou o terapeuta.

Ao ser chamado por aquela identidade que não era a sua, Dennis o fitou, intrigado. Intrigado, não. Curioso. Imaginando qual seria o nome verdadeiro do homem. Na admissão, haviam esclarecido as regras. O tratamento era voluntário – VO-LUN-TÁ-RI-O – a *Igreja de Jesus Cristo dos Santos dos Últimos Dias* e a *Universidade de Brigham Young* se eximiam de quaisquer responsabilidades. Assim sendo, o primeiro passo para que Deus operasse milagres, consistiu em que Dennis, sem ler, assinasse muitos papéis na presença do pai e do Doutor Karadzic. Este, antes de passar-lhe a caneta, salientou que ele devia obediência ao Irmão John Betts, honrado representante de Jesus Cristo, portador do sacerdócio de Melquisedeque, concedido a ele pela imposição das mãos – numa linhagem que levava a Joseph Smith, profeta, revelador, restaurador da Única e Verdadeira Igreja na face da Terra.

E o pai bem soube usar sua autoridade divina.

Cada vez que Dennis deixava cair a caneta por cima dos papéis, o pai prendia-lhe com as unhas o joelho inchado e apertava. Depois de vacilar nas duas primeiras assinaturas, as outras cinco ou seis saíram sem que Dennis refletisse.

– Muito bem – disse o doutor, explicando como se Dennis estivesse comprando um automóvel. – Na clínica, você vai se chamar *Craig*. Seu terapeuta, Mike. Aqui, funcionários e pacientes são anônimos, exceto por mim, que lido com a burocracia do Mal, em Washington. Estes papéis ficam arquivados em outro lugar, até sua recuperação. Não há razões para você se preocupar: não há guardas nas portas, está aqui por sua livre e espontânea vontade e pela vontade do Senhor Jesus. Quanto a mim, sou um profissional licenciado, *Craig* – continuou num tom entediado –, não um fanático religioso, se for isso o que você pensa! Meu trabalho é administrar terapia reparativa em rapazes como você, que querem se livrar destes impulsos homoeróticos.

– Já disse, não quero me livrar de nada.

– A respeito disso, conversamos em outra hora, CRAIG.

Nunca conversaram.

Semanas se passaram.

Muitas.

E era fim de Janeiro.

Ou de Fevereiro?

Voltar para o Brasil virava memória.

Distante.

Mas ainda era inverno, sabia, por causa do branco nas janelas.

XXIII

— Olhe, Mike! — abordou Dennis, ao terminar outra sessão. — Concordei em ficar aqui por um prazo determinado. Meu pai disse que depois de tentar a cura eu estaria livre para voltar para o Brasil — continuou, com mais veemência: — Pode confirmar, os bilhetes, o dinheiro e o meu passaporte estão no bolso da minha calça. Foi por isso que vim, para dar uma chance à Igreja e à minha família. Como não houve progresso, eu...

— A informação constante nos papéis que você assinou é outra — Mike o interrompeu. — Terá alta apenas quando curado. Você duvida do poder do Pai Celestial? Da veracidade da Igreja? Do poder redentor do Evangelho? A Palavra de Deus é bem clara quando ensina que existem dois caminhos bem definidos. Não existe meio-termo em relação à salvação. Ou você se propõe a servir a Deus ou ao pecado. Seu pai o confiou a nós para que você se reconcilie com o Pai Celestial e se liberte das garras de Satanás e do poder que ele tinha sobre você através do pecado. Seu tempo conosco, *Craig*, é indeterminado.

— Assinei sem ler.

Mike arqueou as sobrancelhas.

— Olhe no bolso da minha calça — repetiu Dennis.

— A que você vestia quando chegou? Seus pais vieram recolher as roupas no dia seguinte à sua internação.

— Meu pai mentiu — balbuciou, sentindo-se esmorecer. Não falava com Mike, falava consigo mesmo. — Estou aqui contra a minha vontade.

— Sinto muito, *Craig*. Por uma causa justa, os portadores do sacerdócio como seu pai encontram a graça divina mesmo mentindo. Fizeram-no em nome de Deus, e é aceitável. E para a sua ciência, *Craig*, a vontade que prevalece em nossa clínica é a de Deus, não a sua. Entendidos?

— Quero telefonar à minha mãe.

— Assim que você fizer algum progresso, pode ligar para quem quiser.

Dennis abaixou os olhos.

Mike se aproximou. A respiração do terapeuta, forte e máscula como a do pai, lembrava um cão rosnando. Sem desviar os olhos, Mike subiu o dedo indicador pelo mamilo esquerdo de Dennis, alisando-lhe o torso.

— Você ainda gosta de homem, *Craig*?

Dennis assentiu com os olhos, depois, desatou a chorar.

— Tire seu amigo brasileiro da cabeça — disse Mike. — Você nunca fez sexo com mais ninguém, não tem com o que comparar.

Dennis fechou os olhos e a respiração acelerou.

— Já fiz sexo com outro homem — disparou. — Já gostei de... fui apaixonado por outro homem, Mike.

— Néfi? Já conversamos sobre suas fantasias com os retratos dos profetas no Livro de Mórmon.

— Menti — prosseguiu Dennis, pela primeira vez encarando o terapeuta diretamente nos olhos. — Eu não inventei Néfi... ou inventei... quando parou de fazer sexo comigo, ele virou uma fantasia; antes, era um homem real.

— Real? De carne e osso?

Uma hora depois de confessar o assédio sexual do pai — até então, havia sido mais fácil para Dennis misturar a imagem do Profeta Néfi com a imponente imagem do pai, como sempre o fizera em suas fantasias infantis, mas agora, sabia, não era mais criança e não podia negar a gravidade do ocorrido no passado —, ele ainda não conseguira parar de chorar. Mike havia lhe afrouxado as correias e o fitava com os olhos quase saltando das órbitas.

A voz era calma, calculada.

— O que me contou é muito grave, *Craig*. Nosso conforto é saber que Jesus tem a solução para todos os casos, sempre, sem exceção.

— Quero falar com a polícia, Mike — a voz continuou calma, calculada.

— Em que a polícia o ajudaria? Com certeza, a levar uma história dessas para a mídia? Outro escândalo do qual Lúcifer se aproveitaria para afastar da Verdadeira Igreja as almas daqueles com menos fé? É isso que você quer, *Craig*? Prejudicar a Igreja? Passar para o lado do Mal?

Dennis deixou cair o queixo sobre o peito e o corpo tremer.

— OK — concedeu Mike, batendo os dedos nos lábios. — Fique calmo. Vamos passar essas correias pelos seus pulsos e tomar os analgésicos, enquanto arranjamos isso. Esse tremor vai passar.

As palavras saíram picotadas, rápidas.

— Prefiro ficar sem correias, Mike. Olhe o estado dos meus braços.

Mike anuiu com o olhar e um dedo nos lábios, como quem diz: "que isso fique entre nós".

Segundos depois, os mesmos dedos que haviam tocado os lábios seguravam uma seringa, como se o terapeuta portasse uma, escondida no bolso do jaleco.

— Comprimidos me bastam — retrucou Dennis, vendo a espuma derramar-se pela agulha.

– Vai ajudá-lo a relaxar, *Craig*.

– Vai me fazer dormir – acrescentou Dennis, mostrando com o queixo o pelo colado das pernas e os restos de vômito no chão, sobras da sessão terapêutica. – Posso ir ao banheiro antes? Antes de dormir, preciso de uma ducha rápida.

Mike inclinou-se para examinar os pelos de Dennis.

– Claro. Eu o acompanho.

Dennis se ergueu e escorregou nos restos viscosos do chão.

Ou fingiu que escorregou.

Antes que Mike pudesse guardar a seringa e inclinar-se para ajudá-lo, Dennis o segurava pelo jaleco e enfiava-lhe a agulha no pescoço.

O terapeuta apontou o dedo para a porta, fechou os olhos e tombou. Do bolso, frascos se abriram e comprimidos rolaram pelo chão. Dennis recolheu um punhado e socou-os bem fundo na boca do terapeuta. Apertou-lhe o nariz por mais tempo que desejava. Espreitou pelo corredor. Onde os empregados guardariam suas roupas na clínica? Dennis não ia ter tempo para descobrir. Era hora de correr dali. Naquele instante, concluía que hipotermia não podia ser tão ruim assim. Lembrou-se das janelas iluminadas não muito longe da clínica – casas, obviamente, onde lhe emprestariam um telefone. Iria ligar para o Lázaro no Brasil; para os tios em Salt Lake City, mas, primeiro: 911, para a polícia americana.

Ficou passeando pelo corredor que levava à porta de saída. Funcionários iam e vinham e Dennis se esforçava para sorrir para todos. O Doutor Karadzic tinha razão, não havia guardas. Quando adentrou a recepção, esperava que alguém o parasse, ia ter a desculpa de não saber onde estava, ou quem era.

Não foi preciso. Estava vazia.

Dennis empurrou a porta giratória.

E lá fora já estava escuro.

Nos primeiros instantes, a bata o protegeu do vento frio. O joelho, rijo, não o deixava correr, simplesmente caminhava, espreitando para trás a cada passo.

Ninguém. Nada.

Muita neve na estrada.

A luz de que se lembrava não vinha de uma casa apenas.

Vinha de muitas. Uma rua inteira.

No último momento, vacilou. Ia se desfazer da bata, dizer que havia sido vítima de uma brincadeira de mau gosto, que os amigos haviam escapado com as suas roupas. Feito um poncho, tirou a fenda da bata pelo pescoço, dobrou o pano numa faixa e a enrolou na cintura.

Apertou uma campainha.

Correu à casa vizinha.

Apertou outra. E outra.

– Algum problema? – um senhor de meia-idade abriu a porta. A luz da sala iluminou o peito arrepiado do Dennis.

As outras portas se abriram.

Dennis permaneceu na calçada, sem avançar para os alpendres sem neve.

– Preciso de ajuda – murmurou ele, recomposto, apesar dos olhares estranhos.

O senhor de meia-idade desceu de pantufas na neve, amparando Dennis pelo ombro. Os outros vizinhos reuniram-se à sua volta.

– Vamos entrar, meu jovem. Aí você explica o que houve – disse o homem, numa voz enternecida e sonora.

Na sala, embrulharam Dennis num cobertor. Levaram-no para junto da lareira.

– O que aconteceu? – quis saber o senhor de meia-idade. Dennis abriu a boca para mentir.

Mas não mentiu.

O grupo de homens, mulheres e crianças escutaram calados. A existência da clínica, a visão daquele rapaz com uma bata enrolada na cintura pareciam não causar surpresa. O relato de como viera parar naquela sala apenas os deixou de olhos arregalados como de peixes mortos. Dennis não escolhia as palavras. Todavia, em nenhum momento pediram que as crianças saíssem para não ouvir. Bom sinal? Seriam mórmons? Se fossem, não seriam ortodoxos.

– Posso usar o telefone?

O senhor de meia-idade derramou-lhe um olhar consternado.

– Justo aqui em casa há um problema na linha.

– Afetou a rua toda – completou o outro vizinho.

– Para onde você quer ir? – perguntou um terceiro.

– Preciso ligar para o 911.

– Não quer ligar aos parentes primeiro?

XXIII

– 911 – repetiu. – Polícia primeiro.

– Fique sentado aqui, vou pegar o carro, aí o levo a uma cabine pública – Pouco depois, a porta se abriu. Havia um carro estacionado diante da casa.

Dennis desceu depressa, enrolado no grosso cobertor. Dois dos vizinhos, sem serem convidados, pularam no banco de trás.

Quando Dennis percebeu que haviam dado duas voltas no mesmo quarteirão, já era tarde demais. Os homens o seguravam pela garganta e o carro freava violentamente. Na frente da clínica, os enfermeiros e o doutor o esperavam. Dennis sentiu a agulha entrar em seu braço, o corpo afrouxar. Nem que quisesse, conseguiria dizer mais nada. O senhor de meia-idade, de olhar bondoso, desejou boa noite para o Doutor Karadzic e afastou-se.

– Agradeça à irmã Claussen pelo telefonema, Bispo – gritou o doutor, acenando.

– Estamos sempre ao seu dispor, Charles.

Na manhã seguinte, com as pestanas colando, Dennis ingeriu três comprimidos azuis. Aquela foi a refeição matinal. Um dos enfermeiros o convidou a permanecer no quarto. Fizeram juntos as orações e leituras enquanto, na porta, outros dois aguardavam.

– Mike vai me denunciar à polícia? – Dennis perguntou, preocupado.

– Nunca tivemos alguém com esse nome trabalhando aqui.

– Preciso de um telefone – implorou Dennis, erguendo-se na cama, em desespero.

– Precisa é da injeção para a dor.

Antes que pudesse protestar, o enfermeiro já havia tomado a seringa da bandeja, enquanto os dois que guardavam a porta o prendiam à cama.

– Já tomei os comprimidos – avisou Dennis.

– Novo tratamento – replicou o enfermeiro.

Após segundos, as dores e anseios desapareceram por completo, bem como se desvanecia a vontade de ficar acordado. Com os olhos semicerrados, sentia a sala dobrar de tamanho, tornar-se oca, como o interior vazio de uma catedral qualquer das que visitara no Brasil.

No momento em que o Doutor Karadzic entrou no quarto, acompanhado por assistentes carregando hastes, bolsas de soro e uma maca sobre rodas, Dennis ouvia hinos ressoando dentro da cabeça, cantados por vozes mais perfeitas que um coro de anjos.

– Onde está o Mike? – sussurrou.

– Outra dose – o doutor deu a ordem ao enfermeiro, batendo de leve com os dedos no braço de Dennis. – Na veia. 25 ml.

Logo em seguida, o corredor da clínica passou a se mover depressa. Não conseguia fixar os olhos para ver aonde o levavam. As luzes fluorescentes do forro desfilavam por suas pálpebras e Dennis via o soro balançar sobre sua cabeça. Por trás da maca, reconheceu a voz. Quis se virar, mas o pescoço, sem sustentação, não obedeceu.

"Preciso falar com a polícia", gritou em pensamento. Em pensamento, apenas.

As vozes vinham, mas não ficavam.

– Vai acompanhar o procedimento, irmão Betts?

– Com certeza! – Dennis distinguiu o timbre rouco, inconfundível do pai. – Por essa eu não esperava.

– Nem nós! – acrescentou Karadzic. – A terapia convencional não é para o seu filho.

Dennis levantou os olhos para o soro que não oscilava mais. Permaneceu por um longo tempo acompanhando os líquidos de cor amarelada descerem pelos tubos até que o Doutor Karadzic começou a mexer as mãos, como que dando um sinal qualquer à enfermeira.

Ela segurou Dennis pelas faces e amarrou-lhe uma correia por cima da testa, imobilizando-lhe a cabeça. O som abafado de uma voz se seguiu, um comando indistinto.

Dessa vez, foram as luzes que se acenderam, feriam-lhe os olhos. Um som estridente encheu a sala, feriam-lhe também os ouvidos. Um chiado. O Doutor Karadzic, já de máscara, afastou a enfermeira que encarava Dennis por cima do leito e, ele próprio, colou um esparadrapo no olho esquerdo de Dennis.

– Afastador – pediu.

Um objeto metálico prendeu-se ao globo ocular direito de Dennis, separando-lhe o olho das pálpebras. Precisava piscar, mas o olho não piscava mais.

Com o dedo na luva de borracha, o doutor cutucava-lhe a pupila, despejando um líquido que ardia como fogo.

Dennis abriu a boca para gritar.

Um tubo, vindo não sabia de onde, atravessou-lhe os lábios, alojando-se na garganta.

XXIII

Dennis se sentiu cansado.
Cada vez mais cansado.
Sem medo.
Sem dor.
Com saudades de... Lázaro. "Lázaro... Láz..."
Voz da enfermeira:
– Começamos?
Voz do doutor:
– Em quinze minutos.
– Ela está a caminho, irmã! – distintamente, escutou o pai dizer.
– Esperemos, então, irmão! – concordou a enfermeira.
Quem esperavam chegou, mas não dizia nada.
Um ruído de metal?
Um espeto refletindo a luz veio-lhe direto ao olho.
O olho de Dennis não piscava mais.
Dedos seguravam um... – martelo?
De metal.
Um ruído.
Agora uma voz.
Uma voz chamando seu nome.
– Dennis! – disse-lhe a mãe.
Dennis respirou. Fundo.
Abriu os olhos.
Estava sentado. Em companhia dos pais e da irmã.
– Você está bem, filho?
– Feliz Natal, irmãozinho! – cumprimentou Candy.
– Feliz Natal?
– Feliz Natal, filho! – disse o pai.
A mãe deu-lhe um abraço.
– Natal? – inquiriu Dennis. – Que Natal?
– Cochilando a essa hora, irmãozinho?
Dennis viu-se despertado por completo.

Sentado ao lado de uma lareira, vestia jeans e um suéter com as cores da bandeira americana. Estava cercado de presentes. No fundo da sala que não reconhecia, uma árvore enfeitada cintilava com mil luzinhas. Constatou que segurava no colo um pacote com a imagem de um Papai Noel gordo e rosado sorrindo para ele. Colado sobre o papel de embrulho, um nome.

O seu.

E um endereço.

– Faz uma semana que você quer saber o que foi que nossos tios encomendaram para você da Sears. Agora que a caixa está no seu colo, olha com cara de espantado! – disse Candy.

– Vamos lá! – disse a mãe. – Abra logo.

Dennis ajeitou a caixa no colo.

– Que endereço é esse?

Candy inclinou-se para examinar.

– O nosso! – respondeu, numa voz meiga. – Por quê? Só porque as etiquetas vêm nestes pontinhos você não consegue ler – sorriu ela. – São feitas numa máquina, irmãozinho.

Não era o que Dennis queria saber, mas não perguntou mais nada.

Era Natal.

O carimbo do correio deixava bem claro: Natal, 1981. Salt Lake City.

Utah.

Residência dos Betts.

Um ano depois do último Natal de que se lembrava? O Natal de 1980, que passara na clínica.

Como pôde um ano sumir assim da sua vida? Entre um Natal e outro, apenas um grande vácuo.

Na sua cabeça, um grande vácuo de emoções.

Ele ficou ali, aturdido.

Pensando.

Aliás, tentando pensar, porque seus comandos cerebrais pareciam não lhe obedecer mais.

XXIV

Tomei o último gole de café.

Da confeitaria, segui direto ao Cultural.

Em circunstâncias normais, como professor, trabalhava à tarde e à noite. As minhas circunstâncias, porém, haviam mudado. E muito. Dois meses depois da minha formatura em Letras, outro convite da diretora.

– Após quatro anos de casa – disse ela –, você quer assumir o cargo de coordenador pedagógico?

– Vai fazer quatro anos no mês que vem – brinquei. – Comecei em... março de 1978.

– Estou contando o tempo de monitor, desde o dia em que você chegou aqui para se matricular e lhe recrutei para trabalhar com os alunos – esclareceu ela, acompanhando a brincadeira.

– Então vai para cinco anos de casa – repliquei. – Isso vai me proporcionar um salário maior se eu aceitar?

Ela olhou para cima antes de retrucar:

– Hum... hum... Salário não, mas pode ficar com a minha mesa, só para você.

– Feito!

Não que a ferida tivesse sarado, longe disso! Eu tinha meus dias escuros, amostras do que eu tinha passado. Entretanto, minha vida, um ano e dois meses depois da partida dos Betts, aos poucos, aprumava-se outra vez. Os tempos eram outros, e quem, agora, esperava-me no Cultural era o Lécio.

– Lhe dizendo, ele vai aparecer – afirmava-me, a caminho de casa.

– Sou realista, Lécio.

– Que seja, mas se é o que você quer, não perca as esperanças. Agora – apontou para o céu –, a vida é para cima e para frente. Se afirme nesses saltinhos, Luz da Minha Vida! É como andar de bicicleta: quanto mais rápido a gente pedala, mais fácil vai ficando da gente se equilibrar.

– Sei... – concordei a contragosto, ciente de que Lécio, do jeito dele, tinha razão.

Logo que me equilibrei, foi a mais pura verdade, a jornada ficou mais fácil, embora, ainda assim, tudo em que eu pensava era no Dennis.

E foi aí que chegou a carta.

– Lázaro – me avisou Marta –, tem carta da Embaixada Americana no seu escaninho.

Corri feito um raio à sala dos professores. Havia dado o endereço do *Cultural* para contato com a embaixada, julgando mais apropriado. *Instituto Cultural Norte-Americano*, no papel timbrado, fazia a coisa toda parecer mais oficial. Não abri de imediato. Fiquei balançando o envelope. Dependendo, a minha reação poderia ser de alegria ou de mais dor – desfecho de uma longa luta de catorze meses.

Naquele domingo, ele não aparecera para dormir em casa. Não apareceu nunca mais. Cada segundo, visto e revisto, confundia-me mais do que apontava pistas.

Na última noite em que passamos no nosso apartamento, dormi ouvindo o ruído do chuveiro mal fechado, gotejando, com a respiração compassada do Dennis, o corpo abandonado ao meu lado, sem me tocar.

Nem uma vez sequer. Nem ao acordar.

Nem a caminho do Hotel Manta para almoçar.

Na mesa, ficou meia hora remexendo no prato, separando as ervilhas dos pedaços de cenoura.

– Não comeu nada.

– Essas ervilhas frias têm gosto de papel – disse ele.

– A beterraba, então.

– Ficou mole por fora e dura por dentro.

– Um doce, quem sabe?

Dennis não respondeu. Limpou a boca. Foi para a porta, sem esperar que eu terminasse de comer.

XXIV

O que restou da tarde, passamos à beira do São Gonçalo. Dennis permanecia de olhos parados, como se fosse um boneco de cera prestes a derreter no calor. Não eram somente os olhos, todo o corpo permanecia estático, mal respirava. Pelo menos sentou-se perto de mim.

Puxei assunto.

— Vai ficar difícil.

Ele voltou a abaixar os olhos e a fazer círculos com o dedo no capim.

— A gente não vai mais poder viajar para a fronteira nos carros da igreja — falei em tom jocoso.

— Talvez seja a hora de parar — murmurou ele.

— É — concordei.

O dedo dele rodopiou mais rápido.

— Talvez seja a hora de irmos embora nós dois — sugeri, numa voz sem ritmo.

— Essa coisa de Brasil, Lázaro, está por um fio — despejou as palavras.

— Não há razões para ficarmos no Brasil, então! — exclamei. — Temos uma caixa cheia de dólares, com quanto? — mostrei-lhe as palmas das mãos num gesto desesperado, segurando um pote invisível de ouro na cara dele. — Com trinta? Quarenta? Sessenta mil? Aí, esperando pela gente, mais os diamantes. Vamos nós dois para bem longe da sua família. Pode ser nos Estados Unidos mesmo. A gente começa uma nova vida por lá. Tanto brasileiro faz isso.

Dennis pôs-se de pé, estendendo-me a mão. Busquei o conforto dos seus dedos nos meus e me deixei levantar.

— A Vanda... — continuei — Sabe que ela conhece americanos que casam com brasileiros para a gente conseguir o tal de *Green Card*, virar cidadão americano e tudo?

— Eu sei.

— Então?

— Você não entende, Lázaro — balbuciou e soltou meus dedos, movendo os olhos para se fixarem na ponte, ao longe. Cruzou as mãos sobre o peito, aprisionando-se em seus próprios braços. Uma voz rouca e fraca saía-lhe do fundo da garganta. — Não é o Brasil. Gosto do Brasil. É tudo: são seis gerações de Betts, todos devotos e obedientes à Igreja. Construímos Utah, de Salt Lake a Cedar City; levamos o Evangelho ao Arizona e a Nevada. Nada disso teria acontecido se as gerações antes de mim fossem egoístas, desobedientes ao

Deus em que acreditavam, aos pais e aos líderes da Igreja, por horríveis que fossem.

– Você não acredita nisso, Dennis!

– Não acredito, mas está dentro de mim.

– Aonde quer chegar?

– Não quero simplesmente fugir. Meu pai pode estar apenas de cabeça quente. Não quero partir sem dizer nada. Não acha que devo ao menos dar uma chance a toda essa gente, Lázaro? Dar uma chance ao meu pai de aceitar? A última que seja – disse, deixando cair os braços, encarando o rio. – Além disso, ele está com meus documentos. Quero dar uma chance para que me entenda, me entregue o passaporte, os papéis do visto, quero que todo mundo fique em paz! – a afirmação veio forte, formal.

– Se falhar – supliquei –, a gente vai achar um jeito de ir embora sem documentos.

– Se falhar, a gente vê – respondeu ainda sem me olhar e, caminhando os poucos passos até a beira da água, permaneceu, outra vez, imóvel.

Fui ao seu encontro com um abraço pelas costas, juntando minhas mãos em volta da cintura dele e, de leve, beijando-lhe a nuca, acariciando-lhe a barriga, firme como uma pedra, coberta por uma pele macia e molhada de suor.

– Quero ficar com você para o resto da minha vida. Lembra? Carrego a tatuagem que você fez em mim. Isso é para sempre. E você – o desconsolo me embargou a voz – carrega a minha por cima das suas marcas. Dennis, você é tudo para mim! Se você for embora com sua família, vou ficar lhe esperando. Contando os dias. Para sempre.

Senti o corpo dele, por fim, tremer.

– Sei – sussurrou ele bem baixinho, limpando as lágrimas na manga da camisa já úmida.

– Quero muito que siga comigo. A gente é jovem, tem futuro.

– Disso eu também sei, Lázaro – a respiração cansada misturou-se à fala suave, aos soluços contidos.

– Entendo que você tenha que deixar para trás partes de você. Eu ia adorar se fosse diferente. Mas, no nosso caso, é assim.

– No nosso caso, é – silenciou Dennis.

– Se a chance do seu pai falhar – minha súplica veio rastejando outra vez –, a gente vai, eu e você, fazer a vida noutro lugar?

XXIV | 193

— Uma vez na vida, quero agir como adulto. Vou conversar com ele...

"Conversar com o John?" Se soubesse que, quando nos deixou a sós na noite passada, acabei provando o gosto amargo da pele suada de seu pai, que ainda me enojava a boca?

—... meu pai tem problemas, Lázaro...

"Problemas?" Emergi do fundo de mim num pranto.

Num movimento veloz, que os olhos mal podiam acompanhar, eu via o John me segurar os pulsos com a mão direita. Com a esquerda, apertar minha garganta como o fizera antes, só que desta vez mais forte. — Não me diga, irmãozinho Lázaro, que quando você sonha comigo fica apenas na sopa? Não sonha? Não sonha — repetia a palavra — com o prato principal?

Meus olhos escureciam, como escureceram quando, logo a seguir, John se jogou comigo por cima do sofá, antes de rolarmos ao chão, o telefone amassar sob meu peito e meu corpo afrouxar. Tarde demais para um grito, a cena já se desenrolava viva. Num só puxão, John me virava de frente, enroscava o fio no meu pescoço, levantava minhas pernas e mergulhava em mim outra vez, apertava o fio e baixava sua boca até a minha para beijos lambidos, alternados com mordidas em meus braços. Latejava e metia mais fundo. Latejava mais firme e mais sôfrego. Com a palma da outra mão, tapava meu nariz e a boca. "Se não fossem os comprimidos", dissera John numa golfada de ar, afrouxando o fio, "você estava morto agora".

— Dennis! — chamei, ainda sentindo os espasmos do gozo de John, concomitantes aos espasmos de quase morte do meu corpo, meu total desespero. — Por favor, olhe para mim.

Dennis permaneceu de costas.

Meu pranto cessou um instante.

— Seu pai tem mais que problemas. Você viu o estado do meu corpo, Dennis? Na noite passada...

— Não quero mais falar do meu pai; não quero mais falar da noite passada — disse ele ainda sem me olhar. — Esse choro seu não vai nos levar a nada. É a minha família. Vou resolver as coisas.

Se minha garganta não estivesse estrangulada, ia fazê-lo me escutar. Só que a voz não veio. Sem me importar com quem estivesse olhando, virei-o de frente bem junto de mim. Afoguei a dor, selando a conversa com um longo e terno beijo.

Ele não resistiu, derretendo-se também num abraço.

– Vou ser honesto com você, Lázaro – deixou as palavras escorregarem uma a uma, pensadas, pesadas, com os lábios ainda quase encostados aos meus. – No meu coração, tenho duas feridas que, eu sinto, não vão sarar nunca, ficam reabrindo. Ou é a vida que queremos ter, ou é a vida que eu tinha antes de nós. A pressão vem dos dois lados. Se uma ferida vai, a outra vem, num ciclo sem fim. Fico dividido entre as coisas que preciso e as coisas que quero fazer. Cada vez que penso em enfrentar esse dilema, meu coração dói, como agora.

Outra vez, Dennis fixou-se no rio, como se fosse atravessá-lo a nado a qualquer momento para não voltar mais. Deu um longo suspiro, ergueu os olhos ao céu, mergulhou-os na água e arrastou-os pelas ondas, chegando ao capim das margens. O esforço trouxe a ele lágrimas, que eu enxugava com meus dedos.

– Também para ser honesto com você – disse-lhe eu, saboreando as lágrimas dele na mão –, pode ser ingênuo da minha parte, mas eu tenho essa coisa dentro de mim, essa vontade de que a vida dê certo, tenho essa vontade de ser feliz...

Como uma estátua, o corpo dele permaneceu rijo, cada músculo tenso, volumoso, saliente, prestes a explodir.

Desviei o olhar do corpo dele para as nuvens.

– Venha, Dennis. Vamos embora para casa! Está se levantando essa aragem e vai chover!

– Não, espere-me em casa – gesticulou para que eu fosse à frente. – Vou ficar um pouco aqui, quero ficar sozinho.

Gotas quentes me arderam na vista, enquanto gotas frias corriam pelos meus braços provocando-me arrepios. Ele nunca me havia pedido para ficar sozinho antes, porém não argumentei. Não insisti que viesse comigo. Podia ter implorado, mas não implorei. Caminhei. Subi a Rua Benjamim deixando a brisa que vinha do rio me acariciar a nuca.

Fiz o que me pediu: esperei...

Até o meio da tarde de segunda-feira.

* * *

Chegando ao apartamento da Zona Norte, encontrei Dona Eudineia lamentando a perda do emprego. John havia ido embora de madrugada, de retorno aos Estados Unidos.

XXIV

— Embora? Assim? — exclamei.

Dona Eudineia sacudiu a cabeça em lamento.

— De Kombi.

— De Kombi?

— Para depois pegar um avião. Levaram tudo, olhe aí, o apartamento está mais vazio do que no dia em que chegaram — completou. — A irmã Rebecca e a menina estão esperando — meteu a mão no bolso do avental e trouxe um bilhete rabiscado numa letra que eu desconhecia — em São Paulo — disse, apontando-me a palavra. — É de onde se voa aos Estados Unidos, não é? O motorista é que escreveu o bilhete para o irmão John — explicou, antevendo a minha pergunta.

— A que horas partiram? O Dennis não voltou para casa até agora — ela me olhou com espanto.

— O Dennis? Foi com eles.

Como num filme acelerado, as possibilidades, todas em que eu podia pensar, saltaram na minha mente ao mesmo tempo: Vanda estava retornando com a caravana da igreja, para ela eu não poderia telefonar. Rebecca e Candy ficaram hospedadas com o tal Bispo Aguiar. Quem era o Bispo Aguiar? Onde morava? Tinha telefone? Foram de Kombi até São Paulo, mesmo? Ou até Porto Alegre? Se levaram tudo... Que importava?! Eu tinha que chegar antes deles ou, ao menos, com eles.

— Vou para São Paulo, Dona Eudineia — decidi, num desabafo.

— E o peixe?

— O peixe?

De costas, ela segurou a ponta de uma toalha, que cobria algo sobre a mesa, e puxou. Na água roxa, distingui o nosso peixinho, nadando de lado. Tomei o aquário e corri. Desatinado, atravessei a rua até o ponto na frente do supermercado e pulei no táxi, com o Joãozinho debaixo do braço.

— O senhor me deixe na frente da primeira agência de viagens que aparecer.

— Outro galho com o gringo? O que você está levando na tigela?

Não respondi.

Ele completou.

— Que merda, heim? Desde que conheço você, tá sempre com problema com esse gringo.

Pouco depois, uma senhora, com cara de professora aposentada, havia tirado da gaveta livros grossos como listas telefônicas e uma lupa.

– Para algum lugar em especial? – ela me perguntava, ignorando o peixe.

– São Paulo. Daqui de Pelotas. Direto, por favor.

– Escala em Porto Alegre...

– Não tem problema.

Ela olhou no catálogo.

– Em três horas. Dá para pegar...

– Tem que dar.

Com a lupa, ela verificava e anotava os voos. Por cima dos óculos, examinava as manchas roxas que desciam pelos meus braços.

– E o peixe? – observou, me passando o bilhete – Tem um osso saindo da cabeça.

– É um prego.

* * *

Táxi aéreo de Pelotas a Porto Alegre; avião até São Paulo; balcões de companhias aéreas, as recusas de me informarem a lista de passageiros; dormir sentado e acordar a cada minuto para ver quem entrava para as salas de embarque. Mendigar para que chamassem o Dennis pelos alto-falantes, solicitando que ele viesse ao balcão de informações. Ele nunca veio. Desistiram de chamá-lo. Não me pediram para sair do aeroporto. Permaneci, telefonava ao Lécio duas ou três vezes por dia, caso o Dennis se comunicasse com ele.

– Lécio, é como se eles não tivessem passado por aqui.

– Luz da Minha Vida, a culpa é minha.

– Quem me dera que houvesse um culpado.

– O pai dele o obrigou a ir, tenho certeza.

– Foi porque quis, Lécio. Foi porque quis. A gente fala disso em Pelotas, vou desligar agora.

Na volta, uma boa notícia.

Um bilhete me esperava, preso na porta com um percevejo:

"PODE BUSCAR O PEIXINHO. NÃO MORREU.

BEIJO.

MÃE."

XXIV

Nada mais a fazer com a minha vida, a não ser solicitar um visto para viajar aos Estados Unidos.

Pedi.

E negaram.

Antes mesmo da entrevista. Entre outras coisas, eu não tinha renda declarada.

* * *

Fim do inverno e no vazio do apartamento da Benjamin, minhas noites de sono encurtaram. Quando muito, eu dormia três ou quatro horas. Ou, pior, passava acordado, peito apertado, um vazio na cabeça. Quando me dei conta de que refeições também inexistiam e que a higiene pessoal começara a sofrer tanto quanto eu, vi que era hora de voltar para casa. Para a casa da minha mãe.

A Potoka tomou a chave do apartamento da minha mão e desatou a chorar.

– Eu esperava que, no dia em que eu recebesse essa chave de volta, fosse o momento em que comemoraríamos a partida de vocês para bem longe. Sinceramente, Lázaro, achei que vocês iam ser felizes para sempre.

– Eu também, Potoka. Mas, agora, meu problema é que não dá mais para ficar naquele apartamento. Está afetando a minha saúde.

– Eu sei.

Ela jogou a chave no balcão, abriu os braços, convidando-me para um abraço. O busto da Potoka balançou-se em soluços, como duas bolsas de água quente me esfregando a barriga. Fiquei molhado pela enxurrada de lágrimas. Lágrimas dela. Eu, há muito, não chorava mais.

– Posso trazer o Joãozinho para ficar com você?

– Vou adorar cuidar dele.

– E os meus bagulhos?

– Claro! Guardo as suas caixas de dólares no cofre do meu guarda-roupa. No Fruto Proibido nem praga cai – arrematou, entre o choro e o deboche. – A gente tem aí os polícias, os políticos, os militares e, bem sabe, um ou dois homens de Deus.

Tirei três caixas de uma sacola, duas de outra, e entreguei a ela.

Potoka fungou.

– Se precisar, me peça que eu abro o cofre. Se precisar mais do que tem nas caixas, ainda assim me peça, que eu abro a mão. O que precisar, filhote, nunca fique constrangido em me pedir. Uma coisa que aprendi e vou dizer para você: não é preciso a gente olhar muito em volta para se dar conta de que, nesta vida, todo mundo tem um horizonte, aquela linha lá longe, que leva a gente a imaginar algo que pode nem estar lá, mas que a gente continua indo buscar, porque o coração manda.

Ela era uma santa. E continuou sendo. Mesmo, e mais ainda, após os eventos que antecederam minha nova tentativa de viajar aos Estados Unidos meses depois, quando eu já era o coordenador pedagógico do Cultural, e a Potoka havia mexido uns pauzinhos.

* * *

Sorridente, entrei na secretaria agitando na mão o envelope aberto e meu passaporte.

– Marta, esta quinta-feira vai mudar a minha vida!

Marta levantou os olhos e me encarou, mas não sorriu. Esperou.

– Ouça o que diz a carta: "endereço tal e tal, Brasília, dia 12 de março de 1982. Caro senhor..."

XXV

A boca da Marta abria e fechava como um peixe. Não sorria.
Quem sorria era eu.
De orelha a orelha.
De corpo.
De coração.
– Consegui, Marta. O visto! Está aqui no meu passaporte. Desta vez, deu. Na Páscoa, vou para Utah.
– O Cultural vai abrir vaga para coordenador?
– Tomara! – pisquei um olho e caímos na gargalhada.
"Mas", eu me remoía por dentro, "quem me garante que voltaram para os Estados Unidos?" Assim como, de Provo, tinham vindo parar em Pelotas, poderiam estar em qualquer canto do mundo. Isso explicava as cartas que nunca respondera. O que ainda não tinha explicação ou justificativa era a razão por que ele não me escrevia nem telefonava, como eu fazia.
Quase todos os dias.
Depois do primeiro toque, as chamadas eram atendidas por um apito e um chiado. Até que, certo dia, tarde da noite, quando a linha caiu em silêncio, desatei num choro descontrolado, gritando o nome do Dennis.
– Agência Central de Inteligência – respondeu uma voz feminina e cautelosa. – Escritório de imprensa, boa tarde. Em que posso ajudá-lo?
Surpreso, respirei fundo e perguntei:

– Posso falar com o Dennis Betts?

– Perdão?

– Dennis Betts! – insisti. – Não é o número dele?

– Perdão, este número é de um fax. Atendi porque...

– Perdão – disse e desliguei.

Se um dia havia sido o telefone dele nos Estados Unidos, não era mais.

Demorou mais de uma semana antes que eu contasse a alguém. Foi Lécio quem me ouviu, fazendo beicinho.

– Culpa é...

– Sua? Que o Dennis não me escreve?

Ele fechava os olhos e dobrava a cabeça por cima do meu ombro.

– Vai ver que lhe cortaram as mãos.

– Mas, se fosse eu, e me cortassem as mãos, ainda assim, eu telefonava. Ou lhe cortaram a língua também? Sabe o que aconteceu? – meu rosto ferveu com a possibilidade. – Ele pensou melhor e deu a tal chance à família – lamentei num desabafo. – Agora, só queria saber, é como saio desta. Sem respostas, quero resolver a minha vida e não consigo.

Lécio me segurou de leve pelo braço e oscilou a cabeça no meu ombro, como se fosse me dizer alguma coisa.

– Se falasse na minha cara – tirei o braço e empurrei sua cabeça – que não me queria mais, eu ia sofrer, lógico que ia, mas com o tempo viraria cicatriz. O que não aceito – senti a minha garganta arranhar – é deixar uma ferida deste tamanho aberta para sempre! – calei-me a seguir, ou o desabafo ia virar choro. Incontrolável.

– Lhe conheço, Luz da Minha Vida! – murmurou Lécio num cochicho, apertando de novo meu braço. – Não vai deixar, claro que não vai deixar.

E não deixei.

A história, que havia começado com o visto no meu passaporte e passagens que eu reservaria àquela tarde, terminaria com minha chegada a Salt Lake City, disposto a encontrar Dennis ou achar alguém que soubesse por onde ele andava. "A vida tem de continuar." Durante meses de desespero, meu mantra tinha sido aquele.

E continuava sendo.

XXV

Feliz, entrei no Fruto Proibido, direto para os aposentos da Cassilda. A preparação para a noitada estava atrasada. Mesmo assim, deixaram os pós e batons de lado para festejar comigo quando contei a novidade.

— Vem cá para a cozinha — convidou-me Cassilda —, a Potoka vai gostar da notícia.

O mulherio de travestis se levantou em bando.

Na cozinha, o falatório se misturou às conversas em andamento na roda de chimarrão. A Vó Iracema, recém-chegada do Uruguai, terminava de dar uma sugada na bomba e passava a cuia para uma das garotas, sem interromper as dicas na arte do *"chimarrón"* — ela falava num portunhol áspero, a única língua que aprendera nos oitenta anos de fronteira.

— *Apertá el canalzito* por debaixo do pau quando ele *vá a* gozar, finge que engole *todo, dá-le* uns beijos nos lados *de la chonga* e *diz-le* que *casi* te afogastes na porra. Machos, *le gustan* pensar que *gozan* muitíssimo, *después es decirles* que *tienes una mamá muy enferma, que tienes poco dinero...*

Dei um beijo na Potoka e mostrei-lhe o passaporte.

— Compro as passagens... tchã, tchã, tchã, tchã... A-MA-NHÃ! - ela arregalou os olhos e sorriu.

— A vida tem invernos, filhote. Mas a gente luta, luta e luta com todas as forças que tem e, quando a gente vê, é primavera outra vez. Parabéns.

— Fim do meu inverno, Potoka, graças à senhora, não é verdade?

— Viva a primavera! — assentiu ela, tímida, jogando o cabelo para trás e continuando a amontoar botijõezinhos azuis ao lado das garrafas de cachaça.

— Quero lhe agradecer — retomei o assunto.

— Se eu soubesse que seria tão fácil, você já estava há horas nos Estados Unidos, atrás do seu gringo.

— Vamos festejar — irrompeu Cassilda.

— Vamos todos à praia de manhã cedo — avisou Potoka — festejar para valer. Durma aí — disse ela, apontando para o quartinho de hóspedes acima da cozinha. — No caminho, a gente compra umas rosas para Iemanjá.

— Se minha santa milagreira insiste... — acariciei-lhe os cabelos, e me sentei. — Durmo sim.

De bochechas enrubescidas, ela voltou a falar de outras coisas que não os favorzinhos que engendrara. Aconselhou o Lécio a voltar ao colégio e começou a discutir marcas de carro com um moreno baixinho, vestido de camiseta verde e calção branco, feito jogador de futebol.

O homem me encarou por um instante e desviou o olhar.

Até o Lécio falar, eu não havia associado uma lembrança àquele rosto.

— Valdemar — introduziu o Lécio.

— Oi — cumprimentei, reconhecendo o namorado dele do meu apartamento.

— Então você vai para os "*Esteites*"! — disse o Valdemar numa intimidade que eu não esperava. — Muito bem, *tchê*, viajar faz bem.

— Vai atrás do grande amor! — explicou Cassilda, benzendo-se três vezes. — E que Deus o ajude a encontrar o alemão dele, guapo como sempre foi.

Risos.

— Se o Dennis estiver nos Estados Unidos, eu o encontro. Nem que tenha de ir ao jornal ou chamar pelo rádio. Ou bater na porta da casa do profeta Mórmon! Mas, fora de brincadeira — continuei, sem me importar com os aplausos da Cassilda e seus gritos de "vai fundo, boneca!" —, nos Estados Unidos, imagino, devo é procurar um xerife. Tenho certeza que deve haver órgãos competentes, desvinculados dessa Igreja, para lidar com casos assim.

Valdemar saltou da mesa, engasgando com o chimarrão, e passou a cuia para a Vó Iracema.

— Bah, tchê, o mate está bom, mas vou chegando — despediu-se em voz alta.

Lécio se ergueu na cadeira, irritado.

— Vai assim, bofe? Pô, amorzinho!

Valdemar o segurou pela mão, conduzindo-o à porta. Segredou alguma coisa e saiu afobado.

Lécio retornou sorrindo com os olhos.

— Ficou com vergonha de você, Lázaro.

— Bobagem, Lécio. O que aconteceu não tem mais importância — espantei o passado com um rápido meneio da mão. — O bofe, afinal, não teve culpa — pausei e reformulei, acrescentando depressa. — NINGUÉM teve culpa.

Lécio mostrou o beicinho, mas sorriu de novo.

— Estou brincando com você, Luz da Minha Vida! — explicou-se. — O Valdemar se lembrou de um compromisso, tem que passar na telefônica e ligar a Porto Alegre. Volta mais tarde, vai me levar a passear no carrão.

— Só quem tem homem rico aqui é a borboletinha. Viram a recauchutagem que o bofe fez na boca?

XXV

Não comentei, mas me dei conta por que não associara o rosto à pessoa.

– Pare, Cassilda! – Potoka se fez ouvir, calando-nos a todos. – Caipirinha por conta do Fruto Proibido. Quem quer?

Fui para a cama enquanto a festança ainda reinava lá embaixo. No andar de cima, as gurias iam e vinham às gargalhadas. Nos banheiros, a água não parava de correr e o cheiro de sabonete antissarna chegava ao meu quarto.

– Lavem bem *la boceta e el culo* – gritava a Vó Iracema, animada pelo corredor. – Camisinha *non proteche* de chato.

Tapei o nariz com o lençol e me virei de lado, rindo.

Não esperei a casa silenciar. O Fruto Proibido fechava britanicamente às cinco, mas meu corpo já afundava na cama. Adormeci com a pronúncia forte do Fagner assassinando um John Lennon num *Oh, My Love*.

Acordei sobressaltado segurando o lençol e tentando entender o estrondo que parecia ter ouvido. O medo veio com o cheiro acre da madeira queimando. Num salto, pus-me de pé.

A fumaça entrava pelas frestas e a luz no corredor indicava que tudo estava tomado pelas labaredas. O calor vindo do assoalho me queimava os pés.

Abri a janela, ainda sem a certeza de que não era um pesadelo, não muito diferente dos que eu tivera antes.

– Fogo! – alguém gritou de repente, do outro lado da rua.

Não pude ver quem era.

Mas consegui ouvir outras vozes gritando o mesmo.

Das janelas do andar em que me encontrava, travestis escalavam a parede em chamas até o chão, gritando às garotas que saltassem, que as apanhariam.

A Rua Benjamim ecoava como uma zona de guerra. Ou o que eu imaginava que fosse uma zona de guerra. Só faltavam mais explosões e corpos estirados no meio da rua, para que se convertesse em um cenário de conflito deflagrado.

Não esperei muito.

Uma explosão me lançou no chão.

Quando voltei à janela para respirar, enxerguei a calçada coberta por tijolos e pedaços de parede. As toalhas que a Potoka guardava na cozinha queimavam no meio da rua. Outra explosão. Restos pendurados das janelas estilhaçadas ardiam nas chamas, que se alastravam perante os olhares aterrorizados dos que haviam escapado do prédio e dos vizinhos, que acudiam.

Cassilda apareceu na fumaça, gritando.

– O prédio por dentro está queimando. Sai daí, Lázaro. Pule que te agarro.

Eu não podia pular. Podiam ser três metros e pouco... mas eu não podia pular. Não dava. Os braços da Cassilda não eram tão fortes para me amparar. Já sentia minha cabeça bater no chão, os joelhos dobrarem para trás e os ossos pularem das carnes. Pior, já me sentia enrolado nos fios de luz, que nem existiam daquele lado do Fruto Proibido.

O calor das chamas ardeu nos meus olhos.

Sem respirar, afastei-me da janela, protegendo o nariz.

No clarão das labaredas, atravessei o quarto e segurei na maçaneta da porta que dava para o corredor. Antes de perceber que minha pele fritava no metal aquecido, constatei que a porta não estava abrindo. Estava emperrada.

Inclinei meu corpo para ver melhor.

Chutei a porta, apavorado.

Ela não estava emperrada.

Estava trancada.

A chave.

"Que chave?"

Corri à janela.

– Estou trancado aqui dentro – gritei. – Alguém trancou esta porta enquanto eu dormia.

Outro estrondo. Um tufão de vento trouxe ao quarto adentro uma baforada de ar queimando e mais fumaça. O Fruto Proibido fritava. Como a minha goela. Eu ofegava e tossia. Ainda assim, mal conseguia respirar. A porta, que me protegia das chamas, não me protegia do calor.

– Pule, Lázaro, Pule! – clamavam em coro vozes misturadas, que vinham da rua.

A calçada eu não via mais. Via apenas o céu, de uma cor pavorosa, e a fumaça, de um azul fúnebre, dançando em grandes rolos, subindo em nuvens que pareciam pairar por cima das labaredas.

Não pulei pela janela. Em desespero, pulei, isso sim, para cima da cama, numa tentativa de não queimar a sola dos meus pés num calor que também me incendiava os pulmões. "Pense, Lázaro. Pense. Pense..." No meio de todo aquele barulho enervante, distingui um rumor, passos apressados galgando a

XXV

escada. Um grasnido, como um Demônio gritando do corredor em chamas, fez as minhas mãos se agarrarem à cabeceira da cama como se eu fosse cair.

– Tem alguém aí? – gritei, quase sem ar. – Alguém me ajude!

Noutro estrondo, tão ensurdecedor como as explosões que se seguiam, uma mala irrompeu por um rombo, que apareceu no meio da porta. Painéis vieram abaixo e a Vanda arrebentava o resto do madeiramento com os próprios ombros. Seguiram-se pontapés violentos nos pedaços que restavam e ela estava comigo no quarto.

– Para a janela, Lázaro – Não me mexi.

– Agora!

Não me mexia. Com toda a força, ela me agarrou pelo braço, empurrando-me para fora da cama. O Fruto Proibido estremeceu em mais detonações. Estilhaços voaram das paredes, por cima das nossas cabeças.

– O prédio vai ruir, Lázaro.

Pelo buraco na porta, milhares de faíscas rasgaram o corredor, vindo cair ao pé da cama, ateando fogo à colcha e aos lençóis. Eu ouvia os apelos alucinados da Vanda sem entender direito o que ela dizia. Só o receio de que me queimar vivo seria mais doloroso do que me quebrar na queda me fez, então, estender os braços.

– Vanda, me ajude.

– Vamos pular – entendi, finalmente, o que ela bradava – pela janela, Lázaro. Vamos pular!

A Vanda me apertou o braço com tanta força, que soltei um grito.

– Pular não, Vanda, vou bater a cabeça.

Em fúria, sacudiu-me, acertou-me uma bofetada no nariz, tomou-me pela cintura e me arremessou janela afora.

Quatro travestis, com os braços entrelaçados feito cama de gato, ampararam minha queda. Logo depois, Vanda saltou. Com um pano, um deles abafou as chamas que tomavam conta do cabelo dela, antes que queimasse mais. Outro arrancou a camisola que ela vestia e a enrolou em volta da minha cintura. Eu dormia pelado.

Fiquei de pé ao lado da Vanda, a seda fria me lambendo as pernas e meus olhos ardendo, colados no Fruto Proibido. Aos poucos, senti o seu braço me envolver. Eu ia agradecer a ela por ter sido, outra vez, meu anjo protetor, mas ela não era destas coisas.

Então, perguntei:

— Você não estava atendendo a domicílio?

— O velho não gozava — respondeu-me, a conversa rolando como se o prédio não estivesse em chamas à nossa frente — e me dispensou mais cedo. Aproveitei o táxi e vim deixar no Fruto a equipagem antes de ir embora. Estava no banheiro quando tudo começou a explodir e ouvi você gritando.

— Que horror, Vanda!

Ela respirou fundo e me abraçou mais forte, enquanto o meu olhar acompanhava o movimento dos travestis que apararam outra garota, que saltou do andar de cima.

— A Potoka! A Vó Iracema! Estão trancadas no quarto do lado de lá — gritava a moça. — Não tem mais jeito. Não tem! Não tem!

E não teve. O incêndio havia se propagado pela fachada do estabelecimento. Os dois andares ardiam, as labaredas atingiram as casas dos vizinhos, que corriam para dentro e retornavam à rua com o que podiam resgatar.

— O Corpo de Bombeiros foi avisado! — gritou alguém no meio da multidão. — Estão a caminho.

Em minutos, mangueiras jorravam água para dentro das janelas e, com o auxílio de escadas, os bombeiros precipitavam-se para dentro do prédio, trazendo consigo corpos desfalecidos, roupas e cabelos fumegando, que deitavam no meio da rua.

Por fim, a extinção quase total do fogo.

Era meio da manhã, sol alto.

Todos os sobreviventes já haviam sido resgatados. O Fruto Proibido, consumido pelo sinistro, não existia mais.

A Potoka não existia mais.

Nem a Vó Iracema.

Nem uma meia dúzia de meninas e travestis.

Tampouco alguns clientes especiais, que haviam estendido a noite nos quartos.

— Sorte sua que o portão dos fundos estava aberto — disse Vanda —, ou eu não tinha entrado...

Uma dor imensa me rachou o peito quando ouvi aquilo, tão forte que eu não podia mais dominar.

— Cadê o Lécio, Vanda?

– Ele estava no Fruto Proibido? – perguntou ela, cobrindo a boca.

– Quando ele sai, sempre tranca o portão.

A Vanda me abraçou novamente e começamos a chorar.

Logo atrás de nós, berrou Lécio, histérico:

– Minha Santa Maria Madalena, hoje não é o meu dia de sorte. Saio para dar uma voltinha de merda no carro novo do Valdemar, fico empatado numa bosta de estradinha até ele voltar com uma peça e agora isso. Estou uma pilha! – gritou. –Já não chega que as minhas pernas viraram restaurante de mosquitos? Cadê a tia? A vó? – a voz aguda dele foi ficando mais grave, como se, de repente, uma lixa lhe forrasse a garganta. – Que buraco é aquele na parede? Foi só o clube? Está todo mundo bem?

XXVI

– Lázaro! Acorda.

Sorri, espreguiçando-me.

– Dê licença – pediu minha mãe. – Hora do xixi. É nosso voo que estão chamando? – indagou, antes de se afastar.

Levantei a cabeça para ouvir melhor. Era a nossa chamada para Manchester.

Não fui para os Estados Unidos. Em vez disso, estava em Londres, levando mamãe para morar com minha irmã. Quando decidi ir para a Inglaterra, além do meu desejo de mudar de ares, o que se sobressaía, acima de tudo, era a necessidade de mudar de vida. O que me sobrara em Pelotas? Nada. Nem o Lécio. Havia se tornado, desde maio, o feliz proprietário da filial – se assim poderia se denominar – do Fruto Proibido em Trienta y Três, no lado de lá da fronteira com Jaguarão. Além de herança de papel passado, era uma herança moral, aceita por todos – garotas, travestis e clientes.

Em menos de três meses, arranjei tudo e parti.

Adorei a experiência de voar tantas horas, sem parar. No ar, a agitação dos dias anteriores à viagem, o desespero dos últimos tempos logo ficaram para trás, soprados pelo ventinho fresco que escapava do orifício da saída de ar condicionado acima da minha cabeça.

Descansei as costas. Fechei os olhos, tentando imaginar minha vida futura, deixando, como num ritual fúnebre, minha vida passada morrer mais um pouco.

De longe, vieram as memórias do outro funeral ainda tão próximo. Ficava aflito quando pensava naquelas oito mulheres. Mas não tinha mais medo de recordar.

A Potoka, embora morta, parecia que, a qualquer instante, ia acordar, levantar-se do caixão, mandar as garotas entupirem os buraquinhos dos dentes com miolo de pão e sorrirem para os clientes. Vó Iracema, de boca aberta numa pose indecente, parecia aguardar que Lécio tomasse alguma atitude.

A cada meia volta, usando os dedos como um prendedor, ele apertava os lábios da avó defunta, um contra o outro. Quando os largava, os lábios se abriam de novo, teimando em mostrar na dentadura desfalcada, gasta na frente, a lateral de um dente de ouro.

Lécio tirou um lenço do bolso, suspirou indignado e enfiou-lhe na boca, como se ela estivesse fazendo aquilo de propósito.

– Não quero que ela arrote – explicou, arrancando um buquê que enfeitava os pés da velha e colocando-o entre as mãos postas. – Olhe só – apontou –, parece até uma menina que vai fazer a primeira comunhão.

Olhei.

E parecia mesmo.

Suas vidas tinham se esvaído e, na morte, ganhado dignidade eterna. Iriam partir rodeadas de rosas, tão loiras quanto suas cabeleiras, na companhia das garotas de que cuidaram como filhas. Do lado da Potoka, três, nascidas meninos. No da Vó Iracema, três, oriundas das colônias, para ganharem a vida em Pelotas.

Lécio continuou passeando, ziguezagueando por entre os caixões, olhos vazados de lágrimas, que ora escorriam, ora secavam no calor abafado.

– Estou esperando a hora... – murmurou, olhando para ver quem entrava.

Valdemar entrou devagar, como que arrastando pesadas bolas de ferro com os pés. Sem olhar na direção dos caixões, tomou o Lécio pela mão e segredou-lhe alguma coisa.

Lécio limpou as lágrimas no braço e quase exibiu um sorriso.

– Ele – disse, escorregando os dedos pelo peito do namorado – vai me levar para tomar um chazinho. Se forem fechar o caixão, me chame.

– Falta muito para as cinco da tarde, Lécio.

Antes de se afastarem, Valdemar me apertou o ombro.

– Sinto muito, Lázaro.

Com o coração acelerado, como se acelerava em dias em que eu corria da casa da mãe para o Cultural, permaneci sentado na primeira fila, suando imobilizado, resgatando do drama lembranças que pudesse guardar comigo.

XXVI

Aproximei-me do caixão da Potoka, mas não levantei seu véu. Fiquei inalando o cheiro de sebo queimado. Meus olhos fatigados repousaram no batom vermelho carmim, na sombra azul, na peruca bem penteada. Eu queria lembrar-me dela assim, linda, escondida na névoa.

– Pois é, minha amiga! – falei com ela do mesmo jeito que sempre falava. – Esta vai ser a última vez que vamos ficar a sós. Se tivesse de me dizer alguma coisa, o que a senhora dona Potoka me diria?

Uma lufada de ar frio arrepiou os cabelos da minha nuca. Dei-lhe as costas, voltei para as cadeiras, sentei-me, com o coração tremendo voltei a olhar para ela, meneei a cabeça, compungido, e sorri com remorso. Se minha santa falasse, que bom! Eu não teria perdido meu refúgio para sempre.

Refúgio...

Estranhamente, aquela palavra pairou na minha mente, como fumaça acima do fogo. Refúgio? Amparo? Coisas de valor? Não...

Cofre!

A palavra cofre repicou como mil sinos na cabeça. O cofre com meus dólares, minhas pedras, as joias dela, tudo o que possuía de valor material estava lá. Tudo deveria se encontrar ainda nos escombros do clube.

Resisti à tentação de sair, tomar um táxi, ir sozinho ao Fruto Proibido. Nos destroços, o cofre teria permanecido no andar de cima? Ou o assoalho teria se queimado? Poderia ter ido, então, parar no meio das cinzas lá embaixo? Meu Deus, eu odiava casas antigas, do tempo em que não usavam lajes.

O véu balançou no caixão.

Pus-me de pé, agitado. Era o vento encanado. Descobrira parte do rosto da Potoka e revelara as mãos cruzadas sobre o peito. Deitada, ela sustentava um lábio arqueado, como num sorriso maroto. "Criei para mim esta cara e com ela vou morrer e Deus sabe o que passo na vida para manter uma cara só" – eu me lembrava dela dizendo. "Não ponho uma máscara quando abro as portas do clube para os fregueses". Não era mentira, aquela cara desavergonhada era dela mesma, e iria com ela ao túmulo.

– E o cofre, Potoka? – sussurrei.

Achá-lo seria uma coisa, abri-lo sem o segredo, ia ser outra muito diferente.

Num ímpeto, procurando respostas, aproximei-me, tomei aquelas mãos frias nas minhas suadas. Beijei-lhe os dedos chamuscados, sentindo o cheiro fresco do esmalte vermelho. No braço, haviam lhe deixado a pulseira-relógio.

O tique-taque arranhou de leve os meus ouvidos. "O braço está morto", pensei, como se fosse a própria Potoka falando comigo, "mas o tempo está vivo, andando para frente, filhote." Dei-lhe o último beijo, assolado pela pressa em tomar uma decisão. Ela saberia qual. Puxei-lhe o tule por cima, empurrando bem nos cantos para não voar mais e não fiquei para o enterro.

No portão do cemitério, deparei-me com a pequena procissão que se formava. Encabeçando, vinha a Vanda, enrolada em véus, uma peruca mal colocada e cheirando a remédio. Logo atrás, mamãe com dois vizinhos, seguidos de perto por uma dúzia de moças; por último, Cassilda e os travestis que me apararam, com os mesmos trajes que escaparam do Fruto Proibido, de rostos encardidos e barbudos.

Ninguém me perguntou aonde eu ia. Nem eu disse. Resgatar os dólares e as pedras era importante, faria no dia seguinte. Naquele sábado do enterro, porém, fui assistir ao cair da tarde às margens do São Gonçalo, despedir-me do Dennis, que não estava mais ali, deixá-lo partir. Mas não sem antes nadar na correnteza quente de seus beijos, acariciar-lhe as mãos, o queixo, devagar, de leve, cheirar-lhe na pele o rio, despir-lhe a camiseta e encostar-me no seu peito, afagar seu cabelo, afundar nos seus braços. E despedir-me do rio, claro. Também para sempre, se eu decidisse levar a cabo o que pretendia da minha vida.

Para minha sorte, o São Gonçalo não se opôs! Ainda bem! Fosse eu lutar contra a vontade do rio, eu perdia.

* * *

No dia seguinte, cedo da manhã, reunidos na Praça da Alfândega, eu, o Lécio, a Vanda e as garotas observávamos a construção tosca, que ainda fumegava aqui e ali. Lécio mal piscava. Grunhia soluços esparsos, sem que lhe viesse o choro.

— Dentro do cofre torrou tudo – disse ele, de repente.

— Temos de ver – acrescentou Vanda, sem muito ânimo.

Lécio virou-se para mim e suspirou.

— Se Valdemar não estivesse de serviço, Luz da Minha Vida, ele trazia as ferramentas e arrombava.

— Mas ele está, Lécio – completei, adoçando as palavras para não magoá-lo. Naquela circunstância, qualquer coisa o faria chorar. – O incêndio é capa de jornal nesse domingo – falei para o grupo. – Se a gente vai fazer alguma coisa, tem de ser agora.

XXVI

Ninguém disse nada. Atravessamos a rua depressa, espezinhando os pedaços de madeira chamuscada e as cinzas que se espalhavam pela calçada enegrecida.

Lécio entrou primeiro.

A fuligem e a fumaça que se levantavam dos cantos por debaixo das tábuas fizeram arder minha garganta. Por um instante, a impressão que tínhamos era a de que o prédio havia ruído. Mas não: a escada para o andar superior estava quase intacta. No corredor, estaquei em frente à porta do quarto em que eu dormia.

– Olhe isso, Vanda.

– Não vi esta chave no meio das labaredas! – murmurou surpreendida, varrendo para um lado, com o pé, os frascos de perfume, a chibata, as latinhas de Leite Moça e os potes de creme de chocolate derramados da mala, ainda presa nos pedaços da porta.

Escorregando meus dedos na madeira torrada, pus a chave que arranquei da fechadura na palma da minha mão. Estava dobrada na forma de um 'L'. Justo em forma de 'L', 'V', 'Y', ou o que fosse... Virei-me para o quarto atrás de mim, onde dormiam a Potoka e a Vó Iracema. Minha garganta apertou, em surpresa. Na porta, arrombada pelos bombeiros, dava para ver a fechadura, com a lingueta para fora, apontando para o batente quebrado. No olho da fechadura, a chave do quarto da Potoka, também dobrada. Como a chave na minha mão.

Joguei a chave nos escombros. Ninguém sabia. Era a imaginação que me pregava peças. Na minha cabeça, já fantasiava um daqueles tribunais de filmes americanos, em que o John escaparia ileso da acusação de ter posto fogo no Fruto Proibido. Ele tinha o álibi perfeito: os bujõezinhos de gás haviam explodido em Pelotas, bem quando ele estava nos Estados Unidos.

Olhei para a cômoda do quarto da Potoka e vi o aquário quebrado. "Joãozinho!" Do chão, recolhi com um lenço o Joãozinho – ou o que restava dele – esbranquiçado, cozido e, da moldura partida, uma pequena foto do Lécio, com que a Potoka devia enfeitar o aposento. Enrolei o peixinho com cuidado, guardando-o no bolso da camisa.

Lécio entrou no quarto segurando o rosto.

– Vou guardar sua foto... – disse-lhe, levantando-a na mão espalmada. – Está meio chamuscada nas bordas, mas...

Lécio não me deu atenção. Correu para os vestidos da tia no guarda-roupa e desatou a chorar.

Guardei a foto no bolso de trás da calça para não amarrotar.

– Ô, Lécio... – virei-o e trouxe-o de encontro a mim. – Não fique deste jeito. Precisamos, agora, retirar este cofre daí. Fica abraçado comigo um pouquinho, vem.

Ele me empurrou, empurrou a Vanda e se afastou aos gritos, enchendo o ar de fuligem. As unhas, como garras, presas nas bochechas.

Já no meio da mesma manhã, quando os curiosos começaram a desfilar nos carros em frente ao prédio, estávamos com o cofre no meio da praça. Lécio ia buscar um caminhão de mudanças e a Vanda havia chegado com os jornais. Eu estava certo. As breves notas do sábado transformaram-se em manchetes no domingo. O incêndio do Fruto Proibido estava estampado nas capas. Sem imagens do fogo, reproduziram fotos do prédio em ruínas, dos sobreviventes do sinistro, amigos das vítimas adentrando o cemitério para o enterro. Ninguém nos jornais se preocupou em preservar a memória da Potoka. Morta, havia virado meretriz. A Vó Iracema, chamaram-na mundana; as garotas, descreveram-nas como rameiras e, por pudor, nem uma palavra sobre os travestis.

Vanda agitava as folhas no ar.

– Olhe essa foto, Lázaro. Sou eu. No instante em que baixava o véu – tomei-lhe o jornal da mão.

Era uma foto da Vanda ao lado da minha mãe, acompanhadas por um bando de raparigas e travestis. Das meninas da Potoka, Vanda era a única cujo nome completo, estado de origem e religião haviam sido mencionados. Os colegas do curso de jornalismo, que estagiavam nos meios de comunicação, não haviam perdido a oportunidade de um furo.

Primeiro, Vanda empalideceu. A seguir, ajeitou as alças do vestido nos ombros chamuscados, estudando por uns instantes os dedos enrolados.

– Gente, gente! – dizia quase aos gritos, roubando-me o jornal. – Olhe que cacete! Estou fodida... – e, sacudindo as folhas com uma violência que me fez saltar, completou: – Fodida e muito mal paga!

– Há males que vêm para bem! – tentei animá-la, acariciando-lhe o rosto. – Você sempre quis fazer sua vida na América, não é verdade? Pois vamos abrir esse cofre. Você vai pegar parte do dinheiro e vai para Nova Iorque.

Os olhos arregalados, adornados pelos cabelos desgrenhados da peruca, brilharam. Vanda sacudiu a cabeça, de lábios colados.

XXVI

— Não é lá que estão os seus amigos? – perguntei-lhe com tanto entusiasmo, como se fosse eu a viajar para os Estados Unidos. – Quando seu pai vier atrás de você, você já vai estar longe daqui!

— Quando eu estiver trabalhando, Lázaro, eu devolvo tudo para você em dobro.

— Não é empréstimo, minha amiga, é presente.

— Você vem comigo?

— Com que visto? Com que passaporte?

— Você não pediu o visto outra vez?

— Pedi... – levei os olhos para os escombros do Fruto Proibido.

— E veio?

— Estava no bolso da minha calça – esclareci, com um suspiro. Vanda pôs o queixo por cima do meu ombro e suspirou também.

— Demora para conseguir outro?

— Um passaporte não. Basta ir à Polícia Federal. Um visto americano, sem a forcinha dos amigos da Potoka, pode demorar anos.

— Quem são os amigos da Potoka?

— Não sei.

Um alvoroço no grupo das meninas interrompeu nossa conversa.

— Olhe! – disse uma delas, apontando ao longe.

Era o caminhão.

Lécio pulou da cabine, andou uns passos e, com acenos, ajudava o motorista a vir de ré até onde o cofre estava, desviando dos canteiros e arbustos. Quanto pesava um cofre daquele tamanho? Nunca me informei. Mas, quinze minutos após o veículo encostar, o cofre estava na carroceria, mais as meninas, a Vanda, o Lécio...

E eu.

O caminhão saiu da praça, afastando-se em direção ao cais do porto, antes de virar na Rua Benjamim. Da carroceria, vimos viaturas policiais descendo a Rua Benjamin, acercando-se do que antes fora um prédio. Não duas ou três, mas várias.

— O que houve? – indagou Vanda.

– Sei lá – respondi, também intrigado. Fosse o que fosse, pouco importava. O cofre estava ali com a gente. Das ruínas do Fruto Proibido, pouco havia restado. De mim, pouco havia restado, a não ser os fantasmas das alegrias passadas.

Tomei emprestado o ombro da Vanda e solucei.

XXVII

O Fruto Proibido ainda continuava dentro de minhas mais caras lembranças, mesmo após eu ter chegado ao Reino Unido e Manchester e me hipnotizado com tamanha beleza. Quanta coisa eu ouvira falar desde criança, mas jamais sonhara experimentar um dia: um sol que se recolhia quase às onze da noite, para surgir novamente às quatro da manhã; a chuva gelada em pleno Verão; ruas e calçadas de asfalto – tudo incrivelmente limpo –; e os jardins, tudo tão Primeiro Mundo! Eu mal fechava a boca. Empolgado, queria falar inglês o tempo todo: nas lojas, no trem. Até o "thank you" ao subir e descer do ônibus com o Ed, eu tomava a frente e dizia. Poucas horas depois da chegada, meu velho amigo Edward da Silva Fulford, mesmo estando em fase preparatória para os exames finais e formatura em Direito, passeava comigo. Era um sonho.

Aliás, não era.

Agora era realidade.

– Sabe... – pausei com um nó que, de vez em quando, ainda me apertava a garganta – no último ano e meio no Brasil, não falei muito inglês.

Ed me tomou pelos ombros.

– Já comeu peixe com batatas fritas, sem garfo e faca, enrolado num jornal?

– Quê?

Puro talento. Ed sabia quando trocar de assunto.

No mês seguinte, junto com o visto de estudante, veio a surpresa. Ed me convidou para dividir o apartamento com ele, bem no centro de Manchester. Na casa da minha irmã, o quarto de hóspedes era para mamãe. Então, aceitei na hora.

No dia da mudança, parei na frente do prédio, do outro lado da rua.

– É perfeito.

– Tirando as frestas nos marcos das janelas velhas – disse Ed, olhando para o alto do prédio e rindo –, até que é bonitinho.

Olhei para a inscrição quase junto ao telhado. MDCXL

– 1640?

– É – disse Ed.

– Foi quando ficou pronto?

– Suponho.

Segurei meu queixo sem desviar os olhos do prédio de pedras e tijolos à vista, erguendo-se entre duas lojas de fachadas discretas, de onde entravam e saíam clientes que, eu não duvidava, acrescentavam elegância àquela rua. "Inglaterra..."

Eu ia morar ali.

De verdade.

O apartamento consistia em um sótão dividido em quatro cômodos e um banheiro, no fim de um estreito corredor, iluminado por luzes de halogênio – que para mim, eram como pedacinhos do sol espiando pelo forro. O ambiente perfumado a incenso se completava com duas poltronas, o sofá mais macio que eu já havia visto na vida, uma mesinha atulhada de revistas e um telefone no chão, que começou a nos atordoar desde o instante em que entramos.

Ed atendeu.

– Sua irmã, Lázaro.

– Já?

Deixei minhas coisas na porta e fui falar com ela.

Terminada a ligação, eu precisava de um copo d'água.

Urgente.

Com dois cartões da Vanda, que haviam chegado naquela tarde à casa da minha irmã, ela me avisava que também tinha chegado outra correspondência dos Estados Unidos: uma carta, de Provo, Utah. Bem recheada. Na carta, dizia ela, que mais parecia um pacote, havia apenas o endereço do remetente, sem nome. Perguntei se seria da Vanda. Minha irmã leu o endereço para mim. Reconheci logo na primeira linha. Não tinha como não reconhecer, sabia de cor e salteado: era o endereço do Dennis. O endereço da casa dos Betts.

* * *

XXVII

Um ano após o recebimento daquela carta que realmente mais perecia um pacote, eu ainda não conseguia evitar momentos como aquele. Eu entrava no apartamento e ia trancar-me direto no quarto. Como já havia feito de outras vezes, Ed desligou o som e veio atrás de mim, quando eu já me encontrava sentado na cama, olhando fixamente para aquele pedaço de papel.

Ed olhou para o pacote ao meu lado. E para o bilhete na minha mão.

Devagar, estendeu sua mão.

– Venha cá, Lázaro.

Carinhosamente, entrelaçou seus dedos nos meus, puxando-me para perto dele. Não lhe correspondi ao abraço. Permaneci calado, com o bilhete na minha mão. Ele saiu devagar, fechando a porta atrás de si. Limpei meus olhos na manga da camisa.

Escrito em uma letra ligeira, o bilhete – que eu lera e relera mil vezes naquele último ano – dizia:

"Caro senhor,

Compramos esta casa de uma imobiliária. Informaram-nos que, antes de nós, estava vazia havia anos. Poucas semanas após a mudança, chegou a primeira das cartas que, deduzo, são suas. Logo depois, muitos cartões, numa língua que deve ser, julgando pelo carimbo postal, a do Brasil.

Fomos guardando, na esperança de que o destinatário, um dia, batesse à nossa porta para recolhê-los. Contudo, nunca apareceu ninguém. Disseram os vizinhos que a família que morava aqui mudou-se para o estrangeiro há muitos anos. No mês passado, quando já pensávamos em nos mudar para um condomínio, coloquei tudo num envelope pronto para enviar, dias antes do meu esposo falecer, nas vésperas do nosso 57º aniversário de casamento. Agora, mudo-me sozinha e um pouco adoentada. Vou para uma casa de idosos.

Peço sinceras desculpas. Talvez não devesse ter deixado se acumularem tantas cartas antes de devolvê-las, mas quando somos velhos, o tempo parece passar mais devagar: uma coisa um dia, outra coisa noutro e quando nos damos conta, passamos semanas planejando telefonar para o correio ou deixar um bilhete para o carteiro, mas nunca o fazemos.

Para ser honesta, depois de tanto tempo, tive vergonha de dizer que a correspondência não era para nós. Como vê, estão como chegaram. Jamais abrimos nada. Envio para este endereço na Inglaterra porque parece ser o endereço do remetente das suas últimas correspondências.

Manchester é uma cidade linda, dizia meu falecido pai, que nasceu aí. Espero que não tenhamos lhe causado nenhum mal irreparável.

Perdão e boa sorte.

Mary"

Apoiei minhas costas na cabeceira. Meus olhos, automaticamente, pularam para a primeira linha outra vez.

De manhã, por fim, de rosto seco, devolvi o bilhete ao pacote, o pacote à caixa de camisa e, por cima de tudo, a tampa da caixa. Naquela caixa, eu também guardava as cartas e cartões enviados ao Dennis, que ele nunca recebera. Aquela caixa eu escondia no guarda-roupa junto com outras duas caixas – a de reserva de dólares e a de lembranças, onde jaziam os ossos do Joãozinho, esperando serem emoldurados; fotos antigas, esperando para serem esquecidas; um chaveiro alaranjado; minha primeira bandeirinha de independência; e milhares de outros bagulhos – com mais ou menos significado, que eu trouxera do Brasil.

Bati na porta do banheiro. Avisei ao Ed que, quando terminasse o banho, tinha um café aguardando-o na cozinha, preto e bem forte, como ele gostava.

– Para você! – disse Ed, passando-me a carta do Lécio, quando se sentou à mesa.

Depressa, rasguei o envelope e corri os olhos pelo conteúdo. Ed apontou para a carta.

– Boa notícia?

Larguei a xícara na mesa.

– O Lécio só me envia notícias boas. Tenho certeza que aquilo no Brasil ainda deve estar fervendo.

– Ainda bem que você não estava implicado! – Ed tentou me confortar.

"Implicado", pensei, buscando palavras que pudesse usar para explicar para ele. "Implicado! Quem começou com aquilo fui eu." Ainda bem que o Ed não lia o *Diário Popular*. Se lesse, faria uma ideia dos meses que antecederam minha chegada a Manchester.

Nos escombros do Fruto Proibido, encontraram pacotes de maconha ainda fechados, lança-perfume e outras drogas ainda mais pesadas, endereços de casas de massagem ilegais e saunas gay clandestinas em Porto Alegre. Era eu quem endereçava os pacotes, a partir de uma agenda com os endereços – tudo escrito com a minha letra. Nos bilhetes, nos quais teria sido prudente o uso de

XXVII | 221

um pseudônimo, eu assinava LÁZARO – pior, Lázaro PRATA. O que era para ter sido queimado, não queimara.

Para entornar o caldo, um estivador, quase uma vítima do incêndio por encontrar-se no local, resolvera registrar a ocorrência como incêndio criminoso. Segundo ele, testemunhou ter visto um homem caminhando nos fundos do prédio, portando fios e um pacote escuro, pouco antes do incêndio ter começado. O delegado, a princípio, disse que a informação era muito vaga, que seriam precisos mais elementos para a abertura de inquérito. Quando o material enviado para análise, em Porto Alegre, retornou com um laudo que indicava uso de dinamite, do tipo que usavam nas pedreiras ao redor de Pelotas, e que o estopim era roubado do arsenal do Exército, foi merda no ventilador.

A princípio, abafaram o caso: as encomendas que se encontravam no Fruto Proibido naquela noite do incêndio, endereçadas a muita gente de bem, implicariam os destinatários nos, por assim dizer, negócios do estabelecimento. Mas, rei morto, rei posto, ou, nesse caso, rainha: a Potoka. Muito antes do sinistro já pairava no ar uma nuvem de discórdia entre as facções de clientes da casa. Sem Potoka para administrar, deu no que deu. No tumulto geral, muita gente havia pago pela muamba e não recebeu; muita gente havia recebido a muamba e disse que já havia pago; mas principalmente, muitos haviam investido tudo o que tinham nos diamantes contrabandeados de Angola, que desapareceram por completo. O resultado das acusações mútuas foi que alguém abriu o bico e o caso das drogas e tráfico internacional de diamantes, cujo epicentro era o Fruto Proibido, acabou na imprensa – *Jornal Nacional, Folha de São Paulo*, os grandes.

– "Lázaro, Luz da Minha Vida" – passei a ler em voz alta –, "a *gente estamos famosas*. Vieram tirar fotos de mim no Uruguai. Gostou?"

Passei os olhos no recorte com a foto do Lécio e mostrei-o para Ed.

Ed enrugou a testa.

– "Dono de casa noturna no Uruguai diz que tem as mãos limpas". Ele tem as mãos limpas, Lázaro?

– Com certeza.

– Casa noturna?

– Bordel – retorqui. – No Brasil, tudo virou casa noturna.

– Ele parece bem.

– Parece mesmo – concordei.

Olhei para a foto outra vez antes de devolver o recorte ao envelope.

– Vou andando – despediu-se Ed. – Obrigado pelo café.

– OK – respondi, sem esconder os lábios, que se crisparam, num arremedo de sorriso.

– Você está bem, Lázaro?

Por uns segundos, Ed ainda ficou mastigando o resto do pão, com um dedo apontado para mim.

– Hoje o mar está mais calmo?

– Está, Ed.

– Vai ser um daqueles dias em que o foco é a sua vida atual, deixando para trás o que aconteceu no Brasil?

– Vai – respondi, fingindo um sorriso. O esforço, porém, fez aflorar um choro doído.

– Que roubada! – disse ele.

– Minha vida é uma desgraça – retruquei, pegando a xícara da mesa e tomando um gole de café frio.

– Vamos ter de dar um jeito nisso.

– Só está meio frio, não se preocupe.

– Quis dizer, dar um jeito na sua vida – disse e larguei a xícara na mesa, outra vez.

O Ed puxou a porta devagar.

Eu voltei para a cama.

Li o P.S. da carta do Lécio várias vezes.

Haviam intimado todo mundo por tráfico. "Você vai acabar famosa se intimarem você também", escrevera em grandes letras vermelhas. "Você vai ter que responder processo daí da Inglaterra?" Amassei a carta só para ouvir o ruído do papel no silêncio do quarto, mal contendo minha inquietação. – Não sei... não sei, Lécio – respondi como se ele estivesse ali comigo. – Vou é acabar em cana se isso acontecer! – fechei os olhos para relaxar, botar ordem na cabeça. "Fazer o quê, agora?" Mais tarde, conversaria com o Ed? Ou melhor, confessaria, e veria o que ele pensava do assunto? Meu consolo era que, oficialmente, ninguém sabia onde eu e mamãe estávamos. Saíramos do Brasil como turistas... Caí de costas na cama. "Se der bode, enfrento a parada, enquanto isso..."

Entorpecido pelo cheiro dos lençóis lavados, rezei para que o colchão fofo cuidasse de mim.

XXVII

E cuidou.

Pouco depois, minha atenção voltava-se para o que interessava: com o fim do meu curso de inglês, findava meu visto de estudante na Inglaterra. Entre pedir a renovação, quando já não tinha mais nada que eu quisesse estudar, ou voltar para o que podia me esperar no Brasil, resolvi arrumar um serviço na terra cuja língua eu já sabia falar.

Portugal.

Sem visto de trabalho, turista mesmo, sem planos. "Chegar e ver no que vai dar."

Na hora do jantar, não confessei nada. Apenas anunciei a novidade para o Ed a respeito de Portugal.

Ele riu.

O meu riso, tentei controlar.

– É sério, Ed.

– Sei – disse ele. – Gosto de ver que você está a fim de fazer alguma coisa com sua vida.

– Vou lhe poupar trabalho.

– Vai, sim – concordou prontamente. – Porém, vou sentir saudades suas.

– Mês que vem, antes do visto britânico acabar, já estarei em Portugal.

– Não com esse cabelo!

– Como?

– Claro!

– Quê?

– País novo, corte novo! – sugeriu ele, apontando para o meu cabelo.

– Não sei, Ed.

– Vamos começar a mudar de vida hoje mesmo. Não vai para Lisboa com esta cara.

– Que mal tem?

– Vida nova, país novo, corte novo e roupas novas! – decretou Ed, sem escutar meus protestos.

– Roupas?

– Novíssimas! Recauchutagem do primeiro ao quinto.

Antes que eu pudesse protestar mais, ele apertou o botão do viva-voz do aparelho telefônico e, de cor, teclou um número dizendo que era o de seu novo cabeleireiro.

Alguém atendeu do outro lado da linha.

– Rick, por favor – disse Ed.

– Rick falando.

– Rick? Ed.

– Ed? A que devo a honra de uma ligação pessoal?

– Um trabalhinho pra você.

– Que é?...

– Transformação completa num amigo meu. Daquelas: cabelo, roupas, tudo. Pode ajudar?

– Começando pelo cabelo?

– Ou pela roupa.

Eu percebi a voz do Rick tornar-se profissional.

– Pela roupa, então.

– No centro, amanhã, às três e quinze da tarde?

– Três horas?

– Fechado.

– E não se atrase! – informou. – Entrada principal do Arndale.

– O cabelo...

– Logo depois?

– Fechado – anuiu Rick.

* * *

Na noite seguinte, quando cheguei ao apartamento, não acreditava no que via refletido no espelho. Aquele era eu? Eu me mirava e cruzava os braços para salientar as ombreiras. Ed aplaudia cada paletó, cada camisa, cada par de calças, cada par de tênis, principalmente o roxo, que combinava com o preto arroxeado que o Rick tinha usado no meu cabelo escovinha. O elegante sobretudo castanho-escuro quase arrastava no chão e, usado por cima do paletó, mais que duplicava a largura dos meus ombros.

– Muito bem, meu amigo! Dentre esses trajinhos, qual vamos usar na passagem do ano?

Fiquei parado, admirando as peças de roupa espalhadas sobre a cama.

– Que eu faço com tudo isso, Ed?

– Usa! Para enforcar a Maria Chorona, a gente usa uma corda feita de roupas novas: quanto mais na moda, melhor.

A Maria Chorona já devia estar morrendo mesmo, pois comecei a rir, de verdade, como uma criança.

* * *

Os dias finais de dezembro, mais curtos, passaram ainda mais depressa. Pubs, clubes, o que a Inglaterra tivesse a oferecer, a gente aproveitava. Manchester encheu-se de luzinhas, música, o *"babado e a ferveção das gurias"* na rua, como diria o Lécio, felicidade no ar.

Veio o Natal.

– Quem é esse? – brincou a minha mãe.

– Achei esse rapaz lindo numa lata de lixo, nos fundos do meu prédio – respondeu Ed.

– Feliz Natal, Ed – disse ela.

– Feliz Natal para a senhora também.

– Feliz Natal, mãe.

– Feliz natal, filho.

– Cadê todo mundo?

– Sua irmã está na cozinha; as crianças foram com o pai comprar vinho.

* * *

E seguiram-se as muitas festas. Aquela, porém, foi uma noite especial. Dia 31 de Dezembro de 1983. 23h57min. 23h58min. 23h59min.

– ... quatro, três, dois, um! Meia-noite.

Clube Arches, localizado, como dizia o nome, sob os arcos da estação de trem.

A música parou.

Os holofotes congelaram.

No clube, vozes e risos jovens enchiam a casa.

Todas as luzes caíram sobre a pista. A bola de espelho não girava mais.

Balões estouraram e serpentinas, caindo do teto, agarravam-se à nossa cara, borrando as maquiagens mal feitas que se derretiam no calor.

– Feliz ano-novo, pessoal! – anunciou o DJ.

– Feliz 84, Lázaro.

– Ed...

Ed me abraçou, respingando bebida gelada na minha orelha. Soltaram a primeira música do ano.

"Should auld acquaintance be forgot, And never brought to mind?"

Mentalmente, eu traduzia a primeira estrofe, que sabia de cor. A velha canção escocesa indagava ironicamente se amores e amizades passadas deveriam ser esquecidos.

– Saúde! – levantei meu copo de cerveja misturada com limonada.

– Resolução! – disse Ed.

– Resolução, resolução! – repetiam todos em coro.

– Resolução?

– O que você quer que aconteça este ano! – explicou Ed. – Uma coisa que você se determine a realizar.

– Quero um marido! – brinquei.

– Ah! – gritaram todos.

Ed bateu palmas, bradando em português:

– Este é o meu Lázaro! Voltou a botar o bloco na rua.

Os outros nos olhavam intrigados ao constatarem que a gente não conseguia parar de rir.

– Como um daqueles que a gente vê no shopping: – continuei, entrando no espírito da brincadeira – alto, pele alva, cabelos cor do trigo. Pode ser irlandês, escocês ou canadense.

– Não tem mais para um Bartolomeu Dias americano? – perguntou Ed, fingindo espanto.

– Tentei dobrar o Cabo da Boa Esperança com um e naufraguei. Capitão para o meu barquinho tem de ser de outra nacionalidade.

– Olhe, gente! – gritou Ed, em inglês. – Ela abriu concurso para achar o pirata britânico perfeito.

– Eu! Eu! Eu! – estouraram as gargalhadas.

– E bom de... – acrescentei, com um gesto, para diversão de todos.

XXVII

– Eu! Eu! Eu... – e mais gargalhadas.

A música tocou mais alta. Uns ao lado dos outros, no chão, os nossos copos ficaram esperando por nós e começamos a nos sacudir. De mãos dadas com os amigos, acabamos sendo empurrados para o meio da pequena pista de dança, abrindo caminho entre a multidão que se amontoava para a primeira dança de 1984. "Ano-novo!", celebrei. Eu estava precisando de um ano novo na minha vida.

* * *

– Joia, Ed.
– Merecido – arrematou ele. – Amigos são para essas coisas.

Depois da festa, voltamos ao apartamento ainda rindo, sacudindo a neve do cabelo. Ed apertou o botão da secretária eletrônica. O telefone disparou a mensagem: "Oi, Feliz 84, meu bem. Você está bom? Hoje à tarde eu ainda..."

– Banho? – perguntou Ed, enquanto a Vanda contava sobre o novo ricaço que havia chovido na hortinha dela.

– Pode ir você primeiro.

Ed foi para o banheiro, enquanto eu me deitava no sofá para ouvir o resto da mensagem. A fragrância de jasmim da vareta de incenso, que ele acendia na hora do banho, apressou minha vontade de dormir. – Uma beijoca supergostosa para você, meu bem. Se der, ligo amanhã.

Clique!

Meus olhos pesaram. Sem muito esforço, já me vi passeando em um mercado imaginário, conversando com uma senhora gorda de avental de florzinhas, que atendia numa banca de peixes. Sentia-me rodeado pelo forte odor do Tejo. Avistava gaivotas voando. Livres pelos céus.

De Lisboa...

XXVIII

"Um trovão?"

Vinte ou trinta minutos depois, ainda morto de dor por causa do calo no dedo do pé, Dennis havia caminhado do parque Eduardo VII à Rua da Costa do Castelo, antes de notar a chuva que após um período de sol, caía forte outra vez. Na sua cabeça, estava muito ocupado revendo os eventos das últimas semanas, para se importar com o clima. Chuva ou sol, se não fosse a dor no calo, passaria o dia todo caminhando pelas ruas de Lisboa sem ter de falar com ninguém. Ouvia outras vozes, sentia outros cheiros. Por mais uns dias, estava noutro lugar.

Dois anos antes o pai dizia:

– Meu filho é o meu orgulho! – e levantara a voz balançando a carta da Igreja na mão. – Seu chamado é para Lisboa, Dennis. O Pai Celestial me mostra agora o propósito de você ter aprendido tão bem a língua daqueles desgraçados! Você vai usá-la para trazer ao Senhor o povo português. Depois de décadas nas garras do Demônio, Portugal está maduro para ouvir a Palavra, conhecer o *Livro de Mórmon* e aceitar a única igreja verdadeira.

E assim foi. No *Centro de Treinamento de Missionários*, Dennis precisou ficar apenas cinco semanas, tempo suficiente para decorar palestras sobre a doutrina – uma vez que a língua, a variante pelotense, realmente já dominava – e aguardar os documentos da viagem.

No dia da partida todos falavam com ele: pai, mãe, irmã, tios, bispo.

– Um minutinho! – disse a mãe, interpondo-se, quando ele já ia entrar para a sala de embarque. – Espero que você fique bem, filho – e deu-lhe um abraço. – Cuida da sua dor de cabeça. No sol forte, não se esqueça do colírio para que não piore o seu problema nos olhos.

Dennis forçou, por fim, um sorriso.

– Desde que não piorem os problemas na minha cachola.

– Não vão piorar.

Era injusto que a mãe, logo na partida, o visse preocupado. Era verdade: as convulsões haviam cessado, mas ele se reconhecia diferente, mudado, como se os pedaços de seu corpo tivessem sido rearranjados. "Eu ainda sou eu?" Minutos antes, havia se perguntado no banheiro do aeroporto. Sentia-se confuso. Louco, talvez, e não sabia? O que, no entanto, sabia era que estava na hora de servir à sua missão. Acima de tudo, sentia-se disposto a ser um missionário abençoado, que ia trazer almas ao Deus Verdadeiro.

Com certo orgulho, tirou dois cartões de visitas do bolso da camisa branca, dando um para a mãe e segurando o outro.

– Você é a primeira pessoa a receber o meu cartão, mãe.

Ela ficou para trás, em silêncio. Dennis se afastou lendo seu novo nome, que o acompanharia pelos próximos vinte e dois meses e uma semana.

ÉLDER D. BETTS

MISSÃO PORTUGAL – LISBOA

Dois dias depois estava falando português outra vez, enquanto aguardava a reunião sacerdotal no hall da minúscula capela.

– Élder Betts, já veio a Portugal?

– Não. É a primeira vez.

– Aprendeste a falar o português no Brasil, pois não? – quis saber uma garota, falando-lhe bem perto, segurando-lhe firme o braço num misto de ternura e excitação.

– Foi.

– Moravas lá?

– Faz muito tempo – resumiu Dennis. – Pouco me lembro.

Calou-se em seguida. Não que tivesse vergonha de falar sobre aquele assunto. O que não tinha era explicação: fora a língua, as memórias do Brasil eram confusas ou inexistentes. "Abafadas", como costumava definir para si mesmo aquela sensação.

– Avisaram-nos que falavas brasileiro como um brasileiro – veio o sotaque

XXVIII

picotado da saleta em frente. Um homem moreno de cabelos lisos, penteados para trás, emergiu sorridente, ajeitando a gravata azul clara no colarinho da camisa branca. – João Manuel Rodrigues, presidente da *Estaca* – apresentou-se e estendeu a mão calejada a Dennis.

– Meu companheiro aqui é Rodrigues também – esclareceu Dennis. – Sou o Élder Betts.

Élder Rodrigues sorriu e apertou, uma a uma, as mãos que se estendiam em volta deles, começando pela do presidente Rodrigues. Dennis pegou o *Livro de Mórmon* e fez sinal que ia dirigir-se ao banco atrás do púlpito, dentro da sala de reuniões da capela. Ansiava por começar seu trabalho, prestando seu testemunho do Evangelho aos irmãos portugueses. E, se fosse para começar, que começasse logo.

Vinte e tantos meses depois, o entusiasmo diminuíra em grau. Dennis parecia ter batido em cada porta de Portugal. O tempo em Lisboa, Vila Nova de Gaia, Funchal e agora Lisboa outra vez, para encerrar a sua vida de missionário, dissipava-se tão rápido quanto as vagas memórias que lhe restavam, mesmo da vida nos Estados Unidos. As lembranças vinham, contudo, e não conseguia retê-las. Nos piores dias, sem nenhuma razão especial, fantasiava escapar, tomar um avião para o Brasil, "por que justo para o Brasil?" Nos melhores, pensava escrever para os amigos que havia deixado, contando que estava em Portugal. "Quanto tempo faz", muitas vezes pensava, "que não falo com o Lázaro Trapa? Trapa?", ria, corrigindo-se, "Prata", sempre trocava as letras, lembrava errado. Pouco se lembrava também dos endereços. Mesmo assim, escrevia. Por impulso. Como fazia naquele dia: quando acordou parecia já estar subscritando.

LÁZARO TRAPA

CULTURA, ELOTAS – RS, BRASIL

– Olhe as regras da missão, companheiro. Cartas, a gente escreve na segunda-feira, está lembrado? Que dia é hoje?

– Quinta-feira.

– Então?

Assustado, dobrou as folhas sem terminar a carta e foi para o banheiro. Rasgou depressa o envelope polpudo e jogou os pedacinhos no vaso. Não iria chegar mesmo. Era tudo o que recordava do endereço. Das que mandara, nunca obtivera um retorno. Pensando bem, nem se lembrava direito de ninguém, essa era a verdade. Por que iriam lembrar-se dele?

Puxou a descarga.

Duas vezes.

Naturalmente, havia dias em que não se lembrava de nada, não fantasiava escrever cartas, nem tomar um avião para visitar os amigos. No entanto, aquela era apenas mais uma de suas loucas histórias na sua infindável luta contra Satanás.

Na tarde daquela quinta-feira, os cinco companheiros haviam se aprontado muito antes dele. Ia ser um dia diferente. Não iam bater de porta em porta e nem ficar discutindo os milagres de Fátima com viúvas que não tinham o que fazer. Iam ficar distribuindo panfletos nas estações ou na Praça do Comércio, o que era muito mais fácil, pois não precisavam falar com ninguém. Na balbúrdia da véspera dos feriados de Páscoa, iam buscar investigadores, tocados pela Paixão de Cristo, a buscar a única igreja verdadeira. Nem todos pareciam levar a sério o trabalho do Senhor, mas se perguntavam, ficava sempre mais fácil conversar.

– Depois do choque inicial, a gente se acostuma – irrompeu um missionário brasileiro, que quase completava seus dois anos de missão. – Não é verdade, Élder?

Dennis apalpou a pesada sacola pendurada em seu ombro. Fingiu prestar atenção aonde ia, desviando dos transeuntes, para não acertá-los com a mesinha de armar que também levava presa por baixo do braço. "Élder!" Podia estar se referindo a qualquer um deles, vestidos de ternos escuros, camisas brancas e crachás pretos nos bolsinhos dos paletós.

Caminhando cinco passos atrás, o líder do grupo de missionários, americano como Dennis, de cabelos vermelhos lustrosos, também no último mês de missão, acrescentou:

– Concordo! – falou tão alto que cabeças viraram para encará-los. Duas senhoras se entreolharam, espremendo-se contra a parede para não passarem no meio deles. – A apatia – continuou o americano – é o que vem a seguir. Depois de dois anos, ficamos tão acostumados a esta existência, que a única coisa que queremos, é sobreviver mais um dia para ver no que isso vai dar. Não é verdade, Élder Betts?

Dennis trocou a mesinha de braço e continuou andando.

O missionário passou à frente do grupo, apoiou a mão no ombro de Dennis, que caminhava sozinho, misturado na multidão.

– Concorda comigo, Élder Betts?

Dennis continuou abraçado à mesinha, simulando que ela escorregava do sovaco para não precisar falar e apertou o passo. Quando viu que a mão não

XXVIII

estava mais no seu ombro, embrenhou-se por um agrupamento de turistas orientais, que, sentados nas malas, esperavam na frente de um hotel.

– Concorda comigo, Élder Betts? – insistiu o companheiro.

– Quando meu calo grita, Élder, não escuto mais nada! – respondeu Dennis, sem se virar.

Os outros missionários acenaram da calçada oposta.

Sem se importar com o rosnar dos ônibus atulhados de turistas, atravessou a rua aos pulos, diminuindo o passo só quando a fachada de janelas abobadadas da Estação do Rossio surgiu à sua frente. Ainda arfando com falta de ar, armou a mesinha, dispôs os livros e panfletos e sentou-se na escadaria de uma das portas para aliviar a dor que lhe subia do calo ao joelho.

Sentiu-se tonto.

Segurou o rosto, pensando que ia desmaiar.

Satanás o atacava outra vez.

Cada vez que Dennis escrevia uma daquelas cartas, era como se saísse da presença do Deus Eterno, e Satanás fizesse com ele o mesmo que fez a Jó, cobrindo-lhe o corpo de feridas horríveis, desde a sola dos pés até o alto da cabeça. Dennis esforçava-se em orar. Entretanto, só ouvia vozes: "Amaldiçoe a Deus e morra! Abandone essa igreja que a dor passa".

Tal como Jó, Dennis respondia ao Diabo: – Você está dizendo bobagem! Se recebemos de Deus as coisas boas, por que não vamos aceitar também as desgraças e tentações?

Assim, Dennis, apesar das vozes dentro de sua cabeça, não pecava nem dizia uma só palavra contra Deus.

Só que as vozes se avultavam.

"Dennis, eu te amo."

Recordações de uma infância, que tinha certeza, não poderia ter sido a dele. Vozes e lampejos, desde corredores apinhados de caubóis e prostitutas aonde seu pai o levava para os dois passarem dias de férias. "Papai não gosta que eu fale?" "Gosto mais da sua bundinha. Fica de quatro em cima da cama para mim." "Posso chupar depois?" "Depois, pode." Vozes do passado, com o ritmo das águas plácidas de um rio. "Se a chance do seu pai falhar, a gente vai fazer a vida noutro lugar?" E gritos desesperados. "Esta marreta não é de borracha, pai. Por favor, não precisa..." E medos. "Vai acompanhar o procedimento, irmão Betts?" "Com certeza." "Quem me garante que ele não vai se lembrar?" "Talvez se lembre, mas vão ser memórias confusas." Dúvidas, também. "O irmão Dennis Betts é um membro digno da Igreja de Jesus Cristo e digno de entrar no templo para as cerimônias de investidura", ouvia o Bispo Miller declarando, "fico feliz em lhe dar a recomendação". E espantos. "Promete nunca revelar os rituais sagrados do templo?" "Prometo", anuía Dennis, levantando o punho direito à altura do pescoço, dedos fechados, deslizando a mão como se fosse uma lâmina, fazendo o sinal de que, se desobedecesse às promessas, mereceria ser decapitado.

Com a fumaça de castanhas, abriu os olhos. O coração palpitava. Dennis sabia que, dentro da sua cabeça, a velha cobra, que enganara a todas as pessoas do mundo, o enganava. "Estará Deus agindo para me corrigir? Será esta a perseguição prometida aos que O seguem? Ou será que dei permissão de acesso para Satanás em minha vida?" Dennis não esperou a resposta. Nunca cometera um pecado mortal! Assim, já se sentia melhor.

Ergueu-se e tomou um maço de panfletos na mão para começar a trabalhar. Avistou homens e mulheres bem vestidos, que se esquivavam dos grupos de africanos aglomerados na esquina – mais do que se desviavam dos carrinhos de castanha assando.

Dennis mudou a direção do olhar.

Os africanos desfilavam, admirando os livros e panfletos, aparados por uma pedra sobre a mesinha, para não voarem. Quando viam a placa ao pé da mesa, uns estacavam.

IGREJA DE JESUS CRISTO DOS SANTOS DOS ÚLTIMOS DIAS
LIVRO DE MÓRMON
PEÇA O SEU EXEMPLAR GRÁTIS

Com cautela, alguns se aproximavam.

– Se for à borla – pediam –, dá-me lá um.

– Essa gente acredita é no Demônio! – gritou em inglês o líder do grupo. – Querem é pegar os livros de graça para tentar vender. Se quiserem panfletos, que levem um.

Dennis acenou para os companheiros e atravessou a rua em direção à entrada do Metrô. A Restauradores parecia cuspir mais gente do que qualquer outra estação, mas os panfletos na mão estendida de Dennis ainda permaneciam intocados.

– Quando é o sorteio?

Virou-se de repente e viu um velho sem dentes apontando para os panfletos.

XXVIII

– Desculpa lá! – o velho mostrou as gengivas. – Não são bilhetes da lotaria que vendes?! O que tens aí são fotos de Jesus, pois sim! – constatou numa voz zangada, alisando de leve o papel, mas sem puxar. Ficou estudando as dobraduras.

Dennis sorriu e se afastou.

– Élder! Élder...

No movimento, que parecia que a população toda de Portugal tinha resolvido ir para casa à mesma hora, distinguiu os gritos do companheiro americano. Da calçada, Dennis o viu acenando e, em seguida, apontando para um homem bem vestido, que examinava os panfletos na mesinha de armar. Os companheiros, animados, conversavam não com uma pessoa, mas com três ou quatro de cada vez.

Dennis saltou da calçada correndo.

Um carro freou-lhe a poucos metros das pernas; um outro, a poucos centímetros.

Quando chegou à estação, o homem já entrava no saguão, cabeça curvada, talvez, lendo um dos panfletos que o viu apanhar.

De pronto, Dennis correu atrás.

– Olá, senhor. Senhor!

O homem seguiu ligeiro rumo à escada rolante.

Dennis ficou observando o sobretudo bem cortado, o cabelo curto, negro, e os gestos calmos daquele homem em meio à efervescência do lugar. Pelas costas, sugeria-lhe caminhar com um propósito diferente do das outras pessoas na estação, que pareciam estar apenas atrasadas.

– *Hey, sir. Sir*!

Não se atreveu a subir atrás. Subir, seria se afastar da vista dos companheiros e isso, sabia, era quebrar as regras da missão. Além do mais, o que o homem ia pensar, sendo abordado por um missionário mórmon, saído do nada, numa plataforma de trem?

Porém, a sorte de Dennis pareceu, de repente, mudar. O vento, que descia pelos corredores, levou um dos panfletos das mãos do homem. Ele se deteve para recolhê-lo do chão. Dennis pulou na escada. Queria abordar o cavalheiro no alto. Se ele se virasse por um segundo, lhe acenaria que parasse... O homem parou. Devagar, girou a cabeça de um lado para o outro, como se sentisse que estava sendo observado. Dennis preparou um sorriso. O homem teria ouvido os seus pensamentos, ou, talvez, os gritos?

– *Hey*! – antecipou-se Dennis. – Posso falar-lhe um minutinho? O senhor acredita em Deus?

Outra voz:

– Irmão!

Acompanhada de um puxão pelo paletó, arrancou-o da escada.

Dennis deu meia-volta e cambaleou, mal se sustentando em pé. Ao voltar os olhos ao topo, o homem havia desaparecido.

– Élder Betts, que fazes aqui?

– O jogo de futebol! – murmurou Dennis, pondo a mão na testa.

– Esqueceste que jogas na nossa equipa? Sem ti, pronto, fica desfalcada. O pessoal da firma anda a falar que americano não joga nada. Vamos provar-lhes o contrário, pois não?

O irmão João Manuel Rodrigues, de olhos muito arregalados, só largou do paletó do Dennis quando terminou de falar. Havia uma semana, Dennis tinha prometido jogar naquela noite, e se esquecera por completo. Jogaria no time da igreja contra os colegas de trabalho do presidente da *Estaca de Lisboa*.

Rodrigues deu-lhe uma palmada no braço.

– Pelas nove, acertado? Vou para minha aulinha de inglês e encontro-vos mais tarde – disse e, num piscar de olhos, desapareceu no meio dos passageiros mais altos.

Quando Dennis reuniu os missionários para contar o acontecido, o líder do grupo, relembrado do jogo, entusiasmou-se tanto que pouco adiantava Dennis se queixar de dores.

– Que é isso, Élder Betts, desde quando joelho duro não te deixou jogar futebol? Jogar bola é mais fácil que abordar estranhos. Depressa, recolham tudo. O Betts tem de apanhar os calções.

Às nove em ponto entraram no Belenenses. A quadra estava iluminada e, como sempre, haveria até sabonete no vestiário. Sabonete de boa qualidade, nada que se parecesse com as porcarias baratas que os missionários usavam.

– Então, élderes, prontos? – gritou um baixinho rechonchudo.

– Sempre! – respondeu o grupo de missionários em uníssono.

Irmão Rodrigues veio apertar-lhes as mãos, o rosto suado como se estivesse no meio de uma partida. Falava alto e tão rápido, que os élderes americanos se entreolhavam para ver se alguém decifraria as palavras.

XXVIII | 237

— *Caraças!* — acusou azedo, esbravejando. — Dá-te a palavra para depois mentir-te na cara. O Luís Vasco diz-me, na última hora, que não vem.

Dennis chegou mais perto, tentando fazer sentido daquele ataque cuspido de nervos.

Rodrigues o segurou firme no braço.

— E sabes por que, Élder Betts?

Dennis sacudiu a cabeça sem saber o que dizer.

— Por causa daquele *paneleiro* que lhe dá explicações. Não quis jogar porque quer aprender inglês. Pois, que falasse inglês contigo, pá. Não é verdade? — as mãos do irmão Rodrigues agitavam-se agora muito acima da cabeça, como se fossem alçar voo. — E, digo-te mais: aquele gajo não é nem inglês, é brasileiro. Portanto, nem paneleiro é! É *bicha*, pá. Percebes?

Sem entender do que e de quem o Rodrigues falava, Dennis pediu licença e se afastou. O time da igreja já estava de uniforme, menos ele. Correu para o vestiário para se trocar também.

— A vossa *equipa* usa o balneário da esquerda — disse o zelador, apontando para Dennis a porta no fim do corredor.

Dennis havia se despido quando ouviu passos no vestiário. Num impulso, recolheu a camiseta e o calção do banco e colocou-se de costas, atrás da fileira de armários. Tinha se cansado das expressões de espanto cada vez que explicava a estranhos que usava uma camiseta e cuecas sagradas por baixo da roupa.

— Olá.

— Olá — respondeu Dennis, intrigado pelo sotaque brasileiro que escutou, diferente do dos companheiros nordestinos.

Tratou de ocultar-se e se vestir ainda mais depressa.

— Vou jogar no time de vocês — Dennis ouviu o estranho dizer. — Sou lá da firma do Rodrigues, mas não sou mórmon.

— Ah, OK. Já lhe deram uma camiseta?

— Já.

Por trás da porta do armário, Dennis viu as pernas morenas do rapaz que se trocava.

— Prazer, Élder Betts — puxou conversa. — De que parte do Brasil você vem?

— Pelo que ouço — a voz do desconhecido veio acompanhada de uma risada gostosa e um sotaque familiar —, você também é gaúcho — disse. — Meu nome, por falar nisso, é Lázaro.

– Lázaro?

– Prata...

Dennis segurou-se no armário para não cair.

– ... de Almeida – completou o estranho.

– Você vem da cidade de Pelotas?

– Nem de Pelotas, nem de Campinas – disse e gargalhou. – Sou de São Gabriel – pausou antes de pronunciar bem alto –, tchê.

Dennis segurou a cabeça nas mãos. Tudo rodava à sua volta. O mundo afundava e ele se sentia afundar junto. Lázaro era apenas Lázaro Prata. Este era Almeida... e Lázaro Prata também... Merda!

Merda!

Os olhos, que não lhe doeram desde que chegara à missão, pareciam agora estar sendo trespassados por espetos que atravessavam também seu cérebro.

Um clarão encheu o vestiário.

E um trovão.

De repente, feito chuva forte, as lágrimas de Dennis pingaram nas lajotas do vestiário.

Como a chuva, que começou a cair antes do primeiro apito.

* * *

Dennis perdia todas as bolas. O Presidente Rodrigues dizia tantos palavrões e usava o nome de Deus tantas vezes em vão, que parecia estar tomado pelo Diabo. Dennis mal ouvia. Ou melhor, ouvia, mas não se importava. Algo suave, qual um coro de anjos, entoava hinos na sua cabeça. Não era só o nome que era o mesmo do Lázaro. Era a cor do cabelo, os olhos, o jeito de sorrir. E o pior: a forma como Lázaro olhava para Dennis. Para o calção empapado de Dennis, colado nas pernas.

O aguaceiro parou após o jogo, mas Dennis não foi imediatamente para o vestiário. Nem *Lázaro*. Entraram juntos, depois de todos terem saído.

– Então?

– Então...

Dennis tirou a camiseta de futebol molhada junto com a parte de cima da roupa sagrada deixando o torso à vista; a parte de baixo desceu junto com o

XXVIII

calção. Nu, sentou-se para, devagar, desatar os tênis e tirar as meias. Ouviu um barulho de metal batendo em metal e não ouviu mais vozes no corredor.

Lázaro, despindo a camiseta, caminhava em sua direção. Aproximou-se de Dennis e abaixou os calções sem dizer nada. Dennis não se levantou do banco. Apenas levantou os olhos, sorvendo sofregamente o que Lázaro lhe oferecia, antes que chegasse alguém.

Ninguém chegou.

* * *

– Gostei da igreja de vocês! – disse Lázaro, afagando o cabelo de Dennis depois de gozar.

Olhando mais atentamente o rosto de Lázaro, Dennis estranhou que não era mais o que imaginara – era um outro, em um rosto desconhecido, sem familiaridade alguma.

Lázaro Prata Almeida de afastou.

A porta de metal bateu outra vez.

Com um eco.

Um eco.

E Dennis ficou sozinho, molhado, nu, descalço, com gosto de porra na boca. Em erupções, a memória retornava, em sequências completas. O que iria dizer para o Presidente da Missão na entrevista de despedida? "Sim, presidente, chupei um pau bem gostoso e acho que não é pecado. Pecado é o meu pai ter me ensinado a chupar o pau dele quando eu tinha apenas sete anos. Pecado é que deixei no Brasil o amor da minha vida!"

Lembrava-se.

De tudo!

Não deteve o riso baixinho. Nem a gargalhada ruidosa e prolongada, como estampidos dentro do vestiário, até a garganta secar e a boca ficar áspera por dentro.

Um cheiro pungente, forte, encheu o ar.

Dennis começou a tremer, as pontas dos seus dedos doíam. Sentiu a primeira golfada e ergueu o queixo. Entretanto, o vômito já escorria pelo lado da boca. Inclinou a cabeça depressa para não se afogar e viu o chão se manchar de um verde-escuro. Uma gosma escorria da boca à barriga.

Ainda nu, arrastou-se até a porta.

Abriu uma fresta e tentou aspirar o ar gelado do corredor.

Um zumbido agudo o obrigou a fechar os olhos e as pernas não o sustentaram mais.

Caiu de joelhos.

– Élder, Élder! – gritou com a força que lhe restava. – Me ajude!

Nitidamente, o que escutou, em resposta, foi o eco de seu grito:

– *Craig! Craig!*

Dennis não queria o Mike, o Mike da terapia. Queria que um dos companheiros viesse ajudá-lo.

Ninguém veio.

O pé, a perna, o corpo todo latejava.

Apagaram-se as luzes.

Todas as luzes.

XXIX

Lisboa.

Bem como eu imaginava.

– Se calhar, amanhã já haverá uma turma para ti.

– Por mim, podia ser hoje – ele disse e riu um riso gorjeado.

– Um formador que fala inglês ao teu nível, entretanto, posso utilizar para empresas – num ritmo rápido, o diretor da Bell Idiomas batia a caneta, acompanhando a própria fala. – Já lecionaste inglês comercial, pois não?

Pisquei os olhos.

– Muitas vezes.

– Ótimo!

Antes que eu falasse em documentos, ele já foi dizendo:

– Olha, se aparecer alguém aí a pedir papéis, estás a visitar-me e não ganhas nada para trabalhar aqui. É um estágio, por assim dizer, percebes?

Claro que eu percebia.

E bem.

O Nuno, diretor, coordenador e secretário da própria escola, levantou-se, e num gesto largo com a mão, convidou-me a visitar as instalações: três salas de aula, cozinha e banheiro.

– Aqui na minha escola, ganha-se por hora. São cinco ou seis formadores, percebes?

Percebia a estranheza de ele desconhecer quantas pessoas trabalhavam para ele, mas fiquei quieto.

– Desde que me ajude a pagar a pensão! – respondi.

– Vai resultar em mais que isso, garanto-te.

Ele abriu a porta do armário no mesmo ritmo da fala, colocando uma pilha de livros sobre a escrivaninha.

– Cá estão os manuais que utilizamos. Estes castanhos são para aulas de conversação – acrescentou. – Mas não precisas de preocupar-te, não vais dar aula de conversação. Para tal temos os mórmons.

Sentei-me antes de continuar a conversa.

Nuno levantou a sobrancelha e como que ensaiou um rizinho.

– Pois. Sabes quem são?

Fiquei olhando nos olhos pretos do diretor, examinando a pele enrugada deste português com metade do meu tamanho e praticamente a minha idade.

– Há o Rodrigues aí, um gajo que se diz um bispo, presidente mórmon – diminuiu a voz, como se fosse falar de um crime cometido. – Paga sempre atrasado, mas traz uns missionários americanos para conversar com as turmas. Vamos levando, como vocês dizem.

Não arrisquei uma palavra sobre os mórmons. Despedi-me, pedindo que, caso surgisse uma turma para lecionar, me avisasse. Descendo a Rua das Rosas, na esquina, já ficava a minha pensão.

Um mês mais tarde, eu tinha todas as turmas que queria. Também rodava metade de Lisboa dando aulas particulares, a que os portugueses chamavam de "explicações".

Nuno baixou o fone e riu.

– Mais dois na Faculdade de Farmácia! – disse.

Assenti com a cabeça.

– Como está a tua *grelha*?

– Mande! – respondi com um gracejo. – Acomodo.

O dia todo: aula. De madrugada, punha em dia a minha correspondência.

> *Querido Lécio, LDMV,*
>
> *Feliz Páscoa! Desde ontem que estou para lhe escrever, mas não tive ânimo. Foi até bom. Adivinha o que me aconteceu hoje! Na pressa, eu me perdi saindo de uma aula particular na Faculdade de Farmácia. Em vez de caminhar para o metrô, caminhei em sentido contrário, na direção do zoológico. Fui parar justo na frente da Embaixada Americana. Fiquei pensando que, amanhã, se passar por lá outra vez, vou...*

XXIX

Na tarde do dia seguinte, já passava pelos guardas de segurança e me dirigia ao setor de informações e vistos.

– Estou estudando na Inglaterra. No momento faço um estágio em Lisboa. Eu gostaria de ir a uma excursão à Disneylândia.

Pelo guichê, uma loirinha de unhas quase do tamanho dos dedos me passou os formulários.

– O senhor tem conta bancária em Portugal?

– Inglaterra.

– Tem de anexar ao pedido. Não podem ser fotocópias. Vai levar – olhou no calendário –, nesta época, uns quinze ou vinte dias para obter o visto. E bilhetes, já os têm?

Vi, refletido no vidro, o sorriso de orelha a orelha estampado no meu rosto.

– Vou reservar, para garantir o lugar.

– Boa sorte.

* * *

Pouco depois, eu desembarcava na Restauradores, vindo da Entre Campos, com tempo de enviar a carta ao Lécio e um cartão ao Ed com a novidade. Em meio à multidão frenética, diminuí o passo e tomei fôlego para enfrentar as escadas do metrô. Olhando para cima, vi um avião cruzando os céus de Lisboa, deixando um rabinho branco no único pedacinho de azul que restava entre as nuvens cinzentas. Sem olhar para os lados, atravessei a rua em direção ao correio, deixando meus sonhos viajarem, chegando a Salt Lake City antes de mim.

Cartões enviados, era hora de apreciar a Baixa, observando homens velhos de unhas sujas assar castanhas, subir, sem pressa, pela Estação do Rossio, matando tempo até chegar a hora da minha aula das sete.

– Conhece a Igreja de Jesus Cristo dos Santos dos Últimos Dias? – uma voz me interceptou.

– Desculpe... – exclamei num sobressalto, vendo aquela mão esbranquiçada quase meter um panfleto na minha barriga.

– Meu nome é Élder...

– Não. Obrigado – recuei.

Rapazes de camisas brancas e plaquinhas pretas cercavam-me como vespas enfurecidas, agitando retratinhos de Jesus.

– Jesus morreu e ressuscitou por nós...

– Não, obrigado, estou com pressa – menti e apressei o passo para entrar na Estação, temendo que viessem atrás de mim.

– Pode pegar um livro e os panfletos para ler depois, são grátis – disse o missionário, apontando para algum ponto atrás de mim.

Virei-me, deparando-me com uma mesinha armada na calçada. Uma pedra apertava a pilha de panfletos. Ao lado deles, outra pilha ostentando *Livros de Mórmon*, pretos, lustrosos, letras em dourado.

– Faça o que eu digo! – veio o comando de voz, em inglês, de um missionário americano, treinado para vencer a hesitação de seus potenciais convertidos. – Estes panfletos são para levar. Pegue um!

Com a mão direita trêmula, levantei a pedra que apoiava os panfletos. Meu braço foi parar acima da minha cabeça, numa tentativa débil de reação. Contudo, o instinto falou mais rápido e acabei obedecendo. Com a mão esquerda, estufei o meu bolso com o punhado de retratinhos de Jesus que apanhara.

– Vai pegar um *Livro de Mórmon* também?

Como sabia aquela voz – que me paralisava – que eu entendia inglês?

Mal consegui me virar, encarar aquele jovem engravatado. Meus olhos se arrastavam à porta da Estação, de onde um vento morno e mal cheiroso escarrava dezenas de pessoas, mas acabaram hipnoticamente retornando ao mesmo ponto.

A mesinha.

A pedra.

Eu não ia pegar um *Livro de Mórmon*. Eu queria – precisava de! – distância daqueles livros, daquelas caras rosadinhas, daquela gente.

Precisava!

Entretanto, minhas mãos, sem direção, sacudiam no ar.

Foi quando vi – ou por outra, ouvi, e toda Lisboa deve ter ouvido também – um Élder americano de cabelo cor de fogo gritando que alguém fosse falar comigo. Indiscreto, acenava para um missionário, misturado na multidão no outro lado da rua, e apontava para mim.

Meu corpo se viu tomado por uma imobilidade glacial.

– Élder! – urrou o americano – *what a moron*!

XXIX

As castanhas assando me fizeram tossir.

Tossi com alegria. A fumaça trazia momentâneo controle aos meus movimentos. Não esperei para ver a quem ele chamava de débil mental. Escapei porta adentro e escada acima da estação, sem olhar para trás.

A caminho, parei para um bom cafezinho. Ainda assim, cheguei cedo, e os alunos também, já se amontoavam pela recepção.

Num pulo, João Manuel Rodrigues pôs-se à frente da mesa do Nuno, lábios trêmulos – uma cópia exata dos momentos mais melodramáticos de uma telenovela portuguesa. Tudo porque um dos convocados para o jogo de futebol daquela noite iria se ausentar. Nuno folheava a agenda, e sem erguer os olhos, avisava que o Vasco tinha marcado explicações até as onze.

– Mas isto não é possível! – indignou-se João Manuel. – Ô, pá! O Luís Vasco não vai jogar?

Ao ver adentrar o fulano de quem falavam, virou-se:

– A malta vem-nos buscar, ó Vasco! – João Manuel tentou persuadi-lo. – É uma horinha e pouco, pá! – a voz foi ficando mais melodramática do que os gestos. – Vem tu, também, conosco, Lázaro, trazemos-vos depois do jogo.

Nuno me olhou e leu os meus pensamentos.

– O Lázaro tem compromisso bem cedo, João. Tua igreja não ensina prioridades?

– Amanhã é feriado.

– Não para nós! – Nuno disse e me piscou o olho.

João levantou os ombros e se jogou de novo na cadeira, derrotado.

– Vai chover! – disse Nuno, trocando de assunto.

João Manuel não prestou atenção.

De leve, tocou no meu braço, olhando-me com piedade, repetindo os gestos de todos os outros mórmons que conheci antes dele.

– Vais passar a Páscoa em Lisboa, Lázaro, pois não? Se calhar, podias assistir à nossa reunião dominical. Crês em Deus, claro?

Pedi licença para ir ao banheiro.

Só respirei aliviado quando fechei o trinco. O ralo da pia ardia nas minhas narinas. Porém, fiquei sentado até ouvir o barulho de sala cheia, as vozes dos outros professores e a do Nuno, convidando-os a passar para as salas, que as aulas iriam começar.

Na segunda-feira, quando a embaixada abriu, eu encabeçava uma curta fila de cinco pessoas.

– Já está no computador – disse a loirinha das unhas que me atendera da outra vez. – Só um instante, que vou imprimir.

Com displicência, jogou meus formulários num engradado azul e correu os dedos no teclado da máquina, produzindo um som de matraca que me fez rir. Apertou aqui e ali e ficou me olhando.

Hipnotizado pelas letras verdes que piscavam na telinha preta, esperei que ela empurrasse pela fresta um pedaço de papel com bordas de furinhos, onde li meu nome, nacionalidade, tipo de visto e a data da entrevista: 7 de maio de 1984, 15 horas.

Saí depressa para tomar ar.

Naquela noite, contei ao Nuno.

– Apoio-te. Se queres conhecer o mundo, vai. Não te rales, se voltares a Lisboa, tens cá um trabalhinho a tua espera.

– Vou sentir saudades, Nuno.

Rimos.

***

No fim de semana antes da entrevista, espaireci fotografando Lisboa. No sábado à noite, decidi acompanhar a Procissão das Velas. Nem jantei. Engoli uma *bifana* com Coca-Cola e corri, aliás, corríamos, às escadarias da Alfama, eu e o resto dos alfacinhas, como chamava Nuno aos Lisboetas.. No escuro, eu só cuidava para não pisar nos pés das crianças.

De repente, uma voz rouca gritou ao meu lado:

– Ó mocinho, não vai conseguir tirar uma boa foto com essa máquina.

– Vou, sim. Ela enxerga no escuro! – esclareci rindo. – Esta luzinha que acende aqui chama-se flash.

Eu queria apenas brincar com ela, mas, por um segundo, a senhora de busto opulento como a Potoka estudou meu rosto outra vez e não riu. Em vez disso, abriu, apressada, uma bolsa de pano, extraindo uma máquina fotográfica, que eu só havia visto em revistas.

– Olha, para levares pro Brasil. Vinte contos – apontou a objetiva na minha direção e a luz trêmula das velas desapareceu num clarão. – Viste? Funciona. Pois se estivesse avariada, não vendia!

XXIX

Fiquei olhando para a máquina, que ela deitava, sem cuidado, no parapeito da janela.

– Pagas que já é tua. Pela fotinha que te tirei nem cobro-te nada. E olha que fotógrafos arrancam-te os olhos da cara.

Mais gente descia a ladeira, cantando, rezando, carregando anjinhos. Acabei espremido entre um homem que se ajoelhou na minha frente, enquanto passava o andor, e a mulher que apontava para a máquina.

– Vai levar?

Fiquei vendo a procissão passar e não disse nada.

– Isto cá custa mais de vinte contos! – insistia.

Mais cantoria, mais procissão.

– Dez, já a leva agora, ó meu amigo! Já vem até com filme! – disse, esfregando a máquina na minha manga.

Tentei me afastar.

Num coro horrendo, uma ave-maria ressoou, bem quando eu ia dizer que achava que a máquina não era dela.

Sacudi a cabeça, apenas.

– Olha – gritou ela –, quanto tem no bolso?

Do entrevero, um grito grave se misturou aos gritos:

– Viva a Mãe de Deus.

Na desordem do mar de velas, ondulando até onde a vista dava, abria-se uma clareira escura.

– A cigana! – veio um grito grave. – A cigana levou a máquina fotográfica – virei para trás.

Vi a câmera no parapeito, luzinhas cintilando na lente destapada, mas a mulher não estava mais lá. À distância, reconheci a farda azul e o bonezinho da PSP, a Polícia de Segurança Pública. Também reconheci o João Rodrigues correndo a passos curtos logo atrás.

– Que é isso, João?

– Lázaro. Ó Lázaro! Aquela vagabunda levou a máquina do Élder. O joelho do infeliz do Élder... – sorveu ar e apontou ladeira acima. – Ela levou justo a máquina dele, pobre infeliz. O joelho anda a matá-lo.

Antes que eu explicasse que a cigana talvez nem tivesse descido a rua – achei que ela correra cortiço adentro a metros de nós –, o policial estava entregando a máquina ao João.

— O Senhor protege o Seu rebanho — decretou João, triunfante.

Anuí com a cabeça e fui me afastando, escondendo-me por detrás dos homens de capa que seguiam a Virgem.

— Sobe lá para falares inglês com os Élderes. Vamos parar numa tasca para uns sumos e umas sandes. Acompanha-nos, pá.

— Doutra vez, João. Já jantei. Agora, estou seguindo a procissão.

João não insistiu. Subiu, agitando a máquina fotográfica para o bando de missionários, que aplaudiam e gritavam.

Desci a ladeira.

Aos pulos. No lusco-fusco. Arriscando quebrar o pé num daqueles buracos.

O vento, insistente, quase apagava as velas. A luz que se projetava nas paredes fazia a Alfama dançar à minha volta. Uma moça, em que faltava na altura o que sobrava na maquiagem, sorriu e me disse:

— Ainda na semana passada tive um milagre, depois de pedir à santa as melhoras da dor que tinha num rim, de maneira a não faltar à procissão.

Devolvi o sorriso.

Ela aproximou o rosto dela do meu.

— O senhor me desculpe... ô pá. Pois, se parece com o António Eça.

— Não tem problema. Neste povaréu a gente não vê nada.

— Mas o senhor acredita em milagres?

— Mais ou menos — cortei a conversa e acelerei o passo para casa.

No sábado, da janela da pensão, no clarão dos fogos de artifício na chuva forte, pedi à Nossa Senhora da Saúde que me iluminasse e me desse sorte na Embaixada. Eu precisava de mil coisas na minha vida, mas apenas uma me bastava: um milagre.

* * *

No dia marcado, não esperei quase nada pela entrevista.

Sem cumprimentar, um americano magérrimo abriu a pasta com meus papéis. Espalhou-os em cima de uma mesinha ao seu lado e se sentou.

Quando entrei na Embaixada, já sentia o Dennis perto de mim, ao meu lado. Tinha passado a noite toda imaginando o reencontro. Chegava mil vezes à conclusão de que o John tinha tudo a ver com aquilo. "Claro que teve. Mas e se não teve? E se Dennis me abandonou porque quis? Que diga na minha cara! Que me diga..."

XXIX

Arregalei os olhos.

– Como assim?

O oficial me disse alguma coisa que não fez sentido.

– Sinto muito, Mister Prata, mas seu visto foi recusado.

Fingi examinar a sala. Fixei os olhos numa planta no canto, longe daquela mesa e dos papéis.

Descruzei as pernas para respirar melhor.

Ele puxou uma folha desbotada, que tinha ficado na pasta.

– Este fax afirma que um visto no seu nome foi recusado uma vez, e concedido uma segunda vez – você trocou de passaporte?

– Posso explicar – retorqui.

– Não terminei – continuou, impassível, esperando até que eu lhe voltasse os olhos para continuar. – Atualmente, no Brasil, há um processo em andamento contra você, suspeita de – correu a vista ao fax – tráfico de drogas e pedras preciosas. Procede?

Senti o Dennis correr para bem longe de mim. Como se estivesse se mudando para a lua.

– Não provaram nada – argumentei.

– Isso encerra a questão, Mister Prata – finalizou, levantando-se. – Passe no guichê para recolher seu passaporte. As informações obtidas pelo governo dos Estados Unidos são sigilosas. Não são compartilhadas com o governo português.

Olhei para meu passaporte ali em cima da mesa, mas não disse nada.

Frio como gelo, abriu a porta para eu sair.

– Boa tarde – ele me disse.

Não respondi.

Pelo guichê, recebi meu passaporte com um carimbo de visto recusado e um número escrito à mão.

– Vai apelar? – a loirinha me perguntou numa voz automática, segurando um formulário com as unhas. Meneei negativamente a cabeça e enfiei o passaporte no bolso. Eu queria fugir dali para chorar noutro lugar.

Olhei no meu relógio.

Eram apenas três e meia da tarde.

Caminhei um pouco em direção à Entre Campos e dei meia-volta, seguindo as placas que indicavam a direção do Jardim Zoológico de Lisboa. Eu precisava ver bichos.

Na jaula.

XXX

– Para você...

O companheiro lhe passou um cartão.

– O meu pai tem um supermercado, Élder Betts.

Dennis examinou o cartão.

– Clinton Leste?

– Grande Chicago.

– Obrigado.

– Sempre precisa de gente...

No voo de Lisboa, remoeu a ideia. Uma ideia só. Dennis trabalharia enquanto esperava um visto para voltar ao Brasil. Até lá, continuaria ligando para a Embratel. Alguém em Pelotas saberia dizer por que nem o Lázaro, o Lécio, a Vanda, a Potoka e tampouco o Fruto Proibido apareciam na lista telefônica, na ligação fugidia que fizera de Lisboa para o Brasil? Por que o número que era atribuído ao Cultural não atendia mais? Pelotas não poderia ter sido riscada do mapa, com todos os vizinhos da Rua Benjamin e da Gomes Carneiro... Dos Estados Unidos, ligar seria mais fácil. Não precisaria se esconder. Nada ia dar errado. Não desta vez!

Dennis abriu os olhos e respirou fundo.

Casa dos Betts.

Solavanco abrupto, o carro estacionou.

Portas abertas.

Braços abertos:

– Docinho...

Braços envolvendo-o num abraço de amor:

– Irmãozinho...

Subiu o alpendre com a irmã, entrou em casa, deixando a máquina fotográfica, quase furtada em Lisboa, aos cuidados da mãe. As malas a cargo do pai e do Bispo Miller.

Na sala, surpreendeu-se com um enorme aquário.

– E tem mais! – disse Candy.

Dennis escutou das histórias da irmã e das lembranças que ela ainda mantinha do bichinho de estimação dos tempos de Brasil, rindo muito.

– Vê aquilo? – apontou ela. – Essas coisas me vieram à cabeça.

– É o... – Dennis ia dizer "Joãozinho" e parou.

Em meio a tantos quadros que transformavam a parede numa minigaleria, havia um retrato a óleo de um peixe dourado.

– Joãozinho! – murmurou ela. – Lembra dele? Estou na fase dos peixes.

– Mais ou menos... – respondeu ele, vago, lembrando-se de tudo, mas nada dizendo.

– Achei que você ia se lembrar do nome dele.

– Não.

– E dele?

– Não.

– Coisa alguma?

– Quisera.

Mentira. E justo para a irmã! Sentiu-se um crápula por não esclarecer que uma noite em Lisboa, havia menos de um mês, a chuva dissolvera-lhe os desejos de servir à Igreja. Que o regresso das memórias o atingira como um raio, partindo-lhe a cabeça e rasgando suas tripas. Agora, era ter paciência... e estava determinado a tê-la.

Dennis pediu água.

Quando a irmã retornou com o copo, já havia mudado de ideia e engendrado um novo plano. No dia seguinte, ia à polícia, contava tudo, escapava para Chicago. De lá, contatava o Brasil. Ou escapava para Chicago, lá, contava tudo para a polícia e, então, contatava o Brasil? O que sabia é que, se contatasse o Brasil, se falasse com o Lázaro, poderia não conseguir mais dissimular. Agora, era conter a tremura nas mãos. Controlar a desagradável dor que deixava sua cabeça leve, oca. Parecer normal. Mas, não muito. Esperar. Fingir.

– Quer que traga gelo, irmãozinho?

– Para quê?

— Para a água, Dennis. Para a água...

Na hora do jantar, Dennis sentou-se à mesa, seguido pelo pai, a Candy e o convidado.

A mãe veio da cozinha com a travessa fumegante.

— Filho – disse ela –, abençoe o alimento?

Enquanto, cabisbaixo, murmurava palavras sem sentido, agarrava uma mão na outra para segurar os próprios braços, ou ia jogar a travessa e os pratos de comida quente na cara de todos.

— Amém! – disseram todos. Bispo Miller levantou-se.

Antes de o Bispo Miller dar-lhe as boas vindas, Dennis levantou-se, pediu que ele se sentasse e anunciou, sem ajeitar os ombros antes de falar, sem suspirar, sem baixar os olhos:

— Amanhã vou para Chicago.

— Amanhã? – brincou o bispo. – Antes de conhecer a minha filha?

O pai riu, como se a brincadeira do Bispo Miller fosse muito mais engraçada do que havia sido.

— Chicago?

— Chicago, pai.

— Eu – contestou o pai, rindo em silêncio – iria para Nova Iorque.

— Amanhã de manhã parto.

— Bem cedo, espero! – afirmou o pai, rosto fechado, buscando o olhar de todos à mesa.

— Os meus 580 dólares compram a passagem. Emprego, já tenho.

— Muito nobre! – acrescentou o pai, num tom zombeteiro. – Agora, sente e coma.

Dennis levantou-se.

— Sente-se e coma, pois não vai a lugar nenhum.

— O rapaz tem sonhos... – contribuiu o bispo, animado e sorridente.

— O rapaz é um débil mental, Miller.

— Tome o remédio, John.

— Fique quieta e coma, mulher – Candy abaixou os olhos.

Dennis sentiu as lágrimas aflorarem.

Arrependeu-se. Não ia partir mais no dia seguinte. Bateu com as juntas dos dedos na mesa, calmo, como se batesse numa porta. Anunciou que estava partindo naquele instante, que ia dormir na rodoviária, se fosse preciso.

– De Chicago – acrescentou, sem se sentar ou prestar atenção ao que o pai dizia enquanto engolia comprimidos que a mãe lhe alcançava –, junto dinheiro, pego o visto e retorno ao Brasil. E é isso mesmo! – Dennis hesitou quando viu a mãe tapar o rosto com as mãos. – Volto para o Lázaro, apesar das suas ameaças, terapias de aversão e tudo mais que você já fez comigo, pai.

Todos pararam de comer.

– Tem mais! – continuou. – Para sua informação, pai, minha memória retornou. Ou me deixa em paz ou vou à polícia. Lembro do que me aconteceu na clínica! – arriscou, rezando para que não fosse preciso explicitar detalhes, que eram falhos ainda na sua lembrança.

– Lembra nada! – urrou o pai.

– Lembro sim! – Dennis devolveu o urro, mais alto que o do pai. – Lembro também o que você fazia comigo nas nossas viagens ao Arizona.

Todos largaram os talheres na mesa.

Menos a Candy: ficou balançando o garfo no ar. Dennis se afastou da mesa em direção à escada. Em direção ao seu quarto.

– Agora, deixe-me partir em paz.

– Um minuto! – ouviu o pai gritar e se levantar, vindo ao seu encontro. – Vamos falar melhor sobre isso! – sua mão alcançou o ombro do filho.

– Não seja tolo, Dennis. Vai fazer o que no Brasil? Não sabe que seu amiguinho, faz muito, nem mora mais lá?

– Não acredito.

– É a mais pura verdade.

– Uma coisa não se torna verdade só porque você quer que seja verdade.

– Dennis, escute, a vida desta gente é muito diferente da nossa. Mal começava o seu tratamento e ele já havia tomado outro rumo.

– Filho! – Dennis se encolheu ao ouvir aquela palavra proferida pelo pai. – Fui imprudente e negligente com nossa família quando os levei para o Brasil. Me perdoe!

Dennis virou as costas, pegando a mala ainda fechada que trouxera de Lisboa.

No quarto, recordou-se como se fosse hoje da velha agenda de endereços que trouxera de Pelotas. Em breve, iria precisar dela.

Abriu a gaveta de cima.

A do meio.

XXX

A de baixo.

Não somente a agenda, mas todos os seus objetos pessoais e álbuns de fotografias haviam desaparecido.

– Mãe! – gritou do quarto. – Onde estão as coisas que eu trouxe do Brasil?

Onde estão as nossas coisas? – quem respondeu foi Candy, do pé da escada. – Você está confuso, irmãozinho! Está desenterrando coisas de muitos anos atrás. As malas que trouxemos nunca chegaram a esta casa. Nem a sua mala, nem a minha, nem a da mamãe – disse ela em voz alta, num desengasgo. – Nunca vamos saber.

– As fotos – sussurrou Dennis –, minhas fotos do...

Correu para a sala de jantar com a mala nos braços.

Deixou o pai falando sozinho, indagando-lhe se, quando estava na missão, não havia orado a respeito da veracidade do *Livro de Mórmon*; sobre o ardor no peito ao receber de Deus o testemunho de que pertencia à Única Igreja Verdadeira, e...

Candy desatou a chorar.

Bispo Miller se levantou.

– Volto outra hora. Obrigado pelo jantar. Boa noite! – despediu-se, fechando a porta depressa atrás de si, sem que os outros reparassem.

A mãe segurou o braço do pai no momento em que ele voltou à sala. Não adiantou.

– Malas daquele país maldito? Queimei tudo! – o pai soltou um grito enfurecido. Lançando-se como uma serpente, segurou Dennis pelo pescoço, empurrando-o para o chão.

Dennis rolou por cima das cadeiras, da mala que carregava, das roupas que se espalharam pelo carpete.

Levantou-se com o nariz sangrando.

O pai o fitou, suando, olhos esbugalhados.

– O que um pai não faz para salvar a alma de um filho? E como se salva, Jesus, a alma de um doente?

– Chega! – gritou a mãe. – CHEGA! Meu Deus, o que foi que eu fiz...

O choro de Candy, a discussão dos pais, os sons de sua própria respiração se misturavam numa coisa só. Eram sussurros rápidos, indecifráveis, numa língua que não entendia. Aos tropeções, Dennis subiu para o banheiro; trancou a porta. Ficou molhando o cabelo debaixo da torneira, muito além do necessário, para fazer passar a tontura e o sangue estancar no nariz. Depois, mirou-se no espelho, cumprimentou sua própria imagem, tirou a tampa do ralo da pia, desceu as escadas e segurou-se na alça da mala.

Os três encontravam-se largados nas cadeiras, quando atravessou a sala dirigindo-se à porta ainda aberta.

– Se nunca lhe procurou – gritou o pai –, se nunca veio atrás de você, foi porque lhe esqueceu. Ou nunca pensou nisso?

Estranhamente, o pai não parecia demonstrar mais sarcasmo na voz. Sua pergunta, antes, sugeria apenas uma resposta racional.

O ralo engoliu a última gota, o chupão na pia no andar superior ressoou forte num silêncio súbito na casa. E Dennis saiu, sem pegar a mala do chão, o casaco do cabide ou a máquina fotográfica do braço da poltrona. Deixou a porta aberta e empurrou a pergunta do pai para um canto desolado da mente, onde guardava as perguntas que não faziam sentido. Ou as que não aceitava.

* * *

Pouco depois, com os ouvidos zumbindo, Dennis se encontrava na calçada.

Deu dois passos.

Precisava segurar-se numa cerca, num poste, em qualquer coisa.

As luzes da rua ficaram, de repente, verdes.

Ficaram, de repente, longe.

Gosto metálico na boca.

Cada vez pior.

Cheiro de amônia no nariz.

Cada vez mais forte.

Descargas elétricas espremendo-lhe os testículos para fora do saco.

Dor.

Forte. Pior...

Cabeça leve.

E...

De súbito...

Alívio.

O alívio...

* * *

XXX

De manhã – ou imaginava que fosse de manhã, pois o sol alto brilhava forte na janela – despertou num leito de hospital, num quarto pequeno que, pelo que percebia, assemelhava-se a um daqueles onde despertara tantas vezes, durante as sessões de terapia de aversão.

Medo.

Medo de perguntar outra vez onde estava e o pavor da resposta.

Relaxou os olhos.

O pescoço.

O corpo.

Deixaria o tempo passar...

Para que resistir?

Sonolento, Dennis dormia e acordava, acordava e dormia entre duas realidades distintas. Num dos sonhos, ou em uma das realidades, vinham imagens de ambulâncias cruzando as ruas em alta velocidade.

Luz.

Luzes.

O estômago encheu-se de medo. O ar vinha em ondas mornas. Mal o inalava. Tentava reter nos pulmões o que conseguia, quando e o quanto podia, como se não fosse haver outra chance de uma nova golfada de ar fresco. Como se tivessem se materializado do nada, vozes encheram o quarto.

Abriu os olhos.

Surpreendeu-se com os tubos pingando nos seus braços, que não notara minutos antes. O medo e a curiosidade haviam desaparecido. Sentia-se tão relaxado, que teve preguiça de indagar o que houvera, onde estava. Tinha preguiça de pensar em perguntar. Sentia, mais que tudo, preguiça de pensar.

Cerrou os olhos.

Entorpecido.

Ao reabri-los, os tubos pingando nos seus braços, que notara minutos antes, haviam desaparecido. Agora, apenas um adentrava-lhe pelo nariz, fazendo-lhe cócegas na garganta.

No ambiente, entoavam vozes que não reconhecia.

– Podemos aprontá-lo, doutor?

Um mascarado acenou um comando para as enfermeiras. Elas aproximaram-se com hastes, de onde pendiam duas bolsas de soro. Uma delas apressou-se em apanhar bandejas, seringas, um espeto de metal que mais se assemelhava a um enorme prego achatado, além de um martelo, acomodando-os num carrinho ao seu lado, enquanto a outra saía a passos largos para o corredor, batendo a porta atrás de si.

O homem abaixou a máscara para limpar os lábios.

O doutor...

O doutor!... Chegou perto da cama, sem encostar nela ou em Dennis, examinando-lhe os olhos. Ele não devia ter mais de quarenta anos, mas tinha um ar de autoridade e autoconfiança.

O doutor?... Puxou a máscara, tapando de novo a boca.

– Depois de repetidas convulsões ontem à noite, seu pai o trouxe para cá – avisou. – Vamos dar um jeito nestas convulsões, para que você possa ter uma vida normal.

Dennis tomou fôlego. Com muito esforço, pronunciou:

– Que hospital...

– Clínica! – corrigiu o doutor; Dennis sentiu aqueles olhos penetrarem sua alma, como se o acusassem de alguma coisa.

– Doutor... Eu o conheço?...

– Sou o Doutor Charles Karadzic! – completou ele. – Não tem com o que se preocupar. É verdade, nós nos conhecemos, só não está lembrado agora...

Dennis se sentiu assaltado pelo cheiro, a voz fria, o cabelo vermelho e os olhos de um verde familiar daquele homem. Havia, de repente, mais no que se concentrar do que apenas na sua letargia. Empregando todas suas forças para não cair no sono, fixou o olhar ora no soro, ora na bandeja que a enfermeira arrumava.

Luzes temporariamente cegaram-lhe a visão.

– No soro – recomendou o doutor.

– No soro – concordou a enfermeira.

Os olhos de Dennis ficaram mais pesados. Cada...

Vez...

Mais...

Pesados.

Ouviu a porta se abrir. De relance, reconheceu o outro homem que caminhava pelo recinto sem olhar para Dennis, sem falar com o doutor nem com as enfermeiras. Tinha ares de preocupado.

A enfermeira o tomou pelo braço.

XXX

— Não se preocupe, irmão Betts — disse e apontou para a bandeja metálica. — Todo o material para o procedimento é esterilizado antes.

— Não vai se lembrar de nada desta vez? Têm certeza? — o pai balbuciou a pergunta, desvencilhando-se daquela mão, desviando os olhos para a porta, como para não encarar Dennis. — Fico imaginando o que aconteceu... — continuou ele, passando os dedos pela borda de uma das bandejas.

— No primeiro procedimento, ela não foi fundo o bastante — retorquiu o doutor. — É compreensível, John. Nas circunstâncias... Eu, no lugar dela, talvez... Por isso, agora, a neurocirurgia, faço-a eu mesmo.

— Ele tem uma vontade de ferro.

— Como você, irmão! — gracejou o Doutor Karadzic.

O pai riu.

— A época era outra. Além do mais, sempre tive o senso de obediência à Igreja.

— Sei, John.

Foram as últimas palavras que Dennis escutou.

Depois disso, viu a enfermeira se aproximando, puxando a pálpebra do seu olho direito para cima e batendo no seu globo ocular com um dedo numa luva de borracha. Não doeu. Nem viu mais nada, como se, apesar dos ferros que lhe prendiam as pálpebras, os olhos tivessem se cerrado.

Para se abrirem, sem susto, no meio de uma conversa.

A voz de Dennis se projetava da sua boca, mas era como se fosse outra pessoa que falava. Como alguém pode ouvir-se falar como se estivesse separado do seu corpo?

— Quando, docinho? — dizia.

— Dia 15 — respondeu Candy, balançando os pincéis por cima de uma caixa na mesa.

Dennis paraceu recobrar as funções do seu próprio corpo e olhou para a irmã, como se recordasse a respeito do que era a conversa.

Não se recordava.

Ainda.

— Casar-me?!

— Sinto tanto, irmãozinho.

— Casar-me? — repetiu, sentindo-se, agora, dono dos lábios que pronunciavam a pergunta. — Não me...

— Não consigo entender — disse Candy. — Fora um pouco apagado, você parecia normal. De repente, já vai me dizer que não se lembra de nada. Hoje, quando você me telefonou...

— Hoje? — interrompeu Dennis, suspeitando que "hoje" não significava o dia depois de ontem. Queria lembrar, mas não se recordava de nada, nem de como havia chegado até ali, nem o que estava fazendo, conversando com a irmã. — E hoje é?

— Dia 2 — respondeu Candy.

Os lábios de Dennis se apertaram.

— De?

— Fevereiro.

— De?

— Como "de", irmãozinho?

— Já não sei mais nada, docinho.

— 1985.

Os lábios de Dennis passaram a se contrair em movimentos involuntários. Os ombros dele saltaram. Depois, tremeram.

Candy o observava, olhos perdidos.

— Juro, irmãozinho!

— Quantos meses? Oito? Candy, não me lembro de nada.

— Irmãozinho, isso acontece de vez em quando, depois passa.

Havia tanta pena e espanto na voz da irmã. Contudo, também uma secreta normalidade. Covarde, não ousou perguntar se a falta de memória se devia a uma doença sobre a qual não queriam lhe contar. Pior que estar doente, porém, era a notícia de que ia se casar. Casar? Aquilo não fazia sentido.

Ou fazia?

Do nada, fragmentos de sensações: ambulâncias, luzes fortes, salas frias, dores dilacerantes encheram-lhe a mente.

— Eu... — não fingiu para a irmã, precisava saber — estive esse tempo todo num hospital?

— Que é isso?! Você vem trabalhando com o papai, viajando com o pai da sua noiva e parece feliz e saudável. Respire, Dennis, que passa. Já vai se lembrar. Fique calmo... Olhe o que tenho para você.

Dennis se sentiu paralisado.

XXX

Candy deitou os pincéis na mesa, levantou a tampa da caixa e dispôs os equipamentos ao lado de um bloco para desenho.

– Então, quer o retrato que me pediu a lápis? Posso fazer uma pintura dele a óleo – disse ela, rindo, abrindo o bloco ao meio. – Este bloco viajou do Brasil na minha mão, sabia? Nas muitas limpezas de primavera, papai nunca desconfiou que eu o havia guardado – sussurrou como se alguém, se os escutasse, puniria-os, e riu.

– A lápis? A óleo? – perguntou Dennis, olhando intrigado para aqueles traços em cera azul, verde e cor-de-rosa, que formavam o retrato de um jovem. – Quem é? – balbuciou. – E por que eu iria pedir que você desenhasse esse rapaz que não conheço?

Candy arregalou os olhos e fitou Dennis.

– Quando você me disse que havia pedido Sarah em casamento, conversamos longamente sobre o Lázaro – disse ela, fechando o bloco. – Você lamentava que ele não viria à sua festa. Tem certeza que não está brincando comigo? Tem certeza de que esqueceu a conversa? Essa amnésia que vem e vai, esses esquecimentos...

– Que esquecimentos, docinho?

– Irmãozinho, você me deixa preocupada...

XXXI

Sonhando.

Só nós dois é que sabemos,

O quanto nos queremos bem...

Se, num passe de mágica, eu conseguisse tirar da cabeça a Rádio Comercial de Lisboa.

Não conseguia.

Anda, abraça-me, beija-me... Encosta o teu peito ao meu...

Abri os olhos, despertando-me. "Xô, Amália. Xô. Xô. Xô."

Quando acordei, vi as cortinas abertas. Estava escuro. O telefone tilintava endoidecido. Acendi a luz e me sentei na cama.

Só nós dois é que sofremos,

A tortura dos desejos...

– Lázaro Prata falando – disse, sem apertar o botãozinho do TALK no telefone novo do Ed.

Esperei.

O telefone continuou tocando na minha mão.

TALK.

– Lázaro Prata falando.

O Ed misturava inglês e português numa ligeireza, que mal dava para acompanhar.

Fui me levantando.

Vamos viver o presente,

Tal qual a vida nos dá...

Passei o fone para o outro ouvido, tentando decifrar as palavras dele, convidando-me para encontrá-lo num pub, que se misturavam com o chiado na linha.

– Com esse vento todo?

No despertador, os números que piscavam eram mesmo o zero, o cinco, dois pontinhos, o dois e o seis. Um "p" e um "m" ficavam bem escondidinhos, delatando que passava, e muito, do meio-dia.

– Você tem o que para mim? Foi ao hotel? E volta?

Comecei a rir.

– Pois que espere até amanhã de tarde para o drinque – respondi. – Minha cabeça está arrebentando. Não dá para ir, não.

Deixei o quarto, caminhando e parando para tentar ouvir melhor o Ed.

O que reserva o futuro,

Só Deus sabe o que será...

Novamente, a voz do Ed transformara-se em chiado e estática.

Estendi a anteninha do telefone e me dirigi à cozinha para tomar um suco, enquanto convencia o Ed de que o fuso horário em Portugal, sim, era o mesmo da Inglaterra, mas eu esperara cinco horas para embarcar e, aguardando o voo para Manchester, mais sete em Amsterdam.

Que falem não nos interessa

O mundo não nos importa...

Sacudi a cabeça com violência para espantar a rádio e prestar atenção ao que o Ed dizia.

O nosso mundo começa

Cá dentro da nossa porta.

"Aguente a mão, Amália!"

– Aguente a mão, Ed!

Ed quis saber se eu o escutava.

– É o fado.

Pediu que eu desligasse o som.

– Não dá.

"Botão vermelho", avisou-me ele, "o da esquerda".

– É dentro da minha cabeça, Ed! – expliquei.

XXXI

Ed, sem entender que eu havia despertado com a Rádio Comercial tocando entre as minhas orelhas, começou a rir de outra coisa do outro lado da linha, relembrando-me da passagem de ano, antes de eu ir para Lisboa.

– Faz quase um ano, Ed, não vale mais. Aquele discurso foi bobagem, brincadeira movida a álcool.

A ideia de encontrar alguém antes do fim do visto me passava pela cabeça. Passava, mas não permanecia. O Ed, porém, estava certo: eu tinha cento e cinquenta dias se quisesse achar um marido – o primeiro dia de visto já estava acabando.

– Quê? – gritei.

Cuspi o suco.

– Cinderela é a sua mãe, bicha louca!

Ed ria, mas insistia.

– Alto é bom – respondi. – Pele bem branquinha? Hummm... Cabelo cor do trigo? Hummm... Opa! Como sabe que é assim, tão bem criado?

Comecei a fazer uma dança esquisita para espantar o frio.

– Numa sauna? Tá brincando... Bom... Sei... Não estou rindo, estou batendo os dentes. O termostato ficou desligado o dia inteiro.

Os detalhes do rapagão borbotavam pela linha telefônica, das roupas ao sotaque escocês divino.

– Como algo assim, Ed? É ou não é "Spencer"?

Pela fresta do batente da janela, que eu vivia prometendo tapar desde que me mudara para aquele apartamento, embrenhava-se um ventinho, que deixava minhas pernas nuas em agonia.

– Se eu não virar picolé antes do banho... Só que às seis, desculpem-me, mas nem pensar...

Esvaziei o resto do suco meio azedo na pia e fui encher a banheira.

– Que tem demais que eu não chegue na hora?

Ed disse que até as sete e pouco esperava.

Desligou.

Não era só a música, eram estes chiados e as sílabas cortadas que ainda martelavam na minha caixa craniana, matando-me de saudades. No entanto, eu estava de volta a Manchester, disposto a aproveitar meu visto de turista encurtado em um mês.

– Estadia máxima – dizia o oficial de imigração poucas horas antes. – Vai ficar até quando?

Lembrei a data da minha passagem de retorno ao Brasil, que se encontrava em cima do balcão junto com meus dólares e libras, aguardando que ele examinasse o passaporte.

– Até maio – respondi, firme, com ar despreocupado.

Ele ergueu os olhos sem erguer a cabeça.

– Qual a razão para retornar ao Reino Unido?

Uma onda morna me atingiu e foi me engolfando.

– Minha mãe está morando com minha irmã, que é casada com inglês.

– Padrasto inglês?

– Cunhado.

– Vão lhe sustentar?

Abaixei os olhos, fingi rir, baixo, com ar despreocupado.

– Não.

– Fundos?

Apenas apontei.

Ele examinou o dinheiro, correu os olhos pelo bilhete de retorno, carimbou meu passaporte, enfiou tudo dentro dele e me entregou o maço.

– Obrigado – agradeci em voz baixa, controlando o meu ímpeto de correr dali.

– Próximo – voltou-se ele para a longa fila de rostos tão ansiosos, supus, quanto o meu.

Para meu alívio, a minha ansiedade havia passado.

Terminei, então, o banho de gato. Minha cabeça, também, não sintonizava mais a Rádio Comercial.

Pulei nu para o quarto.

Cheirei a roupa da viagem.

Limpa.

Mais que limpa, cheirando aos perfumes caros do *freeshop*. "Supimpa!" Um, dois, três e pronto. Voltei à sala; recolhi o sobretudo do sofá, alisando o vinco da perna direita das calças. Após bater a porta atrás de mim, veio-me à mente que em Manchester não precisava trancá-la. Deslizei a chave para dentro do bolso bem devagar.

XXXI

E...

Só nós dois é que sabemos,

O quanto nos queremos bem...

– Outra vez não! Pare, pare, pare! – disse em voz alta, enquanto marchava até o café da esquina para pedir um *fishcake* num *teacake*, batatas fritas e um chá. "Como é que comem um croquete de peixe dentro de um pãozinho doce? Coisas da aristocrática Inglaterra! Coisas que eu aprendera a gostar também!"

Só nós dois é que sabemos,

Só nós dois e mais ninguém...

Caminhando, comendo o mais depressa que conseguia e me perguntando se a minha boca cheiraria a peixe, questionava-me que fado seria o meu. O da Amália, que tocava na minha cabeça, é que não ia ser.

Parei.

Limpei os dentes com a unha, refletindo sobre o telefonema do Ed. Pior, pensando na minha resolução de ano-novo no primeiro minuto daquele ano.

Meu estômago ardeu e não era azia. "Merda", culpei-me, "Pedi, levei!" Se eu soubesse como afogar o fado, eu afogava.

Mas eu não sabia.

Arrastando duas bruxas gordas invisíveis que se prendiam a cada uma das minhas pernas, segui em frente, inventando uma conversa com o Lécio. E este, às gargalhadas, dizia-me que naquela noite eu descobriria que fado é fado e o meu não se afogaria jamais.

"Não estou pronto, Lécio." Eu fingia estar memorizando alguma coisa quando alguém discretamente se virava para me olhar. A discussão estava tão acirrada, que nem mais os lábios eu controlava. "Está sim, Mr. Lázaro Prata, Luz da Minha Vida." "Não estou." "Não seja frouxo, *guria*." "Não estou pronto!" "Está!" "Chego lá e faço o quê, então?" "Nada." "Nada?" "Nada!" "Assim", eu me imaginei plantado no meio do bar feito uma bananeira, "tipo, nada?" "Para que remar contra a maré? Tenho certeza que ele vai lhe achar um gato! Você só tem que dar o ar da sua graça." "Não sei, Lécio..." "Lhe dizendo."

Às sete em ponto, cabelo ainda molhado, eu descia as escadas do *Stuffed Olives*. De repente, eu me vi plantado no meio do bar feito a tal bananeira. Uma meia dúzia de rapazes lotava uma pista fumacenta, pouco maior que um selo postal. Eles não dançavam, requebravam as cadeiras num arco exagerado ao ritmo de uma música que eu desconhecia. No sofá, ao lado da pista, o Ed, o Rick e o amigo deles.

"Lécio, Luz da Minha Vida, não sei nem por onde começar. O gringão que o Ed vai me apresentar é de..."

Ed se levantou e, com ele, levantou-se o gringão.

– Spencer – falou Ed sem que lhe arrefecesse na cara o sorriso borbulhante.

– Lázaro – antecipei-me, estendendo a mão ao gringão.

– Prazer, Lázaro! – respondeu o gringão.

"O prazer é todo, todo, todo meu!", segurei o pensamento e sorri. Melhor, rejubilei.

Ele devolveu meu sorriso embrulhado em açúcar, envolvendo minha mão entre as dele, como se fossem dois lados de uma concha se fechando. "A vida não é eterna...", com o coração descompassado, suspirei: "eu deveria ter ouvido o Ed e chegado às seis".

– *Drink* – disse ele.

Meus dedos se desprenderam da concha e foram se refugiar nos bolsos apertados das minhas calças.

– Suco de laranja? – proferi baixinho.

– Desculpe?

– Suco de laranja? – repeti.

– Vou ver se tem – comentou, rindo. – Não trabalho aqui. Que tal me acompanhar ao bar?

Continuei de bananeira.

Rick me salvou.

– E Lisboa, Lázaro?

– Tudo bem, Rick – respondi e com os olhos segui o Spencer enquanto ele se afastava em direção ao bar.

Ed aproximou a boca do meu ouvido e falou em português.

– E?

– Joia.

– Mesmo?

Não respondi. Caminhei na direção do Spencer que me trazia um suco de laranja. Ele me deu o copo e apontou para os sofás do pub. Com um aceno da cabeça, agradeci o suco. Sentado, fiquei ouvindo outra música que não o fado, ainda brincando de conversar com o Lécio. "E faço o quê?" "Nada, Luz da Minha Vida." "Nada?"

XXXI

Rick interrompeu o meu papo imaginário.

– Hoje – sugeriu – o bom é uma sauna.

Levei o copo à boca e não o retirei mais.

– Por mim... – concordou Spencer. – E vocês?

Ia me levantar, mas o Ed me segurou pelo braço.

– Tudo bem – respondeu ele.

Afastei o copo já vazio.

Corri os olhos em direção à porta.

– Hoje não – retruquei em tom agradecido. – Faz pouco que cheguei de Lisboa. Estou moído de cansado.

– Eu lhe pago uma massagem – disse Rick.

– Ele lhe paga uma massagem – confirmou Ed.

Spencer espalmou as mãos na mesa e sorriu.

– Feito – sentenciou. – Rick lhe paga uma massagem.

Ouvia o rock pesado e as vozes, sem tirar os olhos das mãos do Spencer espalmadas sobre a mesa.

* * *

Já quase na rua, no hall de saída do pub, Rick me perguntou:

– A sério, Lázaro, alguma vez você foi a uma sauna?

O grupo de *habitués*, acotovelando-se entre a porta e a calçada, amontoou-se à nossa volta como que para ouvir a resposta.

– Nunca – respondi, pondo a mão no nariz por causa do cheiro do tabaco. – Mas há sempre uma primeira vez.

Risadas e mãos estranhas dando-me tapinhas nas costas.

Ed e Spencer acompanhavam a cena, afastados do grupo.

– Vamos, Rick – convidei, indo me juntar ao Ed e ao Spencer.

– Afoito! – brincou ele, apertando os lábios como se fosse assobiar.

Levantei os ombros e acompanhei o riso.

– Onde fica a sauna?

Rick pôs um cigarro na boca, curvando-se num gesto de reverência.

– Acompanhe-nos, princesa! – disse-me ele, mantendo-se naquela posição de reverência até que atravessei a rua, seguindo com o Ed e o Spencer pela outra calçada.

Rick acendeu o cigarro e atravessou a rua correndo para se juntar a nós.

* * *

Segurando o peito para respirar mais devagar, ainda sem dizer nada, aproximei-me da entrada do estabelecimento. Os três haviam chegado antes de mim. Ed seguiu com Rick prédio adentro, porém Spencer, talvez percebendo minha demora em seguir com eles, estendeu-me a mão.

– *Hotel Dolphin* – murmurou ele.

– Sei – disse eu, levantando os olhos para o luminoso. Entramos de mãos dadas.

Mas não nos dirigimos à recepção do hotel.

Spencer me conduziu a uma escada, que descia a um tipo de porão.

Lá debaixo, Rick e Ed acenavam para nós.

Ao nos aproximarmos, Rick passava comentários sobre as pernas de um rapaz, de não mais de dezoito anos, que segurando duas toalhas em cada mão, apressava-se por um corredor vermelho quase escuro, cheio de portas.

– Desculpe fazê-los esperar – disse o rapaz, chegando à bancada tosca que deveria ser a recepção da sauna. – A esta hora, enche – disse baixinho, jogando as toalhas molhadas numa cesta no balcão ao lado da registradora. – O pessoal que não dá sorte na H2O vem todo para cá. Na sauna do *Dolphin* as "meninas" não acabam a noite com as bundinhas intocadas. E tem mais, agora mesmo, uma "menina" de certa idade, ali no cubículo, me dizia que aqui até para casamento...

– Olhe, amor – interrompeu Rick. – Não vim aqui procurar um relacionamento que me dure a vida inteira, procuro apenas aliviar a tensão. Qualquer coisa que me faça desistir de pular na frente de um ônibus quando eu sair desta espelunca, para mim, já é lucro. E tem mais – acrescentou ele, no mesmo tom –, as minhas expectativas com a "casa" são bem baixas, baixíssimas. E tem mais ainda, não viemos da H2O. Estávamos no *Stuffed Olives*.

O rapaz sorriu sem mostrar os dentes.

De uma pilha, entregou-nos quatro toalhas secas, dobradas em quatro, cheirando a alvejante.

XXXI | 271

– Todos juntos?

– Sim – respondeu Ed.

– Chaves – disse o rapaz, depositando no balcão quatro chaves amarradas por elásticos de prender dinheiro.

– Oito – disse Rick.

– Dez – disse Spencer.

– Dez também – repetiu Ed.

O rapaz olhou para mim.

Olhei para os meus amigos.

– O seu tamanho – esclareceu Ed.

Senti meu estômago e o peito doerem.

– Tamanho do quê?

– Do pé – Ed traduziu.

– Quarenta e dois – respondi, me corrigindo na hora. – Nove.

– Nove – tornou Ed ao rapaz, em inglês.

Este depositou os chinelos por cima das toalhas no balcão.

Num segundo, Ed e Rick desapareceram nas entranhas do prédio, sobrando, no ar abafado, um cheiro de suor, cigarro e o estrondo de uma porta metálica se fechando ao fundo.

Senti meu estômago e o peito se contraírem outra vez.

– Vem comigo – encorajou-me Spencer, primeiro me segurando pelo braço, depois com a outra mão, puxando a minha cabeça em direção aos seus lábios abertos.

Cheirei a boca do Spencer, pronta para um beijo. Ela exalava um cheiro diferente, como massa de pão antes de ir para o forno.

Meu peito tremeu. Meu estômago dançou. Meu coração veio latejar na altura dos olhos. Engoli meu próprio vômito.

Spencer soltou minha cabeça e deu um passo para trás.

– Tudo em ordem, Lázaro?

Meus pés grudaram no chão.

Cada perna pesava uma tonelada. Os perfumes do *freeshop* que minha camisa ainda exalava me enchiam o nariz.

Eu precisava de um banheiro.

Não. Era de oxigênio que eu precisava. Não. Eu precisava era sair dali. AGORA!

– É o peixe! – foi só o que consegui dizer, o *fishcake* me revolvendo no estômago.

– Peixe?

Spencer arregalou os olhos e pulou para trás, numa súbita compreensão do que eu queria dizer.

XXXII

Com o suor escorrendo-lhe pela testa, olhou para a roupa branca que vestia, para o avental verde do oficiante, para os espelhos sem molduras que cobriam as paredes do recinto sem janelas e que o ofuscavam com os infinitos reflexos de si mesmo.

Sala de Selamento Eterno do templo da Igreja de Jesus Cristo dos Santos dos Últimos Dias, Salt Lake City...

Bifurcação.

"Sujeita-se aos rituais?"

"Céu."

"Rejeita-os?"

"Inferno."

Os olhos de Dennis se abriram depressa.

Viu-se ajoelhado no centro da sala, de frente para aquela figura de branco.

Espelhos cobriam as paredes.

Um candelabro de mil luzes pendia do teto. Se pudesse gritar de horror, gritaria.

Não podia.

Ficou observando a cena pelos olhos do outro.

A noiva era pouco mais que uma criança, esguia, com olhos de um azul fugidio, refletindo apenas as luzes do ambiente. Fios de cabelo escapavam do véu, sem cor, como a sua pele. O vestido, saído dos filmes antigos, era o ritual exigido pelo templo, o que estava ditado nos manuais de modéstia da Igreja Mórmon. Cada vez que ela olhava na sua direção, Dennis não via nada além do penteado feito em casa, coberto pelo tule branco que realçava as orelhas de abano em trajes que aquela jovem de joelhos não podia esconder.

Suas pálpebras fecharam devagar e Dennis sentiu os olhos se apertarem. "Penso uma coisa. Digo outra. Pior. A cada dia fica mais difícil falar." Ao despertar, tentava correr, escapar, mas as pernas não atendiam. Ao contrário, atendiam. Atendiam ao outro, a um outro Dennis que o dominava, que parecia acordar todos os dias. Não a ele, o Dennis que pensava, que acordava de vez em quando, quase sempre com a garganta trancada. Não era apenas um Dennis que habitava aquele corpo. Eram dois. Mas quem seria o outro?

"Enlouqueci? Castigo? Aconteceu comigo? O que fizeram comigo?"

"Onde estão as respostas?"

"Onde?..."

A conversa que tivera com a Candy reverberou, forçando-o a se lembrar do que estava prestes a acontecer com ele: "Casar?", surpreendido, inquiria ele à irmã. "Sinto muito, irmãozinho", lamentava ela. E as palavras haviam sido um choque na sua espinha, tornaram nítidas as lembranças de quem era o rosto no papel: Lázaro. Lembrara-se de que era um retrato de Lázaro que Candy queria pintar para ele. O retrato de Lázaro...

O oficiante disse alguma coisa.

As pálpebras apertadas tremeram, mas os olhos não chegaram a se abrir por completo. Dennis sentia a boca seca, entretanto não conseguia passar a língua nos lábios. Se lhe dirigissem a palavra, a sensação era ainda mais desconcertante: ouvia-se respondendo, mas não era ele, Dennis, quem estava pensando, que respondia. Era o outro, a quem escutava à distância, em uma voz vinda do outro lado de um barulhento rio invisível, que abafava o som das palavras. Se conseguisse se mover, correria na direção do ruído da água, atravessaria o rio e expulsaria o outro, retomando o controle de seu corpo.

Mas não conseguia.

Preso, tinha virado um espectador de si mesmo.

"Lázaro..." Pensou em Lázaro, pensou neles. Deixou-se tragar ainda mais pelo passado. Deitado na cama do apartamento da Benjamim, Dennis era despertado com beijos. Primeiro, nos olhos fechados. Depois, desciam-lhe pelo rosto, achando seus lábios.

– Fome?

– De estômago, nenhuma – dizia Dennis numa voz macia e num impulso virava o Lázaro de costas, puxando-o para si.

XXXII

Imaginou Lázaro gemendo de prazer, como se estivessem se amando naquele momento, atrás do altar, roçando-se nos adornos, rolando no tapete fofo, os dois gozando juntos como tantas vezes gozaram.

A respiração acelerada de Dennis pareceu ressoar na sala coberta de espelhos, ecoar nos corredores do templo e desvanecer-se na neve tocada a vento que, estava seguro, ainda se precipitava lá fora, mais forte do que de manhã cedo ao chegar com o pai e os convidados para a cerimônia de casamento.

Sua cabeça virou-se de repente e os olhos se arregalaram como num choque.

Ainda ofuscado pelas centenas de luzes do candelabro, Dennis, o que pensava, distinguiu o pai e o Bispo Miller sentados na cabeceira do altar. O outro Dennis, que lhe dominava a voz e o corpo, sorriu para os dois homens em suas vestes brancas. De testemunhas.

– Irmão Dennis Betts e irmã Sarah Miller, por favor, juntem as suas mãos – o oficiante deu a ordem e curvou-se para observar de perto a perfeita execução.

Dennis acompanhou o entrelaçamento do dedo mindinho dele no dela, colocando a ponta do indicador no pulso da noiva, cuidando para que o dedo tocasse a pele, não a manga do vestido: o *Aperto de Mão Patriarcal*, o primeiro sinal secreto da cerimônia.

Em pensamentos, Dennis – o que pensava – esbravejava.

Dennis – o outro, o corpo e a voz que dizia palavras indistintas – casava-se com Sarah, a filha do Bispo Miller.

De uma só vez, sete anos emergiam em lampejos de memórias, tempestades de recordações, redemoinhos de saudades. O cheiro do São Gonçalo, o junco verde na outra margem, a ponte ao fundo... Lázaro dizendo: "Dennis, eu amo tanto você, tanto..."

O chão se derreteu sob os seus joelhos.

Desorientado, com raiva, esforçava-se para se esquecer de seu corpo, que não era o seu, e concentrar-se nas suas memórias, que, por ora, eram as suas. Só que vinham aos pedaços, apodrecidas – como mãos de defuntos acenando de covas abandonadas, suplicando que o tempo se movesse para trás.

O tempo, num instante de alívio, pareceu compadecer-se.

Estancou.

Deu meia-volta, correu ao contrário: o noivado, a noite em que pretendiam noivar, a tarde em que de mãos dadas passeavam na Praça do Templo.

Depois, na manhã em que o pai e o Dr. Karadzic garantiam que casando todos os percalços iriam desaparecer. E mal fazia um mês que fora apresentado a ela, logo após o Bispo Miller ter-lhe pedido para confiar mais em Deus. E antes de tudo aquilo, no campo antes preenchido pelas lembranças de Lázaro, passara a ver um espaço vazio, uma sombra.

Os defuntos pararam de acenar e as memórias trocaram de direção.

Descargas elétricas agora.

Cheiro.

Agulhas e...

A clínica do Dr. Karadzic onde Dennis estava internado.

O olho.

O grito que não lembrava mais.

A agulha lhe atravessando o canto da vista quando havia passado o efeito do anestésico. E o martelo. Batendo.

Batendo. Batendo. Batendo. Batendo. Batendo. Batendo...

Blip. Blip. Blip. Blip. Blip. Blip.

"Ele está acordando?"

"Não".

Vozes, sons como ecos.

"Acordado?!"

"Não."

Blip. Blip. Blip.

"Pulso acelerando!"

"Impressão sua."

Blip. Blip.

"Ajuda?"

"Pronto."

"Vai lembrar?"

"Como?"

Blip...

Quis falar.

A garganta não respondeu.

O oficiante ergueu a voz e as mãos.

Mais balbucios numa cerimônia que pouco sentido fazia. O oficiante apenas falava. Admoestava. Ameaçava. Sem nenhum sinal de afeição – nenhum "agora pode beijar a noiva" – e nenhum "honrar, amar e respeitar-se mutuamente". "Estão me casando é com essa Igreja", refletiu o Dennis que pensava, "nem é com essa mulher". Quis morder os lábios secos, o rosto não respondeu. O suor que escorria da testa, chegando aos olhos, sentiu-o misturar-se às lágrimas. "Por que o outro está chorando?" Espiava-o, nos infinitos reflexos dos perversos espelhos, secar a face enrubescida, queimada pela neve. "O que o outro está sentindo? Esta é a experiência no templo pela qual tanto se espera? Duas pessoas esquecendo-se de si mesmas para se comprometerem apenas com as doutrinas, as regras, os mandamentos?"

Os olhos percorreram a sala sem se fixar em nada. Como se estivessem num carrossel, continuaram girando até fitarem a noiva.

O silêncio no recinto intensificou os sons que se formavam na sua garganta.

Fingiu tossir.

"Sarah", chamou o Dennis que pensava.

Ela se conservou cabisbaixa.

Será que ela não ouviu?

"Sarah", repetiu Dennis. Em pensamentos.

A garganta dele não obedecia mais.

Concentrou-se.

Sua mão, então, começou a responder, levantou-se em direção ao rosto.

Talvez, se tapasse o nariz, sem ar, pudesse acordar do pesadelo. Não era o que fazia quando morava com o Lázaro? No meio dos sonhos ruins imaginar tapar o nariz até não respirar mais? Despertava engasgando-se e tossindo. Depois, sentia Lázaro fazendo-lhe cócegas, reclamando e dando uma de suas explicações, sempre tinha uma para tudo. "Ô! Você se empanturra de melancia no jantar e daí dá nisso! Vai passar a noite toda me incomodando com sonhos malucos? Poxa, que merda, Dennis, não dormi nada..." Mais uns beijos, claro, e Lázaro se acalmava. Virava de peito para cima, Dennis deitava a cabeça no fofo de sua barriga, ouvindo os acordes altos e fortes do coração e o rosnar das tripas. "Agora durma", pedia Lázaro, afagando-lhe os cabelos."Agora durma, Dennis, durma..." Dennis não conseguia obedecer. Nem os olhos conseguiam se fechar.

Como agora não se fechavam.

Dentro daquele templo.

Na hora do seu casamento.

Com uma mulher... Uma mulher!

Ouviu ruídos.

Da cabeça do altar, o murmúrio sufocado do oficiante transformou-se, por fim, em palavras:

– ... por sua livre e espontânea vontade? – perguntou o homem.

Sarah pronunciou um "sim" agoniado e a sala caiu em silêncio.

Pesado.

Interminável.

Cinzento.

Depois, vieram as palavras finais da cerimônia. Dennis, o que pensava, ficou ouvindo o compasso do coração que era dele, no peito que era do outro.

– ... multipliquem e encham a Terra... – arrastava-se ainda o oficiante numa voz tenebrosa. – No dia do Nosso Senhor Jesus Cristo... no Novo e Eterno Convênio... selo sobre vós pela virtude do Santo Sacerdócio... Amém.

A cabeça de Dennis pesou.

Devia ter dito "sim" em alguma hora durante a coisa toda, só não se recordava.

Deixou a cabeça cair para o lado.

Seu pai o observava com olhar severo. Sarah, com um olhar mais severo ainda. O oficiante tinha um ar aborrecido, transmitindo a impressão que segurava por toda a eternidade aquele pequeno estojo contendo as alianças, que o pai lhe passara antes do início da cerimônia. Ainda de cabeça caída, Dennis viu sua própria mão finalmente alcançar as alianças, enfiar uma no seu dedo e a outra no de Sarah.

Levantou-se.

O beijo, que não era essencial, não houve.

Sentiu o estômago roncar.

– Por aqui, irmãos – informou o oficiante, apontando para a porta que dava para o corredor.

Entre sentar, levantar, ajoelhar, jurar, prometer, recitar e fazer mil sinais, a hora do almoço parecia ter passado havia muito.

– Parabéns, filho! – ouviu.

XXXII

Virou-se.

Era o Bispo Miller, mão tocando-lhe o ombro.

Veio-lhe um vazio ao corpo. Os pés se arrastaram no tapete, como se Dennis estivesse limpando a lama dos sapatos antes de sair daquela sala.

O pai apertou-lhe o outro ombro.

– Sua esposa está esperando no saguão – disse em tom de camaradagem.

Dennis continuou ciscando sem sair do lugar. Diante do pai e do bispo, lutava para que a alma o abandonasse e, liberta, viajasse até onde Lázaro, ou as lembranças de Lázaro estivessem, para pedir socorro. Mas os olhos permaneceram fixos no tapete branco, enquanto em silêncio, acompanhava o pai e o sogro ao vestiário do templo. Dennis, o que pensava, odiava tudo aquilo. Mais que tudo, odiava o deus onipotente dos mórmons, que requeria a memorização de tantos sinais, nomes secretos e gestos para que os crentes fossem admitidos ao Céu. Não entendia como estes preceitos seriam evidências do cuidado zeloso que o Pai Celestial teria pelos que supostamente amava, como este deus, que agora o mantinha encarcerado dentro de si mesmo.

Minutos depois, porém, já no saguão do templo, pelo braço de um John sorridente, sentia-se cumprimentar até o último convidado. Era um teatro onde todos sabiam de cor os respectivos papéis. A falação castigava seus ouvidos. O outro Dennis ria e falava. Feliz. Ele – o que pensava – esforçava-se para fazer sentido do que o outro dizia, embora as palavras que proferia, saíssem da sua própria boca. Como em tantos outros casamentos que Dennis comparecera no inverno, viu Sarah, já sem o véu, brincando com as bordas do capuz daquela capa de pano grosso com que cobriam as noivas.

Ao aproximar-se, percebendo que ela buscava seus olhos, Dennis buscou por trás dela, na janela para os jardins, o reflexo de si mesmo. E, refletido no vidro, um fantasma soltou um grito. Clamando, pedia socorro.

Dennis, ou ele ou o outro, gritou de pavor.

Todos se voltaram para Dennis: aquele grito todo mundo ouvira.

Sarah o fitou, lançando-lhe um olhar irritado.

– Tudo bem com você?

Dennis afastou-se, a mão empurrou a porta e ele sentiu o frio esbofeteá-lo. Caminhou sem se virar, ouvindo os passos abafados da esposa atrás de si, seguindo-o pelos jardins cobertos de neve.

– Viva o noivo!

O outro Dennis, o que o aprisionava, ajeitou o colarinho e sorriu mais vezes ainda para os convidados.

Sarah o alcançou, pondo-se à sua frente. Num gesto de carinho que o repugnou, ela o ajudou com a camisa, tocando de leve seu nariz para indicar que a gravata agora estava no lugar.

Os convidados riram.

Sarah segurou sua mão.

Dennis sentiu que o outro devolvia o gesto dela com um sorriso.

– Obrigação de esposa – murmurou ela. – E perdoo os olhares ciumentos das minhas amigas.

Risadinhas.

Sarah emendou o riso ao sorriso que dispensava aos convidados que apertavam sua mão. Dirigiu um sorriso com mais intensidade na direção dos sogros.

– Rapaz de sorte! – brincou um convidado.

– Fiquei sabendo que você fala português – disse outro. – Sabe que servi à missão no Paraná, e você?

– Não fez missão no Brasil... – Dennis ouviu a voz da mãe respondendo por ele.

– Missão fez em Portugal, até o meio do ano passado – acrescentou o pai; voz imponente e orgulhosa. – Agora a missão é cuidar da esposa, ter muitos filhos e servir a Deus e à Única Igreja Verdadeira.

A mãe soltou a mão de Dennis. Mais convidados tomaram o seu lugar, empurrando-a para longe do grupo. Candy apareceu por detrás. Levando uma mão adiante, afastava-os sem pedir licença, enquanto, com a outra, segurava a de um rapaz moreno, alto, de rosto rosado.

– Muita sorte, irmãozinho – disse ela, tocando-lhe de leve o peito.

– Parabéns – soprou o rapaz moreno, mal erguendo a cabeça.

– Este é o...

Candy não chegou a completar.

Bispo Miller dirigiu-se primeiro ao acompanhante dela e bateu-lhe no ombro.

– Não me lembro de você nas funções da Igreja, meu rapaz.

– Ele não é mórmon – interveio Candy.

– Ele é o que, então?

XXXII

– O James veio estudar arte em Salt Lake City, Bispo. Não conhece a Igreja.

– Pintor como ela? – o Bispo Miller, dirigindo a pergunta ao rapaz, levantou o queixo na direção da Candy.

– Mais ou menos – respondeu James, ainda cabisbaixo. – Quero mesmo é ser escritor.

– Se for para exaltar o nome de Deus e levar ao mundo as verdades da Igreja, que a sua escrita seja abençoada.

– Não pretendo que a minha escrita leve outra coisa às pessoas que não sejam as verdades.

– Que assim seja – completou James.

Candy sussurrou no ouvido de Dennis que outra hora contaria as novidades. Passou o braço pela cintura do rapaz e levou-o com ela para longe de todos.

– Esse rapaz tem de ser batizado – Bispo Miller pronunciou, fervoroso, descansando o braço por cima do ombro do pai de Dennis e lançando os olhos aos convidados. – Esta sua filha, John Betts, tem de entrar no templo e se casar para o Tempo e Eternidade, como a minha Sarah. Isso é o que Deus espera dos Seus filhos. Não o que dizem as igrejas do Diabo: casar até que a morte os separe. Somos os Santos dos Últimos Dias – acrescentou ele, mostrando os dentes para, em seguida, levantar a voz e as mãos em direção à torre do templo e repetir: – Na Verdadeira Igreja, casamos para toda a Eternidade. Selados para sempre. Um homem e as suas mulheres procriando eternamente, criando mundos sem fim. Hoje a minha Sarah, na sujeição ao sacerdócio do seu marido, está a caminho de se tornar uma deusa.

Naquele momento, o vento frio pareceu atear fogo aos olhos de Dennis. Ou teria sido o "procriando eternamente"?

O grupo levantou a cabeça.

Dennis os acompanhou.

Através da visão turva, dava para ver o Anjo Moroni e sua trombeta no topo do edifício gótico. O que o anjo fazia ali e o que anunciava, Dennis não mais se lembrava. Nem o que ele próprio fazia ali na neve de pé, com aquela gente.

XXXIII

Uma voz, sem eco:

– Dennis.

Dennis afastava-se do templo pelo jardim.

– Dennis – a voz sem eco insistiu. Dennis parou, imóvel.

A noiva, enrolada na capa de veludo branco que cobria o vestido, seguia à frente com os convidados. A neve, desprendendo-se dos ramos nos arbustos, tombava em explosões abafadas, acumulando-se em camadas fofas no chão. Dennis prosseguiu sem olhar para trás.

Não havia dado mais de três passos quando notou que quem caminhava era ele – o que pensava. O outro Dennis aquietara-se como o rio, não rosnava mais na cabeça. Lembrou-se de que Dennis era Dennis e sentiu a barriga cheia. Pelo jeito passara mais tempo perdido em si mesmo do que supunha, mas aproveitara o almoço.

Apertou os lábios e soprou. Seus lábios obedeceram! Comemorou o próprio assobio com a face se retorcendo, como se fosse rir.

– Dennis – outra vez, o chamado. Virou-se.

Por detrás dos galhos secos das roseiras, o pai, também apertando os lábios como se fosse assobiar, fez um movimento com a mão para que ele se aproximasse.

– Assunto pessoal – disse e sorriu –, de pai para filho.

Dennis pisou devagar, parando cada vez que por baixo da neve a placa de gelo fazia os seus sapatos escorregarem.

– Meu presente para você – comunicou John, levantando na mão um envelope branco sem nada escrito. – Parabéns, filho.

— Está frio aqui – murmurou Dennis, protegendo as mãos nos sovacos, enquanto o pai enfiava o envelope no bolso do seu paletó. – Deviam podar essas roseiras um pouco mais baixo. Olhe aí, deixam esses ramos cheios de espinhos enrolados em neve. Vem uma criança... – foi falando e se afastando pelo caminho entre os canteiros, na direção do carro onde Sarah abraçava outras mulheres.

— Até logo, querida – disse a última delas, cobrindo com o capuz da capa a cabeça de Sarah, já sem o véu.

Na hora em que foi abrir a porta do carro, Dennis notou que o pai havia ficado para trás, parado quase no mesmo lugar: uma sombra acinzentada que mal se distinguia contra o templo escurecido. Sarah jogou para trás o capuz, puxou a capa em volta do vestido e entrou no carro, sentando-se no banco de passageiro.

— Porta destrancada – comentou ela, apontando para o trinco.

Dennis não se importou em responder. Num movimento instintivo meteu a mão no bolso do casaco e achou uma chave de carro. Partiu feito piloto de corrida. Ela se agarrou ao painel e só largou o corpo no banco quando ele diminuiu um pouco a velocidade, já distante da Praça do Templo.

— Dennis – disse ela, baixinho.

— Oi.

— Está pensando em quê?

— Honestamente?

— Claro! – ela acedeu e sorriu um sorriso automático. – Posso saber? – Dennis desceu o vidro do carro e tomou o ar gelado.

— Mais tarde a gente conversa.

— Os noivos estão fugindo – gritou, às gargalhadas, um bando de jovens pelas janelas, também abertas, do carro que os ultrapassava.

Sarah abaixou a cabeça. Não correspondeu aos acenos, aos aplausos nem à gritaria. Dennis, por sua vez, levantou o vidro e apertou o pé no acelerador. O salitre polvilhou o para-brisa. Em velocidade cada vez maior as placas se sucediam. Sandy, Lehi, American Fork, Orem e a autoestrada Interestadual 15 ficaram para trás numa névoa esbranquiçada.

... Provo.

Sarah descansou a testa no vidro, permanecendo assim até o carro dobrar na rua em que iriam morar, e logo depois parar.

Sarah franziu a testa.

XXXIII

– A nossa casa é ali – balbuciou ela sem apontar –, não essa.

Como se não tivesse ouvido, Dennis continuou estacionado por mais alguns instantes. Sem explicar, acelerou outra vez, lançando o carro à frente, derrapando sem direção nos montes de neve, que formavam um corredor por onde não passaria mais que um veículo de cada vez. Pelo vidro sujo Dennis não havia conseguido ler o nome da imobiliária que vendia a segunda casa depois da esquina – a casa em que havia morado até se mudar para o Brasil.

– Olhe, Dennis – irrompeu Sarah, do nada. – Eu...

– Sem conversa quando eu estiver dirigindo, Sarah, fui claro? – Numa brusca mudança de marcha, acelerou outra vez, patinando.

– Dennis, pare. É aqui!

Ele levantou o pé do acelerador, fechou os olhos e deixou escapar pelos lábios um suspiro arrastado. Num solavanco, o motor roncou e estancou. Só então olhou para o céu e percebeu que o clarão do dia havia muito tinha dado lugar a um pardo-azulado.

Sarah não esperou que Dennis manobrasse, descesse e abrisse a garagem para ela apear no chão seco.

Logo que pararam, ela puxou a capa sobre o vestido e saltou. Fumegando como um dragão. Neve aos tornozelos, ela ziguezagueava na frente do carro, cutucando o peito com o indicador.

– A culpa é minha.

Dennis saiu do carro e pôs-se de pé na frente dela.

– Sarah, eu...

– Minha – repetiu ela, com a mão aberta sobre o peito.

– Culpada de quê?

Arrependido por ter perguntado, procurou às pressas as chaves da casa no bolso do casaco.

Sarah parecia agora ter o rosto envolto em fumaça.

– A culpa é minha – continuava gritando, buscando ar entre uma palavra e outra, chutando a neve, movendo o seu corpo em espasmos, como se estivesse em chamas.

Dennis arremessou-se para a porta da casa. Em desespero, tentava achar nos bolsos uma chave que não estava lá.

Por trás dele a mão de Sarah meteu a chave na fechadura e empurrou a porta. Aos tropeços, ela se jogou para dentro, prostrando-se no centro da sala. Gesticulava sem dizer nada.

Dennis conseguiu tirar-lhe o capuz e parte da capa que se prendia por cima do vestido de noiva. Então ela afrouxou os ombros e deixou o resto cair no chão: primeiro a parte de trás, depois as largas mangas.

– ... é minha, Dennis... é minha.

– A gente resolve... – disse ele sem perguntar nada, com medo de uma resposta franca de Sarah.

– Vai resolver o quê? – prosseguiu ela, a cada palavra levantando mais a voz. – Vai acordar amanhã me amando de verdade? Acha que sou uma idiota? Estupidez tem limites e o meu, meu marido, esgotou-se com a sua frieza na cerimônia. Se estivesse me casando com um pedaço de estrume teria mostrado mais afeição. Ou, pelo menos, teria prestado mais atenção. E pretende ficar comigo, selado, inseparável, para toda a Eternidade?

– Sente-se, Sarah – convidou acomodando-se ele próprio na poltrona.

– Não vou me sentar – sibilou ela numa voz espremida, empurrando uma cadeira que tombou para trás. – Quero é que me escute! – as sílabas rápidas viraram berros. – Não sei bem por que se casou comigo, mas sei por que eu me casei com você. Casei-me com você porque o amo, mas num minuto você é um; carinhoso, delicado, atencioso; no minuto seguinte, é outro. Dennis, o que se passa com você? Se não me contou a verdade antes, conte agora.

O peito de Dennis apertou.

Um relâmpago nos olhos, um trovão por dentro. Dennis se viu de pé.

O choro dela finalmente veio.

– Vá para a cama, Sarah, está tudo bem comigo – disse, dirigindo-se à porta da frente. – O carro ficou aberto – acrescentou para mudar o assunto. – Vou dar um jeito nisso... No carro, nas coisas...

Pouco depois, sem conseguir abrir a garagem, Dennis resolveu voltar para a sala. Desta vez, fechou a porta e virou o termostato ao máximo. O ar frio preso na sala escapou com ele para a cozinha quando foi tomar água, perseguindo-o escada acima.

Fazendo de conta que não ouvia os soluços contidos, entrou no quarto afastando os seus olhos de si mesmo que, pelo enorme espelho, cintilaram no escuro.

Buscou a cama e acendeu a luz de cabeceira do lado que achou que era o seu.

Sarah virou-se de bruços por cima das cobertas. Calou-se.

Ele se despiu depressa e não vestiu o pijama que o esperava, dobrado ao pé da cama. Deitou-se ao lado dela e ficou alisando os cabelos de seu próprio peito, que espetavam para fora da camiseta sagrada.

Ao apagar a luz, levou a mão ao pênis. Havia descoberto um fato novo na vida: raiva endurece o pau.

Com violência, arrancou as calcinhas da Sarah e deixou que ela mesma abaixasse as bermudas sagradas até a altura dos joelhos, se prostrasse de barriga para cima e abrisse as pernas.

Dennis agarrou as coxas de Sarah e escorregou as mãos pernas abaixo. Em silêncio, virou-se por cima do peito dela, tirou o pau pela braguilha e enfiou.

Ela contraiu-se num gemido breve e se calou outra vez.

Dennis gozou dentro dela, sem se mexer.

Sem um beijo.

Sem perguntar por que aquele buraco era tão seco.

Nada sabia de mulher, mas ela não era virgem. Claro que ela não era virgem...

E não quis saber por quê.

Sarah fechou as pernas, virou-se de lado e não se cobriu.

O resto da noite Dennis passou no banheiro com o queixo abaixado na pia, acordando entre uma convulsão e outra. Se pensasse na lua de mel planejada para a primavera, as golfadas ficavam piores. Tão fortes, que tinha medo de morrer.

* * *

Por sorte, na primavera não houve lua de mel. Sarah estava grávida de três meses.

– Olha o tamanho da barriga – vinha o elogio da sogra. – Sarah dobrou de tamanho.

– Não me admiro – completava o Bispo Miller.

– Dennis é um rapagão – acrescentava a mãe de Sarah.

Um rapagão, Dennis pensava, que além de ter contribuído para o feto do filho dobrar de peso, dobrara ele próprio de peso e as doses dos seus remédios. Ainda assim, convulsões o assombravam quase todo dia e o manto negro, que lhe envolvia a mente, ficava mais denso, impenetrável. Pelo menos, não se sentia mais partido em dois. Sentia-se, nas melhores horas, a quarta parte de um.

Ainda escuro, engolia as pílulas às pressas e saía, enquanto Sarah ainda dormia. Odiava a mera visão daquele rosto. Pior ainda era falar com ela. Naquela manhã, como vinha fazendo com mais frequência nas últimas semanas, antes de virar a esquina, parou o carro em frente à casa onde tinha crescido e ficou esperando o sol nascer olhando a placa.

"À VENDA".

Aquela casa não vendia.

Precisava entrar nela, sabia que precisava.

Aflito, meteu a mão no bolso do casaco para achar um papel. Em seu lugar achou um envelope branco. Rabiscou o telefone e o endereço da imobiliária no verso antes de abri-lo. Era o envelope que o pai havia lhe dado de presente de casamento.

Leu espantado.

Quando o pai perguntara se iria trabalhar na firma, respondera que sim. Diante de uma sugestão deste para que começasse na segunda-feira, concordou com um "Esplêndido". Depois, ao fim de cada mês, ia ao banco e descontava os *pay-checks* sem ver os fundos da conta. Ver o quê? Se faltasse dinheiro, usava cheques para suas despesas de uma conta que parecia sempre ter fundos. Os extratos quando chegavam iam direto para o lixo. À Sarah nunca dera um dólar. A família dela a sustentava – ou ele achava que a sustentava –, ela nunca se arriscou a pedir nada para ele. Nem comida. Não tinha desejos.

Na folha timbrada e na letra do pai, uma curta mensagem:

"Crescei-vos e multiplicai-vos.

Do teu pai,

John."

Ao pé da nota, um P.S.:

"O primeiro ano de salário e uma quantia para dar de entrada na compra de uma casa estão depositados na conta do *Liberty Bank,* no seu nome e no de Sarah."

Espantoso! Os algarismos ao pé da página formavam o número, ou melhor, o valor que enxergava? Estaria vendo coisas? Pelo espelho retrovisor, viu que seus olhos permaneciam os mesmos e que um carro fumegava atrás do seu, educadamente esperando que desbloqueasse o meio da rua.

Sem um aceno de desculpas, Dennis fez roncar o motor e dobrou a esquina em direção a *Salt Lake City*, na mesma velocidade em que dirigia nas au-

XXXIII

toestradas. "Preciso entrar naquela casa", repetia em voz alta, tentando reter a vontade, antes que ela se desvanecesse e não voltasse mais; "sei que preciso".

Duas horas mais tarde, retornava e estava dentro da casa. Não tinha ido ao banco, mas à imobiliária. Voltara com um agente. Sem titubear, havia mostrado ao pasmado corretor a nota de transferência bancária. Em dez minutos, um carro ostentando o logotipo da imobiliária perseguia o de Dennis, numa típica caçada de filme policial, que se encerrou com a freada dos dois carros atravessados em frente ao prédio da antiga casa.

Foi como se voassem porta adentro.

– Esta sala... – ensaiou o corretor um sorriso padrão no rosto.

– Eu morava aqui – interrompeu Dennis. – Faz muito tempo. Daqui fui para o Brasil. Faz tempo também que retornei.

Segurando a pasta de prospectos com as duas mãos, o vendedor levantou as sobrancelhas, a boca pronta para dizer um "oh".

– Se não se importar, vou ver em que estado a casa está.

O agente imobiliário sorriu um largo sorriso.

– Eu espero – disse e ficou remexendo nos papéis.

Dennis lançou-se escada acima, estimulado por um súbito clarão, que projetava na sua mente a foto de um rio. E de uma ponte sobre o rio. E uma cidade ao fundo.

– Vai encontrar a casa em ótimas condições. O casal de idosos que morou aqui... – da sala, explicava o corretor. Sua voz se misturava com as pisadas firmes de Dennis no carpete, enquanto um impulso o arrastava.

No quarto, o manto negro se rompeu diante dos seus olhos. Onde houvera sombras, fazia-se sol. "Lembro-me de tudo", celebrou, "de tudo!" As paredes rodopiavam. Dennis avançava contra elas, sem vontade de se segurar. Era o mesmo carpete. O mesmo papel rosado nas paredes. Seu velho quarto. Quase como o deixara.

Uma luz intensa iluminou a lembrança das caixas espalhadas pelo chão, trazendo à sua memória as cores da sua colcha de retalhos, levando-o a se recordar do espaço entre o carpete e as tábuas do assoalho debaixo da cama: o lugar mais secreto da casa.

– É aqui... É aqui... É aqui!

Num empurrão, afastava a cama da parede.

Nem olhou para a porta, que deveria ter fechado, nem espirrou com a poeira.

Sem entender por que agia assim, levantou o pedaço de carpete solto e viu os envelopes, os papéis e as notas de vinte dólares, novas, intocadas pelo tempo. Dentro do envelope surgiram as fotos do cartão postal, que foram parar na sua mão trêmula. Eventos em relâmpagos estouraram na sua mente, não como fogos de artifícios, mas como lanternas despejando fachos de luz em detalhes da sua vida, em objetos, em rostos perdidos. Ele não sabia para qual olhar primeiro.

Por trás da foto que mostrava o rio e a ponte, encontrou outras fotos, incluindo a que registrara com sua polaroide, o cartão postal rasgado depois pelo pai, e que havia sido transcrito com cuidado da página que arrancara da agenda, e o papel que havia guardado dentro da Bíblia para um dia traduzir.

Aqueles objetos estavam contando uma história? Dennis, por um breve instante, pôde ouvi-la, quase sem esforço. Até que o seu peito se encheu de pânico, seus olhos escureceram-se de pavor. Sentiu a sua memória tentando encontrar mais fatos, ligar os pontos...

E a história esvaneceu-se, sumiu.

Dennis ainda sabia, claro, que ela se escondia por ali, mas onde?

Onde...

XXXIV

Passagens.

Dinheiro.

Passaporte...

Passaporte?

Passaporte!

Onde havia metido o bendito passaporte?

Deixei as malas na plataforma e corri.

Na dúvida entre interromper a corrida, antes que desse de cara na porta de vidro da estação que essa já fechava automaticamente, ou pôr a porta abaixo, distingui o táxi que nos trouxera a se afastar. A cabeça de Ed virava para os lados. Nas mãos, levantava pastas e papéis.

Se o passaporte não estava comigo, estava no apartamento, cuja chave ficara com o Ed, que estava indo para o exame da Ordem dos Advogados, em algum lugar em Manchester, que eu não me importara em perguntar.

"Luz da Minha Vida, putaquetepariu."

Hora de arrombar a porta e explicar depois?

Olhei no relógio.

"Vou? Ou fico?"

Corri.

Cheguei à plataforma ao mesmo tempo em que o trem.

A chamada ecoou, metálica:

"O próximo trem, saindo da plataforma quatro, é o trem para Londres, Euston... Próximo trem, plataforma quatro, é para Londres, Euston..."

Não precisei fazer muitas contas de cabeça. Mesmo que o trem chegasse na hora, eu alcançaria o aeroporto bem depois das oito – e o voo era às dez.

"Nunca presto atenção em nada", repreendia-me. "Depois me vejo nestas situações! Se eu quiser viajar de avião como todo mundo faz na Inglaterra, tenho de aprender a chegar ao aeroporto na hora. Aqui todo mundo chega na hora!"

Meti a mão no bolso e tateei as passagens e o dinheiro, dando uma chance, afinal, ao passaporte por milagre aparecer.

"Criou asas?"

Repassei os últimos minutos antes do Ed fechar a porta e me ajudar a descer as malas. Via o retângulo verdinho ao lado da mala no tapete.

Apito.

"Puta..."

Apito longo.

"... que me..."

Apito longuíssimo.

"... pariu!"

Joguei minhas malas para dentro do trem quase vazio. Com duas sacolas me pesando nos ombros, negociei os dois degraus da escada, amontoando tudo no corredor. Ao respirar de novo, o centro de Manchester já cruzava a toda velocidade pelas janelinhas. Já ouvira falar em gente que viajava só com a carteira de identidade. Mas isso seria dentro do Brasil. Ou não?

– Bilhete.

– Aqui.

O condutor perfurou o cartãozinho e me devolveu.

Numa última tentativa desesperada, levantei e emborquei as duas sacolas, despejando, de uma só vez, o conteúdo da história da minha vida. Expus, à vista dos passageiros, que fingiam não me ver, cuecas, livros, uma foto do Lécio criança num quadrinho cor de melão e o esqueleto do Joãozinho emoldurado numa placa de resina.

Nada.

Revirei a pilha outra vez.

Um tubo de desodorante rolou, indo parar na porta do banheiro.

– É seu? – gentilmente um punk colorido me alcançou o tubo.

Era meu. Agradeci.

XXXIV

Meu, era modo de dizer. Era da sauna, mas o Rick o carregara consigo na saída, com o intuito de me dar um banho de desodorante e eu não ficar fedendo a vômito, para que a gente terminasse a noite no *Arches*, sem espantar nenhum rapagão.

Eu dizia para ele entre gracejos:

– Já tomei uma ducha aqui, Rick.

– Vômito fica.

– Fica, Ed?

– Para mim – Spencer interferiu –, você está cheirando a sabonete, e dos bons.

– Exagero.

Pensando no Spencer, sorri.

O punk retornou o sorriso, como se tivesse sido para ele, e se dirigiu ao assento.

Voltei a cavoucar nas malas. O que sobrava, fui tirando por camadas, prestando bem atenção, caso o passaporte verde, no afã, tivesse caído na forração verde-escura do trem. Eu não achava o passaporte, mas havia encontrado um namorado na Inglaterra. Ia desejar também que o passaporte se materializasse do nada? Milagres podiam acontecer, pensei, engolindo o riso. Ao menos era o que eu imaginava, depois de três meses de relacionamento com o Spencer. Ao menos era o que eu dizia ao Lécio, no telefonema em que eu contava a ele a minha viagem a Lincoln.

Lécio retrucava:

– E?

– O Spencer é joinha. Só que ele não se abre. Aqui os homens são mais frios.

– Bom, Luz da Minha Vida. Talvez, de repente, o destino esteja a lhe suplicar para ficar um pouco mais e ver no que vai dar.

– O destino, talvez. O visto, não.

– O destino precede o visto, ou não?

– Destino! – ri. – Você e as bobagens que lê em fotonovelas. Acha que eu acredito nestas coisas?

– Pode ser, Lázaro. Mas na minha opinião, faz muito tempo que lhe vejo ser vítima dos seus problemas. Se você não faz nada, deixe o destino fazer. Tente ser feliz.

– Não sei. Feliz, mesmo, nunca me sinto.

– Comece por contar todas as coisas que você tem, mas que o dinheiro não compra, dos seus processos arquivados a um quase-namorado inglês. Meu Deus, Luz da Minha Vida, seu céu azulece e você não fecha o guarda-chuva!

– Escocês – corrigi.

– O que seja... – disse ele, afinando a voz.

– É complicado, Lécio.

– Tente! Lhe mando uns dólares. Quer que eu venda umas pedras? Fique.

– Não sei. Já que posso voltar ao Brasil, me dá saudades.

– Lhe dizendo. Dê uma chance.

– Não sei.

O trem vibrou e voltou a ganhar velocidade.

Olhei no relógio.

Fui arrumando minhas coisas como tantas vezes tinha tentado arrumar minha vida: muito mal e porcamente. Enfiei as malas por trás dos bancos, deixando as sacolas no assento ao lado do meu. Meu rosto encostei na janela.

Observei a tarde que ficava para trás, desaparecendo nas marcas do meu rosto, que a cada vez que eu mexia a cabeça, mais embaçava o vidro.

"Um ano no Brasil. Não pode dar errado, justo agora!", eu repetia, tentando ignorar as dificuldades que teria para embarcar.

Sem tirar o rosto da janela, remexia nas sacolas, apalpava o forro do meu sobretudo, examinava meus bolsos. Achei apenas a carta do Lécio que chegara naquela manhã. Estava dobrada em seis, do jeito que ele fazia. Acomodei meu corpo no encosto do banco desdobrando-a para ler outra vez.

Estava tudo tão certo. Ele ia me emprestar o apartamento no prédio da Benjamim. Eu pedira a ele o que havia sido da Vanda, se estivesse desocupado, mas disse que esse era o dele, já tinha decorado o "meu". Linha telefônica instalada, uma estufa a gás para o inverno, o Valdemar havia limpado o mofo das paredes e pintado tudo de amarelo ovo. Um luxo. Eu ia adorar a mesa nova com cadeiras combinando. Na parte de trás do papel, ele havia trocado a tinta verde para vermelha. A segunda folha em tinta amarela e azul clara, mal dava para ler na luz do trem. "Por causa do Valdemar, passo em Pelotas mais tempo do que no Uruguai, a gente andamos meio indispostos." Pulei para as linhas em roxinho: "Trouxe o resto do seu dinheiro comigo, que vou deixar no apartamento. As pedras ficaram no cofre do banco. Na chegada, lhe dou o nome, a chave e a senha. Estão bem guardadas." Pulei para as linhas em azul:

XXXIV

"O Valdemar, a gente se adora e ele não vive sem o meu fiofó. Mesmo com os apertos do Sarney, nunca me pede dinheiro, sempre arranja um dinheirinho extra para gastar com a gente. Bom, me sinto a própria! Do nosso jeito, até o dia que a gente não ter mais vida, a gente vamos ser feliz e você, LDMV, vai ser feliz como a gente e ainda com muito mais pela frente..."

Rindo comigo mesmo, devolvi ao bolso a carta em arco-íris. O Lécio precisava de menos drama e mais aulas de português. Mas, como sempre, tinha razão, eu queria ser feliz como eles.

Na noite anterior, o Spencer tinha aparecido nos meus sonhos. Depois da transa, sussurrava no meu ouvido, dizendo estar louco por mim. No devaneio, ficávamos deitados, fazendo carícias. Ele me perguntava por que eu não ficava na Inglaterra. Eu explicava estar voltando ao Brasil não porque quisesse, mas porque o visto expiraria.

– Dou um tempo, depois retorno.

– Certeza?

– Claro.

Ele me virava de frente, me beijava a boca, prometia que me esperaria. De manhã me acordava com uma taça de champanhe e morangos cheirosos, dizendo ser o símbolo do nosso amor. Até aí, menos a parte em que dizia ser louco por mim, o sonho não era nada mais que a lembrança exata do que acontecera na manhã da nossa despedida. Porém, na continuação da fantasia, eu contava a ele coisas que não tinha contado, coisas que talvez eu não quisesse ou, ainda, nunca precisasse contar.

A diferença entre o Spencer e eu era ele ser um rapaz normal. Eu não. Eu sempre fingia que na minha vida não tinha acontecido nada de extraordinário, esforçava-me por acreditar em minha própria mentira.

O trem vibrou, diminuindo a velocidade.

Olhei no relógio outra vez.

Os passageiros começaram a se agitar e a recolher as bagagens. No burburinho, eu mal escutava os alto-falantes do trem.

"... Estação de Euston. Não se esqueçam de recolher os seus pertences e..."

O trem deslizou pela plataforma.

As portas destrancaram com um clanque-claque.

Estampido.

Arrasta mala.

Busca carrinho.

Empurra carrinho.

Metrô.

Aeroporto.

Balcão da Varig.

Boca aberta num sorriso, como se me tivessem dado uma injeção para congelar as bochechas.

Nem cinco minutos haviam passado quando a supervisora retornou com minha carteira de identidade.

– Sinto muito. Precisa do passaporte. Se o senhor se esqueceu, não tem quem lhe traga? Se perdeu, ligue para a Embaixada.

– A essa hora?

– Amanhã de manhã.

– Vou perder o voo?

Ela olhou para a carteira sobre o balcão, depois olhou no meu rosto e encolheu os ombros.

– A Varig não se responsabiliza – disse.

– É o último dia do meu visto.

– A Varig não se responsabiliza – repetiu.

Quisesse eu ter força de vontade para insistir, falar com meio mundo, pedir socorro, não me deixar afogar na merda. Minutos antes eu pensava justamente que não era à toa que chamavam o metrô de "tubo". A cada parada eu me sentia mais e mais entrando pelo cano. Não poder embarcar foi como se puxassem a descarga da privada pela última vez.

Vuch!

Enfiei a mão no bolso e nem mexi na carteira. Sobravam-me 36 libras e 100 dólares, que trocaria para comprar a passagem de Porto Alegre a Pelotas, e até botar a mão outra vez nos meus dólares eu dependia do Lécio.

No exato momento em que me virei para pegar as malas e sentar, uma senhora atrás de mim perguntou:

– Este carrinho é seu?

Olhei para o lado e vi um carrinho vazio.

– Não, senhora – olhei de novo.

Só me faltava essa!

XXXIV

O que eu dizia enquanto esbravejava, deveriam ser coisas horríveis, pois ouvi da atendente que ela chamaria os guardas de segurança. Só porque minhas malas haviam sido despachadas com as malas de outros passageiros, não era motivo de alarme!

– Só que eu não estou neste voo.

– Só que o senhor pôs suas malas na correia da balança com as daquela família. Vamos ver o que dá para fazer. Faltam quarenta e cinco minutos para encerrar o *check-in*.

Olhei, mas não vi a família, deviam estar passando sorridentes pelo controle de passaportes. Havia sido um ato mecânico meu, sempre colocava as malas para pesar antes de entregar os documentos. "Merda. Que cagada. Que cagada!"

Não deu para aguentar. Dei um pontapé no balcão e me afastei. Nem pensava mais em guardas de segurança. Queria desforrar em alguma coisa, em alguém, antes que mordesse a mim mesmo ou começasse a gritar no saguão de Heathrow.

Minha cabeça chicoteava de um lado ao outro. Eu chutava sem parar minhas duas sacolas de mão em direção aos assentos. Uma se rasgou do lado: eu quis chorar. Pensei em deixar tudo ali, usar o que me restava daquele parco dinheiro para voltar e reiniciar minha vida em Manchester como imigrante ilegal. "... Lhe dizendo", lembrei-me do Lécio, "faz muito tempo que lhe vejo sendo vítima dos seus problemas. Se não faz nada, deixe o destino fazer. Tente ser feliz". "Tente ser feliz", suspirei para mim mesmo. Virei as costas às sacolas no meio do saguão, alisando a carteira no meu bolso. Ia dar um passo, mas apenas me sentei e respirei.

– Senhor Prata, senhor Prata...

A supervisora do balcão da Varig aproximava-se quase correndo. Sozinha. Sem guardas. Numa mão, acenava vigorosamente com uma folha de papel, com a outra, apontava uma caneta na minha direção, como se fosse uma lança.

– Hoje é seu dia de sorte.

Eu me levantei e fui em sua direção, embora uma coisa dentro de mim me alertasse para a caneta, que estacou muito próxima ao meu peito.

– Tem uma chance, Seu Prata. O voo vai atrasar.

Dei um passo para trás.

– Previsão para as cinco da manhã. Se o passaporte não estiver perdido, quem sabe, alguém pode vir trazer.

Sentamo-nos e ela me explicou o que deveria fazer.

Tirei o sobretudo e o suéter. A camisa já estava empapada.

– Venha aqui e use o telefone do balcão.

Não telefonei à minha família. Com o marido viajando, criança de colo e minha mãe sofrendo de falta de ar, não haveria jeito de minha irmã arrombar um apartamento, pegar meu passaporte, caso estivesse lá, e dirigir de Manchester a Londres àquela hora. Preferi ligar ao Ed, repetidas vezes.

Já passavam das dez. "Depois do exame, deve ter saído para relaxar."

"*Stuffed Olives*!" – o nome do pub explodiu em minha cabeça.

Meti o dedo no teclado e disquei "Informações".

– Sim... *Stuffed Olive*... Manchester... Não com esse nome? Humm... Tente, por favor, South King Street, na esquina, bem no centro...

Acenei à atendente que eu precisava de uma caneta.

Ela me passou uma caneta e um maço de rótulos para malas.

– Olhe, é um bar gay...

O telefonista me mandou esperar.

– Este mesmo. Zero, seis, um, seis, três, quatro... como? Sim... seis, nove...

* * *

Ed havia estado lá. Mas não estava mais.

Moído de cansaço, debrucei-me sobre o balcão, largando a cabeça por cima dos braços cruzados. Bem, sempre quis que minha vida fosse o tal grande espetáculo: agora era chegada a hora em que o herói ficava numa enrascada do caralho. Parecia não ter saída.

Uma cutucada no braço.

Outra.

De tão confortável, fiquei prostrado.

– Senhor Lázaro Prata, tudo bem?

O eco de vozes me lembrou de estar no aeroporto. Levantei a cabeça devagar.

– Já ia chamá-lo pelos alto-falantes quando me lembrei do senhor aí – disse a supervisora, passando-me o telefone.

Parecia que um peso se retirava do meu peito, conforme eu falava com o Ed.

— Como ficou sabendo?... Claro... Fico aqui no balcão da Varig.

Com os olhos, busquei as máquinas automáticas de bebidas e batatas fritas. Ed havia entrado no apartamento, achado meu passaporte na frente do sofá e ligado para o aeroporto. Ainda bem que o colega com quem estava não havia bebido. No minuto seguinte, pegariam a estrada para Londres. Quase sem trânsito, meu passaporte chegaria antes do voo.

E chegou.

Ed me piscou o olho e me entregou o passaporte.

— Gato?

— Gatíssimo. Para quem gosta do tipo hindu — sussurrei em aprovação. — Isto é um deus.

— Rajá.

— Nome...

— Sanjeeb — completou Ed, agora em inglês.

— Prazer, Sanjeeb — disse eu estendendo a mão.

Sanjeeb me apertou a mão sem dizer nada. Com os olhos, fez um sinal ao Ed que não compreendi.

Ed me abraçou encostando os lábios no meu ouvido.

— Estamos apressados... — segredou em português — E vamos parar de cochichos ou Sanjeeb...

Sanjeeb escutou o próprio nome e não conteve o riso.

Nem o Ed.

Nem eu.

* * *

Com a luz do sol me obrigando a franzir os olhos, tomei o café da manhã por cima das nuvens, em algum lugar sobre o Atlântico. Qual família levava dois bilhetinhos extras colados nas passagens com as minhas malas, eu só saberia na chegada.

Olhando para o oceano lá embaixo, deliciava-me com o zumbido do avião parado no ar. Eu cochilava, despertava, não via mais a água, via o céu, via as nuvens, cochilava de novo. A Europa depois de quatro anos ia ficando para trás. Ri pensando nas palavras da Marta: "Você é um rapaz de sorte, Lázaro". Ela tinha razão: comparando minha partida com meu retorno, a paz outra vez pintava na minha vida. Apesar de uma ponta de saudade do Spencer, a esperança de recomeçar era o que me ocupava. Depois de tudo pelo que passara, tinha a sensação de que o céu se abria para mim novamente, em fofas nuvens de algodão. O que me adiantaria continuar me enxergando do fundo dum poço a vida toda, suplicando a mim mesmo um socorro impossível?

Descansei meu rosto no plástico frio da janelinha.

Voltei a firmar os olhos no céu, para a claridade muito além do horizonte: "a vida é para cima e em frente", repetia Lécio. "Se afirme nesses saltinhos, Luz da Minha Vida! É como andar de bicicleta, quanto mais rápido a gente pedala, mais fácil fica da gente se equilibrar".

XXXV

Dennis sentou-se na cama. Posicionou as fotos meio envelhecidas à janela, dispôs uma próxima da outra como um leque, e os garranchos, enfim, fizeram sentido.

Reconhecia aquela letra?

"PARA TRADUSSÃO INTÉRPETE E ACOMPANHANTE E AMIZADE EM INGLÊS – CONTATAR PROFEÇOR LÁZARO DO CULTURAL – FONE 228536"

Inicialmente, vieram-lhe as lembranças do motivo pelo qual segurava várias fotos do cartão postal naquele momento, e não o original. Depois, veio-lhe à mente a reação do pai ao saber do cartão do Brasil, de ELOTAS.

"Não tem um 'p' faltando?"

Dennis virou o leque de fotos outra vez para a janela.

Sentiu a garganta apertar, como não sentia havia muito tempo. Agora sim, fogos de artifício arrebentavam dentro da sua cabeça. Seus olhos se detiveram no nome dele.

LÁZARO.

O nome de Lázaro, no cartão...

Quando pensou, riscos de fogo se atiraram com força na direção dos seus olhos.

Havia sido no cartão que lera aquela palavra, "LÁZARO", pela primeira vez. Com o dedo, Dennis sublinhou o número do Cultural.

Sabia, mas tinha se esquecido.

O número.

Era aquele. A memória surgia numa dança tresloucada, rasgando-lhe o cérebro.

Não se esqueceria mais. O nome.

Era aquele.

Não se esqueceria mais.

Encostou-se na janela.

Estudou o leque de fotos de todos os ângulos. Depois, uma a uma. Estudou cada contorno daqueles traços. Queria estar certo de que se lembrava do que realmente acontecera, não do que pensara ter acontecido.

Seus braços e pernas começaram a formigar. Como se tivessem apagado a luz, o clarão dourado desapareceu de dentro do quarto, embora na rua, bem sabia, ainda fosse dia.

— Tudo bem aí em cima? — era o corretor, gritando da escada.

Confuso, Dennis recolheu o envelope da cama e meteu tudo na cintura, por baixo da camisa. Já ia sair, quando constatou que a cama continuava afastada da parede.

Não fez nada.

Com o coração na boca, desceu as escadas. Aliás, na boca, não só o coração agitado, mas também aquele gosto estranho, metálico, pior do que nos outros dias.

— Você está bem?

Ficou parado até o corretor abrir a porta.

Sem dizer nada, arremessou-se para fora.

— Tem certeza de que está bem?

— É uma das minhas dores de cabeça.

— Eu o levo...

— Pode deixar. Vou caminhar até em casa, pego o carro depois — dizendo isso, seguiu rua acima. Apressava o passo e parava, sem olhar para trás.

Com o passado presente, Dennis não se lembrava direito do presente em si. Por exemplo, em que casa morava naquela rua, ou mesmo com quem morava. Os números do telefone do Cultural, porém, dançavam na sua frente como se fossem feitos de néon, enormes, como discos voadores flutuando por cima da cadeia de montanhas, arremessando-se para os céus turvos de Provo.

Relâmpago.

Uma imagem fugaz.

XXXV

Mais um relâmpago.

Ainda seguia rua acima.

Virou-se brusco em direção à porta de uma casa.

Empurrou para um lado aquela mulher gorda e grávida, que gesticulava e falava coisas com sons abafados que ele não entendia.

– O número.

"Tenho comigo o número."

"Tenho comigo o número do Cultural."

Dennis sentia as fotos polaroides contra sua pele, por baixo da camisa. "O número do Cultural", repetia, escutando seu coração nas têmporas, cada batida esmagando-lhe os olhos. "O juízo, não posso perder o juízo agora. Não posso desorientar-me agora." Como numa prova de natação, só descansou quando emergiu sem ar e viu o pódio. No seu caso, quando no andar de cima ao lado da cama, na pequena mesa coberta por uma toalha branca, viu o telefone.

Dennis apoiou a cabeça na parede.

O frio na testa aliviaria a dor.

Mas não aliviou.

Quando mediu a distância entre a mão aberta e o telefone na mesa, já sentia a boca e o nariz abafados, como que envolvidos num filme plástico. Se no Cultural ninguém atendesse ao telefone, sufocaria. "Mesmo que não trabalhe mais lá, saberão onde ele trabalha. Todo mundo conhece o Lázaro na cidade."

As migalhas de esperança abriram frestas no desespero. Respirou.

Uma aspirada breve.

Mas o bastante, rogou, para que lhe desse tempo de saber onde o Lázaro estava, conversar com ele e consertar os erros do passado.

Não!

Estava sendo ambicioso demais.

Só precisava de ar até que o Lázaro atendesse ao telefone. Depois, Dennis ia dizer: "sinto muito" e pronto. Havia erros irremediáveis e esses, aceitava, eram os seus.

O céu.

A ponte.

O rio.

A margem.

E vozes do passado. A sua própria voz.

"Não acha que devo ao menos dar uma chance a toda essa gente, Lázaro? Dar uma chance para meu pai me aceitar? A última que seja?"

Uma mão de ferro segurava-lhe o coração, antes de extirpá-lo.

"Sinto muito, Lázaro."

"Sinto muito."

"Muito mesmo."

"Muito."

Embalado pelas próprias palavras, abaixou-se para alcançar o teclado do telefone. A cabeça rodopiou. Dennis ergueu-se depressa, as pernas afrouxando mais do que de costume e os olhos, temporariamente, perdendo o foco. Em pânico, trouxe consigo o aparelho, o bocal e o fio se enroscando no pulso – tábuas de salvação das quais não poderia se soltar. Quando conseguiu enxergar, buscou a parede como quem se afogando busca a praia. O movimento brusco do pescoço desencadeou uma explosão em seu estômago, uma tremura na garganta e a boca foi lavada por dentro pelo gosto amargo do conhecido fel.

Girou.

Gritou. Girou.

Gritou.

Seu cérebro se soltava dentro do crânio, golpeando os ossos em baques surdos. Por fim, era sugado por um ralo, que escorria espinha abaixo. Numa última tentativa, pensou em se recostar onde julgava ser a parede. Em vez disso, desabou sobre a cama abraçado ao telefone. No tombo, o aparelho rolou ao chão. Dennis, agarrado ao fio, mergulhou para trás. Depressa, puxou e empurrou o fone ao ouvido, discou "zero" balbuciando: "uma chamada para o Brasil, Pelotas, Rio Grande do Sul". De cor, sem verificar, gritou o número do Cultural. Ouviu uma voz a falar palavras indistintas, mas o telefone ainda tocava na sua orelha.

Ergueu os olhos.

Envolta em uma bruma escura, a mulher grávida com os ombros encolhidos o encarava da porta. Pediu que ela saísse, ia telefonar para o Brasil. A princípio, ela não se mexeu. Depois, como uma velha boneca de corda com o cabelo desgrenhado, só o que se mexeu foi o pescoço. Naquele vaivém da boca a se mover, ela ia reforçando as palavras, querendo saber tudo. Ele ia ligar para o Brasil, para quê? Para quem? Quantas ligações? Ia custar quanto?

XXXV

— Vou ligar para todo mundo – vociferou Dennis. – Uma, várias, mil ligações... Fora daqui!

Ela não o ouvia. Ou fingia que não ouvia. Ou não queria ouvir.

— Sai daqui. Some!

— Quer que eu chame seu pai, Dennis? Você precisa de ajuda?

Foi a vez de ele ignorá-la. Dennis não disse nada.

— Vamos conversar... – as mãos dela cortavam o ar, espantando moscas invisíveis. – Vamos, não! Sou sua legítima esposa, espero um filho seu. Exijo conversar. Exijo!

Dennis permaneceu com o fone ao ouvido.

— Pois vou chamar seu pai!

Chamar o pai? A ameaça causou-lhe um tremor na ponta dos dedos. Mais irritado do que assustado, protegeu o fone contra a orelha com a mão em concha, por cima da que segurava o fone, como se daquilo dependesse a sua vida.

— Dennis! - ela insistiu num grasnido. – No estado em que você se encontra, não vai conseguir conversar ao telefone numa língua estrangeira. Deixe isso para outra hora – as palavras ganharam uma coloração de fúria. – Você está me forçando a tomar uma atitude.

— Pois tome.

— Você vai ver.

— Arrisque.

Num salto, ela se arremessou na direção da cama, garras à mostra, orelhas feito cristas eriçadas no lado da cabeça pequena, guinchando feito ave de rapina. No segundo em que ela prendeu o fone nos dedos, Dennis levantou a perna e, com o que lhe restava de forças, desferiu nela um chute, acertando logo abaixo das tetas, afundando o pé bem no meio da barriga balofa.

— Fora! Vai se foder, mulher. Tire essa boceta maldita daqui ou eu acabo com você!

Ela grasnou como um corvo, depois tombou de uma só vez e ficou inerte.

Quando Dennis já lhe festejava a morte, ela se levantou berrando.

— Vou chamar seu pai da cabine telefônica.

— Pois vá.

Cambaleando, ela curvou os joelhos e desabou.

— Vou!

– Vá para o Inferno também.

Aos prantos, amparando a barriga, rastejou pela porta.

– Maldito! – mugiu ela.

O toque no telefone cessou de repente.

– O quê? Alô?!

A voz em português saltou-lhe ao ouvido.

– Cultural, o vigia falando, quem fala aí?

– Olhe, meu amigo! – com o momentâneo sucesso, uma brisa fresca voltou-lhe aos pulmões. Dennis respirou profundamente. – Meu nome é Dennis. Aí trabalha um rapaz chamado Lázaro Prata?

Os estalos e chiados interromperam a conversa.

– Lázaro Prata – repetiu Dennis.

– Como? Quem fala?

– Dennis. Dennis Betts.

Seguiu-se uma pausa. Depois, ouviu o vigia dizer num tom parvo:

– Então, seu Dennis! Acha que ia me esquecer do senhor? O senhor e o seu Lázaro viviam sempre colados – o tom ficou lacônico, passou a ponderar palavra a palavra. – Tudo bem com o senhor? Foi uma pena o que...

Um calor percorreu-lhe o corpo. O coração de Dennis explodiu de alegria.

O vigia sabia do Lázaro.

– O Lázaro ainda trabalha aí?

– Ah, não trabalha mais, não.

– O senhor sabe o telefone dele?

– Bah, seu Dennis, faz muito que ele saiu daqui, *a la putcha*, já lá vai pra que, tchê,... quatro anos ou mais. Foi para a Inglaterra, mudou-se para lá com a mãe dele, depois do incêndio, o senhor sabe?

– Que incêndio?

– No puteiro. Não é fofoca. Ele estava lá na hora em que o puteiro pegou fogo. Aí, ele foi-se embora do Brasil.

Quando o *ronda* começou a revelar o que havia acontecido, Dennis não parava de chorar em cima da cama.

– A Potoka! – era esse o nome da puta? – Ela também, torradinha... – completou o ronda. – Foram várias vítimas. Todo mundo virou churrasco. Faz tempo, tinha até o jornal.

XXXV

– O Lázaro? O Lécio? E eles?

– Ah... Do incêndio se safaram, no incêndio não morreram, não – depois de uma breve pausa, repetiu. – Do incêndio, se safaram bonito.

Dennis secou as lágrimas no braço. "Por que essa gente fala assim?" Odiou o modo como ele se referia à Potoka, só fazia piorar a dor de saber que a amiga havia morrido naquela tragédia. Enquanto o vigia detalhava a sordidez dos proeminentes cidadãos pelotenses que também haviam perecido no sinistro, Dennis levantou-se do chão e jogou-se na cama. Não era surpresa que o Lázaro e o Lécio estivessem lá. "Pobre Lécio", pensou em tardia comiseração, "ficou órfão de vez". Depois de falar com o Lázaro, acharia um jeito de falar com o Lécio ou enviar-lhe, pelo menos, uma carta. Com os olhos, ficou procurando no quarto se havia uma caneta e papel para anotar os números e os endereços.

– Então... – disse Dennis, retomando a conversa – o Lázaro mora na Inglaterra, o senhor disse. Sabe em que cidade?

– Ô, Seu Dennis! Eu disse: MORAVA. Entende? Semana passada, pelo que sei, o Seu Lázaro voltou cá pra Pelotas. É por causa do que aconteceu que o senhor está ligando?

XXXVI

"Não pense no que aconteceu. Relaxe e se distraia com outra coisa." Mas relaxar com o quê? Distrair-me com o quê?

Eu perambulava até o fim do corredor e voltava. Meus olhos, fixos na porta da sala de operações. Eu me sentia perdido naquele enredo. Ficar sentado, aguardando apenas, nas cadeiras frouxas daquela sala, pensando no que havia ocorrido no apartamento ia me levar à loucura. Loucura, não; desespero. Minha inquietude se manifestava nas dores intensas, como se me cortassem a carne. Aliás, do outro lado da parede, estavam cortando a dele. Fazia pouco mais de vinte e quatro horas do meu retorno ao Brasil e já me havia acontecido aquilo.

Eu tinha várias razões para me preocupar. Fora a cirurgia, que se estendia sem que a plantonista viesse com notícias reconfortantes ou nefastas, o céu ainda despejava aquela chuvarada que não deixava o dia clarear.

Eles deixariam os apartamentos com as janelas abertas depois das investigações? Pior, minha bagagem, que nem havia sido desfeita, estava toda lá dentro, sem chaves. Iriam, pelo menos, encostar as portas? Fiquei ainda mais nervoso quando vi o policial de lábios carnudos caminhando apressado na minha direção.

– Os apartamentos estão fechados. A gente demorou um pouco porque chegaram uns jornalistas. Esta gente, sabe como é... – disse ele e me entregou as chaves, que enfiei no bolso sem agradecer.

Olhei para ele intrigado e, antes que eu perguntasse, foi me explicando por que estava ali.

— Lembra? Eu disse que se você não voltasse eu lhe traria as chaves logo que terminassem as investigações. Como você não retornou, achei que ainda estaria aqui – tirou o capacete, meteu-o debaixo do braço e me estendeu a mão. – José. Desculpe. A gente conversou pouco e, no afã, nem me apresentei.

Fiquei de braços soltos por uns instantes, tentando fazer conexão com o que ele dizia.

— Zé Luís. Meu nome é Zé Luís – apresentou-se outra vez, falando bem baixinho, como um segredo. – O seu é Lécio.

Sacudi a cabeça.

— Não, é Lázaro. Lécio é o meu amigo...

— Desculpe. Vi o nome LÉCIO na plaquinha da porta do apartamento onde você disse que morava.

— Trocamos de apartamento e não tivemos tempo de trocar as plaquinhas. Entendo a confusão – esclareci, e só depois lhe apertei a mão. – O nome do senhor – continuei –, vi bordado na faixinha da farda ontem, mas não prestei atenção.

— Pudera. Mas não precisa me chamar de senhor.

— Ok – disse e acrescentei: – E? – eu precisava saber se ele tinha notícias. Não estava a fim de ficar jogando papo fora.

O policial abaixou os olhos, como se a responsabilidade fosse toda dele.

— A gente ainda não pegou o bandido – lamentou. – Meu colega – emendou depressa – ficou esperando no camburão. A gente se vê...

— Claro.

Quando ele saiu, pensei: naqueles anos fora do Brasil, teria perdido a capacidade de saber se "a gente se vê" seria afirmação ou pergunta? De qualquer forma, "claro" devia ter sido uma resposta adequada às circunstâncias.

Meus olhos pesaram. Horas haviam se passado. Ninguém saía ou entrava na sala de operações, eu precisava perguntar se ia demorar muito. Se logo após o trariam para um quarto.

Sem cerimônia, estiquei-me no banco. No avião, havia cochilado um pouco e fora a última vez que me lembrava de ter dormido. Na noite anterior, ao ouvir o barulho, tinha apagado a luz, mas ainda estava acordado.

Ouvi.

Ou, no susto, achei ter ouvido um ruído. "Seriam os pingos da chuva forte?", pensei, "ou um carro na rua?"

XXXVI

Pulei da cama.

O barulho era na fechadura da porta da frente.

Permaneci no quarto escuro, espiando da porta, pensando que o Lécio não havia me deixado os números dos nossos telefones.

Também tinha sido uma correria. O voo de Londres chegara menos de uma hora antes do Varig 100 para Porto Alegre. Acabei perdendo o ônibus das três para Pelotas, só chegando no início da noite. Por causa do fuso horário, sentia-me como se já fosse de madrugada.

Antes do ônibus parar no *box* da rodoviária, ele já batia na janela. Nunca havíamos ficado separados tanto tempo.

– Luz da Minha Vida!

– Luz da Minha Vida! – gritei em resposta pelo vidro, sem me importar com os passageiros.

Quando a porta abriu, Lécio se abriu num choro doído, sufocando-me no abraço apertado.

– Vamos para casa, *guria!* – trocou o abraço pela minha mão. – Deixe que eu puxo as malas.

– Sim... as malas!

– Que houve com as malas, Luz da minha Vida?

– Depois eu conto...

* * *

O mesmo táxi que nos trouxe ao apartamento, levou-nos de volta para o centro. Lécio insistia em me mostrar o que havia de novo na cidade.

Chegamos depois da meia-noite. Tencionávamos fazer uma parte da mudança, mas estávamos caindo de sono. Achamos melhor dormir.

Por isso, quando o que me pareceu horas mais tarde, ouvi o ruído metálico arranhando a fechadura, calculei, "se não for de manhã, é quase".

Tomei coragem. Acendi a luz.

O barulho parou.

Ouvi um leve arranhar, agora de unhas, na madeira da porta. Ri.

– OK, gatinha, o que esqueceu no apartamento? – perguntei, abrindo a porta, na voz doce com que sempre falava com o Lécio.

Dei de cara com o Valdemar.

Ele me encarou como se eu fosse uma aparição.

– Que está fazendo aí, Lázaro? – não deu tempo de explicar.

– E... e o Lécio?

Apontei para a outra porta.

Na última hora, satisfazendo a minha vontade, o Lécio concordara em trocar de apartamento comigo. Concluímos que, emocionalmente, eu não estava preparado para passar a primeira noite onde vivera com o Dennis. Além da plaquinha que o Lécio mandara fazer, e que estava aparafusada na porta do apartamento que seria meu: Prof. Lázaro Prata, o que se poderia chamar de mudança – os dólares e o rico ramo de rosas amarelas – já tínhamos levado para lá, antes de nos recolhermos aos nossos quartos provisoriamente substituídos.

– Que houve, Valdemar? Entre.

Deu um passo. As bochechas dele tremeram. Segurou-se na porta e caiu de boca aos meus pés. Desacordado. De pernas moles, arrastei o Valdemar para dentro da sala. Fui bater na porta do Lécio. A porta estava semiaberta – típica do Lécio! Entrei gritando, dizendo que era eu, e fui direto ao quarto para acordá-lo.

A princípio, pensei que era suor quando o toquei, mas, em seguida, o Lécio gemeu.

– Vi quando ele saiu, Lázaro – disse Lécio, no escuro. – Entrou com cópias das nossas chaves. Luz da Minha Vida, ele me deu um tiro...

Acendi a luz e o Lécio estava deitado numa poça de sangue.

– Ele quem?

Lécio tentou explicar. A boca se encheu de borbulhas vermelhas. Fiquei escorado na parede tentando absorver o que ele havia me dito.

– Vou buscar ajuda.

Ele me acompanhou com os olhos, em desespero.

– Ambulância, sim – balbuciou e tossiu. – Polícia, não. Ele não é bandido... ele não quer me ver sofrer... Ele não é bandido...

– Ficou louco da cabeça para ficar querendo proteger meliantes? Quem vier primeiro! – afirmei. Minha voz foi final. Ele fechou os olhos.

Era de manhã muito cedo para eu ter de lidar com gente morta. A morte de meu melhor amigo, menos ainda. Corri para a sala para achar o telefone.

XXXVI

Um, zero, um... Quando me virei, logo após chamar a ambulância e a polícia, o Valdemar estava de pé atrás de mim, como se tivesse entrado sem usar a porta.

– Valdemar! – supliquei. – O Lécio foi baleado!

Valdemar não saiu do lugar. Foi descobrindo uma pistola com uma coisa embrulhada no cano, que tornava a arma ainda mais aterradora. Pulei para trás da mesa, abaixei-me, mas ele não a apontou na minha direção. Devagar, levou-a ao seu próprio ouvido.

– Valdemar!

Derrubando a mesa, saltei em cima dele e, sem fazer esforço, apertei seu pulso. Ele, aos prantos, deixou cair a arma.

Jogou-se no meu peito e me sufocou num abraço.

– O que foi que eu fiz, Lázaro? Como vou viver o que me resta da vida, sem o homem da minha vida? É essa minha ganância, Lázaro, é esse meu medo incontrolável. É... é essa mulher que eu tenho, que quanto mais eu levo pra casa, mais ela exige. Aquela esganada é um saco sem fundo. Para onde vai o dinheiro? Lázaro – continuou ele, bafejando na minha orelha –, você entende? O Lécio achou aquela pasta, achou que era hora de abrir o jogo e lá em casa – murmurava entre soluços desesperados. – Minha mulher, outra vez, está grávida, a maldita, doente daquilo. O doutor diz que o bebê vai morrer e é por minha causa. Mas tem a esperança de um tratamento caro. E é mais dinheiro Lázaro, tudo depende de dinheiro, entende?

Empurrei-lhe os braços.

Eu não entendia nada.

– O Lécio podia ajudar – explicava Valdemar, aturdido como se eu soubesse do que ele estava falando. – Contudo, para ela, ele não mexe uma palha. Entendo. Ela é problema meu. No entanto, nesta altura do campeonato, já não tenho mais opção. Entendo o lado dele muito bem. E você vê, cinco mil dólares ajudam, resolvem, por isso eu... – enredou as palavras no choro. – Olhe o que o desgraçado me fez fazer quando soube que você ia voltar para o Brasil.

– O que o Lécio lhe fez fazer?

– O Lécio, não. Ele. Ele! O desgraçado!

Empurrei o Valdemar para uma cadeira e carreguei a pistola comigo para o quarto. Lécio estava consciente. Apenas um fiapo de sangue lhe escorria da boca, só que não podia mais falar. Não quis tocá-lo. Enrolado nos lençóis encharcados, não dava para eu ver onde os ferimentos estavam. Ao lado da cama, disse para aqueles olhos arregalados que eu já havia pedido ajuda, implorando que aguentasse só um pouquinho. Se "aguentar um pouquinho" funcionava nos filmes, talvez desse certo também na vida real.

A polícia chegou antes da ambulância.

Dois policiais se posicionaram na porta do quarto. Fui me erguer.

– Brigada! Não se mexa! – o policial gritou o comando e ficou com o revólver apontado para mim.

– Não fui eu! – respondi depressa. – Foi o homem que está na sala.

O segundo policial me levantou pelo braço, enquanto o outro tomava a arma do Valdemar, que havia ficado na minha mão. Gelei com a prova da tentativa de assassinato me incriminando.

– Silenciador? – perguntou, olhando para mim enquanto a enrolava num saquinho de supermercado, que retirara da jaqueta da farda.

Olhei para a pistola embrulhada e para ele.

Silenciador. Nunca tinha pensado naquela palavra na minha vida, mas entendia por que não tinha ouvido os tiros. Quando o policial tentou me arrastar do quarto, gritei de dor.

O Lécio conseguiu articular as palavras que aliviaram o aperto no meu braço.

– Não foi ele. Foi o meu namorado... – disse e apontou o dedo mindinho na direção da sala.

As cobertas rolaram para o chão e vi o corpo do Lécio se sacudir num tremor de desespero.

– Vou morrer, Lázaro... – disse Lécio – não quero morrer sem lhe dizer, Luz da Minha Vida... Luz!

Eu ia dizer que ele não morreria nada, que o braço parecia um hambúrguer, mas as pernas não tinham nenhum ferimento, e o sangue na boca era porque, no susto, ele devia ter mordido a língua.

Mas não deu tempo.

No silêncio da madrugada, ouvi o eco da sirene descendo a Rua Benjamim. Ao estacionar, a ambulância deixou o motor ligado, roncando alto. Eu corri até a sala com os policiais.

– O Valdemar não está mais aqui – esclareci a eles, abrindo a janela e vasculhando a rua.

Eles se entreolharam.

XXXVI

– Não tinha ninguém aqui quando a gente chegou.

– Olhem no outro apartamento! – pedi, apontando.

– Já olhamos.

Coloquei as mãos na cabeça, em desespero, para exclamar que o Valdemar havia fugido, que nem sabia onde ele morava, mas o pessoal do resgate já subia as escadas.

Não que não quisesse ter ido com o Lécio. Não me deixaram ir. O Lécio me ouviu implorar.

– Não me deixe morrer ainda, Luz da Minha Vida! – disse, rouco.

– Você não vai morrer, Lécio.

– Vou sim. Lhe diz... – o sangue, escorrendo pela boca, interrompeu-lhe outra vez a fala.

* * *

Na sala, ficamos eu e um policial, que me fazia perguntas sobre o Lécio, a quem e quanto pagava para lhe comerem a bunda. O outro foi para o rádio do carro. Ficou falando por fora da janela, na rua, e também pedindo que não subissem as escadas pois os apartamentos eram a cena de um crime.

– Uma olhadinha, seu polícia, sou vizinha...

– Ninguém – retumbou a voz grave de comando.

Ninguém subiu e as vozes desapareceram junto com a sirene da ambulância. Enquanto isso, o policial que me interrogava queria saber se a mochila no chão era minha. Não era. Era a mochila do Valdemar.

– E essas malas?

– Minhas.

– E essa pasta na mesa?

– Qual?

– Essa amarela.

Olhei.

– Não. Só a mala é minha. Esta pasta deve ser do meu amigo, o que foi baleado.

O policial recolheu a mochila e saiu.

Da porta, perguntou:

– Você mora aqui?

– Moro. Mais ou menos...

– Como "mais ou menos"?

– Deixe para lá – balbuciei. Não era hora de eu ficar explicando as placas nas portas.

– Muito bem.

– É só?

– Acho.

– Vou chamar um táxi, então, para ir para o hospital.

– Estou lá embaixo, deixe as chaves com a gente – quando eu ia descer, surpreendi-me ao vê-lo à porta.

– Vou ficar aqui – esclareceu ele – aguardando os investigadores. Se você não retornar, a gente lhe leva a chave no hospital quando terminar.

Pus-lhe a chave na mão, deixando a porta encostada. Desci com ele, parando no último degrau para me proteger da chuva, enquanto o táxi não chegava. O Lécio tinha virado alvo do namorado, que havia sempre sido tão dedicado a ele? Alguma coisa naquilo tudo não estava fazendo sentido. Uma tensão no estômago me impedia de pensar.

– O rapaz... – ele retomou a conversa, interrompendo meus pensamentos – Vamos avisar a família. Você sabe onde moram?

– Eu... – pausei – suponho, sou a família dele.

– E vizinhos de apartamento – emendou, como para fazer mais assunto.

– Desde hoje – murmurei, apontando para as portas no topo da escada.

– Eu morava na Inglaterra até ontem.

Ele sacudiu a cabeça.

– Ele tem outros amigos?

– Em Jaguarão – respondi. – Ele se mudou para cá de Jaguarão. De *Trienta y Três*, para ser exato. Ele mora do lado de lá da fronteira.

O policial continuou falando. Concluiu por si mesmo que era briga de namorados. Eu apertava minha barriga. Às vezes dizia sim, outras, não. A maior parte do tempo anuía com a cabeça sem saber com o quê.

Finalmente, a buzina tocou. O táxi me esperava.

– Você mesmo avisa aos amigos dele?

Protegi meus olhos dos pingos de chuva forte e disse que sim. O policial abriu a porta do táxi para eu entrar. De dentro do carro, acenei-lhe um obrigado.

XXXVI

Ele trocou de mão a mochila do Valdemar e devolveu meu aceno com um meneio profissional, um tipo de continência, mas adoçada com um sorriso e com uma lambida nos pingos de chuva que molhavam a sua boca.

Minutos depois, eu voava feito um torpedo pelos corredores do pronto-socorro, até achar a sala de cirurgia onde o Lécio se encontrava.

– Ele está bem – repetiu a plantonista de forma automática. Só que eu não poderia entrar, ele estava sedado e seria operado. "Ele está bem..." Que sabia ela do estado dele? Por um momento permaneci de pé, gritando para o Lécio, não pela porta, mas dentro de mim: "Luz da Minha Vida, como você está? Fale comigo, Luz da Minha Vida". Pelo menos em pensamentos, eu o sentia pequeno e frágil, sofrendo, tal como eu o havia visto sofrer no dia do funeral da Dona Gracinha, em que minha irmã o trouxe nos braços e o pôs de novo ao meu lado, após o derradeiro beijo na mãe e no irmão mortos.

"Só sobrou você!" – eu ouvia o choramingo dele. – "Você é agora o '*Laz* da minha vida', você é tudo." Eu apontava a Potoka a ele, a vó Iracema, minha irmã e minha mãe, que chorava a ausência de meu pai no velório de corpo presente da Dona Gracinha, e explicava que todos nós éramos uma grande família. "Você é tudo", dizia ele sem escutar meus argumentos. "– Você é tudo, *Laz* da Minha Vida."

– Quer uma toalha para se secar? – a plantonista interrompeu meus pensamentos.

– Eu me aguento.

– Aguentar-se é uma coisa, meu amigo, piorar esse resfriado não vai mudar a situação. Você já não está com uma cara bonita. Vem comigo, eu o acompanho à sala de espera.

– Meu amigo vai morrer?

Ela me apontou a direção das cadeiras e se afastou em silêncio. "*Laz* da minha vida..."

"*Luz* da minha vida..."

Por que, fiquei pensando, Lécio tinha trocado o LAZ por LUZ naquela expressão? Talvez porque não conseguia pronunciar o meu nome?

Claro que não!

Quando passamos a usá-la para nos referirmos um ao outro?

Eu não sabia.

Nunca havíamos conversado sobre aquele assunto. Nunca...

A vida, de repente, pareceu-me curta. Curta demais para tantas perguntas que culminavam com os acontecimentos daquela madrugada.

Sentei-me numa cadeira naquela sala cheia de penumbras.

De longe – na minha vida tudo parecia estar distante –, vieram as lembranças. Lembranças não, lacunas que naqueles anos todos nós – eu talvez, mais do que ele – nunca tínhamos nos importado em preencher.

Por que meu melhor amigo agia daquele jeito? Por que sempre me surpreendia com consequências inusitadas de atos que me omitia? Aquele era o meu Lécio e eu mal o conhecia. Pensando bem, depois de todos aqueles anos de amizade, se ele morresse por causa desse comportamento de mão única, ia morrer ainda como um mistério para mim.

E para si mesmo...

Ele próprio – naquilo, pelo menos, eu podia buscar conforto – havia sido um mistério que nunca se importara em desvendar. Minha vida inteira, eu bem sabia, havia convivido – e me aborrecido – com os mexericos que corriam soltos na venda de mamãe.

– Foi um marinheiro português – eu me recordava de uma das vizinhas dizendo, em voz mais alta.

– Que fique entre nós, mas foi um daqueles travestis – acrescia outra.

– Também, a mãe daquele menino foi criada por aquela... Iracema. Ia dar em quê? Pobre Gracinha... – completava uma terceira.

– Fofoca no meu estabelecimento, não! – avisava minha mãe.

Não se podia negar, aliás, jamais alguém negou: pelo tipo de vida que a Dona Gracinha levava, o pai de Lécio podia ter sido qualquer um mesmo.

– Pouco se me dá que digam isso da minha mãe – desdenhava ele, posando na frente do espelho. – Para quem insistir em saber, sou o sobrinho mais velho da Gata Borralheira que, me contam, tinha um irmão baixinho. Olhe! – fazia um gesto de pouco-se-me-dá com a mão. – Não ligo a mínima. Essa coisa de pai... lhe dizendo...

Ele ligava, sim.

Eu fingia não perceber quando ele passava horas a buscar em, seu reflexo, detalhes na aparência que lhe fugiam à família que conhecia: a pele, alva e imaculada; olhos vivazes; cabelos negros; a esbeltez se traduzindo nas mãos e pés perfeitamente femininos. Mas era baixinho e de peito peludo, o que já descartava a possibilidade da paternidade ser imputada a algum dos ingleses altos e de pouco pelo, que frequentavam as casas de tolerância do porto – principalmente o Fruto Proibido.

XXXVI

A progenitora, militante comunista como meu pai, vivia metida na selva ao lado dos companheiros. Das poucas vezes que Lécio interpelou-a para saber quem era o seu pai, ela dizia a mesma coisa:

– De que adianta saber?... De que adianta?...

Um dia, sem aviso, retornou da luta grávida, doente, declarando: "não quero perder mais tempo, vou cuidar dos meus filhos e encontrar um homem de verdade. Não um guerrilheiro que me use porque está longe da mulher". "Deus quis", conformava-se Lécio, ainda na tenra adolescência, "que eu fosse criado nos fundos do clube pela tia Potoka". Por outro lado, eu lembrava ao Lécio, se ele não morasse no quartinho nos fundos do Fruto Proibido, talvez não tivesse recebido os mimos da Vó Iracema.

"Mira, Chico, quando *volver* a Pelotas *otra* vez, te *traigo más sapatitos."*

"Que lindos, vó!"

A notícia de que meu pai havia se embrenhado na selva com outros comunistas chegou poucas horas antes da Dona Gracinha dar à luz.

– Aquele filho atrapalhou a vida da minha mãe, Lázaro! – lamentava Lécio.

– Atrapalhou nada.

– Lhe dizendo.

– Lécio! Não fale assim.

– Pior. Acabou com a vida dela.

– Que bobagem. O bebê pediu que ela engravidasse?

– Isso não.

– Então? Morrer no parto foi um acidente.

– Parem com isso! – minha mãe nos repreendia. – Ao menos a Gracinha veio morrer em casa com a família e os amigos.

Eu e o Lécio, porque todos choravam, também chorávamos abraçados. Desde então viramos unha e carne. E fomos crescendo, juntos como irmãos. Adotei o órfão e ele me adotou. Eu sonhava, como sempre sonhei, em aprender sobre o mundo, trabalhar muito, viajar, ser dono do meu nariz, da minha vida. Ele, por sua vez, sonhava usar o aventalzinho vermelho, que fazia parte do uniforme do Grupo Escolar.

– Quero o aventalzinho bem largo! – afirmava, provocando risos à sua volta. – Quando as minhas tetas crescerem, vão ser mais redondas que as da tia.

Primário... Ginásio... E parou de estudar.

– Estou indeciso entre o Científico e o Normal.

— Malandro... olhe o Lázaro! — aconselhava a Potoka.

Ele segredava no meu ouvido:

— Não sou mais uma lagarta. Já me transformei em borboleta faz tempo e agora quero buscar as minhas próprias flores.

Não era escolarizado, mas era esperto.

Senti alguém me sacudindo.

— Para saber como ele está, pode falar com o doutor ali no quarto.

A plantonista falava tão perto do meu rosto, que acordei com aquele bafo de cigarro.

Avancei depressa para o quarto.

O médico me viu fechar a porta devagar e veio ao meu encontro.

— O responsável?

— Eu mesmo.

— Ele levou três tiros. No braço — baixou os cantos dos lábios e encolheu os ombros —, no pescoço — balançou a mão num mais-ou-menos —, de raspão, mas furou... e nas costas — concluiu e ficou acariciando os bigodes negros.

— Nas costas?

— No pulmão. Não vou fazer milongas, tchê, é sério. Um pedaço foi parar na espinha, se alojou num *lugarzito* brabo.

— Ele derramava sangue pela boca.

— Neste tipo de ferimento, sempre sai sangue pela boca — explicou examinando o soro, o oxigênio, os curativos. — Vai dormir agora até passar os efeitos dos anestésicos.

— Vou ficar aqui até ele acordar — avisei.

— Se precisar de alguma coisa, fique à vontade para me chamar — falou ele à saída.

E precisei.

No meio da noite, Lécio acordou gemendo. Mal conseguia respirar, como se no tubo do oxigênio não houvesse mais ar. Eu não sabia como um paciente despertava depois deste tipo de operação, por isso me assustei. Em dez minutos, o médico mandara injetar alguma substância no tubinho do soro e o Lécio não gemia mais.

— Pegaram o Valdemar? — Lécio espremeu as palavras que se misturaram ao chiado dos tubos de oxigênio colados no seu nariz.

XXXVI

– Descanse agora, Lécio – ele desatou a chorar.

– Vou morrer, Lázaro.

– Quem lhe disse que vai morrer? – eu achava piegas, mas acabei dizendo a ele que embora as marcas ficassem, o resto passava. Apertei os pés dele por cima da colcha e pedi que olhasse para mim. – O que não significa que eu não lamente sua dor. Ninguém merece isso. A gente vai saber por que o Valdemar fez o que fez. Agora, descanse.

– Não quero descansar, quero falar com você. Puxe a cadeira.

Não puxei. Preferi ficar encostado junto ao leito, para ele não ficar virando o rosto. Palavra a palavra, foi conversando comigo sobre peças do meu quebra-cabeça pessoal, que ficaram esquecidas no meu passado. Foi quando tive a ideia de puxar a cadeira e me sentar. Mas permaneci de pé.

– Lhe dizendo... – continuou ele, sem meias-voltas. – Você encontrou e perdeu o Dennis por culpa minha.

– Discordo, Lécio. Foi porque o pai dele me contratou para passar aqueles quinze dias que eu o encontrei. Se houve culpa na perda, foi do John, ou talvez o próprio Dennis secretamente não quisesse mais ficar comigo.

Lécio virou os olhos para o forro. Deixou pairar um silêncio sem fim. Voltou à carga num tom ríspido.

– Uns meses antes da vinda deles ao Brasil, mandei um cartão-postal para o Dennis.

Olhei para o frasco, imaginando que tipo de substância misturara-se ao soro. O Lécio tinha de descansar, não ficar forçando o pulmão vazado falando bobagens.

– Olhe para mim, Lázaro.

Olhei para ele consternado, fingindo que acreditava.

Lécio pareceu desconcertado, com dificuldade de retomar o assunto.

– Não é porque me aconteceu isso – depois de uma pausa, retomou o fio da meada. – Eu ia lhe contar mesmo. Até trouxe a Pelotas a pasta com as coisas.

"A pasta", pensei, "a amarela na mesa?"

XXXVII

Puxei a cadeira ao lado da cama.

— O Valdemar fez tudo isso por causa de uma pasta?

— Ele não está nem aí para a pasta — nesse momento, Lécio não me encarava.

— Aqueles tiros eram para mim — desafoguei. — Ele lhe atingiu no escuro, por engano. Não sei direito como, nem por que, mas é a suspeita que me passa pela cabeça.

Lécio piscou os olhos, demoradamente.

— Lázaro, tem muita coisa que você não sabe...

Meus pés agitaram-se no chão. Eu lamentava que ele falasse naquele estado, mas sentia um alívio na sua voz após cada sentença.

— Me deixe começar do começo, Luz da Minha Vida. Sei que não é a melhor hora, mas preciso falar contigo sobre estas coisas. Conheci o Valdemar quase um ano antes de você conhecer o Dennis — continuou. — Eu era *de menor*, a gente se apaixonou — pausou novamente para levar ar aos pulmões debilitados. — Ele é casado: mulher, uma penca de filhos, a gente não podia contar para ninguém, podia?

— Nem a mim?

— Naquela época, era melhor você ficar de fora. Agora você precisa saber de tudo.

Segurei-me na guarda da cadeira para ouvir a explicação.

Após suas palavras iniciais, meus pensamentos retornaram ao dia em que encontramos o Valdemar na cama com o Lécio. Ocorreu-me que o Valdemar exclamara "comandante!" ao avistar o John na porta do quarto.

– Meses antes da vinda dos Betts – continuou Lécio –, haviam encarregado justamente o Valdemar de ajeitar as coisas para a chegada deles, além de incumbir sua esposa, uma crente de marca maior, de arrumar o apartamento que os acolheria – a confissão, ou o que queria me contar, o perturbava. Eu não conseguia compreender os olhos do Lécio, que ganhavam o brilho de lágrimas, nem o seu rosto, que estampava uma expressão de tristeza.

– No segundo encontro – disse Lécio, engasgando –, resolvi levar uma das pastas do Valdemar.

– A troco?

– Me disse que de graça não ia ficar metendo o pau em bunda suja de guri. Esvaziou meus bolsos e levou até minhas fichas telefônicas. Na saída do motel, peguei uma lembrancinha do bofe junto com minha jaqueta – a voz doída do Lécio ficou grave e solene. – Eu estava uma pilha, não pensava coisa com coisa, Lázaro, coisa de menino. Como eu ia saber que ali dentro tinha uma papelada cheia de carimbos? Quase tudo em inglês, menos a folha grampeada na foto.

– Foto?

– Da família Betts. Com uma notinha, essa eu pude ler, explicando que falavam inglês, que talvez precisassem de assistência e um endereço. Na foto da família – apontou para o copo sem parar de falar –, vi aquele loirinho com aquela carinha de quem-não-me-engana. Sabe como é. Eu tenho esse instinto, se desconfio, é. Daí, olhei e pensei "bem o tipo que o Lázaro merece". Resolvi dar uma de louco, ou de cupido. Quem sabe, se eu mandasse um cartão anunciando os seus serviços, ele podia entrar em contato com você!

– E entrou! – murmurei, meu coração se contraindo no meu suéter apertado.

Lécio baixou a voz para ganhar ar.

– E olhe o que lhe aconteceu.

– Você podia ter me contado, me mostrado a foto. Ia ser uma brincadeira.

– Quando fiquei sabendo, vocês dois já estavam namorando. Você estava tão feliz! Achava que vocês tinham se conhecido por acaso. Não quis estragar o seu sonho. Cupido tem limite.

– O Dennis um dia, no terraço do Manta, mencionou um postal. Uma foto de ponte...

– ... a do São Gonçalo. Atrás, botei seu nome, o que você fazia e telefone.

– Telefone?

XXXVII

— Do Cultural.

— E o que fazia? Ele me procurou direto para dormir no apartamento com o filho.

— Eu botei que você era também acompanhante...

— Lécio, de onde você tirou essa ideia que eu trabalhava de acompanhante? Logo de acompanhante!

— De onde... De onde! Da minha cabeça... Essas coisas que o vento sopra na minha cuca.

— O postal tinha ficado nos Estados Unidos — puxei pela memória, sem atentar ao que Lécio poderia ter escrito no cartão que enviara para o endereço dos Betts antes de virem para o Brasil. — Dennis havia copiado alguma coisa para um papel — prossegui — que eu traduziria. Lécio — não moderei o grito —, era a sua mensagem!

Lécio tentou erguer a cabeça e gemeu.

— Aí... não... sei...

— Espere aí! — parei e na dor esbocei um sorriso. — Lécio, Luz da Minha Vida! Você enviou o postal em português!

Lécio fechou os olhos.

— Tinha que ser eu, Lázaro... Lá sabia eu...

— Você era uma criança.

— Idiota.

— Não é, não.

— Sou, sim. Lhe dizendo.

Lécio abriu os olhos devagar e me olhou, consternado.

Um segundo depois, num gesto de acalanto, eu me percebi debruçado sobre as pernas do Lécio, enquanto recordava que o motivo da minha primeira e única briga com Dennis fora devido àquele papel que eu iria traduzir, e que não se encontrava no lugar onde deveria estar.

— Não importa mais, Lécio.

— Importa, sim. A borboletinha aqui bateu as asinhas loucas em Pelotas e provocou um furacão na Cochinchina.

Não discordei, pensando na devastação que tudo aquilo havia provocado dentro de mim, e que até aquele dia não tivera coragem de contar ao Lécio. Aliás, não tivera coragem de contar a ninguém.

— Esses papéis — continuou ele, parando em cada sílaba — estão na pasta... na pasta, Lázaro... em cima da mesa.

— A amarela?

— A amarela — confirmou. — E lhe juro! Eu ia lhe contar tudo.

Derramei água num copo e o levei aos seus lábios. Ele tinha dificuldades em beber. Tirei meu lenço do bolso, enfiei no copo e molhei os lábios dele. Deixei o assunto morrer ali. Não era hora de transformar aquela conversa em confissões mútuas. O senso de urgência era evidente, contudo, poderíamos continuar depois de ver o conteúdo da pasta. Uma peça se encaixava: um rombo, porém, se abria do outro lado e eu não sabia o que fazer. O Lécio tinha sido meu Cupido — até aí a surpresa era grande, mas não era de admirar. O que me perturbava era que, sem razão aparente, aqueles tiros que haviam ferido o Lécio tinham sido disparados pelo Valdemar.

Lécio notou meu silêncio. Pior, pareceu ter lido a pergunta estampada na minha cara.

— Luz da Minha Vida! — assegurou-me ele numa voz alquebrada. — Lhe dizendo, os tiros eram para mim, não para você! Só não entendo por que o Valdemar não meteu uma bala nos próprios miolos quando achou que eu já estava morto.

— Era o que ele ia fazer, Lécio — esclareci, num susto, ante a constatação. — Na sua sala.

— E?

— Pulei em cima dele e arranquei-lhe a arma.

— Então está tudo certo — disse Lécio e aspirou, ganhando um brilho de felicidade na cara.

— Certo?

— Explicado.

— Explicado? Como assim, Lécio? Que motivo ele tem para querer lhe matar e cometer suicídio?

— A respeito disso, a gente conversa amanhã. Pegue agora esse endereço que vou lhe dar...

* * *

De manhã, quando o correio abriu, fui o primeiro a entrar para passar um telegrama para as garotas em *Trienta y Três*. De lá, corri para o apartamento

XXXVII

do Lécio, peguei a pasta amarela da mesa, arrastei a bagagem comigo para a sala do meu apartamento e me tranquei no quarto.

Olhei para o relógio.

Naquele momento, minha irmã estaria lanchando na Inglaterra. Eu tinha de avisar que tinha chegado ao Brasil – deviam estar preocupadas, ela e minha mãe. Puxei a pasta para o colo e espalhei o conteúdo sobre a cama. Enquanto discava o número da Inglaterra, corria os olhos pelos papéis e a foto dos Betts. Ali estava o Dennis, olhando para mim do papel, com um sorriso inocente, cabelinho de São Francisco de Assis, não muito diferente de como no dia em que o encontrei. Quando fixei os olhos nas petições do Governo Americano para que o John se refugiasse no Brasil até segunda ordem, a minha irmã atendeu.

– Um monte de coisa aconteceu, desculpe. Mas estou bem, e vocês?

Uma longa carta explicava por que John e esposa iam usar passaportes canadenses. Pulei de parágrafo a parágrafo sem ler as anotações atrás das folhas.

Parei de ler.

Minha irmã me relatava que mamãe tivera uma insuficiência cardíaca. Estava tudo sob controle no momento, mas como estrangeira, se precisasse de algum tratamento especial, precisaria de dinheiro.

– Claro! – concordei, refutando qualquer outra hipótese que não fosse a pronta recuperação de nossa mãe.

Voltei os olhos aos papéis, aos dossiês.

Com o ar me faltando, murmurei à minha irmã que ligava depois. Tranquilizou-me, dizendo que mamãe ia melhorar. Mas a minha súbita falta de ar não era por causa da mãe.

"Putaquepariu!"

Por um instante, fiquei elucubrando quem já tivera acesso àqueles documentos. Quem mais saberia daquilo? "Quem sabe que o John incendiou uma aldeia na Nicarágua, onde morreram duzentas pessoas?"

"Não, li um zero a menos. Eram duas mil."

E ficou pior: o que eu lia me fazia mais mal que veneno injetado direto na veia. Não queriam associar o caso do John com a *Escola das Américas*, no Panamá, onde ele treinava oficiais em técnicas de interrogatório e tortura de subversivos. Previam-se protestos. Ficariam ainda mais virulentos se soubessem que a aldeia na Nicarágua nem fora incendiada por convicções políticas ou devido às lutas entre facções que controlavam o país. Havia depoimentos de outros agentes, que confirmavam, extraoficialmente, que John mandara incendiar a vila inteira, porque havia engravidado duas mulheres. Uma, de dezessete anos, teria tido o bebê no dia do incêndio. A outra, de catorze anos, estava grávida de cinco meses. Mais papéis da CIA, do FBI, das Forças Armadas. Eram sobre o programa de controle de mentes, um panfleto sobre a criação do soldado perfeito e uma lista dos países que participavam dos treinamentos militares no Panamá. John ficaria no Brasil por tempo indeterminado, sob a supervisão médica especializada de Ms R. JACKSON. Ms R. JACKSON: agente especial, li. Jackson em letras maiúsculas.

– Jackson? J-A-C-K-S-O-N? – pronunciei, concentrando-me, por um segundo, nas letras.

Mas por um breve instante aquele nome escrito em letras maiúsculas, se não fosse pelo "Ms R.", poderiam bem ser uma sigla como as outras naqueles papéis. "Ms R", porém, nada significavam para mim. A não ser que Ms fosse uma abreviatura de "senhorita"... mulher que não quer usar nem Miss nem Mrs antes do nome. E "R"?

"R"...

Minhas mãos tremeram.

– "R"? Rebecca? Rebecca... Jackson?

Minhas mãos tremeram ainda mais. Eu agora mal conseguia segurar aquelas folhas de papel.

"Ao longo dos últimos meses, fomos obrigados a navegar um dos mares mais revoltos que a maioria de nós já experimentou profissionalmente. Vimos a reputação da nossa estimada Escola das Américas ser manchada por causa das ações extraordinariamente egoístas dos oficiais encarregados do mais poderoso sistema de defesa já inventadas pelo homem. Muitas vidas serão permanentemente mudadas como resultado desta situação. Tragicamente, a pressão dos colegas e do medo de que o Comandante John Betts viesse a se tornar um pária e um perigo para as relações dos EUA com países vizinhos prevaleceu. Como resultado, a conduta..."

Eu precisava ficar lendo aquilo outra vez? O documento assinado por um Coronel Robert G. Stanley, FBI, em Malmstrom AFB, Arizona, realmente confirmava que John ficaria no Brasil por tempo indeterminado, sob a supervisão médica especializada de Ms R. JACKSON. Ms R. JACKSON: agente especial. Ms R... R de Rebecca... Americanos! Que povo era aquele que, por um lado, dizia defender a Deus e todo o mundo do mal, que arrematava um

XXXVII

relatório com uma daquelas frases dos livros de autoajuda: "Tudo o que é necessário para que o mal floresça é que as pessoas de bem não façam nada"? Por outro lado, manda esconder um monstro, um maluco, no Brasil. Não se dizem pessoas de bem? Não acredito que nunca souberam de nada...

– ... mas não fizeram nada – a minha voz veio forte e o meu rosto queimou. – Eu não fiz nada...

Nada.

Não mexi uma palha! Vinha agora uma incontrolável dor no peito seguida por uma dormência nas pernas. Eu vivi esse tempo todo num mundo em que não havia lei? Naquela noite, corri mesmo para o rio para acabar com a minha vida ou, fantasiosamente, acreditava que iria encontrar o Dennis, como se ele fosse aliviar todas as minhas dores? Eu poderia ter ido à polícia, ao pronto-socorro, ao bispo da igreja mórmon, que fosse. Se tivesse lhes mostrado o estrago que John havia feito no meu corpo... no meu cu...

– ... no meu cu... – o pensamento virou agora um murmúrio, embora eu quisesse gritar.

Mas não gritei.

Voltei a mexer nos papéis.

Num envelope à parte, estavam as cartas de recomendação da Igreja Mórmon. Ressaltavam o magnífico trabalho que ele havia feito em prol da Pátria e sua devoção aos princípios do Evangelho. Das cartas, eram as únicas sem carimbos.

"O que fazer com tudo isto?"

Dormir.

Iria me clarear as ideias.

As ideia das pessoas de bem clareiam com o sono.

* * *

Após uma curta visita ao banheiro, desentravei o despertador do fundo de uma das malas e o acertei para as 20h. Levei o guia telefônico para cima da cama comigo e procurei o número da Santa Casa. Os bocejos me fizeram parar de discar duas vezes. Mas, por fim, veio o ruído da chamada. A moça que atendeu hesitou, deu graças a Deus que liguei, depois me pediu que entrasse em contato com o médico do Lécio para saber direito. Precisavam avisar a família: ele ainda estava no quarto, mas era terminal.

Na hora, não senti nada. Meus pés, porém, ganharam asas.

Voei pela porta.

Voei pela rua.

Não tomei um táxi.

Não me lembrei que podia tomar um táxi.

De madrugada, chegaram quatro das garotas do Lécio. De manhã, pouco depois do médico ter me explicado as complicações, chegava o Zé Luís, à paisana.

— Trouxe um sanduíche para você — disse ele, estendendo-me um embrulho e um jornal, que tirou debaixo do braço e o ofereceu a mim. — Pegaram o bandido, a história é incrível. Olhe que enrascada. Você vai ter que contatar o jornal com urgência. Além disso, você vai ter de ir à delegacia. Já depôs antes? Quer que eu o acompanhe?

Dei uma mordida no sanduíche e desdobrei o jornal.

A capa estampava fotos da captura: Valdemar fora preso em casa, estava na companhia da mulher e dos filhos.

— Bom — disse o Zé Luís —, vou indo. Pego às oito.

— Obrigado pelo sanduíche. Obrigado por se oferecer a me acompanhar — ele me segurou pelo ombro como se fosse me dar um abraço.

— Volto mais tarde.

Da porta, olhou para o Lécio.

— Coitado, não é? Está roxo.

Não fui capaz de responder. Abri o jornal para continuar a ler a reportagem. O pedaço de salame me paralisou na goela.

Vítima: Prof. Lázaro Prata e o meu endereço, aliás, o do Lécio.

"Benditos jornalistas."

Reunidos na frente da casa do Valdemar, além dos vizinhos, estava a esposa, magérrima e barriguda. Logo abaixo da foto, onde eu, boquiaberto, já reconhecia aquela mulher estava a legenda com o nome: Eudineia dos Anjos. A história completa havia pulado das páginas policiais para a página três: a reportagem citava a possibilidade de aquilo ter repercussões internacionais. O bandido confessara os crimes, porém tentava atenuar a culpa, afirmando não passar de "cobra mandada". Disparava acusações contra um mórmon americano, alegando ser ele o responsável por ter encomendado não só esse serviço, mas ter lhe dado a incumbência de provocar um incêndio no Fruto

XXXVII

Proibido. O mesmo mórmon, revelava, também havia sido responsável pelo estupro e morte de um menor.

Crime que há anos acreditava-se solucionado. As razões para as atrocidades não eram mencionadas e tampouco a polícia compreendia o sentido pelo qual Valdemar se mostrava, de uma hora para outra, sem escrúpulos em denunciar seu mandante. Como de costume, as autoridades prometiam investigações rigorosas, uma vez que houvesse indícios. Até então, nenhuma prova ou indício havia sido produzido. A reportagem também discorria sobre a avaliação psiquiátrica do Valdemar, deixando claro que sua história podia ser apenas o devaneio de um louco. Se assim o fosse, as acusações estavam trazendo prejuízo à imagem da *Igreja de Jesus Cristo dos Santos dos Últimos Dias*, vulgarmente conhecida como Mórmons, uma respeitável instituição religiosa norte-americana com filiais em todo o território brasileiro.

Se assim fosse.

Agora, não só eu entendia por que o John me telefonara para o Cultural naquele dia, como também sabia por que ele tentava escapar para Porto Alegre, quando mal havia chegado a Pelotas. Quanto mais eu pensava, mais meu peito apertava. Era muito mais gente envolvida por trás daquilo tudo do que eu imaginava.

"Jackson", pensei. Não, reconsiderei: "J.A.C.K.S.O.N.", que fosse, deveria estar supervisionando". Pelo jeito, não estava.

Era hora de ir à polícia, ao jornal, contar o que eu sabia, dando-lhes os dossiês, documentos e endereços que eu encontrara na pasta amarela? E contar-lhes o que John fez comigo em Pelotas antes de desaparecer para os Estados Unidos? Ou deveria pegar os meus dólares e voltar à Inglaterra, arriscando um problema com a Imigração por retornar em uma semana?

Resolvi ficar. O jornal que divulgasse minha morte; não estava longe da verdade. Meu peito se encheu de um contentamento culposo: o Lécio nunca precisara tanto de alguém. Do meu jeito, fiquei feliz em estar ali.

Acenei para as meninas que eu já voltaria e fui atrás do médico.

A conversa inicial não foi sobre as condições físicas do Lécio, mas as financeiras. O médico e um enfermeiro faziam as folhas voarem de uma mão para a outra, enquanto eu assinava os cheques.

– Têm fundo?

– Vão ter – afirmei.

Por fim, grampearam os cheques à folha de rosto do talão de notas e anunciaram que uma nova cirurgia seria marcada para o meio da tarde.

– Há chances?

– Pior – respondeu o doutor, voltado para o enfermeiro, como se quem tivesse feito a pergunta não fosse eu – é não fazer nada.

O enfermeiro sacudiu a cabeça, solene, e saiu.

Mais tarde, ao entrar na delegacia com o Zé Luís, não esperava que à mesma hora, tivessem achado Valdemar enforcado na cela com o próprio cinto. Nem que Eudineia também estivesse ali e fosse receber a notícia na minha frente. Pelo canto do olho, eu a vi por um segundo. Depois, inclinei a cabeça, fingindo examinar minhas unhas. A aparência dela era deplorável, muito pior do que na foto do jornal. Além de magra e grávida, tinha feridas e marcas arroxeadas pelo corpo todo. Enquanto ela, buscando ar entre as palavras, gritava abusos, rogando clemência a Deus, implorando para que chamassem um líder da igreja, excomungava o Lécio como a encarnação do Diabo. Pedi para falar com o delegado.

Ele iria me atender, mas chegava ainda outra notícia: na casa da Eudineia, num cômodo que usava para depósito, acharam objetos de valor, furtados de famílias para quem ela trabalhava. Eudineia teve de ficar na delegacia e mandaram chamar os seus filhos.

Pouco depois, tiravam o Valdemar numa maca.

– O meu amigo aqui...

– A gente sabe, Zé – interrompeu um dos rapazes, que se afastava pelo corredor.

Zé voltou-se para mim e disse:

– Vamos embora, Lázaro. Ele está morto. Já me falaram na cara que as alegações não seriam investigadas porque atestaram que o Valdemar estava louco. A polícia não tem dinheiro e o suicídio agora é o atestado final de loucura.

Saímos da delegacia, eu dizendo que talvez a imprensa mandasse investigar o caso.

– Desculpe – disse Zé –, mas você ficou longe do Brasil muito tempo. Quem aqui tem dinheiro para enviar um jornalista para investigar nos Estados Unidos?

– Deve ter um procurador qualquer, alguém que faça alguma coisa. Tenho a documentação provando que o John...

– Que o John, o quê? Estava no Brasil a convite do Governo Brasileiro? Se você mostrar esses documentos para alguém ou se souberem que vieram de você, temo pela sua vida. É melhor deixar arrefecer. Não vi esses papéis e nem sei inglês; no entanto, pelo que me diz deste homem, não há provas de que ele cometeu crimes no Brasil.

– Ele matou um menino.

– Você tem prova?

– Naquela noite, logo após os tiros, o Valdemar, agarrado a mim, lamentava o que o desgraçado o havia mandado fazer, como atitude contra minha volta ao Brasil! O desgraçado a que ele se referia não era o Lécio, e sim o JOHN. Zé, ele praticamente me confessou que o John sempre esteve por trás disso tudo. E quanto ao menino, teve o jornal. Eu me lembro, como se fosse hoje, de que a reportagem falava de um homem branco. Alguém mencionava tê-lo visto usando um boné, de repente, transformou-se num mulato com um chapéu de praia.

– Dessa história – retrucou Zé –, a Justiça sabe. O meliante parecia ser dado a ímpetos de confissão. Acusou a própria Polícia Federal... ou foi a do Exército?... de ter-lhe dado ordens para dar cabo de provas que incriminassem o americano e encontrar um sósia dele para ser o bode expiatório. Alegou, também, que viu o filho do americano jogar o dito boné no São Gonçalo para proteger o pai. Além de ser pago para vigiar o garoto, e por aí vai. O tal Dennis seria um criminoso também? Para quem vê de fora, honestamente, soam como fantasias, pura fantasia do Valdemar. De repente, o americano é também culpado pela falta de luz em Pelotas e pela inflação galopante no Brasil. Entendo que você passou poucas e boas por causa desta gente, mas para mim isso é caso encerrado. Levar adiante para quê? Talvez soe confuso o que vou lhe dizer, mas tenho comigo que a verdade é a interpretação do que os outros fazem a respeito dos fatos e chegam a uma conclusão. Esta conclusão é a verdade. Vamos ver um exemplo...

– Não preciso de exemplos, Zé. Não preciso mesmo.

– É que isto é complicado. Veja, tenho comigo que a...

– Zé, deixa para lá. Deixa...

Fechei os olhos por um segundo e visualizei o boné flutuando no São Gonçalo. Pior: entrevi o Valdemar sentado na praça do centro, espreitando a mim e ao Dennis por cima do jornal, e ainda ele na frente da *Zunzum*, esquivando-se de nós.

Não argumentei mais, caminhei apenas ao lado do Zé de volta à Santa Casa.

Ele arrastava a conversa, sem tomar conhecimento de que eu permanecia quieto.

– Se o Valdemar ia à telefônica para fazer ligações ao exterior, é a palavra dele. No Brasil, ninguém grava conversações telefônicas oriundas da CTMR de Pelotas. Ninguém investiga essas coisas, Lázaro. Se quiser, claro, eu lhe acompanho a um advogado outra hora e a gente vê.

* * *

Não foi preciso que me acompanhasse a lado algum.

Quando a última pá de cimento bateu na laje da sepultura, eu também enterrava a ideia de ir à delegacia. Assim como o barulho da lâmina na pedra me fizera franzir o cenho, fechar os olhos e apertar os dentes, eu também tinha desistido de me vingar do John, do Valdemar, e até do coveiro, que poderia ter limpado a pá, sem raspar na laje.

– Pode usar a escada para colocar as coroas – disse ele e se afastou.

Fiquei sozinho, olhando para a quinta gaveta, acima de todas, enfeitada por um ninho de joão-de-barro. Apesar do enterro ter atrasado seis horas, as garotas conseguiram, finalmente, voltar a Jaguarão no ônibus das cinco. Achei melhor, mesmo, que fossem. O Zé passou na hora em que me liberaram o corpo para o enterro, mas de serviço, não pôde ficar. Não faltava muito para escurecer e eu, como todo mundo, tinha de ir andando.

Subi, sem medo da escada, carregando comigo a coroa de rosas amarelas, encomendada para a ocasião. Ostentava quatro letras: LDMV. "Luz da Minha Vida...", balbuciei mentalmente. Do bolso saquei o cartão no qual pretendia escrever alguma mensagem ao Lécio, junto com a coroa. Olhei para o cartãozinho em branco e o joguei no chão. Do meu bolso, iluminado por uma súbita inspiração, tirei uma moedinha inglesa de vinte *pence* e a mergulhei no cimento fresco. "Quando eu conseguir voltar para a Inglaterra, ao Brasil não retorno mais. O que você acha?"

Permaneci em silêncio empoleirado na escada, recebendo como resposta somente o silêncio de volta. Tudo o que eu queria era ouvir uma voz de falsete, dizendo "Luz da Minha Vida". No túmulo ou dentro do cemitério não se ouvia nada, nem canto de passarinho.

– Quem cala, consente! – concluí, em voz bem alta.

XXXVII

"Quem lhe disse que vou me calar, Luz da Minha Vida? Só porque agora fui ter com os anjos, vai ficar sem se comunicar comigo?" Foi nesse momento que, entre risos de alívio e gratidão, desatei a chorar. O Lécio que sempre estivera comigo não me abandonara, não me abandonaria jamais!

Do cemitério subi até a praça do centro. Pensava em me sentar escondido no meio das árvores, refletir, tomar um rumo. Doía o fato de sonhar com um sorriso na minha vida, um amor, que eu tinha como verdadeiro, morto; meu amigo, com quem eu imaginava conversar, morto...

Pensar...

Pensar para quê?

Para, no fim, acabar sempre sozinho?

Atravessei a praça sem olhar em volta. Desci as ruelas rumo à Benjamin, na caminhada mais longa que eu havia feito em Pelotas.

Ao entrar no apartamento, havia um telegrama por baixo da porta, esperando por mim. Envelope aberto, as palavras me saltaram aos olhos, atingindo-me como punhais no meu corpo, já todo esfolado.

Liga PT Mae mal 5000 PT Nao sei teu tel PT

O carimbo gritava urgente.

Tudo na minha vida era urgente.

Tem quem queira tirar na loteria; meu sonho era dormir. "Horas", pensei, "horas, aplacar a dor, sobretudo, física".

Mas, primeiro, tinha de falar com a minha irmã.

– O Lécio morreu...

– Lembro dele – disse ela, pausando uns meros instantes ao telefone antes de ir direto ao que lhe interessava.

A cirurgia da mamãe iria custar 5 mil libras esterlinas. Estava marcada para dali a seis semanas – avisava-me. O "mãe mal 5000" era para que eu enviasse o dinheiro. "O marido não poderia ajudar? Afinal é a mãe da mulher dele!" Fiquei olhando para o guarda-roupa durante a chamada. Em seguida, contei e recontei meus dólares até de madrugada. Prometi a mim mesmo dormir no ônibus das 5 horas a caminho de Porto Alegre quando fosse fazer a transferência. Rezei para que depois de tantos anos, os contatos da Potoka ainda permanecessem por lá.

Entretanto, antes havia mais uma coisa que eu tinha de fazer: descobrir o número do telefone em que eu estava, para informar aos meus amigos.

– De que número estou ligando?

A telefonista demorou para entender o meu problema.

– Lécio Rosas. Rua Benjamim... esse mesmo. Ah! Um minuto, que vou anotar. Poderia também me dizer o número do vizinho do lado?... Esse mesmo...

O Lécio continuava circuitando conselhos e apartes na minha cabeça, mas não me dizia os números dos telefones que mandara instalar nos apartamentos.

Acertei o despertador.

Acertei com um táxi para me pegar às 4 horas e adormeci conversando com o Spencer. Havia deixado para telefonar para ele no final, depois de ter falado com o Ed e com a Vanda. Só Deus sabia que horas eram na Inglaterra...

XXXVIII

Sonho...

– Dennis?

Dennis estremeceu com o ar frio que soprava por dentro de sua roupa. Ou estava nu?

– Dennis!

Quis se virar da janela, mas sentiu o nariz apertar contra a vidraça e continuou contemplando o rio que corria pelas profundezas de um desfiladeiro. Quem o chamava segurava sua cabeça por trás?

– Dennis...

Não era uma voz que conhecesse, por isso, não respondeu.

De repente, como que por encanto, seus olhos se desprenderam da janela e se lançaram para dentro da sala vazia. Na penumbra tudo tinha a mesma cor, cor nenhuma.

– Filho? Fala comigo, filho! – a voz doce, pausada, estava agora tão perto do seu rosto, que ele podia sentir o hálito morno no seu nariz.

Era sua mãe?

Ou era sua imaginação?

Firmou os olhos para discernir qualquer figura que pudesse estar com ele ali. Não viu ninguém.

Não respondeu. Pesadelo...

Na parede da sala, como numa projeção, formou-se uma imagem, em que viu a si mesmo estirado numa cama, segurando um telefone.

Deixou escapar um grito. Fechou os olhos.

Suas pálpebras estavam transparentes. Raiva.

Labaredas.

Emoções à tona e à deriva.

Emoções que o arremessaram em direção às imagens. E ele se via mergulhado no passado, revivendo, suplicando a si mesmo que...

Precisava escapar.

Tinha que correr dali, e tinha receio.

Não!

Era medo.

Pior.

Pavor!

Tapou os ouvidos com as palmas das mãos.

Ouviu mesmo assim.

Alto e claro. Dennis encontrava-se no quarto em que minutos antes era apenas a projeção na parede. As vozes de então eram vozes de agora: voz dentro do quarto, voz do outro lado do mundo.

Ao telefone. Vozes de quem? Sua.

E a do vigia. Do Cultural.

Alta.

Clara.

Como se fosse ontem. Pior.

Como se fosse agora.

O vigia continuava falando, sem prestar atenção às perguntas de Dennis.

— Na semana passada é que foi o problema, seu Dennis — explicava.

A pausa que se seguiu foi longa.

— É por causa do ocorrido que o senhor está telefonando, não é?

Dennis recostou-se na cabeceira da cama, recriminando-se por ter esquecido o jeito peculiar dos gaúchos falarem português.

— Ah! — insistia o vigia, tropeçando um pouco nas palavras para depois se soltar. — O senhor não sabe, não é, seu Dennis? Tenho o jornal aqui, no primeiro dia só saiu...

A voz áspera do vigilante irrompeu sem meias-palavras que amenizassem o golpe. Como uma espada em brasas, a história vazou aos ouvidos desprotegidos de Dennis. Os detalhes sucederam-se em ondas de calor, descendo por

XXXVIII

seu corpo. Dennis foi silenciando por dentro. Depois, o mundo inteiro foi se calando também por fora. Quando finalmente expeliu o grito de desespero não ouvia mais a si mesmo – era como se não tivesse emitido nada.

Depois, mais silêncio.

– Coisa horrível mesmo! – completou o vigia. – À queima-roupa. É para gritar de horror mesmo.

– A Marta... – balbuciou Dennis.

Dennis buscava conforto na esperança de que a Marta, ela sim, iria lhe dizer que o Valdemar não tinha assassinado o Lázaro a tiros enquanto dormia – na certa, o vigia havia se enganado. Porém, não precisou se perguntar por que o Valdemar teria feito aquilo: Dennis sabia por que e a mando de quem.

– Dona Marta se casou e foi morar na Argentina – anunciou o segurança e continuou, preenchendo o vazio na conversa. – O Cultural não abre mais, fechou no mês passado. Fico aqui cuidando, até levarem os móveis. A diretora vai alugar a casa. Desgraça pouca é bobagem. Não é mesmo, seu Dennis?

O corpo de Dennis foi o primeiro a tremer, seguido pelos lábios. Não conseguia soluçar. Em vez disso, percebia que seu corpo em movimentos involuntários saltava e rolava na colcha.

O guarda continuava tagarelando...

Com dificuldade, Dennis colocou o fone no gancho, volveu-se de lado e abraçou o travesseiro. Aos poucos, viu o colchão fofo, o chão do quarto, o quarto, Provo, o mundo, tudo parar de existir, ali, bem diante dos seus olhos. Pela primeira vez, Dennis experimentava outro sentimento por Lázaro, que não era amor. Sentiu inveja. Invejava a morte de Lázaro. Para onde quer que ele tivesse ido, fora para longe daquele mundo bárbaro e cruel. Lázaro, afinal, tivera uma saída fácil. Dennis concluía, também, que a melhor saída era a morte – só teria de encontrá-la, colocar-se ao seu alcance.

No vazio da mente, uma fugidia memória das palavras do pai ressoou, oriundas da sala do apartamento da Zona Norte muito anterior àquela conversa dele com o vigia. Vinha assombrar-lhe justamente quando já se sentia flutuando ao encontro de Lázaro. "Como seu pai, lhe deixo partir e oro pela cura do seu corpo e a redenção da sua alma." O pai aproximara-se do sofá e inclinava-se próximo ao ouvido de Dennis, segredando: "Vinte dias. Nem você nem ele jamais dirão que sou injusto".

Dennis jogou o travesseiro para o chão e puxou o telefone da tomada. Num ímpeto brutal, arremessou-o contra o espelho na parede.

– Mentiroso! – urrou, vendo pedaços se espatifarem em todas as direções.

Num ímpeto mais brutal ainda, arremessou-se da cama.

Na parede, o espelho quebrado refletia nos pedaços estilhaçados a imagem do corpo balofo que se aproximava. Dennis viu-se arrancando um pedaço de vidro da moldura e, sucessivas vezes, golpeando-o no braço, até que se viu cair por cima das cobertas. Da cama à parede, observou a trilha rubra que se formara. Reconfortado, buscou a origem do caos. A trilha acabava no pedaço de espelho sujo de sangue sobre a colcha. A trilha que o levaria a Lázaro.

Já sem forças, Dennis entreviu um homem entrar no quarto acompanhado por uma mulher. Ela permaneceu junto à porta segurando uma bolsa escura, enquanto o homem aproximou-se da cama, lambendo a gosma da saliva que gotejava pelo canto de sua boca.

Dennis arremessou o braço na direção dos cacos de vidro, suplicando para que os dedos lhe obedecessem pela última vez, e pudessem agarrar um estilhaço e meter naquela barriga, arrancando as tripas daquela besta. O instinto lhe dizia que odiava aquele homem que, bem de perto, examinava os seus braços sangrando. Enrolava o fio do telefone em torno de seu pescoço, arrastava-o da cama e pendurava-o na maçaneta da porta, até concluir à acompanhante:

– Se chegou a esse ponto, é melhor deixar morrer. Espere lá embaixo, que vou dar um jeito nisso.

– Matar, não! – retorquiu a mulher.

– Espere lá embaixo – gritou o homem. – Fui claro?

Não devia ter sido claro o bastante, pois ela ajoelhou-se ao lado da porta e gritou mais alto ainda para que ele saísse, chamando-o de "monstro assassino". Ato contínuo, afrouxou o fio do pescoço de Dennis e examinou suas feridas.

– Vou lhe ajudar, Dennis, fique calmo – disse ela, retirando da bolsa uma ampola e uma seringa.

A agulha furou-lhe o braço e ele se sentiu tomado por uma leve tontura, como se tivesse repousado e se levantado muito depressa.

– Já vai passar – tranquilizou-o a mulher.

Anuiu, sem relutar mais. Dennis sabia vagamente que a conhecia, que podia confiar nela.

Logo após ela ter guardado a seringa na bolsa, o medo o arrefeceu de fato, seguindo-se a dor e, finalmente, a fúria. Dennis lembrou-se que sentia a mesma fúria quando alguém ultrapassava seu carro na estrada. Vinha uma

XXXVIII

vontade de destruir, extirpar, arrancar o pescoço do motorista com as próprias mãos, mas nunca o fazia. De verdade, nunca matara ninguém...

Ainda.

Quando acordou, sentiu o corpo mole.

O miolo mole.

Antes de abrir os olhos, as sensações.

Sempre iguais: cheiros, ecos, ar resfriado. Presumiu que uma convulsão mais forte devia tê-lo levado, outra vez, a necessitar de cuidados médicos. Com cautela, foi abrindo as pálpebras até a luz não machucar mais seus olhos. Não estranhou. Havia acordado tantas vezes em clínicas.

Olhou em volta.

Desta vez, porém, surpreendeu-se.

Percebeu-se sozinho, num quarto que mais se assemelhava aos de hospital de cinema, com todos os aparelhinhos e luzinhas, tão diferentes dos malcheirosos quartos improvisados das pequenas clínicas onde o levaram de outras vezes. Será que agora seu quadro clínico era mais grave?

As vozes soaram familiares. Ouviu a mãe e Candy conversando com uma mulher morena, com o cabelo preso num coque severo, que segurava um jaleco e um estetoscópio, como que pronta a sair. Inclinando o rosto, ele espreitou as três pela porta aberta no corredor. A mãe e Candy se despediram, afastando-se. A médica, ele deduziu pelo seu ar importante que assim o fosse, soltou os cabelos negros, num movimento rápido, jogando-os para trás. Uma enfermeira se aproximou, trocando palavras com a suposta médica e ela correu os dedos pela cabeleira da outra mulher, em um presumível gesto carinhoso de despedida. A doutora perscrutou o interior do quarto em que Dennis fingia dormir tranquilo, segurou a enfermeira pelo queixo e deu-lhe um longo e terno beijo.

Na boca.

– *Hasta luego.*

– *Te quiero, cariño.*

Dennis apertou as pálpebras, abrindo-as apenas quando as duas mulheres não estavam mais lá.

Por cima dos aparelhos, espreitou seu corpo, coberto por um lençol verde-claro. Nos seus braços, pequenas gotas vermelhas despontavam pelos curativos; no pescoço dolorido, alguns pontos da pele ardiam, como se ele tivesse se queimado com as pérolas de um colar. Tentou recobrar a fala e apenas tossiu uma tosse exagerada – no peito, faltava-lhe o ar. Arregalou os olhos e não piscou. Queria absorver cada raio de luz e iluminar uma área que permanecia escura – como uma sombra, pairando por sobre seus olhos. Ficou respirando a brisa fresca, escutando os ruídos do ambiente acariciarem seus ouvidos. Queria achar uma resposta para aquela pergunta, mas não achava: "Qual é mesmo o meu nome?"

O resultado da tranquilidade converteu suas pestanas em grãos de areia, levando suas pálpebras a implorar que fechassem. Olhos fixos no forro, tentava encontrar um nome que fosse o seu no emaranhado da memória e no processo, uma onda morna passou a embalar seu corpo, levando-o a dormir outra vez.

Então...

O rosnar do rio.

A sala sem cor.

A janela.

O medo de que o outro, que era ele mesmo, fosse arremessá-lo no desfiladeiro e Dennis – o que pensava – iria se afogar no rio que corria ao fundo.

Agora, a voz invisível. "Dennis. Dennis, meu filho."

Não era imaginação.

Era a voz da mãe.

Longe.

Agora...

"Posso lidar com isso? Sei que posso."

No chão da sala, cacos de vidro, fragmentos de espelhos espalhados no carpete, impediam-no de chegar da janela à porta.

Agora...

"Dennis!"

"Irmãozinho."

"Dennis, meu filho."

Dennis tomou fôlego e tomou a direção da porta.

Os cacos esparramados no chão cravavam-lhe nos pés descalços, enquanto fugia da sala, corredor afora, escada abaixo, jogando seu corpo contra as paredes nos instantes em que pensava que cairia.

No andar inferior, outra sala, mais escura ainda.

XXXVIII

Uma fresta.

Uma porta.

A voz doce, pausada, convidava-o a vir para fora.

Dennis abriu a porta e respirou o ar fresco.

Estava vestido! Experimentava o calor e o conforto do jeans, do suéter e dos sapatos.

"Dennis."

O contorno da figura que se revelava era o da mãe. Ao lado dela, a irmã.

Realidade...

Dennis firmou os olhos.

Lembrou-se de ter dormido ouvindo as vozes da mãe e de Candy vindas do corredor de um hospital. A medicação devia tê-lo deixado confuso. Antes de adormecer, mal lembrava o próprio nome. O que não lhe ocorria era o que estava fazendo naquele momento sentado na grama, à sombra das árvores, às margens de um pequeno lago. Quando deu por si, balbuciava:

– Dennis? Meu nome é Dennis...

A mãe segurou-lhe a mão. Ela e Candy se entreolharam em espanto, até que a irmã se levantou num salto e acelerou o passo pelo gramado em direção ao prédio de tijolos à vista, quase escondido no arvoredo.

Dennis vasculhou os arredores.

– Mãe, que lugar é esse?

– Longa história – disse ela depressa. – Mas este lugar é o Hospital Psiquiátrico Estadual de Utah. Como se sente?

– Bem... mal... não sei. Aconteceu o quê?

– A psiquiatra me disse que poderia acontecer a qualquer instante ou não acontecer jamais. Em última instância... – a mãe ficou pensativa antes de continuar – não se sabe o que aconteceu. Nas últimas semanas, eu vinha notando que sua memória estava prestes a emergir. Coisas de mãe.

Intrigado, Dennis olhou para os pulsos e não viu mais as ataduras sujas de sangue.

Trouxe os braços para mais perto dos olhos. Na pele, as marcas eram como finos arranhões desbotados.

– Devo ter ficado inconsciente por vários dias! – constatou, perplexo. – Meus braços estavam sangrando quando acordei no hospital.

— Desta vez, Dennis, foram mais que alguns dias — a voz da mãe ficou pausada, como se fosse chorar. — Muito mais tempo — completou — do que você dá conta.

— Quanto tempo, mãe? — a mãe olhou para cima.

Passos se aproximavam.

— Como se sente, Dennis?

Dennis virou-se para ver uma mulher bem vestida, cabelos negros lhe tocando os ombros, que havia chegado com Candy, referindo-se a ele como se o conhecesse.

— Bem, suponho — respondeu.

— Não tem problema que você não me reconheça. Sou a Doutora Cármen Sanchez — apresentou-se ela, tirando do bolso um pequeno objeto que levou ao ouvido.

A mãe cravou os olhos em Dennis, depois desviou-os para o objeto e voltou a cravá-los em Dennis.

Ele se ergueu, pondo-se de joelhos.

— Que a doutora está fazendo, mãe?

— Telefonando.

— Mr. Dennis Betts parece bem... sim parece ter recobrado... — relatava a Doutora Cármen. — Vai caminhar até o quarto.

"Telefonando? Naquilo?" pensou Dennis, enquanto se levantava.

— Fique calmo — disse Candy.

Os olhos desanuviaram e finalmente Dennis pôde fixar a vista na mãe e na irmã.

Não...

Não.

Não era apenas o telefone que não parecia um telefone.

Pensou que estava acordado. Entretanto, era outra vez um pesadelo.

Um segundo apenas, depois de achar que tudo estava normal, Dennis se perdia num mar de pavor.

Quanto mais olhava em volta, nada era normal. Começando pela mãe e pela irmã.

Não eram as dele.

Eram outras.

XXXIX

Infortúnio.
Calamidade.
Miséria.
Angústia.
Será que me lembrava de mais alguma palavra para dizer "desgraça"?
Bem provável que não.

A situação tinha ficado tão difícil, que onde quer que eu me encontrasse, tornava-se a parte mais pobre e lúgubre da cidade. Naquele dia, a parte mais pobre e lúgubre de Pelotas era a Perlatur. Ao trocar a última nota de cem dólares, parei em frente à casa de câmbio, vendo evaporar o que me havia sobrado de esperança de um dia realizar meus sonhos de menino. Só depois de enfiar meus sonhos num saco e jogá-los no lixo, tive ânimo de entrar. Fazia um mês que eu havia me tornado cliente daquele estabelecimento. Assim, a rotina estava instituída. Era uma dança que não precisava mais de ensaios.

– Vai trocar só cem? – perguntou a moça por trás do balcão, olhando para minhas mãos.

– Só cem desta vez – menti. "Só cem. E nunca mais vou incomodar vocês", pensei, "nunca mais vou tirar um maço de dólares do bolso".

O enterro do Lécio não me custara muito. Todavia não poupei na rica lápide de mármore negro, esculpida como duas cortinas, congeladas no tempo, que às vezes pareciam estar se abrindo, outras, fechando-se. Dependia do estado de espírito em que me encontrava. O resto do dinheiro gastei com os vivos. Com mamãe, que saíra do hospital para uma nova vida, e comigo mesmo, que só consegui meia dúzia de alunos, que não pagavam o bastante para cobrir as despesas inevitáveis para me estabelecer na cidade. Os diamantes, eu ainda me lembrava da cor esverdeada dos saquinhos que os acomodavam. Mas estes se encontravam depositados na caixa-forte de algum banco uruguaio. Algum. Quisera eu saber qual. Como quisera também saber onde o Lécio teria escondido a chave, caso, por milagre, eu descobrisse o nome do banco. O fato era que as pedras estavam perdidas para sempre – apenas uma mera lembrança. Assim como o Dennis, a Potoka, a Vó Iracema, a vida feliz que eu sonhava ter...

Felizmente, os vivos ainda se importavam comigo. Eu os amava mais do que nunca pelo favor que me faziam. "Estou divorciada e de vida arrumada. Posso casar com você e você vem morar aqui", insistia a Vanda, de Nova Iorque. Restava-me agradecer-lhe, só que eu não tinha mais por que ir aos Estados Unidos. Morar nos Estados Unidos, para mim, ia ser uma tortura. "Eu lhe compro as passagens", ofereceu-se o Ed um dia. "Vem morar de novo comigo, gosta tanto da Inglaterra. E, olha, o Spencer, quando o encontro, sempre fala em você." A oferta era tentadora e, por mim, voltaria no dia seguinte. Se pudesse. No entanto, não eram apenas as passagens. Visto para a Inglaterra, sempre era fácil, se a gente justificasse para o oficial de imigração que estava recheado de grana. No passaporte, eu tinha carimbos demais. Na carteira, dinheiro de menos. A opção era esperar.

E esperei.

No fim daquela tarde, subi as escadas correndo. Parei diante da porta do meu apartamento. No chaveirinho alaranjado, as chaves balançavam, comunicando-se – a minha e a do apartamento do Lécio, que eu ainda conservava.

Fechei as chaves na mão.

"Tenho de trocar estas placas". Eu podia dar dois passos, abrir aquela porta, pegar as ferramentas e fazer o serviço.

As pernas pesaram.

As pernas, não.

O corpo.

Medo das lembranças?

Medo de fantasmas?

"Não sei..."

Conforme o tempo marchava, eu constatava que os dias se sucediam, mas as marcas da tragédia permaneciam, mais do que qualquer outra coisa que tivesse acontecido naquele espaço.

XXXIX

Mergulhei a chave na fechadura da porta do meu apartamento. Já que eu estava muito cansado para ficar pensando, não pensei "amanhã resolvo". Decidi entrar e fui dormir.

* * *

Despertei com baques fortes na minha porta.
– ... minutinho.
Desde meu retorno, era a primeira noite em que eu dormia de verdade.
– Já vou abrir.
O Zé parou consternado na porta, fardado, cara de menino levado que havia aprontado alguma.
– Eu devia ter lhe telefonado da delegacia, mas achei melhor vir direto.
O que seria? Oito horas e quinze minutos da manhã, não fazia uma hora que ele devia ter saído para trabalhar.
– Entre, Zé.
Puxei a porta para deixar entrar o Zé e o ar da rua. Remexendo no bolso, antes que eu perguntasse a ele por que viera àquela hora, entregou-me um envelope.
– Acharam isto no meio das coisas da Eudineia. Na chegada, o investigador me perguntou se eu ainda era seu amigo. Está endereçado a você. Quando vi o nome do remetente achei melhor trazer.
Estendi a mão, já reconhecendo aquelas letras graúdas em caligrafia norte-americana.
– Não têm mais nada para investigar – completou. – Não quiseram nem abrir.
Zé olhou para minhas mãos tremendo, mas não liguei. Ele sabia da história, ao menos, em parte.
De uma vez só, as palavras saltaram aos meus olhos. Fiquei examinando o papel preenchido pela letra familiar do Dennis. Começara a escrever em letras graúdas como no envelope, que depois foram encolhendo a cada linha. Quando chegava ao "Do seu, Dennis", parecia um traço apenas, que poderia ter sido rabiscado por qualquer um.
"*Pelotas, 15 de Dezembro de 1980. Lázaro,*
Estou lhe escrevendo com meu pai na outra sala..."

Imaginei o John como um cão faminto, de mil cabeças, músculos rijos, traseiro apertado, a língua para fora, a boca escorrendo baba, esbaforido, suando de tanto arrumar malas antes de fugir. Ninguém havia me contado o que acontecera. Mas não era mais necessário. Com o passar dos anos, criara imagens nítidas para preencher as lacunas da minha história.

Na carta, Dennis me explicava, entre juras de amor, tão adolescentes como aquela letra, a história que eu já conhecia: ia dar uma chance à família, à fé, à tradição. Iria fazê-lo apenas por insistência do pai, que lhe pedia que o acompanhasse.

"Outro dia lhe explico: o pai está muito nervoso, mamãe e Candy estão nos esperando e o Valdemar vai nos levar ao aeroporto na Kombi. Não estou fugindo, mas meu pai claramente está. Uma dessas coisas de militares, que nunca entendi."

Tossi para limpar a garganta, como se fosse ler em voz alta as últimas frases:

"Não estou fugindo, juro. Minha passagem vai ser de ida e volta. Ele me disse que em vinte dias posso voltar. Só não volto em vinte dias se eu chegar aos Estados Unidos e achar que morar lá, sem você, é melhor do que estar com você no Brasil, ou em qualquer outro lugar do mundo. Como sei, e você sabe, para mim não há vida sem você. Então não há outra possibilidade a não ser a minha volta garantida."

– Ele me prometeu que voltaria em vinte dias, Zé – disse e segurei o choro, que era quase inevitável. – Zé, aquilo foi um romance de férias. Como fui me iludir!

– Você era jovem, tinha apenas?...

– Dezessete anos.

– Não quero desfazer, mas nessa idade...

– Eu sei, Zé... – eu tinha consciência do que estava prestes a falar sobre amor de adolescência.

– Que furada, Lázaro.

– Eu sei, Zé – agora eu, finalmente, aceitava o fato.

– Um dia, vai lá para conferir?

– A resposta já me chegou. Ainda bem que nunca fui.

Ele sacudiu a cabeça, como que pensando.

XXXIX

– Chegar lá e dar de cara com ele numa melhor, teria sido pior.

– Tem razão.

Joguei a carta na mesa. Convidei o Zé para tomar café. Tomamos o café frio.

O Zé não fez rodeios. Quando entramos na cozinha, confessou-me que queria transar comigo desde que me conhecera. "Que coincidência", eu disse, "desde que lhe conheci, isto também tem passado pela minha cabeça".

Levantando os ombros, sorriu, tímido.

– Vamos transar na cama? – perguntou.

– Provavelmente – respondi.

O Zé não esperou e ali mesmo me deixou experimentar aqueles lábios carnudos enquanto desabotoava a farda.

Pelos meses que se seguiram, aquele tornou-se o nosso ritual.

Lábios.

Farda.

Foda.

E cinco alunos particulares ao invés de seis. Depois, quatro, e pagamentos irrisórios e atrasados. Mas o Zé veio morar comigo.

Tudo normal.

Ou quase.

Nunca toquei nas placas das portas. Se chegasse muito próximo à porta eu juraria ouvir gritos lá dentro: os meus, os do John, o baque surdo dos tiros que vieram a matar o Lécio. Conforme o tempo passava, começava a me convencer de que aquele apartamento ao lado era malfadado, amaldiçoado, assombrado ou algo assim. Justo eu, que nunca acreditei no sobrenatural. Eu via aquela porta fechada, apertava a chave na minha mão, mas adiava para entrar lá um outro dia. Na semana seguinte, talvez? Ou simplesmente esperar que alguém me obrigasse a fazê-lo.

Naquela tarde, foi justamente o que ocorreu. Tendo entrado no prédio, estava subindo as escadas quando ouvi passos logo atrás de mim. Um velho rechonchudo, num terno social e com uma valise que quase arrastava no chão parou no meio da escada e sorriu para mim.

– Mora aí um Lázaro Prata?

– Sou eu.

Num sotaque castelhano, esclareceu que vinha de Jaguarão, como preposto de um escritório de advocacia que, por certo, eu nunca tinha ouvido falar.

– Em que posso ajudá-lo?

– Estou *le* procurando por causa dos prédios.

Veio-me um frio no peito. "Putaquepariu". Fazia bem cinco meses que eu estava morando naquele imóvel sem ter visto a merda de um documento, escritura, ou algo do tipo, nem assinado nada. Não tinha a menor ideia se ainda pertencia à Potoka, ao Lécio ou, o que seria muito provável, a algum ex-cliente da Potoka.

– Vamos entrar – convidei, relutante.

Com a Vó Iracema, o Lécio e a própria Potoka mortos, e na confusão de inquéritos e processos, o dono legítimo podia estar querendo retomar os imóveis.

Enquanto eu acendia a luz, o velho foi se sentando sem pedir licença. Foi abrindo a valise como se dela fosse saltar uma daquelas bailarinas de caixinha de música, dançando e emitindo sons de sininhos.

Foi quase isso.

Menos a bailarina.

Vagarosamente, ele tirou uma folha de papel, entre dezenas de outras que lhe atulhavam os compartimentos da valise.

– Isto aqui... – declarou, batendo com a ponta do dedo no papel estendido na mesa – é para *usted*.

Estendi o pescoço por cima da mesa para espiar. Para mim, não passava de um papel datilografado com assinaturas e carimbos. Mantive meu rosto impassível. Em seguida, sorri, fingindo que tinha lido o documento que ele nem sequer tivera a delicadeza de virar para mim.

Ele continuou a conversa no mesmo tom, no mesmo sotaque.

– Me espantei: no jornal não saiu que quem morreu foi o Seu Lécio. O nome do morto é o seu.

– Não é culpa do Diário, é culpa das plaquinhas.

– Plaquinhas?

– Essas, nas portas. O senhor não viu? É meio confuso. A gente trocou os apartamentos no dia do crime. O dele, onde ele morreu, é ali – apontei pela porta, que mantivera semiaberta, para o apartamento ao lado que ostentava o meu nome na placa. – O jornalista que veio cobrir o crime, trocou os nomes. Trocou, não. O nome na porta era que não batia com o baleado. Aliás, até hoje não bate.

XXXIX

— Tem que mandar o periódico acertar isso e dizer que *usted* está vivo. E *cambiar* as placas.

— Vivo? Para quê? — brinquei.

— O Lécio me contou que *usted* dava aulas.

— Dou.

— Os alunos não dizem nada?

— Acho que não tenho aluno que lê jornal, só pirralho de colégio, por enquanto — retruquei e ri.

O velho coçou a cabeça e riu também.

— Vou ao jornal na semana que vem — completei, sério. — Andei meio mal.

— Compreensível, nas circunstâncias — disse, baixou a voz, encarando-me para continuar. — Tudo nos conformes agora? Gostando do Brasil? Namorado novo? Como andam as coisas com *usted*?

Ele me surpreendeu com as perguntas. Não vi sentido em gastar tempo respondendo, mas fiel aos cânones da boa educação fui conciso:

— Bem — murmurei.

— Pois vai ficar melhor ainda! — garantiu-me.

Foi aí que a bailarina pulou da caixinha e se sacudiu toda e começou a rodopiar. O Lécio havia mantido segredo de mais um pormenor que tinha a ver comigo.

O rosto do velho ganhou uma expressão grave e solene ao virar o documento para mim e se explicar:

— Sou advogado. Era advogado do Lécio. Antes dele, da velha Iracema e da Potoka. Vejo até que *usted* tem um retrato dela aí na parede, gente *muy* boa. Quando elas faleceram — continuou —, ele herdou delas. Logo depois, como *usted* vê, pôs tudo no seu nome.

Eu não contive as lágrimas.

— Está tudo bem, mesmo? — ele quis saber.

— Sim, senhor, pode continuar.

Do mesmo jeito lento extraiu da valise, desta vez, um calhamaço de papéis e os dispôs à minha frente.

— Certamente, haverá impostos a pagar — esclareceu. — Mas nisso a gente dá jeito.

— O senhor sabe por que ele fez isso?

– Bueno, primeiro, porque era seu amigo.

Assenti com a cabeça.

– *Después*, porque não sei se *sabés*... ou *se tenés sospechas*.

– Talvez... – respondi, apenas para preencher a pausa que se alongava enquanto o velho olhava para mim.

– O Lécio era filho da *hermana* da Dona Potoka.

– Com pai desconhecido – acrescentei.

Ele apontou outra vez para os papéis que enchiam a mesa, insinuando com o balanço do dedo indicador que a documentação estava em ordem. Eu me senti desconcertado, com dificuldade em levar adiante uma conversa tão inesperada como aquela.

– Se o pai dele aparecer e reivindicar esses prédios, pois que seja. Particularmente, não me interessa a mínima. Quero voltar para a Inglaterra, onde...

– Sabe-se mais das coisas quando se escuta atentamente, meu jovem – ele me interrompeu. – O Lécio ficou sabendo quem era o pai dele pelas cartas que a Dona Iracema guardava em *Treinta y Três*.

Levantei-me, quase irritado.

– Isso, lhe digo, ele podia ter me contado.

– Ou não. Ainda mais, quando o pai dele era o mesmo seu.

Tentei levar um pouco de ar para os meus pulmões. Escancarei a porta e abri a janela para não ficar mais falando com o advogado sob a luz de uma lâmpada, quando podia deixar entrar o resto de luz da rua. Estremeci só de pensar o que havia sido a minha vida até aquele instante. O que era mais aquela loucura? Que mundo era aquele em que eu vivia, que acabava e recomeçava sem aviso? Eu precisava ganhar uns instantes. De garganta cerrada, já não sabia como continuar a conversa e não ia me soltar num desespero na frente do castelhano. Nem dele, nem de ninguém. Respirei finalmente, conseguindo retomar uma certa sensatez, uma tranquilidade que me permitisse encarar esses fins e começos sem enlouquecer. Eu podia ter chorado de saudades de meu amigo, do riso dele, do feitio bem disposto, das frescuras, de tudo que ele havia sido na minha vida – e que só o melhor amigo da gente pode ser.

Ao invés, virei-me para o advogado e permaneci em silêncio.

– Surpreendido? – interrompeu-me ele com a pergunta. – O sorriso de *usteds* é igual quando *usted* sorri.

— Totalmente — eu me abri com ele, secando os olhos no braço. — O senhor sabe, a gente não teve nem tempo de conversar, ele foi baleado poucas horas depois de eu chegar.

— Deixe-me *le* dizer, não foi assim que aconteceu. Ele ficou sabendo quando tinha doze anos, mas havia sua mãe, as memórias do seu pai, essas coisas. Ele me disse que *usted* havia crescido aí na colônia inglesa do Anglo com essa gente preconceituosa.

— A gente preconceituosa não era a do Anglo — repliquei. — No entanto, entendo o que ele queria dizer.

— *Bueno* — disse ele, voltando a trazer mais papéis para a mesa.

— O que são esses documentos? — perguntei, dormente.

— Sente-se aqui, que vou *le* mostrar.

Ele apontou de novo para o documento com as assinaturas e carimbos.

— *Vea* que no testamento ele explica na primeira frase por que, na falta dele, os bens vão para *usted*.

Sem ler, retorqui:

— Porque ele é meu irmão.

O velho advogado baixou a cabeça. Eu me sentei.

Corri os olhos na primeira linha do papel e vi a citação datilografada entre aspas:

"*Querido Lázaro, luz da minha vida inteira,*

A única coisa que nunca pode morrer são os seus sonhos. Não passo este testamento porque você é meu irmão; porém, sabendo que em breve não vou estar mais com você nesta vida, quero lhe deixar meus bens e haveres porque, se dinheiro e propriedade ajudarem, você vai ter condições de realizá-los..."

Olhei a data no pé da página.

Espantado, indaguei o advogado:

— Esta data? Foi há pouco mais de seis meses que ele fez este testamento? Do jeito que escreveu, parecia que já sabia que ia morrer.

— E sabia.

— Não entendo mais nada, como Lécio pôde prever a própria morte?

— *Bueno...* — disse o velho segurando na minha mão. — Acho que ele não estava pensando em ser assassinado quando fez o testamento. Devia estar pensando nesta doença que ele pegou do amante. Como é que eles chamam isso? SIDA, AIDS, *acá* no Brasil, não é?

O meu coração encolheu. Senti meu rosto apertar, meus olhos pararem em algum ponto vago entre os papéis na mesa e o advogado. Deixei que ele assistisse ao espetáculo do meu desespero, senti uma dor que me veio dos ossos esguichar-me pelos olhos.

— Vou precisar entrar no apartamento aí do lado — disse o velho senhor, tirando do bolso uma cópia das chaves. — *Usted* me acompanha?

— Claro — quebrei o meu silêncio. — E, a propósito — ergui muito a voz para fingir compostura, puxar assunto, evitar pensar nas tantas coisas que me viriam à mente quando a porta do apartamento se abrisse —, o senhor se enganou, aquele retrato na parede não é a Potoka, é o Lécio.

— O da moldura amarela, ao lado do da piranha no vidro?

— O senhor está louco? Não é piranha, são os ossos de um peixinho, um bichinho de estimação que tive.

O que eu disse pareceu atear fogo à roliça cara do velho.

— Olhe bem, não estou caduco! *Hay cosas* que à primeira vista parecem ser, mas não são — assegurou-me ele. — *Veo* que *hay* mais coisas que *usted* não sabe.

Fui até a parede. Recolhi o retrato no quadrinho cor de melão.

Ele o tomou das minhas mãos e o virou contra a luz.

— *Le entendo... el tu* amigo era *la imagen* viva *de ella*, mas... é *ella* nesta foto. É a Potoka. Me lembro bem dela com oito ou nove anos. Só que, naquela época, claro, ela ainda era guri.

— A Potoka...

— *Usted* não sabia, *entonces?*

— Guri?

— *Sí*, Potoka *nació hombre... Usted* não sabia, *entonces!*

XL

Glória, glória, aleluia,
Vencendo vem Jesus...

Dennis cantava o estribilho a toda voz, levantando ainda mais o volume do rádio, preparando-se para quando tocasse o hino seguinte, o seu favorito. Com o vidro abaixado, os véus de poeira que se erguiam da estrada agitavam para trás os seus escassos fiapos de cabelo, afastando-os dos olhos. A ventania produzia um chacoalhar seco, como uma cascavel escondida dentro do carro. Mas não atrapalhava os hinos de louvor.

A placa: velocidade máxima 55 milhas por hora. Passou a 75 milhas por hora.

De relance, viu o ponteiro oscilando temerariamente para a direita, encostando nos 80. Ainda assim, o pé afundava no acelerador.

85.

89.

Afastou os olhos do painel e se concentrou na estrada.

Dennis não quis discutir o caso pelo telefone, entretanto estava preparado para que aquela fosse a última vez em que se encontrariam. A Doutora Cármen o esperava no hospital. Ele queria chegar o quanto antes.

90?

O que fosse. Eram muitas milhas por hora. Muitas.

– Hã?...

"Ah!"

Novamente, o celular vibrava no bolso da camisa. Ele apertou o botãozinho do fone *bluetooth*, preso à orelha, para continuar dirigindo. Baixou o volume do rádio. Antes que pudesse dizer alô, Candy já lhe desejava um feliz aniversário.

– Obrigado – disparou, surpreso com a irmã ligando àquela hora.

Como alguém podia atravessar os Estados Unidos, ir para a cama de madrugada, acordar quatro horas mais cedo do que de costume, preparar a refeição de três filhos, um marido e um sobrinho, tratar da organização de uma festa para o irmão e receber repórteres interessados no seu trabalho e no do marido? Tanta energia escapava-lhe à compreensão.

Candy voltou a perguntar como ele se sentia, agora que o retrato, sucesso na retrospectiva em Nova Iorque, tinha virado ilustração de capa. Afinal, o quadro havia sido pintado a pedido dele. A irmã o considerava um presente que Dennis, um dia, iria passar para recolher. Só que nunca o fizera.

– Tenho certeza de que a capa está linda, mas também quero ler o livro – disse ele, animado. – O retrato, se eu realmente o quisesse lá em casa, teria lhe pedido. A verdade – completou, em tom de brincadeira – é que você quer me levar à bancarrota, obrigando-me a pagar seguro para expor todos os quadros que me dá para a sala lá de casa.

Sorrindo da sua própria tentativa de ser engraçado, ajustou o fone no ouvido, acelerando para ultrapassar o caminhão que não tinha mais fim.

– Hei, hei, hei! – respondeu, rindo, aos apelos da irmã para que ele não se atrasasse para a festa. Como iria se esquecer? Não pensava noutra coisa havia duas semanas.

Relanceou, mais uma vez, o painel.

Ainda não eram oito da manhã. A festa estava marcada para as nove da noite. Ele dirigia, de novo, a 55 milhas por hora.

Riu.

– E me conte mais de Nova Iorque, Candy, fora a exposição e o lançamento do livro, como foi para você e o James, não fizeram mais nada?

Às vezes, não tendo se acostumado totalmente, Dennis se espantava com a ideia de ter uma irmã casada. Na cabeça dele, ela parecia mais velha do que ele próprio se sentia. Não dizia isso a ela, nem tinha vontade de conversar sobre o assunto. Aliás, não sentia mais desejo de falar sobre o passado, nem do que se lembrava. Muito menos do que se esquecera. Todo o passado, para ele, era distante: pontos soltos e vagos, miúdos – como esparsas estrelas num céu escuro – muito pequenos e tênues para que pudesse juntá-los e formar uma figura que fizesse sentido. Doze anos varridos de sua mente, seguidos por este milagre: uma década inteira sem convulsões, nascido de novo na graça de Nosso Senhor Jesus Cristo e membro da Única e mais Perfeita Igreja. Ah! E uma memória perfeita.

– Dennis?

– Estou lhe ouvindo.

– O que vai dizer se lhe contar que o livro do James está nas vitrines das grandes livrarias em Nova Iorque? – continuou ela, num tom modesto. – E, na capa, meu trabalho...

– A ganhadora do *Cover Design Award 2006* é a minha irmã! Já me chegou a notícia. Merecido mesmo, docinho.

– A capa é que ganhou o prêmio, irmãozinho; o design não foi meu. O retrato é que foi meu. Aliás, seu! – enfatizou. – É o retrato que você me pediu para fazer – Candy começou a rir – daquele seu amigo, que nestes anos todos nunca você quis vir apanhar. Acompanhou meu raciocínio?

– Não! – gargalhada. – Mas parece que serviu para alguma coisa. O Pai Celestial deve ter guardado essa pintura para lhe abençoar com o prêmio, docinho.

60.

75...

Enquanto ela explicava tudo de novo, discorrendo também sobre noites de autógrafos, entrevistas e críticas de jornais, Dennis via-se submergido, muito feliz – "Deus seja louvado" –, num mundo onde a irmã se chamava Mrs. Candy McSill, pintora reconhecida, esposa de James McSill, escritor, autor de tantos romances, que se Dennis começasse a lê-los naquele dia, leria até o fim da vida.

Placa: velocidade máxima 55 m/h.

No retrovisor, viu seus olhos avermelhados pela poeira.

Dennis inclinou-se. Pelo para-brisas, deparou-se com as altas montanhas que costeavam o vale. Dois caminhões passaram buzinando. Ele achou prudente deixar a conversa para mais tarde. Já havia levado o dedo à orelha para desligar, quando ouviu a Candy ralhando com alguém. Imediatamente, reconheceu a voz a quem sua irmã se dirigia.

– Ele está bem, Candy? – perguntou, apressado.

Ela afirmou que Milton estava ótimo, apenas acordara de mau humor; mesmo assim, enviava um beijo.

– Outro para ele – retribuiu Dennis, concluindo a ligação antes que Milton insistisse em vir ao telefone.

80.

87.

A estrada era só sua. Finalmente.

Em quinze minutos, tinha consulta com a Doutora Cármen. Não queria chegar atrasado. Entre outras coisas, tinha em mente discutir com a profissional o acompanhamento do seu próprio estado clínico. Novos caminhos teriam de ser encontrados, talvez mesmo um novo médico – um que fosse membro da Igreja. Nem sempre as terapias sugeridas pela doutora eram compatíveis com os ensinamentos dos profetas quanto à vontade de Deus para com os Seus filhos.

89.

90...

Apertou o botão e desligou o rádio.

Descansou o peso da perna no acelerador. O carro zuniu.

Tal qual, um dia antes, durante entrevista de recomendação, a cabeça de Dennis zunia.

O bispo não fazia rodeios.

Admoestava.

– Pelos olhos da fé, Dennis, é que devemos pautar a nossa vida.

Dennis sabia que, se quisesse voltar a frequentar o Templo Sagrado e renovar seus pactos e promessas, era melhor escutar os conselhos dos líderes quanto a prosseguir o tratamento. Embora aposentado, o bispo, afinal de contas, era médico. Bem que poderia cuidar da dosagem dos remédios. Era tudo de que Dennis precisava. Afinal, problema de saúde não tinha mais nenhum.

– Hipnoterapia, Dennis?

Dennis desviou os olhos dos do bispo.

– É o próximo passo, irmão. Ela insiste que há memórias que podem ser recuperadas – explicava, repetindo as palavras da Doutora Cármen.

– Que próximo passo, Dennis? – a pergunta soou mais como uma exclamação. – Você renasceu para a Vida Eterna, tem um testemunho das bênçãos da Igreja, progrediu no Evangelho e, sobretudo, venceu a batalha contra Satanás. Foi um caminho árduo, longo. Deus me diz que você está curado. Não se sente curado?

O escritório da capela caiu na quietude.

– Então! – a exclamação veio acompanhada de uma palmada na mesa, quebrando o silêncio. – Quem lhe curou, Dennis?

Dennis mordeu o lábio e arriscou olhar.

– Foi uma combinação de...

– Não foi uma combinação de nada! – o rosto do bispo cobriu-se de nuances avermelhadas, como se tivessem lhe acendido uma lareira por dentro. A reação dele pesou no peito de Dennis como uma pedra. – Se fosse o desejo do Pai Celestial – continuou, a autoridade transparecendo na voz e no brilho do olhar –, Ele, pelo poder do Nosso Senhor Jesus Cristo, teria restaurado sua memória com lembranças que datassem do começo da sua vida, mas não. O Todo-poderoso, em sua infinita misericórdia, viu por bem lhe dar uma memória perfeita, porém, apagando tudo o que lhe aconteceu antes. Pense, Dennis! Há um propósito nisto. Escute a mensagem: Deus apagou seus pecados, está perdoado. Sorte a... – corrigiu-se – bênção a sua! Você apenas se lembra do que precisa se lembrar. Não é como a gente, que tem de carregar o peso da cruz dos pecados pelo resto da vida, não é verdade? Ou tem tido algum lapso, alguma coisa que escape às suas lembranças nestes últimos tempos?

– Não! – apressou-se Dennis a responder e continuou sacudindo a cabeça. – Hoje em dia não me esqueço de mais nada, lembro-me de tudo.

– Então? Hipnoterapia para recuperar o quê? – Dennis franziu os lábios, levantando os ombros.

– Hipnoterapia é coisa do diabo – advertiu o líder da Igreja. – Nas tribulações da vida, jejue, ore, obedeça aos Mandamentos, confie, tenha um coração agradecido. Deus lhe restaurou a vida, fez de você uma de Suas ovelhas digna da única... preste atenção, Dennis... Única Igreja Verdadeira na face da Terra. Você faz parte do Povo Escolhido. Somos os filhos da Nova e Eterna Promessa. Do que mais precisa?

O peito de Dennis comprimiu-se de fervor, amor, temor e gratidão a Deus. Baixando os olhos, acenou de leve com a cabeça, levantando-se para sair.

– E o Milton? – perguntou o bispo. – Como está?

– Do jeito dele – respondeu Dennis. – Bem.

– Sua mãe, seu pai? Todos bem?

— Meu pai chega para a festa amanhã. Não tem mais idade para dirigir de Mesa a Salt Lake sem uma boa noite de descanso. Hoje, vai dormir em Las Vegas.

O bispo alçou os olhos para o alto e riu.

— Seu velho pai foi abençoado com uma saúde de ferro. Usa aquela cadeira de rodas porque gosta de ser mimado por vocês. Podia caminhar do Arizona até aqui, se quisesse. Já sua mãe... — continuou o bispo, desta vez em voz de desaprovação — Esse novo... — buscou a palavra por uns segundos — Se assim se pode chamar, marido dela...

Os olhos de Dennis firmaram-se no tapete.

— Ele não quer saber da Igreja — completou Dennis. — Nunca quis.

— Ela é quem não quer saber da Igreja, Dennis. Conheço Rebecca de muitos anos. Se ela quisesse, convertia aquele... aquele... Inaceitável, mas é o sinal dos últimos tempos.

— Se ela, ao menos, tivesse se casado... — Dennis iniciou uma frase sussurrada.

— Acreditamos num Deus de misericórdia, não é verdade? Ela está ciente do Jesus à espera dela no Último Dia. A Salvação é uma escolha, nunca uma imposição.

Dennis levantou os ombros para, depressa, deixá-los tombar e anuir com a cabeça, em sacudidas firmes, à afirmação do bispo.

— Bem — o bispo levantou-se, estendendo a mão a Dennis —, faça bom uso da recomendação e acate os meus conselhos. Oro para que a cada regresso ao templo você possa compreender melhor o plano de Deus para sua salvação.

Dennis deixou a capela acariciando o cartão de recomendação no bolso da frente das calças, pensando nas ordenanças que todas as semanas prometia a si mesmo se submeter. Poucos membros da Igreja, apenas os escolhidos, eram admitidos no templo, e Dennis era um deles. Nesta vida, era o que podia fazer. Na ressurreição, queria ser digno de receber um corpo saudável, desposar muitas mulheres que o amariam e obedeceriam, ser o patriarca, presidindo uma prole imensa — que iria povoar planetas e mais planetas, num universo sem fim. À sua mãe, perdida desde que resolvera viver em pecado, restava-lhe o Inferno.

O véu de poeira ficou mais denso.

Dennis enfiou os dedos no bolso da camisa, onde também guardava o celular, e retirou um par de óculos escuros. Pelo retrovisor, observou seus olhos atentos à estrada. Cada vez que a poeira levava-os a se apertarem, as rugas apareciam em sulcos sombreados, suavizados no clarão mais intenso do sol, refletindo-se nos outros veículos – o que o obrigava, momentaneamente, a piscar depressa e a cerrar as pálpebras.

Ia ligar o rádio outra vez. Contudo, a vontade de acompanhar os hinos passara.

Acertou os óculos no nariz, passando a pensar em Milton. John Milton, o nome que Candy escolhera para o sobrinho. "Um grande poeta inglês", dizia Candy. No entanto, quando Dennis lia o poema que a irmã escrevera em uma caligrafia grande e artística na parede do quarto do John Milton, sabia que jamais o seu John Milton escreveria um poema como *Paraíso Perdido*. Tinha certeza de que ele nunca escreveria ou leria nada, nem o "da Tia Candy, com todo o amor", sequer copiaria uma só letra do seu próprio nome. Milton não reconhecia nem a variedade de cores que a tia usara para trabalhar os traços. Das tantas coisas que tivera de lidar no hospital psiquiátrico, Dennis nunca se esquecia do espanto inicial àquela revelação. As palavras da irmã, a princípio, pareciam não fazer sentido.

– Bebê? – interrogou Dennis, pulando da cama alta para a poltrona junto à janela.

– Seu e da Sarah.

– Quem?

– Ex-esposa.

– Tenho um filho?...

– Milton – disse-lhe a mãe. – John Milton.

Dennis não se esquecia do assombro que se seguiu, mais intenso, e assustador, com a revelação. Podia ter sido doze meses, doze semanas, ou, apenas, doze horas, mas não...

– Vai fazer doze anos – completou Candy.

Neste momento, a Doutora Cármen chegava. Recostando-se à porta, seus olhos esquadrinharam inicialmente a figura da mãe, passando à de Candy, retornando novamente à da mãe.

– Se não se importar, doutora, podia nos deixar a sós com o Dennis – pediu a mãe, numa voz calma, suave e doce.

Dennis rezou para que estivesse alucinando.

– Convulsões? Por isso eu apaguei? – perguntou, tentando compreender. Precisava fazer sentido do início da história, dos fragmentos que ainda lhe pareciam reais, para depois entender o meio, e pôr alguma ordem no que parecia o desfecho. "Se ainda fosse uma pessoa de verdade", desejou, "pessoas de verdade têm memórias próprias, as minhas parecem de outro". Tudo o que pedia era que fossem menos confusas.

A mãe arrastou uma cadeira e sentou-se diante dele, mas quem falou foi Candy.

– As explicações podem esperar, Dennis. Importa agora que falemos sobre o Milton. Ele nasceu prematuro – ela completou a frase, enquanto circulava pelo quarto. – Sofre de severa deficiência mental devido a problemas no parto. A capacidade intelectual dele é a de uma criança de três ou quatro anos.

– Ela, a..., a... ex-esposa... tem sido uma boa mãe para ele?

Candy posicionou-se por trás da mãe, segurando-lhe os ombros, e disse:

– Já lhe contei isso tantas vezes, irmãozinho. Sempre tenho a esperança de que *desta vez* vai ser diferente. Mas vamos lá... A Sarah morreu, Dennis – ela apressou as palavras. – Não vejo necessidade de rodeios: se você se esqueceu e tem de lembrar, é melhor que eu lhe conte logo. Pouco depois que você assinou os papéis do divórcio, ela se casou de novo...

A mãe levantou-se abruptamente da cadeira, quase derrubando a filha.

– Estava casada com nosso pai – revelou a irmã, friamente, como se falasse de outras pessoas. – Ela e mais três meninas. Por um tempo, ele passou a dizer que a Lei da Poligamia não era um erro, que vários profetas de Deus a praticaram... Enfim, moravam no Arizona. Quando incendiários atearam fogo à casa deles, Sarah e as outras foram encontradas trancadas no quarto, amordaçadas. Sarah nem tinha completado vinte e um anos.

– Sarah... – balbuciou Dennis em voz alta, num reflexo involuntário a fatos que podiam ser o enredo de um filme. Tudo aquilo o assustava. Pior, o horrorizava. Pela primeira vez, quis ter uma convulsão que o conduzisse dali para o esquecimento.

Candy leu seus pensamentos.

– Papai ainda vive. Estava no supermercado na hora da tragédia. Chegou depois dos bombeiros. Milton não morava com eles – acrescentou depressa a irmã. – Nunca morou com eles. Você cuidou dele até o ano passado, quando sua condição se agravou. Depois da sua internação, passei a cuidar dele eu mesma.

– Não fiquei estes anos todos internado?

– Descontando o fato de parecer um pouco disperso em lugares de muito movimento, ou quando você se envolvia com mais de uma coisa ao mesmo tempo, você parecia normal. Claro, sempre tinha os momentos em que você dizia não se lembrar de nada. Mas eram dias apenas. Muito raros. Até que um dia...

– Que horror! – disse ele, tapando o rosto.

– Um período muito complicado para a nossa família! – completou a mãe, indo sentar-se numa cadeira vazia junto à porta.

O queixo de Dennis afrouxou. Da boca aberta não saiu nem um "oh". Num minuto, parecia estar falando a respeito de estranhos, no outro, condoía-se pelo filho desconhecido, pela ex-esposa cuja morte até aquela data, causava estranheza à polícia. Os criminosos nunca foram presos, era como se a casa tivesse se incendiado por conta própria.

90.

92...

Milhas por hora.

Embora desejasse que fosse por minuto.

Ou segundo.

Dennis sentiu o rosto se erguer numa contração, como um rápido sorriso, um misto de pesar e consolo.

94.

95...

Ficou acompanhando o tráfego, que se intensificava na Interestadual 15. Os olhos permaneceram arregalados, não por causa da lembrança das revelações, mas porque tanto tempo depois ainda não sabia como reagir a elas.

Ao deixar a Interestadual 15, o pensamento havia retornado à festa daquela noite. No presente, somente os olhos, atentos às placas de trânsito e ao semáforo no cruzamento da Avenida da Universidade no centro de Provo.

Amarelo.

Vermelho.

Abriu o porta-luvas e puxou um CD.

Consolou-se mentalmente ao refletir que cuidar do Milton até o garoto tornar-se adulto – por assim dizer – dera-lhe um propósito na vida.

"E isso é propósito que se tenha?", murmurou para si mesmo, sentindo-se culpado com a sordidez do que pensara.

Verde.

Esforçou-se para pensar tão somente na festa: além dos quarenta e seis anos, comemoraria sua posse na presidência da Associação de Pais e Amigos de Excepcionais.

Mergulhou o CD na ranhura.

35.

Mas o pensamento insistia em retornar a Milton. Sentia-se impotente com a impossibilidade do filho ser como tantos outros que já concluíam uma faculdade. Podia, pelo menos, fazer alguma coisa pelos pais de excepcionais. Homens e mulheres que, ao contrário dele – apesar da dor e do desgosto de verem um espírito nascer numa mente imperfeita –, recusavam-se a ouvir a mensagem da Igreja Verdadeira.

Apertou o botão e o carro reverberou numa canção sacra.

Naquele momento, Dennis determinou-se a ser uma mão forte naquela Associação. Orou para que a luz no seu coração iluminasse as almas dos ímpios, mostrando-lhes o caminho do arrependimento dos pecados e da salvação eterna.

55.

Pegou o hino pela metade, assobiou a primeira nota. A seguir, engatou a melodia.

75...

Odiava aqueles descrentes que nas reuniões de pais e amigos nada entendiam do sofrimento dos justos. Gente que relutava em aceitar o Evangelho. "É tudo tão simples", Dennis alegrava-se em pensamento, "Deus proporciona o verdadeiro consolo, não respondendo por que sofremos. Ele simplesmente se declara soberano, criador, provedor e dominador do universo, do qual somos apenas parte, diante da grandiosa, perfeita e complexa criação". Como Jó, Dennis acatava essa resposta, reconhecendo os decretos infalíveis dos líderes da igreja, compreendendo que todas as coisas cooperaram para seu bem, aproximando-o íntima e profundamente do Pai Celestial, como nunca antes experimentara. Agora, iria usar seu cargo para evangelizar – se não pela palavra, pela espada.

O vento soprou tão forte que, se não estivesse com o cinto afivelado, acabaria sendo arrancado pela janela do carro.

Em cinco minutos havia estacionado e apertava a mão da Doutora Cármen no Hospital Psiquiátrico Estadual. Ela o cumprimentou sorrindo. Voltou para trás da mesa repleta de livros, que quase bloqueavam a tela do computador. Não demorou muito para a conversa chegar ao ponto em que Dennis refutava o uso alternativo de hipnoterapia, valendo-se da opinião do bispo sobre o tema.

– Dennis – retorquiu ela, dividindo cada sílaba como se falasse com uma criança –, esses fragmentos, para que volte a ter controle de sua vida, têm de ser reunidos, recompostos. Assim como um dia despertou do torpor em que se encontrava, as memórias podem voltar. Não é melhor tratar disso de forma monitorada e gradativa? Um dia destes podem retornar de repente, sem controle.

– Não tenho nada para me lembrar, doutora.

– Tem, sim. E creio que não podemos esperar muito mais. Acho que é meu dever, Dennis, já que um grupo de membros de sua igreja parece querer interferir com o tratamento proposto e sua família prefere o silêncio, que eu lhe esclareça como chegou ao Hospital Estadual.

– Eu tinha convulsões e períodos em que pensava que era outra pessoa.

A Doutora Cármen tirou um arquivo da prateleira ao lado da mesa e em poucos toques bateu alguma coisa no teclado do computador. Fitou Dennis nos olhos.

– Vale salientar – disse – que este hospital é o Hospital Psiquiátrico Estadual de Utah. Psiquiátrico, entende? Há mais sobre a sua chegada aqui e, principalmente, sobre o que o levou a precisar de internação, que, aliás, já julgávamos permanente.

– Prefiro deixar como está – redarguiu Dennis, firme.

– Prefiro que julgue por si mesmo, depois de ficar sabendo – replicou a médica, mais firme ainda.

De dentro do arquivo, retirou vários envelopes brancos, dentro dos quais havia inúmeras radiografias e, entre estas, folhas coloridas com recortes de um cérebro. Conforme os olhos dela buscavam detalhes em papéis soltos dentro do arquivo, mais seu rosto se crispava.

– Se o seu bispo não sabe o que aconteceu com você, o que duvido que não saiba, pois conhecia bem seu pai e seu sogro, vou lhe mostrar algumas coisas que pode discutir com eles. A orientação espiritual que quiserem lhe dar, Dennis, é problema deles. Já o cuidado com sua saúde, embora o que eu planeje lhe dizer esteja no limite da ética, é responsabilidade minha.

– Falei ainda ontem com o Bispo Karadzic. Ele é médico também. A experiência de mais de duas décadas de psiquiatria não conta? Foi ele quem me tratou quando comecei ter convulsões.

– É o ponto aonde quero chegar, Dennis. Foi quase isso, mas não foi bem assim. As coisas nem sempre são como parecem.

– Como foi, então? Pode me contar, Doutora Cármen! – inquiriu ele, num misto de impaciência e irritação. – Tenho escolha?

XLI

"Ok", pensei, "é aqui que a coisa fica realmente cabeluda". Eu tinha de selecionar apenas cinco pessoas por mesa. Na minha lista – aliás, listas, pois eu tinha muitas – devia haver uns duzentos nomes e doze ou treze mesas apenas. Que matemática era aquela? De Lisboa, eu enviara um e-mail ao Ed. "Preocupar-me a troco de quê? Já que ele não me deixou cuidar da recepção, vai ter de resolver mais essa." Meu pescoço doía. Não via a hora de chegar a Lisboa – duas horas e meia de voo eram uma eternidade.

Tentando relaxar, fechei o laptop e fiquei pensando se no Grande Hotel haveria *wi-fi*.

Havia uma boa razão para refletir: só mais quatro dias... Quatro! E minha vida estaria totalmente transformada.

Para sempre.

Fechei os olhos. Por um momento, os eventos que haviam me levado àquele avião rumo a Lisboa desfilaram na minha mente. "As três donzelas em perigo..." Dez? Doze anos haviam se passado desde que ouvira aquela frase? Talvez mais, foi o dia em que...

Eu levava o café para a mesinha do bar e escrevia:

Manchester, 10 de Dezembro de 1993.

Caro Zé,

Como vai a vida?

Aí vão as fotos que lhe prometi. A primeira...

Parei de escrever.

Depositei a caneta na mesinha. Fechando o bloco de cartas para não molhar, apoiei a xícara de chá em cima do bloco.

Meti a mão na minha pasta.

Nada.

As fotos não estavam lá.

Olhei em volta da mesa.

Debaixo da cadeira.

Varri com os olhos o chão do pequeno café. Ato contínuo, corri desembestado, rumo ao "Achados e Perdidos" da estação de trem. Não fazia nem uma hora que havia revelado as fotos, selecionado as cópias que mandaria para o Zé, junto com a carta e o cartão de Natal.

Cheguei ao balcão quase sem ar. Apertei a campainha.

Do meio do recinto, um rapazote observou-me de viés.

– Por favor, por acaso... um envelope... umas fotos...

Ele se arrastou ao guichê. Aproximou o rosto às ranhuras da vidraça, desgrudando de um dos ouvidos o fone do seu *walkman*. Sem que eu tivesse tempo de ver de onde tirou o envelope, o rapazote o empurrou por baixo do vidro.

– Essas?

– Sim! – respondi, sem verificar.

Joguei o envelope das fotos dentro da pasta, no mesmo compartimento em que depositara os contratos, onde já se encontravam o cartão e a carta iniciada ao Zé. Eu estava a caminho de um compromisso de negócios: Rick planejava a abertura de mais uma filial do que ele comemorava ser um dos mais bem-sucedidos empreendimentos no segmento de salão de beleza do norte da Inglaterra. Eu iria me reunir com os futuros sócios do primeiro espaço a ser aberto dentro do projeto empresarial e a exibir a nova marca a ser franqueada: *R&S Hair Salons*. "R" de Rick e "S" de Salua, o nome da minha digníssima esposa, irmã do Sanjeeb, que era o namorado do Ed.

Quando Ed e Rick me explicaram qual era o plano para eu ficar morando na Inglaterra, havia achado loucura, mas foi mais fácil do que eu pensava. Sete anos depois, com meu passaporte britânico garantido, já podíamos, eu e a Salua, assinar nosso divórcio e eu assim assumir de vez minha vida ao lado do Spencer. Naquele momento, contudo, a prioridade era nossa empresa, nossos novos salões. Por ora ela não ia mesmo se casar com ninguém, nem eu.

"Minha vida com o Spencer... depois de sete anos..." Eu precisava, sabia, pensar menos naquilo. Mas agora não tinha forças. Sentia-me exausto e nervoso como naquele dia, anos atrás, em que fazia vinte horas que eu o aguardava.

Sentado.

O Spencer tinha ido pessoalmente me resgatar no aeroporto, um ano após a morte do Lécio, um dia após eu ter conseguido o visto de noivo da Salua no Consulado Britânico do Rio de Janeiro. A cidade podia ser maravilhosa, mas no meu caso os hotéis estavam além das minhas condições financeiras. Por isso, fiquei fazendo hora até o voo dele chegar. Eu havia viajado de ônibus até o Rio com as botinas na mão e os pés inchados, sem dinheiro para uma passagem de volta. Se por um acaso ele não tivesse aparecido, eu iria pendurar literalmente as botinas desta existência e tomar meu banho derradeiro no meio da baía da Guanabara. Sempre fui dramático!

Dramático?

Esse quadro não dá uma pálida ideia do drama em que naquela época estava minha vida. Os prédios iam ser meus, um dia. Até então, sem o inventário concluído, vender era impossível. Alugar, num quadro de inflação galopante e reajuste anual, seria complicado. Mais complicado ainda quando com o passar dos meses o clube no Uruguai fechou. As meninas se dispersaram, não sem antes todo mundo ficar sabendo do que havia se passado naquele prédio, da minha amizade com o Lécio, da minha velha associação com a família dele. À medida que a história ia ficando pública, os alunos particulares iam desaparecendo e as escolas, de uma hora para outra, não precisavam mais de professores de inglês. De boca em boca, foram me comendo vivo. Se não fosse a generosidade do Zé, as libras e dólares do exterior, que me chegavam em envelopes, eu não apenas teria atingido o fundo do poço, como as suas paredes teriam desabado por cima de mim, enterrando-me para sempre.

Eu havia perdido tudo.

Sobretudo a vontade de falar com meus amigos, com minha mãe, com minha irmã. Primeiro, porque não tinha mais telefone. Depois, porque tinha pouco o que dizer.

Pouco, não.

Nada.

Até que o Zé notou que eu andava mentindo que saía de casa, ou da cama, e escreveu para os meus amigos. Ele esperava que o Ed viesse me buscar. Eu passaria uma temporada na Inglaterra e voltaria recuperado – se não para Pelotas, para algum lugar no Brasil.

O tiro saiu pela culatra.

— Deu certo? — foi a primeira coisa que Spencer me perguntou, ao me avistar no Galeão. Somente então, ele me abraçou, abrindo um sorriso capaz de iluminar todo o Rio de Janeiro.

— Em parte — respondi. — Estou com o visto. E agradeço que você me empreste o dinheiro para a passagem. Chegando à Inglaterra, tenho três meses para me casar com a irmã do Sanjeeb. Até lá, não posso trabalhar. Depois pego um serviço e lhe pago.

— Está tudo arranjado. Agora, relaxe, Lázaro. Vamos aproveitar estes cinco dias no Rio. Deixe para falar em dinheiro noutra hora.

No voo para Londres, eu via os olhos cor de mel do Spencer sorrindo para mim naquele rosto rosado descascando... e meu coração dava um salto ou outro, mais forte que o normal. Podia ser um arremedo de felicidade, como me questionara o Zé, na despedida? "Arremedo ou não", respondi, "quem sabe?"

Zé tinha os olhos molhados.

— Eu te amo, Lázaro! — desabafara-me ele, encolhendo-se em meio às malas, que aguardavam junto ao bagageiro aberto.

— Ama nada, Zé.

— Amo sim — insistiu ele.

O alto-falante da rodoviária anunciava a partida para os próximos dez minutos.

— Mesmo que seja verdade, Zé. Não tenho coração para ninguém.

— Tem para esse gringo inglês, que lhe comprou a passagem.

— Não tenho coração para ninguém — reafirmei. — Você sabe que sempre quis morar na Inglaterra. Eu só precisava do visto. Agora, com esse casamento de fachada tenho uma chance.

Os braços do Zé caíram-lhe ao longo do corpo. Parecia que ele estava em câmera lenta.

— Você fez gato e sapato de mim. Vai voltar a fazer gato e sapato com sua vida. Veja lá no que vai se meter dessa vez.

— Não fale assim, Zé. O Spencer nem está mais interessado em mim.

Minha expressão não devia tê-lo enganado. Senti que ele apertou os punhos, embora os braços não tenham acompanhado a reação. Contemplava-me em silêncio, como um animalzinho enjeitado.

— Para mim, isso me cheira a arremedo de felicidade. Se eu soubesse, não tinha escrito para ninguém.

XLI

— Sempre fui honesto com você, Zé.

Ele não se importou mais com as lágrimas, que desaguaram, nem com os demais passageiros que nos olhavam, perscrutadores.

— A vida é que me fez de bobo, Lázaro. Eu me sinto um perfeito palhaço.

— Pode crer! – minhas palavras saíram baixinho, enquanto limpava-lhe as lágrimas nos meus dedos. – Eu me sinto um palhaço muito mais perfeito do que você. Por isso, seria bobagem ficar.

— A chance!

— É. A chance...

Os lábios carnudos do Zé não pararam de tremer.

— Quando desenredarem a herança do Lécio, você vai ter dinheiro outra vez. Partimos daqui e começamos uma vida nova em outro lugar. Que tal Porto Alegre, Curitiba, São Paulo? Tem tanto lugar bom aqui no Brasil.

— Não é pelo dinheiro. Se a herança levar dois ou dez anos, pouco se me dá! É tudo...

— Podemos ser felizes aqui, Lázaro. Diz para mim que lá na Inglaterra você vai pensar.

— Você pode ser feliz aqui. Eu não. Um dia, eu lhe conto a história toda.

— Tem coisa que não sei?

— Tem, Zé.

— Muito bem... – disse ele e se afastou para o motorista acomodar a última mala.

— Zé...

Olhei em volta. Ele não estava mais lá.

Corri até a saída do terminal. Procurei nos banheiros, chamei por ele na aglomeração, mas ele não respondeu. Por muito tempo, também, depois daquele dia, não respondeu às minhas cartas. Quando o Ed me disse que o Zé, finalmente, escrevera para Manchester, eu já estava morando com o Spencer em Lincoln, esperando pelo dia do meu casamento de fachada com a Salua.

Foram dias demorados. O Spencer chegava sempre cedo, trazia-me presentes, levava-me aos pubs para me animar. Ficava sugando a espuma da cerveja e sorrindo para mim. Da minha parte, porém, não existia romance. Na luta para disfarçar o desalento, eu aprendera a forçar na cara um entusiasmo tolo, em que ele parecia acreditar, quando movido pelo sexto caneco, dizia que eu era o homem com quem sonhava acabar os seus dias. Bom para ele.

Para mim, ele seria o par perfeito se eu continuasse sonhando. Só que eu não sonhava mais. No meu íntimo – para que ficar me enganando? –, no meu futuro, só existia eu e a minha chance.

A última.

A que não podia falhar: terminar meus dias na Inglaterra, ser tão inglês quanto os ingleses dos sonhos tolos da minha infância. Iria aproveitar as oportunidades de um mundo desenvolvido, teria dinheiro, quem sabe, até mesmo, sucesso em algum negócio honesto.

Para minha alegria, ao menos aquilo deu certo.

* * *

Naquele Dezembro, sete anos após ter deixado o Brasil, eu não me encontrava enviando um cartão de Natal e fotos da minha casa em Lincoln para o velho Zé que conhecera, e sim para um Zé novo, que eu esperava em breve reencontrar. Um Zé que era muito feliz, um ex-policial, que estudava Direito à noite, cuja filhinha iria fazer seis anos e a esposa esperava o segundo bebê. Ainda morava na Rua Benjamin, nos meus apartamentos. Tinha posto a parede abaixo e ocupava todo o andar. Em troca disso, cuidava para mim do negócio que abríramos em Pelotas, o *Iracema's Bar*. O Zé havia encontrado o caminho dele. Restava a mim encontrar e trilhar o meu.

Naquela tarde, em plena vila gay de Manchester eu pisava firme sem me importar com o ranger do madeiramento antigo das escadas para o mezanino do Rembrandt e, lá em cima, era cumprimentado com dois beijinhos no ar pelos futuros investidores nos negócios do Rick e da Salua. Aquele era o melhor caminho que, por ora, eu sabia trilhar: ser representante comercial do *R&S Hair Salons*, ou cuidar de um barzinho em Pelotas... De volta ao Brasil? Eu preferia morrer.

– *Cariño...* – disse o alto.

– *Darling* – gargarejou o baixinho.

– *Mon cher...* – o gordinho fez biquinho como se fosse me beijar outra vez – *Ça va?*

– Tudo bem com vocês? – respondi, sem demonstrar a irritação comigo mesmo, porque os nomes daqueles três estavam na minha pasta, só que eu não sabia quem era quem! Deveria ter feito minha lição de casa.

Ideia...

XLI

Ideia!

Apontei para a mesa e indaguei, em tom despreocupado:

– A propósito, sou o Lázaro. Vocês são?... – fiz uma pausa, aguardando cada um pronunciar o próprio nome.

– Três donzelas em perigo! – troçou o gordinho, sarcástico, acompanhado na gargalhada pelos outros dois. Eles sabiam que numa reunião de negócios ao menos os nomes dos investidores eu tinha de ter sob meu domínio.

– Café todo mundo?

– Café – responderam em coro.

"Merda, já não me basta o envelope das fotos que quase perdi? Num dia como hoje, o que mais pode dar errado?" Tratei de tirar a papelada da pasta, esparramei tudo na mesa, dirigi-me ao bar para pedir quatro cafés. Foi quando percebi, de longe, que fuçavam no meu envelope das fotos, que, inadvertidamente, eu largara na mesa, por baixo dos papéis.

A reunião, que era para ter sido rápida e insossa, ganhara vida.

– Olhe, quem é esse?

Depois de anos de Inglaterra, o que eu aprendera, primordialmente, não havia sido o idioma, mas, sim, a conhecer os ingleses. As bichas *yuppies* dos anos 90, mais ainda. Por isso, eu não ia começar o joguinho de quem é esse e quem é aquele, que nunca se sabia onde ia parar.

Olhei para a foto do Spencer na mão do gordinho e menti:

– Um conhecido.

– Ele já me deu uma chupada na H_2O, na sauna, sabe? – revelou o gordinho.

– Ah, ele! – reafirmou o baixinho. – Conheço também.

Eu me segurava para não parecer surpreso. Deviam estar brincando comigo.

– Já comi o cu dessa bicha! – entregou o mais alto. – No meu apartamento, algemada na minha cama.

Os três arrotaram gargalhadas.

– Quando a gente é jovem – veio-me presença de espírito suficiente para dizer isso e balancei a minha mão por cima da foto –, é assim mesmo, não é verdade? Ele me disse que está num relacionamento. Todos nós temos um passado – juntei-me às gargalhadas deles. – Aposto que, hoje em dia, ele não faria mais isso.

O gordinho levantou os olhos da xícara e os pousou em mim.

O baixinho levou a mão à boca.

O mais alto derramou-se num olhar de pena.

– Bom... – enunciou. – Algemado na minha cama, estava na semana passada.

O gordinho pausou um instante e completou:

– Comigo, ele marcou na *H2O* amanhã, na hora do almoço.

– Quando a gente é "galinha" – disse o baixinho, meneando a mão em direção à foto –, não se tem idade para sacanagem, não é verdade? Mesmo quem é casado, *cara mia*! Claro, não sei como é lá na República das Bananas de onde você vem... Não está morto de jeito nenhum.

Levei a xícara aos lábios, mas não bebi o café. Meus dentes estavam tão trincados que a boca se recusava a abrir. Crise dos sete anos? Coisa em que eu não acreditava... Coisa que não fazia sentido para mim.

Ainda.

Naquela mesa, meu príncipe encantado havia se transformado num simples sapo, um sapo de brejo. A sensação de desgaste generalizado estampava-se no calendário. Seria apenas a tão apregoada crise dos sete anos?

– Cara de espanto, *mon cher*? – reparou o gordinho.

– Vamos aos contratos – disse, fingindo não ter ouvido o que me falava, e fui devolvendo a foto ao envelope. – Hoje, fico em Manchester. Quero aproveitar a noite com meus amigos. Amanhã, vou sair para umas comprinhas antes de voltar para casa – acrescentei.

Naquela noite não saí, nem contei ao Ed o que havia acontecido. Porém, até de madrugada, fiquei acalentando doces planos de como flagrar o Spencer e o gordinho na *H2O* na hora do almoço. O Spencer havia me dito que tinha um compromisso de trabalho em Manchester no dia seguinte, que poderia me apanhar na casa do Ed e do Sanjeeb naquele sábado à tarde. Mera coincidência?

No dia seguinte, quando telefonei para um táxi, pouco passava das nove da manhã.

–Vai sair – perguntou Sanjeeb – a essa hora?

– Compromisso – menti. – Diga ao Ed, quando ele acordar, que ligo mais tarde.

– Ah – lembrou-se –, pode comprar uns morangos para o jantar?

– Morangos?

– Duas caixinhas, dá.

– Morangos... morangos – registrei o pedido mentalmente.

Bem antes das onze, eu já me encontrava dentro da sauna com uma sacola de morangos avulsos. Os de caixinha cheiravam a plástico. A vontade de tirar a história a limpo me impelia a entrar, ficar escondido naquele lugar e aguardar.

Fidelidade?

Fidelidade...

O que me levara a pressupor que aquele era um assunto que não precisava abordar com o Spencer? Para meu desgosto, eu tinha a resposta. Nos últimos, meses toda vez que eu manifestava o desejo de transar sem camisinha, ele retrucava que o desejo era meu. Sem dúvida, meu. E sem se importar com a tristeza que eu devia estampar no rosto, balançava a cabeça, repousava o caneco de cerveja na mesa, olhando-me, para completar com a mesma frase: "Sinto muito, Lázaro", dizia, "sem camisinha não é para mim. Se for para você, tudo bem, há muito peixe nesse imenso oceano. Comigo é assim". Por que sempre achei que ele estava brincando?

"Que é isso, Lázaro?", repreendi-me, "Quem diz que ele não estava brincando? Que você, como um idiota, não caiu na conversa do trio maravilha e agora se encontra numa sauna de quinta categoria, tentando surpreender o insurpreendível, numa manhã em que poderia estar dando um jeito neste seu cabelo?" Por um segundo, a lembrança das raízes esbranquiçadas que se mostravam cada vez que eu me penteava depois do banho falaram mais alto, me chamando à sensatez. Mas não o bastante para que a raiz de minha preocupação não voltasse à tona: "Estou preparado para carregar um relacionamento aberto? Estou pronto para fingir que não enxergo? Acima de tudo: estou preparado para deixar escapar o que me custou uma vida inteira paraconseguir?"

– Nas nuvens, amigão?

Lambi um gosto salgado dos lábios, senti os olhos úmidos. Eu estava chorando e nem tinha notado.

– Eu? Quê?

– Quer deixar os morangos na portaria, amigão? – ofereceu-me o recepcionista da sauna, debruçado por cima do balcão.

– Como sabe que são morangos?

– O saco está sangrando.

— E o cheiro! — compartilhei a preocupação com o rapaz, limpando o rosto nas costas da mão.

Ele pegou a sacola da minha mão, atou as alças num laço, deixando-a no armário atrás do balcão, junto às caixas de bebidas.

— São 5 libras, amigão. Na entrada. Se houver consumação, paga na saída — para minha surpresa, dentro da sauna, era eu e mais a metade de Manchester.

Atravessei em direção ao vestiário. Chave.

29?

29!

Armarinho.

Homens me olhando...

Desejando?

"Vai se catar!"

De toalha enrolada, fui procurar um canto escondido de onde pudesse ver a entrada. Entretanto, a passagem entre a recepção e a sauna consistia em uma fileira de chuveiros, onde homens se ensaboavam diante daqueles que entravam.

A porta da recepção se abriu. "Putaquepariu!"

Mal dera tempo.

Pulei para debaixo de um chuveiro e me posicionei de frente para a parede, fingindo abrir a torneira. Por um triz: o gordinho desfilou sauna adentro, mas não me viu. Dos chuveiros, dobrei um caminho estreito e mal iluminado. Apressei-me por um recinto repleto de homens nus, ocultando-me num canto escuro.

Os olhos se acostumaram com a penumbra. Outro corredor.

Naquela hora da manhã, ao longo daqueles corredores, eu não via muita alegria. Nem tesão. O que eu via era fadiga, ansiedade e rostos que estampavam um enorme tédio. Caminhei uns cinco passos, vi uma porta metálica. Mal toquei no alumínio molhado e dois indivíduos me empurraram para dentro do vapor e fumaça. Ali dentro não tinha ar. Com os olhos em brasa, tateei até me acostumar com a luz de uma pequena lâmpada vermelha num canto. Uns dez homens enchiam aquela cela. Eu buscava ar cada vez com mais dificuldade. "Quem me garante que Spencer não se encontra aqui comigo, ou que não vai entrar a qualquer segundo?" Dois sujeitos escorrendo de suor, com ares de militar, seguraram um oriental pelos cabelos, obrigando-o a se ajoelhar no chão frente à porta. Ofereceram-lhe os pênis eretos. Outros três se aproximaram para se masturbar vendo a cena. Trancado ali dentro assisti ao oriental que bloqueava a porta com a bunda vencer com prazer a batalha contra os militares. Um loiro de dentes cinzentos parou de se masturbar e trouxe a cabeça rosada na minha direção. Naquele exato momento, o oriental afastou a bunda. Quando abri os olhos outra vez, eu já respirava lá fora. O loiro foi se encostar na beira da piscina, mostrando o tesão a todos. Um velho, parecendo ter cem anos, serviu-se sem cerimônia.

Meu primeiro pensamento foi que precisava pegar as minhas roupas no vestiário e sair. O segundo, que não deveria me esquecer dos morangos.

Armarinho.

29.

Chave.

Homens me olhando... Um velho gordo cheio de correntes me olhando...

– Está bom aí dentro?

– Mais ou menos.

– Chegando? Não quero soar abusado, mas que corpinho, meu jovem.

– Está malhadinho, mas já teve muitas milhas de estrada. E estou saindo –respondi ao velho, anotando mentalmente minha intenção de agradecer ao Ed por ter me viciado em academia.

– Tão cedo?

– Vou nessa – encerrei a conversa, despregando a camisa do corpo molhado. – Tenho de fazer umas comprinhas.

Na recepção, o ar era mais fresco. Pude respirar um pouco melhor.

– A sacola com frutas – supliquei ao recepcionista.

– A chave, amigão – pediu, numa voz rouca. Deslizei a chave pelo balcão.

– Vinte e nove – gritou ele por uma portinhola na parede.

"Como é que você se mete numa sauna dessas, Lázaro? Fique na sua, garoto!", repreendia a mim mesmo. "Crise dos sete anos ou não, tudo se supera."

Respirei fundo.

Relaxei.

Por uns minutos, parecia estar saindo daquele estado de angústia.

– Não teve consumação, amigão – avisou o rapaz.

Sacudi que não com a cabeça para confirmar.

– Os morangos, amigão – entregou-me a sacola.

– Obrigado.

– Um minuto – avisou-me, apertando um botão para me deixar sair.

Eu estava abrindo a porta da sauna, já sentindo a brisa da rua, quando os vi se aproximando. Segurei um grito. Se gritasse do jeito que queria, iria estourar os pulmões. No fundo do corredor, descendo as escadas que vinham da rua, entrevi Spencer e Rick. Rick, com o braço por cima do Spencer. Os dois riam.

Bati a porta e retrocedi.

– Meu namorado! – exclamei para o recepcionista, arrastando-me sem pedir licença para dentro do armário atrás do balcão. Aninhei-me como pude por cima das toalhas, garrafas, caixas de chá, vidros de café solúvel e puxei a porta de tábuas velhas, que não fechava de todo.

A campainha tocou.

Enquanto o funcionário da casa deixava-me ocultar naquele cubículo, quase rindo, ao perceber minha situação vexatória, a campainha tocou mais uma vez.

Vi tudo pelas frestas. O recepcionista apertou um botão: a porta zumbiu e destrancou.

Rick passou primeiro. Debruçou-se no balcão.

Spencer se aproximou, deu o próprio nome; Rick fez o mesmo.

– 5 libras cada. Paguem na saída – decretou o recepcionista atabalhoadamente, apressando-se em passar-lhes as toalhas, as chaves e os sabonetes num só movimento. Os lubrificantes e as camisinhas já se encontravam à disposição num cesto em cima do balcão.

Antes de recolher os apetrechos, Rick pôs a carteira ao lado do cesto e serviu-se de um punhado de camisinhas e sachês de lubrificantes.

– *Poppers?* – solicitou Spencer ao recepcionista, virando-se para Rick e oferecendo-se para pagar.

O recepcionista meteu a mão numa caixinha embaixo do balcão, de onde retirou duas garrafinhas da droga, como minúsculos frascos de perfume.

– Seis – esclareceu Spencer. – E dois baseados.

A voz dele soou como um soco na minha cabeça.

O recepcionista continuava:

XLI | 379

– São 40 libras, amigão. Sabem como é, *Poppers* e baseado o fornecedor exige cobrança antecipada.

Spencer contou as notas e entregou-as na mão do rapaz.

Recostei-me na pilha de toalhas, fechei os olhos, afundei. Quando recobrei os sentidos, ou o amor próprio que me restara, saí do armário com a sacolinha de morango em punho.

– Acontece toda hora, amigão – disse o recepcionista como que para me consolar, passando-me um saco amassado de supermercado.

Enfiei o saco de morangos sangrando dentro do outro. Espreitei para dentro da sauna. À vontade, Spencer e Rick ainda vestidos, encostados no lado de fora do vestiário, mordiscavam-se mutuamente nos lábios e riam. Se olhassem na direção da recepção me veriam saindo.

Virei de costas, curvei-me, imaginando como faria para caminhar de um jeito esquisito, pois se reparassem em mim, achariam que era outra pessoa que saía da sauna com uma jaqueta igual à minha.

Outra vez a campainha, um toque prolongado.

– Minuto! – gritou o recepcionista, apertando o botão.

Um rapaz, puxando uma pilha de caixas de cerveja numa plataforma com rodinhas entrava anunciando que ia reabastecer o estoque. A não ser que eu escalasse a pilha de engradados ou fosse fino como papel, eu estava preso na recepção até que terminasse o descarregamento, pois a plataforma bloqueava a passagem.

Voltei ao balcão, permanecendo de costas para o interior da sauna.

O recepcionista na minha frente mal piscava os olhos, pálidos, como se eu tivesse virado um fantasma, já antevendo minha situação difícil, uma vez que era dentro do armário que acontecia o descarregamento da mercadoria.

– Um minuto, amigão – ele solicitou ao rapaz das cervejas.

O rapaz das cervejas não esperou o minuto solicitado. Alheio ao que estava acontecendo, passou a descarregar as bebidas no fundo do armário onde eu me escondera. Misturado ao ruído das garrafas nos engradados e aos ecos que o ar da rua trazia pela porta escancarada, escorada com a plataforma de rodinhas, ouvi passos surdos, ou achei que ouvira, atrás de mim.

Virei-me num menear automático do torso, correndo o olho para o lado.

Rick, de cabeça baixa, avizinhava-se da recepção apalpando os bolsos das calças.

Meus pés de chumbo se afundaram – na areia do meu castelo que ia se desmoronando diante dos meus olhos, que espreitaram a carteira do Rick, onde ele a deixara, junto ao cesto no balcão.

Um calor tomou conta do meu rosto.

A porta de saída, escancarada, já oferecia alívio. Os engradados de cervejas haviam sido retirados. Apenas a plataforma de rodinhas bloqueava agora a passagem. "Vale a pena arriscar um escândalo por causa do Spencer e o Serviço de Imigração ficar sabendo que meu casamento é legal, mas não muito? Vale a pena perder minha situação privilegiada nas empresas do Rick?" O desconsolo me embargou o peito. Senti meu corpo, por fim, tremer. "Lécio, Luz da Minha Vida, nunca precisei tanto de você. Que faço?"

O Rick tossiu quase atrás de mim.

Rezei, embora não fosse dar tempo para esperar uma resposta à minha prece. Se, no instante seguinte, não decidisse por mim mesmo o que fazer, a decisão, de qualquer modo, seria feita.

À minha revelia.

XLII

O consultório caiu em silêncio.

No amplo recinto, Dennis ouvia a respiração dos dois, acompanhada pelo ruído do motor do computador. Lá fora podia distinguir os uivos de um homem, que se não fossem uivos enredados em gritos e palavrões, juraria que um lobo vagueava pelos jardins do hospital manifestando sua presença.

Por fim, a médica debruçou-se por cima das radiografias e meneou a cabeça.

– Dennis... – disse ela, levantando os olhos na sua direção. Suas palavras eram embrulhadas numa calma estudada. – Sabe que seu cérebro, grosso modo, foi dividido em dois, por isso...

– As neurocirurgias... – demonstrando estar informado, ele a interrompeu, completando – estou ciente delas. O Bispo Karadzic não escondeu de mim, foram duas. A primeira feita pela minha própria mãe e a segunda por ele.

– Muito bem, então. Vai ficar mais fácil conversar sobre esse assunto – acrescentou ela, os lábios se abrindo com um sorriso maternal.

Dennis se sentiu pestanejar numa estranha alegria.

– Hoje, compreendo: o Demônio havia me amarrado com grilhões e correntes. Para arrebentar as correntes e despedaçar os grilhões que me dominavam, as cirurgias foram necessárias – discorreu Dennis, fitando-a nos olhos, sentindo-se encorajado pelo sorriso franco a não mais esconder dela a verdade. "A verdade, não. A Verdade, com o V maiúsculo", pensou com orgulho.

O sorriso maternal e os olhos dela se congelaram, de repente. Assombrados, Dennis não tinha dúvida, pelo milagre que Jesus havia operado na vida dele, restaurando-o do pecado para a glória e o poder de Deus.

– Quando regressei do Brasil – continuou ele, contendo o fervor –, entrei na clínica possuído não por um espírito maligno, mas como no Evangelho, uma legião de demônios habitava meu corpo. Se fosse no tempo de Jesus, os espíritos suplicariam para ser mandados aos porcos. A época, porém, é outra. A doutora há de convir comigo que a medicina de hoje, com a graça de Deus, é muito mais avançada. A Igreja, através das cirurgias, me tirou a legião de demônios do corpo.

De boca aberta, a doutora o olhava como se Dennis tivesse despejado uma dose de xarope na colher e estivesse lhe dizendo "olha o aviãozinho". Na próxima visita – sim, agora, ele havia decidido não trocar mais de médico – iria trazer-lhe uma cópia do *Livro de Mórmon* para que a Doutora Cármen também pudesse experimentar a incomparável alegria de ser um *Santo dos Últimos Dias*.

– Por causa da minha epilepsia e esquizofrenia – prosseguiu Dennis, sentindo seus lábios se erguerem num sorriso faceiro –, meu corpo se encontrava vulnerável aos ataques do Diabo. Minha mente perdida vagueava entre túmulos e montes, gritando e ferindo-se com pedras. Eu era um endemoniado! Disso, tenho lembranças claras! Percebia que não era um: eu era dois. O outro, o que rosnava, era a legião de demônios que me obrigava a pecar contra Deus e a natureza. Daí, minhas sucessivas convulsões, quando eu me revoltava contra eles.

– Quem lhe disse isso?

– O Bispo Karadzic.

– Mas isso é crença.

– Não! – replicou Dennis. – É evidência: eu chegava do Brasil, lembra? Naquele país, eles lutam contra os seguidores de Satã. Porém, Satã ainda os domina. Fui uma vítima.

O sorriso sumiu-lhe dos lábios. Ato contínuo, a médica atirou-se para trás na cadeira, espantada, ou assustada: feito um dos porcos possuídos pelo demônio, que Jesus deixara que se atirasse monte abaixo em direção ao mar.

– Sua crença em demônios, Dennis, não vou comentar, OK? – devagar, ela buscou os olhos dele. – Minha questão é: quantos episódios, digamos, de um ataque epiléptico ou sintomas de esquizofrenia apresentou na sua infância e adolescência antes de ir para o Brasil?

Dennis fitou-a, sentindo o rosto esmorecer.

Ela juntou as mãos, como se fosse orar. Inclinou-se sobre a mesa outra vez.

XLII | 383

— O que fizeram com você foi uma leucotomia, vulgarmente chamada de lobotomia: uma operação há muito proibida neste país. Sinto muito, Dennis.

— Fizeram o que tinha que ser feito, doutora! — ele cruzou os braços, sentindo o rosto esquentar com a vergonha que as palavras que pronunciaria em seguida lhe causavam. — Eu sou... eu era... homossexual... eu estava possuído — murmurou. — Quantas vezes vou ter de lhe dizer isso?

— A medicina não aceita a ideia de possessão por maus ou bons espíritos. Por isso, temos de investigar as causas. Por isso, eu e meus colegas andamos investigando. Descobrimos que... — ela mordeu o lábio inferior, no entanto, não continuou a frase. Em vez disso, num movimento pausado, levantou uma das radiografias contra a luz da janela. Examinou-a, apontando para a parte inferior do retângulo, fazendo um círculo com o dedo numa área que só ela parecia ver. A seguir, numa voz que imitava os movimentos da sua mão, retomou a conversa. — Você tem de se submeter a novos exames. Nestas radiografias, nós nos deparamos com algum tipo de tecido no lado direito do seu cérebro. Algo que antes não estava lá.

Dennis se levantou e empurrou a cadeira para trás.

— Fui chamado aqui para discutirmos a necessidade da hipnoterapia. A hipnoterapia vai me curar deste novo problema?

— A hipnoterapia, bem como os exames e testes, é que vão nos auxiliar a melhor entender o que houve, o que está havendo, o que podemos fazer para ajudá-lo. Temos de submetê-lo a uma biópsia para entender a natureza do tecido. Isto é, o lado fisiológico. Meu papel, no entanto, é propiciar a união desses fragmentos de memórias perdidas, para que você tenha uma qualidade normal de vida até o resto de seus dias, a fim de que possa distinguir entre o que é ou não importante para você. É um direito que você tem.

Ele mal esperou que a médica terminasse a frase. Afastou-se para a porta sem parar de sacudir a cabeça.

— Não vou fazer nada — retrucou Dennis. — Minha vida está nas mãos de Deus.

— Quero que entenda que homossexualidade não mata, Dennis. Contudo, o que você tem no cérebro pode ser, potencialmente, fatal.

Num pulo, Dennis voltou à escrivaninha, curvando-se por cima, até quase alcançar o rosto da médica.

— Embora as consequências desta abominação sejam sentidas ainda nesta vida — começou ele em voz alta e acabou gritando —, Jesus não disse que a sodomia era uma doença terminal para o corpo. O Salvador — a voz de Dennis era agora um trovão –, Jesus Cristo, o cabeça da única e Verdadeira Igreja, através dos seus apóstolos e profetas, deixou bem claro que a sodomia é uma doença fatal para a alma. Minha alma, doutora, não sofre mais disso, está salva. Ele me perdoou pelas abominações que cometi, porque Ele é mais generoso comigo do que sou comigo mesmo. Se as minhas memórias voltarem de uma só vez, se essa coisa que está crescendo no meu cérebro me matar, que seja feita a vontade do Senhor.

A Doutora Cármen pôs-se de pé. Seu rosto tinha perdido a serenidade.

– Não sei como vou lhe dizer isso, Dennis. Você não foi vítima dos brasileiros ou das suas crenças. Nem, por estranho que pareça, diretamente, da sua igreja; mas, sim, da sua família.

– Muito se diz sobre a minha família; nunca provaram nada. Quero ver provas. Sem provas, não há crime, não é verdade? O Bispo Karadzic e o Presidente Miller têm provas, provas de que é tudo mentira. Porque meu pai lutou na Guerra Fria e porque minha mãe foi cirurgiã da CIA, até hoje, nossa família tem de suportar as consequências do complô dos comunistas, ordenados por Satanás a denegrir os Estados Unidos e a Verdadeira Igreja de Jesus Cristo.

Doutora Carmén se virou para os arquivos, retirando uma pasta repleta de papéis e a jogou na mesa.

– Antes de eu fornecer qualquer dado da sua história pregressa à Justiça, do envolvimento do seu pai, do seu bispo e da sua mãe, eu tinha esperanças de que pudesse se lembrar de fatos que consubstanciassem os nossos achados. Pois bem: as provas estão aqui. No dia em que chegou a este hospital pela primeira vez, num estado deplorável, começamos a investigar, compilar evidências. O mundo mudou! Essas coisas não são mais aceitáveis. Podemos ajudá-lo! Temos os meios para fazê-lo. Você foi vítima de uma facção, se autoridades legítimas do mormonismo soubessem do que faziam, não os teriam permitido ir tão longe. E olhe que quem está dizendo isso sou eu, Dennis, que não acredito nessas baboseiras. Dennis, eu e meus colegas podemos ajudar você a trazer à tona o que lhe restar de memórias. O que fizeram foi, e é, um crime.

– Vão me fazer lembrar? Para quê? Para eu sofrer? E isso, não é crime?

– Crime, Dennis, é o que esses pervertidos fizeram com você naquelas clínicas clandestinas, geridas por fanáticos religiosos. Crime é a sua mãe fazer com você o que fez com seu pai quando ele ainda era um soldado – a Doutora Cármen esvaziou na mesa um calhamaço de papeis que se encontravam em

XLII

pastas amarelecidas – e isso – continuou a médica – são cópias de documentos da CIA. A sua amada mãezinha, a doutora e agente Jackson, especializou-se em leucotomia, sabe o que é isso? Lobotomia! Ela metia agulhas pelos olhos dos soldados para que eles parassem de pensar. Está tudo aqui, Dennis! Crime, meu caro, é morrer em silêncio quando podemos morrer ouvindo nossa orquestra interior. Crime é não saber que idade tem a nossa saudade. Crime é não poder fazer escolhas, porque nos tiraram a capacidade de escolher. Dennis, desde que comecei a minha carreira, gay e mórmon não habitam a mesma floresta. Mas tem de haver limites. Este profeta de vocês, que bem sabe que descriminação promove o ódio e a violência, tem de ter um instante de inspiração e pensar em casos como o seu. Religião, Dennis! Só quem acredita nestes absurdos é que pode cometer tamanhas atrocidades. E quem diz isto não sou eu, é Voltaire.

Num pulo furioso, Dennis levantou-se da cadeira.

– E esse Voltaire tem um testemunho da Única e Verdadeira Igreja?

– Dennis, ele jamais seria mórmon...

– Então!

– Então quero que saiba, doutora, que a minha igreja é perfeita, que a vida é maravilhosa, que o meu Deus é maravilhoso.

– A vida só é maravilhosa se a gente não tiver medo dela, Dennis. O mesmo vale para Deus e igrejas.

Em gritos de "fomos criados para louvar a Deus", Dennis levantou a cadeira pelo encosto, arremessando-a contra a janela, estilhaçando os vidros.

– O meu Deus está presente aqui. Aleluia! Aleluia...

A doutora levantou-se de trás da mesa com uma mão protegendo a cabeça e a outra segurando o telefone. A brisa fria e seca soprava para dentro do consultório, acompanhada dos uivos aterradores. Cautelosamente, ela arrastou-se até a vidraça e gritou que tudo estava sob controle. Se a resposta tranquilizadora era dirigida a alguém que estava no jardim do hospital, tratando de algum doido ou ao bocal do telefone, não fazia diferença. Dennis ia sair dali para nunca mais voltar.

Ela pôs o telefone no gancho e voltou a sentar-se.

– Entendo sua inquietação, Dennis. Precisamos conversar! – sem prestar atenção a mais nada, ele saiu depressa.

Não fechou a porta.

Enquanto rumava em direção à recepção, ouviu, num sobressalto, um estrondo atrás de si.

O que não esperava mais que acontecesse, aconteceu. Pontos de luz cintilaram no corredor diante dele.

Dennis levantou a cabeça para respirar.

Pontos de luz cintilaram no forro.

Pontos de luz, aonde quer que olhasse, cintilavam diante dele.

Dennis aproximou-se do balcão, onde uma enfermeira carregando uma pasta, e de olhos bem abertos, falava consigo mesma, como se fosse mais um dos loucos naquele hospital, apontando-lhe um lápis. Ele deu meia volta. Numa corrida desenfreada, dirigiu-se à porta. Queria pedir para ver um médico que fosse um membro fiel da Igreja. Desistiu. Odiava tanto aquele hospital, que pensou em entrar no carro, avançar dirigindo recepção adentro, quebrar aquelas portas de vidro e com os estilhaços degolar cada uma das enfermeiras deixando, por último, aquela maldita mulher. Gente como a Doutora Cármen que, além de não praticar a medicina aprovada pela Igreja, queria fazer intrigas, promover a medicina do Diabo.

Dennis disparou pelo pátio do hospital. No mesmo momento que tentava avistar seu carro no estacionamento, planejava como desfecho do massacre, amarrar a Doutora Cármen num poste, jogar gasolina e atear fogo.

"Maldita. Maldita. Maldita." O que ela queria? Virar filhos contra pais e líderes da Igreja? Dennis não precisava se recordar das pregações. Sabia dentro de si – seus ossos falavam –, aquela bruxa era fruto de um mundo desvirtuado, cujo único intento era destruir a Família como instituição eterna. Perante Deus, porém, determinava-se a preservar a sua, mesmo que esta estivesse à beira do abismo. "Aquele que aceita a verdade em Jesus, acaba sofrendo perseguição", diziam as Escrituras. Só que a ele, Dennis Betts, filho de John Betts e de Rebecca, o Diabo nunca mais iria derrotar. Afinal, por baixo das roupas ele usava cueca e camiseta sagradas.

Não lhe foi custoso achar o carro. Porém, custou a dar a partida – não se lembrava bem o que fazer com a chave de ignição. Depois, com a cabeça ainda girando, dirigiu sem rumo por alguns minutos até seguir para a capela, e outra vez, de súbito, mudar de direção. O Bispo Karadzic não estaria lá àquela hora.

– Não tem importância! – Dennis dizia para si mesmo com o propósito de se acalmar. – Converso com o bispo depois da festa.

Dobrou na primeira estrada. Acelerou.

XLII

O volante, como que besuntado de óleo, afrouxava-se das suas mãos. Ou seriam elas que se afrouxavam do volante?

Buzinas. Furando-lhe os ouvidos.

Carros tirando um fino do seu. Verdes, alaranjados, brancos, prata, arremessando-se em peso, furiosos, na sua direção. Furando-lhe os olhos.

Poeira.

Provo sem chuva.

Centro de uma cidade esturricada.

Olhos em brasas.

Carros tossindo.

Dennis tossindo.

Pó.

Muitos carros e muito pó.

Dennis apertou os olhos. Segurou a respiração para evitar inalar a poeira.

A cabeça doeu. Um tirão violento, como se uma luva de aço agarrasse por dentro da sua nuca. E um golpe seco.

Pouco tempo depois, quando abriu os olhos, tomou um susto. Não porque a poeira, que o obrigara a fechar os olhos em pleno trânsito no centro de Provo, carregasse consigo aquele cheiro estranho, que parecia descer-lhe direto ao estômago, deixando-lhe ressequida a garganta, mas porque se encontrava noutro lugar. Reconheceu à sua volta a paisagem do Parque Estadual. À sua frente o Lago Utah, que ficava do outro lado da cidade, do outro lado da Interestadual 15 – quatro ou cinco milhas do centro da cidade, onde, por um segundo, ou o que lhe parecera um segundo, havia cerrado os olhos para coçá-los.

Pior ainda. Despertou quando percebeu a porta do carro batendo atrás de si no estacionamento vazio e suas pernas se dirigindo – como se tivessem vida própria – em direção à vegetação, embora tivesse consciência de que do outro lado dos arbustos havia apenas pedras e água, nada mais.

Dennis segurou as pernas roliças para, só depois, lembrar-se de sentir o coração combalido e pensar em respirar. Arquejante, voltou ao carro, sentou-se no banco de passageiros, deixando aberta a porta. Inclinou a cabeça, que, de leve, tocou no painel. Em oração, entregou seu peito ardendo a Deus. Não sentiu medo, contudo foi assolado por uma profunda e resignada tristeza.

"Pai Celestial", suplicou, "escute a minha prece..."

No parque ermo, o ruído das folhas ressequidas nas árvores abafava o barulho das ondas do lago. O farfalhar, Dennis sentia, a qualquer instante se transformaria em sons compreensíveis, na voz de Deus. "Pai Celestial", repetiu, apertando os dedos nas palmas das mãos, o que lhe fizeram saltar as veias nos braços, "fale comigo, Senhor Jesus, ajude-me!" Dennis implorava, melhor, cobrava uma revelação divina.

Numa pancada, o forte vento pareceu arrancar os galhos das árvores.

Dennis apertou os olhos.

Pequenos pontos de luz no escuro da noite do seu cérebro se manifestaram, desafiando o poder de Deus, lançando fachos de luz, que iam uns no encalço dos demais. Dennis apertou as pálpebras. Com os punhos cerrados, empurrou os olhos para dentro do crânio, os nós dos dedos quase lhe arrebentando o osso do nariz.

Inútil. A cena veio-lhe quase por inteira.

"Deus Todo-poderoso, tenha piedade de mim..." Tarde demais.

Dos recônditos de sua mente, uma vaga lembrança se materializava... Uma dor se transmutava numa imensa alegria. Deus estava respondendo às suas orações? Estava. O Deus no qual tanto queria acreditar o envolvia num terno abraço.

"Deus meu, Deus meu, por que me desamparou?"

"Nunca vou lhe desamparar", a voz chegava em ondas mornas, "vou ficar contigo para o resto da sua vida. Lembra? Carrego a tatuagem que fez em mim, isso é para sempre. E você...", Deus passou os dedos pelos longos cabelos pretos e embargou a voz, "carrega a minha, não é verdade?"

"Carrego."

"Para que viver com medo, então?"

Dennis não respondeu. O resto da cena despejou-se por inteiro, de assalto, ofuscando-lhe os olhos com tamanha claridade. Na cena, ele retornara ao apartamento da Zona Norte. Voltava a ostentar o cabelo farto, loiro, a franjinha de que tanto se orgulhava, não os parcos fios brancos, que lhe saíam nos dedos. Deus havia lhe concedido uma segunda chance, ia reviver sua jornada. Desta vez, sem erros.

Pela janela aberta do seu quartinho no Brasil – Pelotas, Dennis estava de volta à amada Pelotas! –, a luz que vinha da rua iluminava apenas os lábios. O restante do seu rosto permanecia oculto pela sombra dos longos cabelos que lhe desciam pelos ombros. Dennis puxou o lençol para cima, como sempre fazia, quando a mãe ou a irmã entrava em seu quarto.

XLII

— Olá, sou o Lázaro! — apresentava-se o jovem de longos cabelos, sem se aproximar do beliche para que Dennis o visse melhor. — O rapaz que o seu pai contratou para lhe fazer companhia.

Dennis tentou se mexer, mas a perna não respondeu, o joelho parecia torcido para trás.

— Olá, sou o Dennis. Dennis Betts — disse por debaixo do lençol, virando o torso primeiro, depois as pernas.

Dennis descobriu a cabeça, afastando com o antebraço os cabelos que lhe cobriam a testa.

— Vão ser duzentos dólares? — brincou, protegendo o rosto da claridade; o efeito do Valium deixava-lhe os olhos sensíveis à luz e sua boca propensa a dizer bobagens.

Lázaro sorriu, acanhado. Das sombras, os olhos dele se prenderam aos de Dennis.

Aquilo não era pergunta que se fizesse, repreendeu-se Dennis. No entanto, o Valium falou mais alto.

— Acha que vai gostar de mim?

O rosto de Lázaro enrubesceu.

— Vou — respondeu baixinho.

— Mesmo?

— Vou gostar, sim — reafirmou Lázaro, passando os dedos pelo cabelo para acomodar as mechas por detrás das orelhas.

Dennis arrastou-se, sentando-se na cama. Encostou-se no travesseiro, descansando a cabeça contra a parede. As pernas por fim se viraram e a dor desapareceu.

Dennis limpou a garganta.

— Dá uma olhada! — pediu Dennis, estendendo as mãos —, que estrago — Lázaro arregalou os olhos no passado. E Dennis caiu em silêncio no presente, como se de verdade estivesse vivendo aquele momento. Lembrou-se do Valium que havia tomado naquela noite antes que Lázaro chegasse. Sentiu os olhos pesados outra vez, uma dormência que lhe atingia o corpo todo. Teve medo de dormir e só acordar quando Lázaro não estivesse mais com ele. Na verdade, teve medo de dormir e justo agora não acordar mais.

De repente, sentiu uma vibração no peito.

Exausto, sem abrir os olhos, tateou a mão no bolso da camisa, buscando o celular.

Estava frio, as folhas não farfalhavam mais. O que se ouvia era o murmurar das ondas.

Dennis levou o aparelho ao ouvido.

– Dennis...

Era a voz de Candy, agitada, querendo saber se ele podia chegar mais cedo à casa dela.

Dennis abriu os olhos devagar. Não havia mais sol, estava nublado, soprava um vento de inverno e era princípio de outono.

Olhou no relógio do carro.

4:03 p.m.

Tentou disfarçar sua perturbação, agindo como se tivesse atendido o celular na rua.

– Não vai dar, docinho! Estou saindo de uma loja. Tenho de trocar de roupa. E o Milton?

Candy assegurou-lhe que Milton estava bem. Ela estava telefonando porque tinha uma coisa para conversarem antes da festa.

– Uma coisa que aconteceu hoje à tarde, irmãozinho.

Dennis sentiu, nesta frase, pânico na voz da irmã. Sabia do que se tratava: a Doutora Cármen, àquela altura, com certeza já havia entrado em contato com ela e com a mãe.

– Não pode dizer qual é o problema por telefone?

– Problema nenhum – assegurou ela. – Conversamos depois. Nada que não possa esperar.

– Certeza?

– Certeza.

– Olhe, docinho... – Dennis decidiu que seria bobagem ficar fazendo joguinhos com a irmã. – Eu realmente discuti com a doutora. Estilhacei uma janela, saí do hospital em disparada. Não se preocupe! Foi uma crise passageira. Já estou melhor. Amanhã, volto lá, falo com ela, indenizo os estragos. Resolvo isso sozinho. Podemos deixar isso de lado por hoje e só pensar na minha festa? Não estou me sentindo grande coisa... não quero falar da consulta.

Candy ficou em silêncio.

Dennis afastou o celular da orelha para verificar as barrinhas do sinal de recepção no aparelho. Ainda conseguiu escutar a irmã dizendo:

– Consulta, irmãozinho? Que consulta?

XLIII

Logo que entrou em seu apartamento, Dennis engoliu dois comprimidos. Sorveu um gole de água da torneira do banheiro, antes de seguir devagar pelo corredor.

Doutora... Bispo...

Arrastou-se quarto adentro.

Bispo... Doutora...

Abriu o guarda-roupa.

Pelo espelho interno da porta, ficou observando a janela atrás de si.

Caía a noite.

Caiu na dúvida.

Caiu na cama.

A festa...

Hora de sair... não se mexia.

Mal podia respirar.

A cada minuto, voltava os olhos para o verde luminoso do despertador na mesa de cabeceira.

Minuto não, segundo.

Temia piscar e ver os números saltarem de súbito para alguma hora muito além daquele instante.

Hora não, dias.

Semanas.

Meses.

Anos.

Pior, temia nunca mais ver o despertador.

Esmurrou o colchão.

"Merda. Merda mesmo."

Depois de anos de desassossego, havia conseguido paz com o Salvador, com a Igreja, com a família, consigo mesmo.

Até aquela tarde.

Esmurrou a própria testa. Duas, três vezes. Reavivados, aquele tumulto, aquele rio rosnando que só ele ouvia, aquele rio que vertia do nada, correndo para as sombras de lugar nenhum. Aquele rio que carregava na ondulação uma imagem de Deus, não a do Deus do Céu, mas a do deus que vinha de Pelotas, do passado, dos únicos momentos de ilusória felicidade que tivera na vida. O Bispo Karadzic não havia lhe ocultado: a Legião o perseguiria para o resto da vida.

Dennis levou as mãos postas ao peito em clamor:

– Pai Celestial, Deus dos meus antepassados, afaste de mim este cálice!

Quanto mais orava, mais nítida ficava a imagem. Não eram os detalhes da imagem que incomodavam Dennis. Surpreendia-se, sim, com os sentimentos que passaram a acompanhar a lembrança dos detalhes, as dúvidas que lhe acarretavam. Bastaria ligar para Candy, cancelar a festa, ligar para a Doutora Cármen pedindo desculpas, implorando para que ela o recebesse ainda naquela noite. Claro que, também, poderia fazer o contrário. Ligar para o celular do Bispo Karadzic pedindo para ser recebido por ele antes da festa.

Bastaria ouvir o que um deles tinha a lhe dizer e ignorar o outro. Simples.

Simplicíssimo.

Se estivesse se sentindo bem... Com condições de fazer escolhas.

O que não era o caso.

"Nunca é o caso..."

De súbito, sentiu-se levantando da cama. O corpo inteiro de uma só vez, num salto. Como se não fosse ele; fosse outro.

Em pé, diante do espelho do guarda-roupa, desta vez, deparando-se consigo mesmo vestindo-se em movimentos impensados, rápidos, na penumbra azulada da luz da rua.

Tateou a mão até o interruptor da parede.

Luz.

Acariciou o abajur ao lado da cama.

Mais luz.

Colocando-se de lado, Dennis deu um toque no nó da gravata lavanda com dourado para ajeitá-la – "será que combina com a camisa branca e as abotoaduras de ouro que mamãe me deu?" Com ambas as mãos contra o espelho, acertou os pinos das abotoaduras; a camisa tinha punhos confortáveis que não lhe apertavam os pulsos. O traje todo era como uma luva cobrindo sua pele.

Doutora... Bispo; Bispo... Doutora...

Tirou o paletó do cabide. Vestiu, deu a volta na cama, atravessando o quarto. Parou e uma vez mais se olhou no espelho por cima do seu ombro para ver como estava. Achou-se bem. Não iria estragar o momento. Iria direto para a festa.

A sua festa.

Minutos depois, na estrada, as estrelas começavam a se derramar no céu azul-marinho. Piscavam acompanhadas pela luz prateada da lua, que delineava os cumes negros das montanhas. A Rua Cinnamon Hills, que alcançou depois de quinze minutos nas pistas escuras da Nevada Avenue, parecia iluminada pelo sol. A casa de Candy, à distância, no meio da fileira de sobrados brancos e creme, resplandecia mais clara do que a rua, banhada pelas luzes prateadas dos holofotes no jardim. Carros se amontoavam na entrada da garagem, enquanto outra meia centena de carros acompanhava a fileira de casas rua abaixo, até onde os olhos avistavam. Balões coloridos e uma faixa de plástico laminado presa por cima da porta enfeitavam a entrada. Dennis estacionou em frente à casa do vizinho, do outro lado da rua, onde já havia um espaço demarcado com uma fita branca, atada a dois carros, e um cartaz avisando:

Espaço reservado ao Dennis

Antes de estacionar, favor retirar CUIDADOSAMENTE a fita. Atendendo ao pedido, baixou o vidro, recolheu a faixa e o cartaz. Atirou-os no banco de trás do carro e manobrou aliviado no espaço, que dava para pelo menos dois veículos. Esvaziou os bolsos, enfiou o celular no porta-luvas junto com as chaves de casa e saltou do carro. Mas não se apressou em atravessar a rua.

"Doutora... Bispo; Bispo... Doutora..."

As silhuetas dos convidados se projetavam nas cortinas das janelas. Mãos segurando copos, adultos com crianças ao colo balançavam no ritmo da música bem marcada. A faixa laminada por cima da porta ondulava com o sopro do vento.

"Parabéns para você" – leu nas letras, que mudavam de cor, conforme a luz.

"Parabéns para mim", pensou.

Quando, finalmente, aproximou-se da porta, escutou batidas e percebeu dois olhos verdes a espiarem pela vidraça do andar superior. A mão do filho batia na janela fechada, oscilando o corpo de um lado para outro, para chamar a atenção. A cabeleira loira despenteada, iluminada pelas costas, sugeria a copa de uma árvore frágil num temporal de outono.

Dennis apertou a campainha. Escutou passos pesados se aproximando da porta, que se abriu. Mal descerrou os braços, o filho pulou no seu pescoço, dando-lhe beijos, gritando na sua voz enrouquecida e fanhosa: "Hoje é o dia da festa de aniversário do papai!" Boca grudada contra o peito de Dennis, Milton molhava-lhe de baba a camisa e a lapela do terno enquanto falava. Dennis o beijou nos cabelos e o afastou de si. A gravata amarrotada e molhada – riu-se – não estragaria a noite.

– Limpe a boca, filho! – disse, tirando do bolso um lenço de papel, entregando-o ao Milton.

– Tem presente para você, papai! – anunciava Milton, empolgado, sem pegar o lenço, a passos lentos, acompanhando o pai à antessala, de onde se ouvia a zoeira dos convidados.

– Tem, Milton? Muitos? – carinhosamente, secou a espuma nos cantos da boca do filho.

– Quer ver agora? Quer ver?

– Agora não, Milton. Vou dizer boa noite aos convidados – explicou, passando os dedos pelos cabelos do filho. – Vá chamar sua tia. E leve esse lenço de papel para pôr no lixo.

Milton largou sua mão, o lenço de papel no chão e debandou pela cozinha. Dennis deu mais dois passos. Parou sob o batente da porta da sala principal para espreitar. Os móveis, as luzes, os convidados, tudo se refletia no espelho por trás do vidro do enorme aquário, que ocupava uma parede inteira. Os peixinhos revoluteavam em curvas rápidas, como que divertidos com a balbúrdia. Tanto de um lado do vidro quanto do outro, avós dançavam com netos, mães ninavam seus bebês, sacudindo-os no ritmo da música. Meninos se requebravam, bailando com as irmãs mais velhas, membros da Igreja, que tanto se abstinham de quaisquer movimentos sensuais que pudessem dar a ideia de pecado ou expressar alegria, acompanhavam com batidas dos pés os ritmos do piano. Preenchendo o centro da sala, na mesa decorada com fitas coloridas, não haviam esquecido as taças, empilhadas, formando uma pirâ-

XLIII | 395

mide em direção ao lustre de cristal. Até o piano havia sido empurrado para perto da janela. As cadeiras e os sofás, dispostos à volta. Crianças pequenas arremessavam-se por entre as pernas dos adultos, usando as cadeiras organizadas lado a lado como um túnel, fazendo corridas, rindo, tombando como bêbados atrapalhados, manchando o carpete com as mãos sujas de doces. No momento certo, a pirâmide iria se transformar numa cascata de cidra. "A festa vai esquentar", pensou, "como nos velhos tempos das festas no Br..."

"Doutora... Bispo; Bispo... Doutora..." Sentiu-se congelar.

Não pelo pensamento suspenso, mas por causa dos olhos do Bispo Karadzic vidrados nele do outro lado da sala. Era como se este, de repente, estivesse lhe recordando que ele, Dennis, oferecera sua alma a Jesus, o Salvador, numa escolha feita há anos. Por isso, agora estava morto para as coisas do mundo, para aqueles pensamentos a respeito das coisas do mundo, que insistiam em se infiltrar.

O Bispo Karadzic acenou e sorriu. O Presidente Miller e seu pai, no mesmo grupo, viraram os olhos vincados pelo tempo em sua direção e acenaram também.

Agora, o que lhe vinha à memória não eram palavras imaginadas, mas o que o bispo havia dito textualmente nas conversas que haviam estabelecido. Os irmãos da Igreja guiados por Deus haviam preenchido o vazio no seu coração, incutindo nele o senso de privilégio em confrontar o pecado. "Dennis!", ele ouvia a voz do bispo alta e clara em sua mente, "Você é forte e está salvo! Confrontou e venceu o Inimigo. Você venceu Satanás".

Dennis apertou o batente da porta, fitando os peixes no aquário.

Naquele momento, porém, não queria confrontar nada, queria apenas aproveitar a festa sem ficar ouvindo os sussurros do Bispo ou do Diabo. Mesmo vindo à tona, o passado pouco significava. Lázaro, afinal, estava morto. O que restava a Dennis era o que havia naquela sala.

Enchendo os pulmões, preparou-se para enfrentar os convidados.

Um leve toque no ombro fez Dennis se voltar para a antessala e ganhar um abraço da irmã.

– Obrigado pela festa, docinho.

– Você merece, irmãozinho.

Os olhos da irmã se demoraram no seu rosto, piscando lentamente. Dennis reparou que Candy estava sem maquiagem, cabelo desfeito, como se houvesse se esquecido da festa.

Devagar, ela deslizou as mãos pelos seus braços, voltando-se para a porta da cozinha, onde o marido os esperava.

– Parabéns! – cumprimentou James, empurrando a porta para entrar de costas.

– Obrigado – Dennis disse, sentindo-se imitar a testa franzida do cunhado. Ele tomou a irmã pelo ombro, antes que ela fosse atrás do James.

– Eu não vim antes porque não sabia que era tão grave.

– E não é.

– Não é?

– Não.

– E essa cara, assim, Candy?

– Nada que, agora, não possa esperar para depois da festa – retrucou, projetando as mãos no vazio.

– Notícia ruim não me afeta mais.

– Quem disse que é notícia ruim?

Dennis encolheu os ombros espalmando as mãos, sinalizando um "então, por que não me diz?"

De cabeça baixa, Candy alçou os olhos, encarando o irmão, só para depois apartar os fios de cabelo colados no rosto.

– É que... – ia dizer alguma coisa. Milton irrompeu da porta da cozinha, disparando pelo corredor rumo à sala principal.

– Milton – chamou Dennis, tentando segurá-lo.

– O papai chegou, o papai chegou – ouviu o Milton anunciar, aos gritos, na porta da sala.

O anúncio causou furor. Os convidados bradaram para que Dennis viesse juntar-se a eles.

– A gente se fala depois da festa, irmãozinho – tranquilizou-o a irmã, gesticulando que era melhor ele se juntar aos convidados.

Antes que Dennis pudesse dizer mais alguma coisa, Milton havia voltado à cozinha, puxando-o pela mão, levando-o até onde era aguardado pelo pessoal.

Entrou sorrindo.

Traído pelas palavras que lhe faltavam, pois havia se preparado para pronunciar algo engraçado, esperando tornar a situação menos desconfortável, encaminhou-se devagar ao centro da sala. Parou junto à mesa.

XLIII

– Feliz aniversário, Dennis! – gritou o cunhado.

– Feliz aniversário, Dennis! – clamaram todos, em uma só voz.

No piano, ao fundo, alguém já ensaiava as notas e a sala ecoou com "Dennis é um bom companheiro, Dennis é um bom companheiro e ninguém pode negar..." Em meio a assobios e gritos de ferir os ouvidos, ele olhou para o chão, para o teto, para a pirâmide de taças de cristal, a todos, de pé, aplaudindo. Seus olhos passearam pelo rosto de cada um dos presentes. Sem razão aparente, sentiu o coração apertar-se no peito. Mesmo assim, abriu os braços, levantou a mão direita, esboçou um sorriso e acenou, até a sala silenciar.

– Muito obrigado a todos vocês! – gaguejou, enquanto sentia seu corpo tão leve, que parecia querer desprender-se, flutuar porta afora, o que não deixaria que acontecesse. Afinal, era o dono da festa.

– Olhe para mim, pai. Olhe o bolo!

As crianças saíram das tocas por debaixo dos assentos, prostrando-se junto a seus pais.

Silêncio na sala.

Dennis virou-se depressa.

Na porta, o rosto da Candy flamejava. Ela apontou com o queixo para as velinhas, sacudindo a cabeça, sinalizando que não ficariam acesas para sempre. James ajudou a sogra a se levantar. Para onde Dennis olhasse, via mais e mais sorrisos e sussurros de alegria. As luzes se apagaram, dissipando seus pensamentos. A sala se encheu do dourado radiante das velinhas de aniversário. As primeiras notas firmes no piano inflamaram a família e amigos. O *Parabéns a Você* não acabava mais. Milton, gritando palavras aos pedaços, cantava mais alto que todos os outros convidados juntos. Dennis fechou os olhos, abraçou o filho, aguardando ansioso o fim daquela algazarra toda para acompanhar a irmã à cozinha e ajudá-la a cortar o bolo. Ao menos aquela iria ser a sua desculpa. Realmente, o que ele queria era concluir a conversa e desvendar a causa do olhar preocupado da irmã.

Na cozinha, ao pequeno bolo juntaram-se mais três.

– Olhei para o bolo e para o pessoal – disse Dennis, puxando assunto – e fiquei pensando quantas pessoas não estariam com restrição de açúcar naquela sala.

Candy riu.

– Vejo, irmãozinho, que você não está acostumado com festas de aniversário.

Ele sacudiu a cabeça, acompanhando a risada da irmã.

Ainda rindo, Candy apontou para o canto perto do fogão.

— Aquilo é para você, irmãozinho. E já paguei o seguro.

Dennis desembrulhou depressa o presente. A impressão, ao mirar aquele homem na pintura, só não foi mais forte do que o cheiro de tinta fresca.

— Demorou, mas é ele: o original, limpo — esclareceu ela. — Foi a reprodução deste retrato do Lázaro que pintei para você logo que você chegou de Portugal, que a editora escolheu para a capa do livro do James.

Dennis agradeceu apenas por educação. Disse à irmã que iria guardar aquela tela, mas esperava que compreendesse que não seria apropriado expô-la numa parede.

— Talvez — ele justificou-se — eu não queira me lembrar, entende?

— Entendo. É por isso que eu e o James estamos um tanto arrependidos de termos concordado com esse retrato na capa.

— Candy, também não é assim. É apenas o retrato de uma pessoa que já morreu. A pintura, quem a pintou foi você! E a usou para a capa de um livro do seu marido. Para que se aborrecerem?

Candy fechou a porta da cozinha. O burburinho dos convidados transformou-se em vozes indistintas. De cima do balcão, passou a Dennis um pedaço de papel com um número de telefone anotado, um nome e um e-mail.

— Reconhece este nome?

— Vanda? — Dennis trouxe o papel para mais perto dos olhos. — Libermann?

Candy arrumou carinhosamente o colarinho da camisa do irmão, antes de dizer:

— Ela ficou intrigada com a capa do livro quando o viu nas livrarias. É isto que tem me preocupado desde ontem à noite.

Ele deu um suspiro e riu.

— Por acaso isso é um problema?

— Vanda contatou a editora que publica o James para saber quem era C. McSill, que assina a pintura usada na ilustração. Recebi o e-mail ontem — continuou Candy. — Hoje à tarde nos falamos ao telefone. O marido dela é o dono da editora.

XLIII

– Esplêndido! – murmurou Dennis, examinando os números grandes, rabiscados com a caneta hidrográfica que Candy usava no quadro-branco da cozinha.

– O problema é que não é só isso. Ia lhe dizer depois da festa, irmãozinho, mas já que agora veio à tona...

Dennis contemplou a irmã, intrigado.

– A Vanda me falou do Lázaro.

– Sim – Dennis sussurrou, num fio de voz. – Sinto tanto. Ainda hoje, num lampejo de memória...

– Irmãozinho, me escute – Candy tocou-lhe no rosto com a mão tremendo, interrompendo-o em meio à frase. – Quem morreu assassinado foi o Lécio! – disparou ela. – O Lázaro mora na Inglaterra. Na pressa da reportagem, houve erro do jornal.

O papel caiu da mão de Dennis, indo parar perto da pia.

– Ele está bem, disse-me Vanda – completou Candy, pausando antes de disparar outra vez. – Não sei se isso é do seu interesse. Ele se casa amanhã. Homem com homem, sabe como são essas coisas de Inglaterra.

O burburinho da sala cessou.

– Milton! – ouviram alguém gritar.

– Papai, papai! – era a voz assustada do Milton.

Depois, estalos, o barulho da avalanche de taças se esfacelando na mesa e no assoalho.

Dennis recolheu o papel do chão, lançando-se para a porta da cozinha. Quando estendeu a mão para abri-la, a porta se abriu sozinha. Era Milton entrando aos prantos, uma mão lhe tapando o rosto e a outra abanando, num pânico sem controle.

– Papai, cortei o dedinho, papai, cortei dentro da mão, papai...

– A vovó Jackson – acalmava-o Candy – lhe fará um curativo, querido! –disse para Milton, virando-se para a porta e gritando: – Mamãe, venha aqui depressa! O Milton cortou a mão!

– Quero o papai. Quero o papai.

Dennis levou a mão para aparar a do filho, que sangrava. Só que congelou no meio do caminho. Um zunido se levantou por dentro do crânio, impedindo-o de qualquer movimento. O zunido virou um bombardeio, era como se fosse arrancar-lhe os ouvidos, estourar suas entranhas, arrancando a sua pele, virando-o do avesso.

Por um instante, preparou-se para fechar os olhos e não acordar jamais. Desta vez, porém, Dennis fechou e abriu os olhos. O que viu foi a mesma imagem: Milton em pânico com o dedinho estendido, borrado de sangue, esperando pela sua mão.

– Cuide dele! – implorou à irmã. – Vou usar o telefone do seu quarto. Preciso falar com a Vanda em Nova Iorque.

– Agora?

– Agora.

– A esta hora, irmãozinho, a Vanda deve estar voando para a Inglaterra.

XLIV

Cartões. Localizador. Passaporte.
– Tudo aqui, Spencer! – gritei.
– Certeza?
– Tudo no bolso da jaqueta.
– O passaporte é melhor passar para o bolso da calça. O da frente.
– OK.
Spencer segurou a porta aberta, enquanto eu, seguindo sua sugestão, empurrei o passaporte no bolso apertado e passei em direção à saída.
– Vai deixar as malas e os sacos?
Ri-me da minha distração. Pelo menos não era o passaporte...
Retornei e apanhei minha bagagem.
Dos hotéis em que já havíamos ficado, das vezes em que viemos a Portugal nos últimos dez ou doze anos, aquele, não havia como negar, era o melhor. Também, tinha de ser. A ocasião era especial: nossas últimas férias juntos.
Antes de nos casarmos!
O perdão não remove a cicatriz, muito disse a mim mesmo durante aquele período. Mas não era Lécio que me dizia, ou eu havia lido em algum lugar, que se você quiser ser feliz por um instante, vingue-se. Se quiser ser feliz para sempre, perdoe? Eu acreditava, aliás, tinha certeza, que havia deixado o incidente da sauna para trás.

* * *

Com o passaporte dentro do bolso me cutucando a coxa a cada passo, eu puxava a mala abarrotada de sacolas de supermercados, dentro das quais eu levava de vinho em caixinhas à batata palha para fazer um salpicão, quando chegasse em casa.

– Lázaro, o elevador é aqui.

Quando ouvi o Spencer me chamar, eu já ultrapassara uns bons cinquenta metros do elevador. Retrocedi, enquanto ele aguardava, calçando a porta com a bagagem.

– Venha, tem gente querendo descer!

Caminhei depressa em sua direção, ao mesmo tempo em que refletia como havia pessoas que pediam para ter sorte e abusavam dela quando eram agraciadas. Era o meu caso. Não que eu ficasse sempre remoendo os horrores por que passara para comparar com o que estava me sucedendo e me vangloriar. Longe disso. Contudo, nestas circunstâncias, arrastando minha mala pelo fofo corredor vermelho do *Grande Hotel de Lisboa*, um sorriso lindo estampado no rosto de um gringão daqueles, esperando-me para retornar à nossa casa na Inglaterra e em menos de quarenta e oito horas se casar comigo. Aquilo tudo me levava a refletir sobre minha dívida de gratidão para com o Tony Blair, por ter me concedido direitos civis. Tinha ainda o dilema de decidir os toques finais na indumentária perfeita que iria usar na cerimônia e escolher a outra, que mais tarde vestiria na festa que o Ed me ajudara a organizar.

* * *

Acomodei minha bagagem ao lado da do Spencer e acionei o botão de descida. Em segundos, o elevador anunciava, com voz metálica:

– Rés-do-chão. Porta a abrir-se – repetiu a mesma mensagem em inglês. Mais carpete fofo vermelho e a ampla recepção.

"Azul? Amarelo? Rosa? Flamingo?" Não dava mais para mudar. Enquanto o Spencer fazia o *checkout* no balcão, eu, mentalmente, repassava a lista dos últimos detalhes, que parecia dobrar de tamanho a cada vez que pensava. Ainda bem que o hotel onde a Vanda iria ficar os três dias estava arranjado, o que era meio caminho andado. O assistente pessoal do namorado magnata dela havia me ligado mil vezes a respeito das precauções tomadas para que a imprensa não soubesse da visita ou, pelo menos, levasse em consideração seu caráter privado e não fizesse nenhuma cobertura a respeito.

– Vanda – eu dizia com uma pitada de preocupação –, desde que não me apareça o *News of the World* na porta do cartório, está tudo bem!

— Imagine, meu querido! – respondia ela às gargalhadas. – Meu gostosinho é amigo do "homem"...

A Salua, marido e filhos, àquela hora, já teriam chegado de Nova Dhéli e se arranjado por conta própria ou se hospedado com o Ed e o Sanjeeb, o que para mim já era um alívio. Entretanto, eu não me encontraria naquele estado de exaustão se tivesse dado ouvidos à Vanda.

— Olhe, meu bem! – avisava ela. – Eu contrataria um assessor para organizar tudo. Você não acha muito mais fácil? Coitado do Ed. Isso não é coisa que se peça a um amigo. Nossa, o estresse em que ele está é de dar dó!

— Isto é coisa de Nova Iorque! – eu respondia. – Não preciso de um assessor para uma cerimônia simples no cartório e um almoço para vinte pessoas.

— É meu presente, então. Mando-lhe um assessor. Ele organiza tudo e me manda a conta, que tal? Festa tem que ter sassarico, forrobodó – insistia ela –, entrada triunfal dos noivos. Olhe, meu bem, tive uma ideia: a gente traz os convidados a Key West para celebrar as bodas...

— Você está delirando, Vanda. Muito obrigado, mesmo. Já tivemos até parte da lua de mel antecipada. Quero tudo muito simples. Por falar em presente, acho que ninguém bate o seu.

— A estadia no meu hotel não vale! Não vai querer me dizer que as passagens e os bilhetinhos são grandes presentes.

Se ela soubesse. Para o Spencer, as passagens em primeira classe e a estadia de uma semana na suíte presidencial de um dos hotéis da Vanda chegavam a parecer mais importantes do que se casar, pois não falava noutra coisa. Para arrematar com chave de ouro, ainda tínhamos camarotes para os melhores espetáculos na Broadway.

No retorno de Lisboa não tirei um cochilo. Quando entrei em casa, já de madrugada, meu corpo doía como se eu tivesse levantado pesos e cargas.

— Está chateado porque o voo atrasou ou por causa do celular?

— Não – respondi. – Estou certo de que deixei o celular no quarto. Amanhã ligo para o hotel. Essa coisa de atraso é assim mesmo.

— Então, por que essa cara?

Para o Spencer acabei dizendo que me enervara com o oficial de segurança, quando nosso vinho foi confiscado da bagagem de mão e que também estava preocupado com a saúde da minha mãe, que passava mais tempo no hospital que em casa.

Não era verdade.

Eu tinha outra coisa na cabeça.

Recordar era bom.

A bem da verdade, o que me aborrecia era o Lécio. Exceto nos e-mails para a Vanda, ou em alguma palavra solta com o Ed, o Lécio não significava mais nada para ninguém. E eu queria tanto que ele estivesse ali comigo. Deixar um lugar vago à mesa ou enfeitar o cartório com rosas amarelas seria minha homenagem a ele, o que, ainda assim, não restauraria sua falta. O Ed era o meu padrinho. A Vanda, a dama de honra. Minha irmã ia entrar de braços comigo. Entretanto... quem ia me dar o primeiro abraço e me dizer: "Tá vendo, *guria*? Lhe dizendo... olhe aí, casado... Eu não disse que você ia arranjar um homem para chamar de seu?" Inevitavelmente, eu iria me lembrar que Lécio vivia sempre preocupado comigo quando éramos meninos. Meu estado de virgindade para muito além dos meus dezesseis anos era um exemplo, tornara-se uma questão constante.

"Hoje?!", ele simulava surpresa. "Hoje, Luz da Minha Vida?" "Hoje", eu fazia de conta que o relembrava, "na hora do almoço, você me perguntou. E perguntou de novo quando a gente chegou aqui". Aqui era a paragem de ônibus do outro lado da rua, na frente da igreja anglicana. "E?" "Ué...", eu dava de ombros, fingindo ficar irritado, empurrando o Lécio para ele parar, "os pais deles me conhecem do Fruto Proibido; a amizade com os seus loiros e diletos filhos não é para mim". "É, mas um dia já lhe vejo casando com um bofe tri lindo, *guria*. Você é como sua mãe: mulher de um homem só." "Um dia... e não sou mulher! Nem sou *guria*!"

A seguir, voltariam-me à memória imagens dos inglesinhos desfilando pela igreja anglicana adentro para o serviço dominical. E de nós dois, Lécio e Lázaro, de braços cruzados, queixos descansando no ombro, peitos erguidos, trocando de pernas feito garças para não nos cansar. Iria rir ao imaginar que ninguém notava que fingíamos que nenhum dos ônibus que passavam, um atrás do outro, levava ao nosso destino. Mais ainda: eu me lembraria da tristeza e desconsolo quando jurava que aqueles meninos não eram para o meu bico e ressoaria na minha mente a voz do Lécio, estridente, insistindo que eram sim. Que, um dia, eu ia encontrar um – ainda melhor do que aqueles. "Capaz, Lécio, capaz...", eu falaria, levantando os ombros, tal como fazia naquela época, "você é meu amigo, o que você diz não vale!" "Vale sim, *guria*", ele retrucaria, como retrucava sempre, "vale sim, porque lhe conheço bem. E você merece um bom marido, Luz da Minha Vida". "Pois é, Lécio. O Spencer me deu só três meses para preparar tudo", eu resumiria. "E?", seria a sua pergunta seguinte. "Casar é coisa séria, Lécio, é meio que um rito de passagem. Quando a gente emerge do outro lado da cerimônia, não se é a mesma pessoa." "E?" "E, Lécio, tudo, hoje em dia, é tão arriscado." "Olhe, Luz da Minha Vida", ele daria o toque final, afinando a voz, "não são com os riscos que você tem de se preocupar, são com os arrependimentos. Não me diga que ainda..." "Claro que não. Dele, até a vontade de sentir saudades já se foi. Daquela época, só me resta o Joãozinho na parede." "Então", ele abriria as asas etéreas de anjo e me daria um abraço no coração, antes de observar, "você está pronto para dar o passo. Felicidades! Muita luz, Luz da Minha Vida, que seja para sempre, fim da jornada". "E eu sempre achei, Lécio, que se fosse eu contra o rio, eu perdia." "Perdia nada! Tem sempre o vento, lembra?" diria ele, num arremedo de indignação. "Lhe dizendo", diria eu, brincando, num arremedo de nossas intermináveis discussões, que inventávamos em dias risonhos, nas tardes divertidas de sol em que brincávamos de pega-pega, em frente ao Fruto Proibido. Conversas desse tipo, quando iniciavam, não tinham fim.

Naqueles anos todos era a Vanda quem tinha conversas semelhantes comigo. A voz dentro de mim, porém, era sempre a dele. "Se eu fosse você, *guria*" veio ele a prosear comigo, "sabe o que eu fazia?" "Não, Lécio." "Eu aproveitava a ocasião e deixava para trás, de uma vez por todas, aquela noite naquele apartamento da Zona Norte. Ela nunca deveria ter acontecido. Você devia ter desistido de achar o apartamento e voltado para casa. Foi tudo culpa minha... Você pagou um preço muito alto."

Era verdade.

Altíssimo.

E continuava pagando. Do contrário, aquele tipo de diálogo imaginário não estaria ocorrendo na minha cabeça, enquanto eu largava as malas no corredor, apertava o botão para ouvir as mensagens na secretária eletrônica, na minha casa, na Inglaterra e, o principal, na companhia do meu futuro marido.

No momento em que a secretária eletrônica começou a despejar as mensagens do Ed, Rick e de nossa assistente, eu ainda podia ver o rosto do Lécio sorrindo para mim, do Céu. "Luz da Minha Vida..."

Meus pensamentos foram interrompidos pelos muitos recados da Vanda. Bip.

"Lázaro, meu bem, você podia ligar para mim? Beijo." Bip.

"O-o-o-oi. Ligue para mim quando você chegar, Lázaro, tenho uma coisa para lhe dizer. Não importa a hora, meu bem. Beijo."

Para ela, não deveria se importar mesmo. Mas o que quer que fosse, poderia esperar até o dia seguinte e ela conversaria comigo quando chegasse à Inglaterra.

Bip.

"Oi, Lázaro, é a Vanda de novo, meu bem. Nossa! Sua caixa do celular encheu. Tem uma coisa que quero lhe dizer, só que não vou deixar recado porque é pessoal, está entendendo? Mas olhe, comprei um livro, o último do James McSill: 'O Adivinho de Leeds' – você tem de ver a capa. Já lançaram na Inglaterra? Vá na internet, veja o site e me diga depois. Eu lhe enviei um link no e-mail. Você fez boa viagem? Beijo."

Bip.

"Lázaro", a voz da Vanda agora era tensa, "não estou lhe achando. Temos de correr para o aeroporto. Desculpe lhe largar essa por telefone, mas você nem imagina que, quando tentei descobrir quem era a artista que..."

Bip. Bip. Bliiiip...

Fim do espaço da minha caixa de mensagens. Spencer me aprisionou num abraço.

– Algum problema?

– A Vanda comprou um livro e parece ter entrado em parafuso – Spencer riu.

– Está ficando caduca.

– Imagine.

– Muito marido milionário para uma mulher só.

– Maridos, não! – brinquei – Amantes.

– Amantes? Pior ainda – disse Spencer, já subindo as escadas.

Ri com ele.

Spencer tinha os olhos cansados depois do dia de viagem. Pelos grãos de areia que lixavam as minhas pupilas, constatei que eu também.

– Vamos subir?

– Já vou – respondi-lhe. – Vou aumentar a temperatura da casa.

– Lincoln não é Lisboa.

– Quando se fala em outono aqui, entenda-se inverno.

– Eu que o diga.

– Hora do descanso, Lázaro. Em poucas horas, vamos ser o centro das atenções, temos de estar bonitinhos.

XLIV

Como de costume, subimos conversando. Nos jogamos na cama para relaxar um pouco, antes de tomar banho e dormir.

– Vá você primeiro, Spencer. Vou verificar os e-mails.

Liguei o laptop. Aconcheguei-me na cama.

Ele não demorou a voltar.

– Oi, Lázaro, esse olhar intrigado tem nome?

– Olhe isso aqui.

Virei a tela do computador para ele enxergar.

– Impressionista?

– Não sei.

– Quem pintou você?

– Quem me pintou? E sei lá? Este é o link que a Vanda me enviou por e-mail. É a capa de um livro lançado dias atrás em Nova Iorque por uma das empresas do amante.

– Impressionante.

– Parece comigo, mas é diferente. Não tenho os olhos assim – Spencer veio para mais perto da cama.

– Não se sente aí molhado – reclamei, mais para ocultar uma sensação incômoda que me invadia.

Ele correu para o banheiro. Voltou, enrolando-se numa toalha. Acomodou-se na cama. Ficamos lendo juntos a biografia de um escritor de quem, até minutos antes, nunca ouvíramos falar na vida.

– Tem razão – concluiu, repentinamente. – Aqueles olhos não são seus. É uma daquelas coincidências: se eu fosse procurar na internet, iria achar meia dúzia com o mesmo focinho que eu.

– Pode ser... – murmurei, levantando-me da cama. – Vou ligar para a Vanda.

Apertando o controle remoto, Spencer pulava os canais para achar a *BBC News*, enquanto me pedia que eu não demorasse.

– Esta hora ela está voando – acrescentou ele, escorando-se para assistir ao noticiário. – Já passa das nove em Nova Iorque.

– Passa, mas passa pouco.

Não me importei em acender a luz da sala. Retirei o telefone do parapeito da janela e me larguei no sofá. As teclas se iluminavam ao movimento rápido do meu polegar. Do outro lado, a caixa de mensagens do celular. Tentei a casa dela. Só o sinal de ocupado. Tentei a linha dos empregados. Ocupada também.

"Bom..." Nova Iorque não dormia. As empregadas da Vanda iam prolongar as conversas para a Costa Rica até altas horas da madrugada. Eu, no entanto, ao sentir a maciez e conforto do veludo do encosto do sofá, as almofadas implorando para que me recostasse nelas, decidi me levantar. Fui para o quarto.

Na cama, o ruído suave do laptop ligado e a luz azul da TV, onde o âncora lia entusiasmado as notícias recentes do Iraque.

Eu me reclinei, contemplando a tela. O olho que mais me pesava eu fechava, enquanto o outro, que pesava menos, eu mantinha aberto.

– Falou com a Vanda? – ouvi o Spencer perguntar, mas não respondi. Ele fechou o laptop, depositando-o no chão, ao lado da cama. Desligou a TV e veio aconchegar-se ao meu lado.

Outro ruído quebrou o silêncio recém-instaurado no quarto: o de gotas de chuva na janela.

"Chuva miserável", fiquei rezando para que passasse durante a madrugada, "pela manhã tenho um trilhão de coisas para fazer. O que eu menos preciso nesse momento é de uma gripe".

Pip. Pip. Pip.

Spencer estava ajustando o alarme. Eu queria rogar: "para as sete da manhã, por favor, não." O travesseiro, no entanto, engoliu a minha intenção. Não me esforcei para dizer nada.

– Desde o dia em que a gente se conheceu, você tem sido meu mundo – Spencer falou baixinho, já na escuridão.

Suspirei e descansei o meu rosto em seu ombro.

Na minha cabeça, já ouvia mais vozes da minha infância preparando-se para protagonizar eventos nos sonhos daquela noite.

Meus olhos fecharam.

"Se a gente correr, a gente ainda pode chegar no rio a tempo de caçar uns sapinhos. Na chuva, os sapos saem todos das valetas." "Tem certeza?" "Lhe dizendo..."

Senti, de maneira indistinta, o braço de Spencer me envolvendo. Agora, sapos e rãs saltavam das valetas que desaguavam no rio. Ao longe, a ponte. Mais ao longe o céu cinzento...

"Lázaro...", continuava o sonho. "Ai, tire esse bicho daqui..." "Está com medo de muçum, Luz da Minha Vida?" Rindo até não mais poder, Lécio deixava o muçum se retorcer contra suas coxas. "Esse é dos bons, grosso e se mexe bastante!" "Ô, meu amigo, sempre me faz rir." "Sempre? Impressão sua, *guria*. Só lhe faço rir quando vejo você aborrecido. Das outras vezes, você é que ri por si mesmo, não tem nada a ver comigo."

Meu peito estremeceu, sem querer.

Eu já não caçava mais sapos com o Lécio.

Arregalei os olhos no escuro.

Na sala, o telefone tocava, ignorando o horário. No total silêncio da noite era uma explosão sonora.

– Que foi?

Spencer ergueu-se na cama e – pip – o quarto se iluminou com a luz do despertador.

– Já é quase de manhã!

Afogado no sono, a remela não me permitia distinguir os números no mostrador.

– Que horas são? – perguntei.

– Não é hora de o telefone tocar... – afirmou ele. – Atendo eu?

– Atendo eu, Spencer. Não caiu na caixa postal – desculpei-me – porque não limpei as chamadas da secretária.

Spencer não disse nada.

Às pressas, pulei por cima dele, correndo para a sala.

No visor do aparelho, li "CHAMADA NÃO-IDENTIFICADA".

"Quando a Vanda encasqueta..." pensei com um certo alívio. Eu tinha de admitir que estava curioso.

– Deve ser a Vanda ligando do avião – gritei para o Spencer antes de atender.

No instante seguinte, minhas pernas afrouxaram.

Não, podia não ser a Vanda.

Eu sabia de quem mais poderia estar vindo a chamada. Da minha irmã, que não divulgava o número do celular nem para o marido. "Droga, eu devia ter ligado para saber como mamãe está." Preparei-me para ouvir a voz de minha irmã me ligando do hospital, anunciando que o problema havia se agravado, que não poderia esperar até amanhecer.

Mas não foi o que ouvi.

Em português, uma voz masculina, aflita, suspirada, diz:

– Alô?...

– Zé?

– Alô... – ouço a voz mudar para inglês. – É da casa do Lázaro? Lázaro Prata?

A luz dourada da rua, de repente, envolve a sala, produzindo um tom suave de um alvorecer nos trópicos. Tanto quanto posso, aperto o aparelho contra o ouvido.

– Sou eu...

O interlocutor não ousa pronunciar o nome.

Não é necessário.

– Sou eu... – respondo.

– É você... – repetimos, ao mesmo tempo.

* * *

Escuto o Spencer se remexer na cama.

Em seguida, os passos dele atravessando o corredor.

Viro-me de costas para proteger meu rosto na escuridão.

Pela sala inteira, a claridade que entra pelas janelas projeta sombras da água da chuva que, como lágrimas, escorrem pelas paredes, fazendo os ossos do Joãozinho, congelados na resina, nadar outra vez, dividindo comigo aquele enorme aquário.

– É você... – sussurro como um autômato, em português, como se houvesse ensaiado aquele diálogo milhares de vezes e agora me esquecesse das palavras.

Espio depressa por cima do meu ombro.

Na porta, o vulto do Spencer me pergunta:

– Tudo bem?

– Um amigo! – cubro o bocal para responder.

– Não se demore muito. Vamos nos levantar às sete ou vai atrasar tudo. Vou encostar a porta...

XLIV | 411

– OK.

A porta vai se fechando atrás do Spencer. Percebo que estou de novo sozinho na sala.

Sozinho é modo de dizer.

Estamos ali, eu e Dennis.

– Lázaro...

Deus do Céu! Houve tempo em que eu era capitão do meu pequeno mundo, e só pensava em timonear o *Rosas Amarelas* nas margens rasas do São Gonçalo. Mas agora, a lembrança do rio me vem como uma enxurrada à cabeça. Do rio, em si, não. Das águas do rio. O São Gonçalo furioso como se fosse um mar agitado por uma tempestade. Suas ondas golpeando as margens, numa escuridão danada. Numa tormenta, intensificada por um vendaval misterioso, sem fim. É um *tsunami* que se avulta, porém eu não consigo correr das margens para longe da tragédia iminente. Será mesmo um *tsunami*? Apenas um *tsunami*? Ou será... "putaquepariu" – justo agora! –, outro Dilúvio, outro fim do mundo, por causa da ira de Deus?" Não sei. Não sei mesmo. O que sei, e isso é inegável, é que ali, do outro lado....

– Lázaro – Dennis implora em português –, fale comigo...

Tento voltar à realidade e escutar os ruídos da casa.

– Lázaro...

Aguardo em silêncio ansiado.

– Lázaro... alô?

– Quanto tempo faz, Dennis?

– Você contou os dias?

* * *

Sinto o tapete por debaixo dos pés, macio e reconfortante. Caminho dois passos para alcançar a cadeira perto da lareira, mas permaneço de pé, sem me sentar. Ao invés disso, volto-me para fora, observando ao longe a chuva cintilante, também tingida de dourado pelas luzes da rua. As pequenas janelas, as chaminés nos telhados dos vizinhos, umas iluminadas, outras não, a essa hora da madrugada, são como janelinhas dos contos de fadas que eu lia na infância.

Para tomar coragem e continuar ouvindo ou me manifestar de novo, afasto meus olhos da distância, da ilusão peculiar. Meu olhar se fixa nas gotículas que correm pela vidraça, na minha imagem refletida que, enquanto me afasto, também se afasta de mim para dentro da chuva, ondulando no vento que sopra forte. Quando me aproximo, o reflexo vem para perto de mim, detendo-se a apenas alguns centímetros... e ficamos isolados pela vidraça molhada pelos aguaceiros de outono. Fixo-me no meu reflexo. O que vejo é o de Dennis, não mais esperando, à distância, do outro lado da linha do telefone, mas ali, num ofegar aflito, do lado de fora do vidro.

Ele grita. Ensandecido, como se lhe estivessem arrancando os olhos.

– Eu sinto tanto... tanto – enfático, continua gritando na outra língua. – *I'm so sorry... Please tell me, do you still love me?*

Aperto o fone no ouvido.

Fecho os olhos.

Antes de responder, procuro resgatar de dentro de mim o que me sobrou das cinzas. Em pensamento, invoco: "Lécio, Luz da Minha Vida..."

— F I M —

"As pessoas perguntam qual a nossa posição sobre aqueles (as) que se consideram homossexuais ou lésbicas. [...] Se não seguirem essas tendências, então poderão progredir como acontece com qualquer outro membro da Igreja. Se violarem a lei da castidade e os padrões morais da Igreja, então ficam sujeitos à disciplina da Igreja, como todos os outros membros."

(Presidente Hinckley, Profeta e Revelador da Igreja Mórmon, Revista Ensign, novembro de 1998: 70)

E...

    Dennis e eu vivemos atualmente em Manchester. Do nosso jeito, suponho, felizes. Sobretudo, felizes com a oportunidade de termos contado a nossa história. Dennis, após duas cirurgias, ainda luta contra esse "tecido" no cérebro. Preocupa-nos, claro, mas, para nós a vida é hoje, agora. John Milton mora conosco, dispõe dos excelentes cuidados do Serviço de Saúde Público Britânico. Spencer, há um ano, casou-se com Rick numa cerimônia que concorreu com a do Elton John. Só através deste livro é que descobrirão que um dia eu vi os dois aos amassos naquela sauna. Talvez, se eu tivesse escolhido abrir o jogo antes, eles já estariam há mais tempo juntos e felizes. Ou, talvez, não. Em retrospectiva, tudo é mais fácil julgar. Foi aos poucos que a vida foi me mostrando por quem eu devo lutar e de quem eu devo desistir. Naquela época eu não saberia. O meu amigo Zé, que hoje é juiz, é um exemplo. Na passagem de 2009 para 2010, sua esposa deu-lhe gêmeos. Quanto ao John, morreu enquanto escrevíamos este livro. Rebecca, sim, Dennis me confirmou que o nome de solteira da mãe dele era "Jackson", está numa clínica em estado avançado de demência. Nunca saberão que o mundo mudou, sobretudo, que os EUA estão rapidamente mundando. Nada sabemos dos outros mórmons. Minha querida Vanda continua a desfrutar do que conseguiu em Nova Iorque, nas férias em que passamos com ela em Long Island, muito deste livro foi discutido. Ed e Sanjeeb permanecem firmes. Quanto à Salua, temos de cumprir a promessa de uma visita a Nova Dhéli. A franquia R&S abrange cinco países e não para de crescer. Sou ainda o diretor-executivo, mas trabalho menos. Minha irmã divorciou-se. Mamãe, apesar da saúde frágil, ainda vive. Ajudou-nos a detalhar várias cenas ao James antes de ele escrever a nossa história. Infelizmente, outra tragédia assolou-nos recentemente. A Candy, no pior que pode acontecer a alguém, viajava com os filhos de Porto Alegre, onde inaugurara uma exposição intitulada "Gaúchos", a Manchester, onde encontraria o marido. Faria escalas no Rio e em Paris. O fatídico voo, que foi notícia durante meses, desapareceu no meio do Atlântico. James hoje passa mais tempo em sua casa em Yorkshire, Inglaterra, do que em Provo, EUA. Aos poucos percebemos que se recupera, visita-nos com frequência e fala entusiasmado de seus projetos futuros. Por último, graças à internet, converso com Cassilda, a mesma, tantos anos depois. Brincamos que, se ela descobrir em que banco Lécio deixou os diamantes, serão todos dela. E, sim, o Joãozinho tem um lugar de honra em nossa casa, pendurado entre os quadros da Candy sobre a lareira.

Lázaro Prata, Manchester, junho de 2010.

NOTA DA SEGUNDA EDIÇÃO

Quatro anos após a história ter sido publicada, continuamos mais felizes ainda. O mundo mudou, sobretudo, os EUA mudaram. Vemos uma nova geração surgir nos países desenvolvidos e na maioria dos países em desenvolvimento para quem, a história minha e do Dennis, faz apenas parte da História.

Nossos desejos de que assim permaneça.

A Igreja Mórmon hoje, como muitas outras religiões, está mais divida do que nunca. Há os que consideram que John, em essência, estaria certo. Outros, repelem doutrinas extremas e defendem os direitos individuais.

Em publicação ainda corrente na literatura oficial mórmon, lemos postulados como:

"Se uma pessoa tiver desejos e tendências [homossexuais], deve sobrepujá-los da mesma forma que se tivesse fortes impulsos por carícias, fornicação ou adultério. O Senhor condena e proíbe essa prática com um vigor igual ao aplicado ao adultério e outros atos sexuais semelhantes. (...) Mais uma vez, ao contrário das crenças e declarações de muitas pessoas, essa [prática], assim como a fornicação, pode ser vencida e perdoada, mas somente mediante arrependimento profundo e permanente, que acarreta o abandono total do pecado e a transformação completa dos pensamentos e atos. O fato de alguns governos, igrejas e inúmeras pessoas corruptas tentarem reduzir tal comportamento de ofensa criminal a privilégio pessoal não altera a natureza nem a seriedade da prática. Os homens bons, sábios e tementes a Deus de todas as partes continuam a denunciar essa prática como indigna dos filhos e filhas de Deus; e a Igreja de Cristo denuncia-a e condena-a. (...) O terrível pecado homossexual permeia a história da humanidade. Muitas cidades e civilizações deixaram de existir por causa dele."

Capítulo 17: A Lei da Castidade," Ensinamentos dos Presidentes da Igreja: Spencer W. Kimball, (2006).

Kimball é um dos mais admirados profetas e revelador da Igreja de Jesus Cristo dos Santos dos Últimos Dias, que alega ser a «única igreja verdadeira» na face da terra. Muitos mórmons até hoje creem que Kimball falava diretamente, em pessoa, com Jesus Cristo!

Lázaro e Dennis
Manchester, dezembro de 2014

Obrigado.

Sou grato à Ana Santana e ao Alexandre Lobão que leram criticamente este texto, dando-me dicas valiosímas para esta segunda edição. Sou também grato a Kyanja Lee e a Betty Silbertein que contribuíram para a primeira edição.

Aqui registro minha admiração eterna a todos que tiveram a coragem de me contar as suas versões dos fatos que inpiram-se e, por vezes, impulsioram-me, a escrever. Admiro o caráter de pessoas como o meu amigo Douglas Webb que, mesmo mórmon, não se furtou de me levar a locais em Utah onde, supostamente, a história aconteceria e passou horas conversando comigo sobre a doutrina da religião na qual ele e a sua família foram criados e acreditam.

Nunca vou esquecer das tardes em que eu e a minha amiga Sue Tucker passávamos sentados no tapete no corredor da casa dela em Cedar City ou a dirigir pelas estradas nos arredores de St George discutindo o destino de Lázaro e Dennis. Foram tardes em que dirigíamos meio que sem rumo, interrompíamos para acompanhar no rádio do carro canções dos ABBA, Mama Mia sendo a nossa favorita.

Sobretudo, reverencio empresas e pessoas que têm a coragem de, direta ou indiretamente, engajar-se na luta pelos Direitos Humanos. Somos as histórias que contamos, por isto, fico feliz em ter encontrado uma editora como a DVS, que mostrou-se corajosa ao me convidar a republicar este livro. Eis uma empresa digna da honra de se encontrar entre as mais modernas, que acreditam em um mundo livre e sem preconceitos.

James McSill
2015

Abajour
BOOKS

abajourbooks.com.br